格列佛游记

[英]乔纳森·斯威夫特 著　爱德少儿编委会 编译

爱德少儿编委会

主　编：童　丹
副主编：陈慧颖
编　委：安　心　代成妙　杜佳晨　高敬华
　　　　姜　月　刘国华　路　远　谭蓉平
　　　　唐　倩　田海燕　任仕之　余小溪
　　　　余信鹏　张重庆　张凤娟　张　云
　　　　张运旭　钟孟捷　朱梦雨

浙江人民美术出版社

图书在版编目（CIP）数据

格列佛游记 /（英）乔纳森·斯威夫特著；爱德少儿编委会编译. — 杭州：浙江人民美术出版社，2021.6
（青少版经典名著书库）
ISBN 978-7-5340-8741-7

Ⅰ. ①格… Ⅱ. ①乔… ②爱… Ⅲ. ①长篇小说－英国－近代 Ⅳ. ①I561.44

中国版本图书馆 CIP 数据核字（2021）第 061494 号

责任编辑：程　璐
责任校对：余雅汝
装帧设计：爱德少儿
责任印制：陈柏荣

青少版经典名著书库

格列佛游记　　［英］乔纳森·斯威夫特　著　　爱德少儿编委会　编译

出版发行：浙江人民美术出版社
地　　址：杭州市体育场路 347 号
经　　销：全国各地新华书店
制　　版：湖北省爱德森森文化传播有限公司
印　　刷：湖北鄂南新华印刷包装股份有限公司
版　　次：2021 年 6 月第 1 版
印　　次：2021 年 6 月第 1 次印刷
开　　本：710mm × 990mm　1/16
印　　张：19
字　　数：280 千字
书　　号：ISBN 978-7-5340-8741-7
定　　价：28.00 元

如发现印装质量问题，影响阅读，请与承印厂联系调换。

前言

　　《格列佛游记》是英国作家乔纳森·斯威夫特创作的一部长篇游记体讽刺小说。乔纳森·斯威夫特是英国启蒙主义时期的作家，但却不同于大多数反对封建主义、讴歌资本主义的启蒙主义作家，他对资本主义本质进行了无情的鞭挞，并反映了普通人生活的艰辛与困苦。同时他放弃了长期统治英国文学界的古典主义文学标准，进行现实主义创作，从而使他的作品具有极高的文学价值。

　　《格列佛游记》以里梅尔·格列佛船长的口吻叙述了他周游四国的经历。

　　第一卷中所描绘的小人国的情景乃是当时大英帝国的缩影。当时英国国内托利党和辉格党常年不息的斗争和对外的战争，实质上只是政客们在一些与国计民生毫不相干的小节上勾心斗角。

　　第二卷中通过大人国国王对格列佛引以为荣的英国选举制度、议会制度以及种种政教措施所进行的尖锐的抨击，对当时英国各种制度及政教措施表示了怀疑和否定。

　　第三卷中作者把讽刺的锋芒指向了当时的英国哲学家，脱离实际、沉溺于幻想的科学家，荒诞不经的发明家和颠倒黑白的评论家和史学家等。

　　第四卷中作者利用格列佛回答一连串问题而揭露了战争的实质、法律的虚伪和不择手段以获得公爵地位的可耻行为等。

　　《格列佛游记》通过格列佛在小人国、大人国、勒皮他、巴尔尼巴比、拉格奈格、格勒大锥、日本、慧骃国的奇遇，反映了18世纪前半期英国统治阶级的腐败和罪恶。小说还以较为完美的艺术形式表达了作者的思想观念。作者用了丰富的讽刺手法和虚构的幻想写出了荒诞而离奇的情节，深刻地反映了当时的英国议会中毫无意义的党派之争，以及统治集团的昏庸腐朽和唯利是图，对殖民战争的残酷暴戾进行了无情地揭露和批判，同时在一定程度上歌颂了殖民地人民反抗统治者的英勇斗争。

《格列佛游记》1726年在英国首次出版便受到读者追捧，被翻译成几十种语言，在世界各国广为流传。它在中国也是最具影响力的外国文学作品之一，被列为语文新课程标准必读书目。

目录 CONTENTS

第一卷　小人国游记

第一章	误入小人国 …… 2	第五章	立赫赫战功 …… 37
第二章	搜查山巨人 …… 13	第六章	奇特的风俗 …… 44
第三章	观看表演 …… 23	第七章	逃离小人国 …… 54
第四章	御敌承诺 …… 31	第八章	返回英国 …… 62

第二卷　大人国游记

第一章	遭遇大人国 …… 70	第五章	屡遭险境 …… 103
第二章	街头表演 …… 82	第六章	国王见识过人 …… 112
第三章	皇宫演出 …… 89	第七章	揭露政治弊端 …… 121
第四章	饱览风土人情 …… 98	第八章	幸运逃离险境 …… 128

第三卷　勒皮他、巴尔尼巴比、拉格奈格、格勒大锥、日本游记

第一章	误闯飞岛 …… 140	第七章	游巫人岛 …… 181
第二章	揭开岛屿面纱 …… 147	第八章	巫岛招魂 …… 186
第三章	残暴的国王 …… 155	第九章	奇特的恩惠 …… 192
第四章	拉格多奇闻 …… 162	第十章	长寿国 …… 196
第五章	参观科学院 …… 168	第十一章	辗转回国 …… 205
第六章	政治设计家学院 …… 175		

第四卷　慧骃国游记

第一章　落难慧骃国……… 210	第七章　刁怪的野胡 ……… 250
第二章　见到主人………… 217	第八章　慧骃国之"慧"…… 258
第三章　学习语言………… 223	第九章　召开代表大会 …… 264
第四章　人类世界的马…… 229	第十章　离开慧骃国 ……… 270
第五章　战争与法律……… 235	第十一章　回国独居 ……… 278
第六章　大不列颠王国…… 243	第十二章　尾声…………… 287

《格列佛游记》读后感………………………………… 293
参考答案……………………………………………… 295

第一卷

小人国游记

第一章

误入小人国

M 名师导读

在这一章里，主要讲述了格列佛之所以冒险出游的原因及他的出身情况。由于船只在海上失事，他偶然间来到了小人国——利立浦特，不料却被小人国俘虏了，随后便发生了一系列有趣的故事。

父亲在诺丁汉郡[英国英格兰中部的郡]有一处不大的房产，五个儿子当中，我排行老三。十四岁那年，我被父亲送进了剑桥的伊曼纽尔学院。我在那里住了三年，一门心思读书。虽然家里给我的补贴很少，我平时也很节省，但这笔开支对一个并不富裕的家庭来说，负担还是太重了。所以我决定到伦敦著名的外科医生詹姆斯·贝茨先生手下当学徒。跟着他，一干就是四年。父亲也不时寄给我一点钱，我就用来学习航海及数学中的一些科目，这些知识对那些有志于旅行的人来说，是很有用处的。我总相信，有朝一日我会交上好运外出去旅行。辞别贝茨先生后，我回家去见父亲。他和约翰叔叔以及其他几个亲戚一起资助了我四十英镑，他们还答应以后每年另外给我三十英镑以维持我在莱顿[荷兰西部的城市]求学。两年零七个月后我结束了在莱顿的学医生涯，我非常清楚必要的医学知识在漫长的航海旅行中是非常重要的。

【名师点睛：写格列佛对航海、医学等知识的学习，主要是为以后的航海埋下伏笔，也预示着未来的旅途中会遇到各种困难。】

从莱顿回来不久，恩师贝茨先生推荐我到"燕子号"商船上去当外科医生，该船的船长是亚伯拉罕·潘耐尔先生。我跟随潘耐尔船长干了三年半，曾几次航行到利凡特[指地中海东部诸国及岛屿]和其他一些地方。回来之后，在恩师贝茨先生的大力支持下，我决定在伦敦住下来。他又给我介绍了几位病人。犹太人居住区里一座楼房的几个房间被我租了下来。朋友们劝我改变一下生活方式，该与单身告别了。于是，我听从了大家的劝告，和新门街上做内衣生意的埃德蒙·伯顿先生的二女儿玛丽·伯顿小组结了婚。她给我带来了四百英镑的嫁妆。

不幸的是，两年之后我的恩师贝茨先生过世了，我的朋友很少，良心又不容许我像我的许多同行那样胡来，因此，我的行医业务逐渐萧条。【名师点睛：通过这件事可以看出格列佛是一个善良、正直、有责任感的人。】我和妻子以及几个熟人商量了一下，决定再度出海。【名师点睛：格列佛有着丰富的医学知识，并且还有随船航行的经验，所以，在生活遭遇困境的时候，他选择了做随船医生，这样既可以获得一份稳定的工作，也能够从中增长阅历和见识，获得更多的学习机会。】在六年的时间里，我先后在两艘船上当外科医生，几次航行到东印度群岛和西印度群岛，这几次航行使我的财产有所增加。由于我总能得到大量的书籍，因此，在闲暇之余，我就阅读古今最优秀的作品。到岸上去的时候，就观察当地的风俗人情，顺便学习他们的语言，我的记性很好，因此学起来非常容易。

这些旅行中最后一次却不那么顺利。我开始厌倦起海上生活，那种恬淡的家庭生活令我怀念，我也很想念我的老婆和孩子。我从犹太人居住区搬到脚镣巷，又从脚镣巷搬到威平，希望能在水手帮里揽点生意，结果却未能如愿。三年过去了，眼看着时来运转已经无望，我就接受了"羚羊号"船主威廉·普利查德船长的聘请，待遇很优厚。那时他正准备去南太平洋一带。1699年5月4日，我们从布里斯托[英国西南部最大的城市]起航。【名师点睛：登上了"羚羊号"，格列佛极富传奇色彩的旅行就此开始。】这次航行起初可以说是一帆风顺的。

由于某些原因,把我们在那一带海上历险的细枝末节全都告诉读者似乎大可不必,只讲讲下面这些情况也就够了:在驶向东印度群岛的途中,一阵强风暴把我们刮到了范迪门兰[指澳大利亚的塔斯马尼亚岛,原为澳大利亚东南角的海岛殖民区,1642年被荷属印度群岛总督安东尼·范迪门兰派出的航海家阿贝尔塔斯曼发现,并以总督的姓氏来命名]的西北部。经过观察,我们发现我们处在南纬30°2′这个位置。船员中有十二人因操劳过度与饮食恶劣而丧生,其余的人也都奄奄一息了。当时那里正值初夏,在浓雾中水手们发现了离船大约只有三百英尺的礁石,在强劲的狂风巨浪中我们的船与这块礁石来了一次亲密的接触,船身立刻碎裂了。六名船员,连我在内,将救生的小船放下海去,竭尽全力将小船划离了大船和礁石。【名师点睛:航海生活并不如许多人想象的那么精彩,危险也随时存在。而一旦遭遇了特大海上风暴,航船只能像一片叶子一样漂在茫茫大海上,随波逐流。所以格列佛他们的生活也是充满了危险。】

据我估计,我们只划出去三里多远,就再也划不动了,因为大家在大船上艰苦拼搏时力气已耗尽了,我们只好听凭风浪的摆布。大约过了半个小时,忽然从北方吹来一阵狂风,一下将小船掀翻了。无论是小船上的同伴,还是那些逃上礁石或者留在大船上的人们后来怎么样,我都不得而知,可我觉得他们全都完了。

至于我自己,则听天由命地游着,被风和潮汐推着向前漂去。我一直在用脚试水的深度,但始终触不到底。就在我即将筋疲力尽,再也无力挣扎时,我忽然觉得水没有那么深了,而这时风暴也已大大减弱。海底的坡度很小,我走了差不多一英里便来到了岸上,那时我想大约是晚上八点钟。我又继续往前走了大概半英里,不见有任何房屋或居民的踪影。至少是我没有看到,因为当时我实在太虚弱了,加上天气炎热,离船前又喝过半品脱[英美制容量单位]的白兰地,所以我发现自己只想睡觉。我一头倒在了草地上。【名师点睛:寥寥几句,言简意

格列佛游记

贱,写出了海上航行的风险性与不可预测性,气氛陡然变得紧张起来,让读者为之揪心。】草很短,软绵绵的,一觉睡去,真是从未有过的酣畅香甜。我估计睡了有九个小时,因为我一觉醒来,正好已天亮了。

我正想翻身起来,却动弹不得。由于我恰好是仰面朝天躺着,这时我发现自己的胳膊和腿都被牢牢地绑在地上。我那头又长又厚的头发也遭到了同样的对待。我感觉从腋窝到大腿的地方也横绑着一些细细的带子,没有办法,我只能仰面朝上看。

太阳的温度越来越高,阳光刺痛了我的双眼。我听到周围一片嘈杂声,可我那样躺着,除了天空以外,什么也看不到。稍过了一会儿,我觉得有个什么活的东西爬上了我的左腿,轻轻地向前移着,越过胸脯,几乎爬上了我的脸颊。【写作借鉴:这里运用了触觉描写,形象地写出了小人之小,以及他们的动作之灵活,给人一种很新奇的感觉。】我尽力将眼睛往下看,竟发现是一个小人,他身高不足六英寸,手持弓箭,背上还背着箭袋。

与此同时,我感觉到至少有四十个他的同类(据我估计)随他而来。一种不能言说的恐惧让我大叫起来,吓得他们转身就跑。后来我听说,他们中有几个因为从我腰部往下跳,以至于摔伤了。【名师点睛:以严肃的口吻来描述荒诞不经之事,以夸张的手法来突显小人之小,让人忍俊不禁。】但是他们很快又回来了,其中有一个大胆地走到能看得清我整个面孔的地方,举起双手,抬起双眼,表现出一副惊羡的样子,他用尖而清晰的声音高喊:"Hekinah Degul[小人国语言,意为:啊,它的嘴多大啊]!"其他的人也把这几个字重复了几遍,可我那时还不明白这句话是什么意思。【名师点睛:从这里可以看出小人国有自己的语言,人物表情也很丰富,让读者觉得真实可信。】读者可以想象,我一直这么躺着是非常难受的。最后,我想努力挣脱。幸运的是他们的绳子并不是很结实,我把绳子弄断了,并且拔出了那些把我的左臂缚在地上的钉子。我把左臂举到眼前,这才发现他们绑我的方法。这时我又用力一扯,虽然这带来一阵剧烈的疼痛，却将左边绑着我头发的绳子扯松了一点，这样我才得以稍稍将头转动两英寸左右。但是，我还没来得及将这些小东西捉住，他们却又一次跑掉了。与此同时，传来一阵他们的尖声高喊，喊声过后，我听见其中的一个大叫道："Tolgo Phonac[小人国语言，意为：快，射杀他]！"一眨眼工夫，上百支箭射中了我的左手，像针扎一样地疼；他们又向空中射了一阵，就像我们欧洲人放炮弹一样。我猜想许多箭是落到我的身上了(尽管我并没有什么感觉)，有些则落在我的脸上，我赶紧用左手去遮挡。等这阵箭雨过去之后，我不胜悲痛地呻吟起来。接着我再一次拼命挣扎着想脱身，他们又发出了第二次齐射，比刚才更猛烈，有几个还试图用矛来刺我的腰。幸亏我穿着一件米黄色的紧身皮夹克，他们刺不进去。当时我认为最明智的办法还是不动，就那样躺着坚持到夜晚。既然我的左手是自由的，那我脱身应是很容易的，而且我有理由相信，如果当地居民的身材全是这样的话，我还可以养精蓄锐和他们调来抗击我的最强大的军队搏一搏。

【名师点睛：这段心理描写表现了格列佛冷静、镇定、善良的性格特点。他没有残暴地挣扎反抗，对这些小人国的人进行报复屠杀，尽管他有能力这样做；他也没有绝望无奈，而是冷静地分析了自己的处境之后，做出了正确的判断——暂时不采取行动，养精蓄锐。】但是命运却给我做了另一种安排。当这些人发现我安静下来不再动时，就不再放箭。但就我听到的吵闹声来判断，我知道他们的人数还在增加。在离我约四码远的地方，正对着我右耳的上方，我听到敲敲打打地闹了有一个多钟头，就好像有人在干活似的。于是，在绳索和木钉允许的范围内，我把头朝那个方向转过去，这才看见地上搭起了一个大约1.5英尺[长度单位]高的平台，平台可容纳四个人，旁边还靠着两三副梯子用来攀上爬下。台上有个人似乎地位很显要，正在对我发表长篇演说，可是我半个字也听不懂。我刚才应该先提一下，在那位要人发表演说前，他高喊了三声"Langro Dehul san[小人国语言，意为：割掉他头上的绳索，让他的头可以转动]"。话音一落，立即就有大约五十个小人跑过来，割断了系住我左侧头发的绳子。这样我的头就可以转向右边，看到讲话人的神情了。

他看上去中等年纪，比跟随他的另外三人都要高。三人中一个是侍从，身材似乎只比我的中指略长些，正替那人牵着拖在他身后的衣服。另外两人分站在他左右护卫着他。他举手投足都像是个演说家，我看得出来他用了不少威胁的话语，有时也许下诺言，表现出怜悯和友好。【名师点睛：表面上是在写小人国这位演说家的矫揉造作、颐指气使，实际上是借此暗讽英国政客虚伪、无耻的嘴脸。】我答了几句，但态度极为恭顺，我举起左手，双眼向上注视着太阳，请它给我做证。我离船到现在已有好几个小时了，这段时间我一点东西也没吃，我饿得饥肠辘(lù)辘[形容非常饥饿]，我感觉这种生理要求是那样强烈，我再也无法忍下去了，于是我就不时地把手指放到嘴上，表示我要吃东西（可能这样有悖礼节）。那位"赫克"（后来我才得知，这是他们对一位大老爷的称呼）很快就明白了我的意思。他从台上下来，命令在我的两侧放几副梯子，有一百个小人沿着梯子爬到我的嘴边，他们还带着盛满了肉的篮子。这肉是国王在接到关于我的情报之后，命令手下准备并送到这儿来的。我看到有好几种动物的肉，但从味道上却尝不出是什么动物的肉。从形状上看，有些像是羊的肩肉、腿肉和腰肉，口味很不错，但是肉实在太小了，还没有百灵鸟的翅膀大，我一口要吃两三块，而面包也只有子弹那样大，一口就能吃下三个。他们不停地给我运送食物，无论是对我的体积还是食量，他们都表现出无比的惊讶。【写作借鉴：把小人国的食物和现实生活中的物品进行比较，形象生动，画面感极强。这种巧妙的对比手法在写作中值得借鉴。】我做了要喝水的手势，他们很聪明，能从我的食量看出我需要的水应该很多。他们也有自己的技术，用绳索非常敏捷地吊起一个头号大酒桶，然后把它滚到我手边，并打开了桶盖，我把它一口气喝下去根本就不是难事，因为一桶酒还不到半品脱。这是一种淡味葡萄酒，味道很像白兰地，但却比它更香醇。他们又给我送来了第二桶，我也是一口气喝个精光，并表示还想喝，可他们已拿不出来了。在我表演完这些壮举之后，他们欢呼雀跃，在我的胸脯上手舞足蹈，在开始欢庆前，他们一遍又一遍高喊"Hekinah Degul！"他们向我做了个手势，要我把这两只酒桶扔下去，不过他们先警告下面的人躲开，高喊着，"Borach Mivila[小人国语言，意为：这家伙要把桶扔下来了]！"当他们看到酒桶飞在空中时，又一次齐声高喊："Hekinah Degul！"我得承认，当这些人在我身上来来回回地走动时，我不止一次想在伸手可及的范围内，将走近我的四五十个一把捉住砸到地上去。可是想起我刚才所吃的苦头，他们或许还有更厉害的手段。我也曾答应对他们表示敬重（我是这样解释我当时那种恭顺的态度的），想到这些，我就立即打消了这种念头。【名师点睛：这段心理描写体现了格列佛内心的挣扎，最终理智占了上风，他选择顺从以求自保。】再说，这些人如此破费而又隆重地款待我，我也应该以礼相待。然而，我又不胜暗自惊讶，这些小人竟如此大胆，在他们眼中我一定是个庞然大物，在我一只手已松绑的情况下，还敢爬到我身上走来走去，却没有丝毫畏惧。

过了一段时间，他们看我不再要肉吃了，在我的面前就出现了一个人，他是国王派来的高官。钦差大臣带着十二三个随员，从我的右小腿爬上我的身体，一直来到我的脸前。他拿出盖有国玺的圣旨，递到我眼前，大约讲了十分钟话，虽然没有表现出任何的愤怒，但是态度十分坚决。他不时地手指前方，后来我才知道他指的那个地方是半英里外的京城，国王已在那里的御前会议上发布命令，必须把我带到京城。我回答了几句，可是没什么用。我抬起松着的那只手做了一个手势，把左手放到右手上（从这个大人的头顶掠过，以免伤了他和他的随员），接着又碰了碰头和身子，示意他们我希望获得自由。他看起来应该是明白了我的意思，因为他摇了摇头表示不同意，并举起手来做了个手势，表明非得把我当俘虏运走不可。不过他又做了另外的一些

手势,让我明白我可以享受足够的肉和饮料,待遇非常好。我又有了挣脱束缚的想法,但是想起那些掉在我脸上、手上的利箭,有的还扎在里面,已经起了水疱,并且他们的人数还在增加,没办法我只好做了个妥协的手势,意思是随他们处置。这样,"赫克"及其随员显得非常满意,他们礼貌而又和颜悦色地退了下去。

不一会儿,我就听到一阵大喊,他们不断地重复着:"Peplom Selan[小人国语言,意为:跑开,尿来啦]。"这时我感觉我左边有很多人在为我松绑,使我能够将身子转向右边,以便撒泡尿放松一下。我撒了很多,使这些人大为惊讶。他们从我的举动上已经推想出我要干什么,就赶忙向左右两边让开,躲闪那股又响又猛的洪流。但在这以前,他们在我的脸上和手上都涂了一种油膏,味道很香,没几分钟,所有的箭伤就一点也不痛了。因为享用了一顿营养丰富的食物和饮品,精力刚刚得到了恢复,又被那让人劳神的境况折腾了一阵,我不禁昏昏欲睡起来了。这一睡又足足有八个小时,不过这倒也没有什么奇怪的,因为根据国王的命令,医生们事先在酒里掺进了一种安眠药。【名师点睛:插叙的写作手法,交代了格列佛睡觉的原因。这样写让文章的内容更加充实,情节更加完整。】

看来,我上岸以后,他们一发现我在地上躺着,就有专差报告了国王,所以他早就知道了这事,于是当即在朝廷上决定把我用我前面叙述的方式绑缚起来(这是在夜间他们趁我睡着时干的),又决定送给我充足的饮食,并着手准备一架机器将我运到京城。

这一决定也许太大胆和危险了,我相信在同样的情形下,任何一位欧洲君主都不会效仿的。不过在我看来,他们这么做既极为慎重,又很宽宏大量,因为如果这些人趁我睡着的时候企图用矛和箭杀死我的话,那么我一感觉到疼痛,肯定就会惊醒过来,那样或者就会使我勃然大怒,一用力气就能够将绑着我的绳子全都挣断,到那时,他们就没有办法抵抗了,也就不能指望我心慈手软了。

这些小人都是出色的数学家，因为国王的提倡及鼓励，他们制造机械的本领达到了出神入化的程度。【名师点睛：由此可见，小人国的文明发展程度并不算低，他们可以自己制造机器，可以发展自己的算术体系，具有高度发达的文明。所以他们才会集合人力物力将格列佛押送回去。】国王热衷学术，他有好几台装有轮子的机器，用来运载树木和其他一些重物。他经常在长有大树的树林子里建造最大的战舰，有的长达九英尺，然后就用那些机器将战舰运到三四百码以外的海上去。这次，有五百个木匠与技师立即动手建造他们最大的机器。这是一个木质框架，离地三英寸，长约七英尺，宽约四英尺，下面装有二十二个轮子。我听到的欢呼声就是因为这机器的到来引起的，看来在我上岸后四小时他们就出发了。机器被推到我身边，与我的身体平行。可是最大的困难是怎样把我抬起来放到车上去。为了解决这个问题，他们竖起了八十根一英尺高的柱子，用绷带将我的脖子、手、身子和腿全都捆住，然后又缠了许多极为结实的绳索，一头用钩子钩住绷带，另一头穿过绑在木柱顶端的滑轮。九百名最强壮的汉子齐拉绳索，结果不到三小时，就把我吊了起来放到了车上，在车上我依然被捆得严严实实。这一切全都是后来别人告诉我的，因为在他们工作时，由于掺在酒里的安眠药药性发作，我睡得正香呢。国王还派出了一千五百匹最大的御马，每匹都高约四点五英寸，它们拖着我向京城而去。【名师点睛：作者巧妙地运用数据来彰显格列佛和小人的强烈对比，同时动词的运用准确而生动。】前面我已说过，那儿离这儿大概有半英里。

　　当在路上行进到四个小时的时候，我被弄醒了，因为发生了一件很好笑的事情。原来是车子出了点毛病，需要修理。在这期间，有两三个年轻人因为一时好奇，想看看我睡着时是什么模样，就爬上机器来，蹑(niè)手蹑脚[形容放轻脚步走的样子]地来到我的脸前。其中一个是卫队军官，他把他那短枪的枪尖深深地插进了我的左鼻孔里，像一根稻草那样弄得我鼻孔发痒，我猛然打了个喷(pēn)嚏(tì)。他们随即偷偷溜走了，并未被人发觉。直到三星期后，我才弄清楚为什么我那时会突然醒来。那天剩下的时间里我们又走了很长的路，夜里休息时，我的两边各有五百名卫队，他们一半手持火把，一半拿着弓箭，只要发现我有想逃脱的迹象，就随时向我射击。第二天太阳一出来，他们又开始了运送我进京的旅程。大约中午时分，就到了离城门不足两百码的地方了。国王率全体官员出来迎接，但他的大将们无论如何也不让国王冒险爬到我身上。

停车的地方有一座古代寺庙，据说是全王国最大的建筑。几年前庙里曾发生过一桩惨无人道的凶杀案，在当地那些虔诚的人看来，这一件事亵(xiè)渎(dú)[轻慢，不恭敬]了这个地方的神圣，所以他们就把所有的家具及礼拜用品全都搬走了，只将其作为一般的公共场所使用。他们决定就让我住在这幢大建筑物里。这座古庙朝北的大门约有四英尺高两英尺宽，由此我可以方便地爬进爬出。<u>门的两边各有一扇离地不超过六英寸的小窗，国王的铁匠从左边的窗口引进去九十一根链条，那链条很像欧洲贵妇人表上所挂的链子，粗细也差不多。铁匠再用三十六把挂锁把我的左腿锁在链条上。</u>【写作借鉴：这里通过列举数字和运用对比手法，充分表达了格列佛的不屑之情与无奈之感，让人哭笑不得。】在大路的另一边，离这个庙大约二十英尺外的地方有一座塔楼，楼高至少五英尺。国王带着朝中的主要官员登上了这座塔楼，以便瞻仰我的风采，这是我后来听说的，因为我看不到他们。据估计，大概有十万以上的居民都出城来看我。

<u>虽然我有卫队保护，但我相信有不下万人好几次由梯子爬上了我的身体。</u>【名师点睛：以数字说明前来观看格列佛的小人之多，表现了小人国的人见到他这个庞然大物时的好奇心理。】但国王很快就宣布了一项公告，禁止这种行为，违者处死。当工人们发现我不可能再挣脱时，就将绑在我身上的所有绳子全都砍断了。我可以站起来了，也感到了生平从来没有过的沮丧。当人们看到我站起来走动时，他们那喧闹和

惊讶的情形简直无法形容。拴住我左腿的链条长约两码,不仅能让我在一个半圆的范围内自由地前后走动,而且链条固定在离大门不到四英寸的地方,这样我就可以爬进庙去,伸直身子躺下来。

Z 知识考点

1.《格列佛游记》的主人公是_____,出生于_____,家庭_____,他_____岁那年,被父亲送到_____学习。但是,因为家庭无法支持他继续求学,不得不辍学,跟随一名外科医生_____学医,而且坚持学习了_____年。

2.格列佛在出海前的职业是什么？　　　　　　　（　　）

 A.航海家　　　　B.外科医生　　　　C.教师

3.格列佛被俘之后,他是怎么做的？

_____

_____

Y 阅读与思考

1.格列佛是如何到小人国的？

2.格列佛为什么要登上"羚羊号"？

格列佛游记

第二章

搜查山巨人

M 名师 导读

利立浦特国王在几位贵族的陪同下来看望格列佛，并让学者们教授格列佛当地的语言。格列佛性情温和，颇得国王喜爱，但为了安全，国王派人没收了格列佛的部分东西。

我站起身来环顾四周，应该承认，我从未看见过比这更赏心悦目的景致。美丽的田野一望无边，每块田地大约四十英尺见方，仿佛是一片片美丽的花园。一片树林夹杂其中，大概有八分之一英亩，据我目测，其中最高的有七英尺左右，左边的看上去好像戏院里绘制的城市布景一样的东西——那是城池。【名师点睛：美好的田园风景和令人惊奇的小人国，这两样事物综合在一起就构成了特殊的风景和意境，这些事物的组成把读者带到了一个新奇的世界，让所有人为之惊奇和赞叹。】

我憋大便憋了有好几个小时了，非常难受。这也不奇怪，因为从上一次方便到现在我已经两天没有大便了。我又急又羞，十分难为情。眼下我想到的最好的办法就是爬进屋去。我只能这么做了，进去后把门关上，在链子长度许可的范围内走到最里面，把肚子里多余的负担卸掉。但是，这是我唯一一次做这种令人羞愧的不洁举动，为此我只有希望公正的读者能够多少包涵一些，实实在在、不带偏见地考虑一下我当时的处境与所受的痛苦。从此以后，我通常是早上一起来就拖着链子到户外去解决这种生理需要。这也得到了适当的处理，每天早上在人们出来之前，我已经完成了这个任务，并且由两个特派的仆人用手推车将这讨人厌的东西运走。为了让大家对我爱清洁的习性有个公正的评判，所以我才认为有为自己辩明的必要，否则也不会为了这么一件看起来似乎微不足道的事啰唆[说话絮絮叨叨]了半天。不过一些中伤我的人却利用这件事和其他一些事情来指责我。

这个难题总算解决了，我终于可以出去呼吸一下新鲜空气。就在这里，国王骑着马从塔楼上向我这边来了，可是他的马却出了状况。尽管那是一匹受过良好训练的马，但是在它的眼前突然出现了一座移动着的山脉，这一时令它难以适应，于是它将前蹄悬空而立，上演了惊险的一幕。幸亏国王的骑术高超，依然能够稳坐马背，直到侍卫跑上来，拉住缰绳，国王才及时跳下来。【名师点睛：相对于这些小人国的人民来说，格列佛简直就是一个庞然大物，他比小人国的居民高很多倍，像一座山一样出现在他们面前。所以就连国王的马都被吓住了，前蹄悬空而立，场面非常惊险。】他带着极其惊讶的神情前后左右地审视我，不过一直保持在链子长度以外的活动范围。他命令他的厨师和管家把早已准备好的酒菜送给我。他们一听到命令就用一种轮车把满满的食物推到我触手可及的地方。我接过这些轮车，很快就把里面的食物一扫而光。他们用十辆车盛满酒、用二十辆车装肉，我三两口就能吃光一车肉，我将十辆车上的一百坛酒全倒在一起，然后一饮而尽，剩下的几车我也是这样吃掉的。王后以及年轻的王子公主们，在许多贵妇人的陪伴下，坐在稍远一点的轿子里，当国王的马意外受惊时，他们就纷纷下轿来到了国王的跟前。现在我来描述一下国王的仪容。他比所有的大臣大概要高出大约我的一个指甲盖那么长，【名师点睛：比所有大臣都高，却也只高出格列佛一个指甲盖那么多，这种看似惊讶的描写方式，夸张而诙谐，读来轻松欢快，为小说增色不少。】仅此一点就足以让人一见到他就肃然起敬。他容貌雄健威武，长着奥地利人的嘴唇和坚挺的鼻子，皮肤是茶青色的，面相坚毅端庄，身材四肢十分匀称，举止文雅，具有一种威严高贵的气质。他现年二十八岁零九个月，正是年富力强的时候，在位大约七年，国泰民安，一般来说也是所向无敌。为了更方便地看他，我侧身躺着，这样我的脸正对着他的脸。他在只离我三码远的地方站着，后来我也曾多次把他托在我手中，因此我对他的描述是不会有问题的。他的服装非常简朴，式样介于亚欧之间，但头上戴了一顶饰满珠宝的黄金轻盔，盔顶上插着一根鲜艳的羽毛。他手中握着剑，万一我挣脱束缚，他就用剑来防身。这剑大约三英寸长，剑柄和剑鞘都是金的，上面镶满了钻石。他的嗓音很尖，但嘹亮清晰，即使我站起来也可以听得清清楚楚。贵妇和朝臣们衣着华丽，他们站在那里，看起来仿佛地上铺了一条绣满了金银的衣裙。国王陛下不时跟我说话，我也一一作答，但彼此一个字都听不懂。在场的还有他的几个牧师和律师（我是根据他们的服装推断他们的身份的），在国王的命令下，他们也和我进行了交谈。在交谈中我动用了所有我通晓的语言：拉丁语、法语、西班牙语、高地荷兰语和低地荷兰语、意大利语，还有弗兰卡语，他们都听不懂。大约过了两个小时，朝廷的人才全部离去。为保护我他们还派了军队——以防乱民袭击我。【名师点睛：虽然格列佛与他们语言不通，但是却可以进行有效的交流，甚至还特意安排了一支军队保护他的安全。】他们躁动着挤在我身边，壮着胆子拼命靠近我。当我在房门口地上坐着的时候，有人还放肆地向我放箭，有一支就差点儿射中了我的左眼。领队的上校下令逮捕了六个领头的人，他觉得最合适的惩罚莫过于将他们交给我，由我来发落。他的几个兵照办了，用枪托将他们推到我可以够得着的地方。我把他们全都抓在右手里，然后把其中的五个放入上衣口袋，至于第六个，我佯装要将他吃掉，他被吓得哭了起来，那些军官们也吓坏了，特别是看到我拿出小刀来。但我很快令他们释然了，因为我立即和颜悦色地割断了绑着他的绳子，轻轻地把他放到地上，他撒腿就跑开了。其余的我也从我的口袋里一个一个拿出来，把他们都放了。我看得出来，不论士兵还是百姓，都对我这种宽宏大量的表现感激不尽，溢美之词充满了他们对国王的报告之中。【名师点睛：格列佛是一个善良的人，对于侵犯他的小人国百姓，并没有表现出丝毫的愤怒，而是宽大处理，放过了他们。这样也让格列佛赢得了小人国上上下下的敬佩，所有人都被他这种宽厚的品质所折服。】

到了晚上，我好不容易才爬回屋里，躺在地上，这样一直睡了大约两个星期。这期间国王下令为我特制一张床。车子运来了六百张普通尺寸的床，在我的屋子里拼接起来。一百五十张小床被缝在一起，做成一张长宽适度的床，其余的也照样缝好，一共拼了四层。【写作借鉴：用数据说话，简明直接，很明了地写出小人国中的事物与现实世界中的相比，实在是太小了。】尽管如此，可我觉得睡在平整光洁的石板上比睡在这张所谓的床上舒服得多。他们又以同样的计算方法给我准备了床单、毯子和被子，对于一个像我这样受过磨炼的人来说，这些已经足够了。

我来到这个国家的消息不胫而走[比喻事物无须推行，就已迅速地传播开去]，引得无数富人、闲人和好奇的人们前来观看。乡村里的人几乎走光了。【名师点睛：通过小人国居民的反应，进一步增强了故事的真实性，让格列佛在小人国引起的轰动仿佛就在眼前。】要不是国王发布了几次公告，禁止这种骚乱，那么随之就要产生农耕荒芜、无人理家的严重后果。他命令那些已经看过我的人必须回家，没有朝廷的许可，不得擅自走近离我房子五十码的地方。大臣们倒是因此获得了可观的税款。

在此期间，国王多次召开会议，讨论对我如何处置的问题。我有一位名望很高的特殊朋友，参与了此事的讨论。他后来向我证实，朝廷因为我的到来面临许多难题。他们怕我挣脱逃跑，我的伙食费太贵，可能会引起饥荒。他们曾一度决定将我饿死或者用毒箭将我处死。但他们又考虑到，这么庞大的一具尸体腐烂以后，可能会造成京城瘟疫，并且有可能还会在整个王国传播开来。【名师点睛:小人国表面上对格列佛很和善、很友好,暗地里却在讨论如何处置他。由此不难看出,他们既虚伪又阴险。】就在他们商量之际,有几位军队的军官来到了会议大厅门口,其中两位被召见,报告了我前面提到的处置六名罪犯的情形。我这举动给国王和全体大臣留下了极好的印象,为此国王颁下一道旨意:京城周围九百码以内的村庄,每天早上必须送上六头牛、四十只羊以及其他食品作为我的食物,此外还须提供相应数量的面包、葡萄酒和其他酒类,而国王决定这笔费用由国库支付。【名师点睛:格列佛温和、善良的品行赢得了小人国居民的一致信任。这里既呼应了上文,又引出了下文,是一种极巧妙的过渡手法。】原来这位君王主要靠自己领地上的收入生活,除非遇上重大事件,一般难得向百姓征税,只是一旦战事发生,百姓须随国王出征,才须自己负担费用。国王又指令组成一个六百人的队伍做我的听差,发给他们伙食费以维持生计;为更好地照顾我,又在我的门两旁搭建帐篷供他们居住;还命令三百个裁缝按照他们的样式为我做了一套衣服;雇了六个最伟大的学者教我学习他们的语言;还时常带他的马和卫队的马在我面前操练,让它们熟悉我。所有这些命令都得到执行。

　　这期间,国王经常大驾光临,并且十分乐意帮助我的老师一起教我。我们已经可以开始进行一定程度的交谈了。我学会的第一句话就是向他表达自己的愿望,希望他可以让我获得自由,这句话我每天都跪在地上向他述说。根据我的理解,他的回答是:这得经过时间的考验,而且要征求内阁会议的意见,否则是不予考虑的。而且首先我要"Lumos Kelmin pesso desmar lon Emposo",意思是说,宣誓与他及他的王国和平相处。当然,我得习惯逆来顺受。他还劝我要耐心谨慎,以此来赢得他及他的臣民的好感。他还希望,如果他下令几个专员来搜我的身,我不要生气,因为我身上很可能带着几件武器,一旦我这么一个庞然大物使用这些武器的话,那一定是很危险的。我说我可以满足陛下的要求,我随时可以脱下衣服，翻出所有的口袋让他检查。这番意思我是用言语夹杂着手势来表达的。他回答说，根据王国的法律，我必须接受两位官员的搜查；他也知道，没有我的同意和协作，这种搜查是无法进行的。但是他对我的大度与正直极有好感，将他们的安全托付给我没有什么不放心的。并且无论他们从我身上取走什么，我离开这个国家时都会悉数奉还，或者按我规定的价格如数赔偿。于是，我把那两位官员放在手里，先将他们放入上衣口袋，接着又放入其他口袋，只有两只表袋和另一只放着几件零用必需品的秘密口袋没有让他们搜查，因为那些东西对别人毫无用处，我觉得没有搜查的必要。一只表袋里是一块银表，另一只表袋里放着一只钱包，里面存有少量金币。【名师点睛：为后文埋下了伏笔，这几样东西将起到重要作用。】两位先生随身带着钢笔、墨水和纸，他们将看到的所有东西都列出了一份详细的清单。检查完之后，他们要我把他们放回地上，以便将清单呈交国王。后来，我将这份清单译成了英文，【名师点睛：以下是对从格列佛身上搜到的东西的描述，非常符合小人国人物的视角，再次凸显了小人国之小。】全文如下：

第一，经过最严密的搜查，在山巨人（对"Quinbus Flestrin"一词我是这样翻译的）上衣的右口袋里，我们只发现了一大块粗布，大得足可做陛下大殿的地毯。在左边的口袋里，我们发现了一口巨大的银箱，盖子也是银制的，我们打不开这个箱子。我们要他打开，我们中有一人就跨了进去，发现自己踩进了一种尘土一般的东西，直没到他腿的中部，有些尘埃飞起来，扑面而来，弄得我们俩一起打了好几个喷嚏。在他背心的右边口袋里，我们发现了一卷白而薄的东西，一层层叠在一起，有三个人这么大，用一根粗壮的缆绳扎着，上面记着黑色的图形，依卑职之见，这大概就是他们的文字，每个字母大约有我们半个巴掌那么大小。左边那只袋里有一部机器，背面伸出二十根长长的柱子，就像陛下宫前的栏杆，我们推测那是山巨人用来梳头的东西。我们不想总是麻烦他回答问题，因为我们发现要他听懂我们的话是很困难的。在他的中罩衣（对"Ranfu-Lo"一词我译作中罩衣，实际上他们指的是我的马裤）右边的大口袋里，我们看见一根空心的铁柱子，有一人来高，固定在一块坚硬的木头上，这木头比铁柱子还要粗大。柱子的一边伸出几块大铁片，刻成奇怪的形状，我们不明白这是做什么用的。左边的口袋里放着同样的一部机器。在右边的一个较小的口袋里，是一些大小不等的圆而扁的金属板，颜色有白有红。有些白金属片像是银子，又大又重，我和我的同伴都难以搬动。左边口袋里有两根形状不规则的黑柱子。由于我们站在口袋底部，很难触摸到柱子的顶端。一根柱子被东西覆盖着，似乎与柱子连成一体。可是另一根柱子的顶端，却有一个白色的圆东西，大约有我们的两个头大小。两根柱子的底部都镶着一块巨大的钢板，我们觉得可能是什么危险的机器，于是就命令他拿出来给我们看。他把它们从盒子里取出，告诉我们，在他的国家，他一般是用其中的一件剃胡子，另一件切肉。【名师点睛：在这些小人国的官员看来，格列佛和他身上的所有物品都是稀奇古怪的。因为他们不知道这些物品的用处，也没有见过这些几乎和他们一样大小的物品，所以他们对这些物品感到惊讶。】还有两只口袋我们无法进去，他管它们叫表袋。实际上，是在他中罩衣上端划出来的两个狭长的大开口。因为他肚子的压力，这两只袋很紧。右边表袋外悬挂着一根巨大的银链，底端拴着一部神奇的机器。我们吩咐他把链子上拴着的东西拉出来，却发现那是一个球体的东西，半边是银，半边是种透明的金属。通过这种透明的金属，我们看到里面画着一圈奇异的图形，可是我们没办法摸到它们，因为手指被那透明的物质挡住了。他把那机器放到我们耳朵边，只听到它发出一阵连续不断的声音，仿佛水车一般。我们猜想，这或许是某种我们不知名的动物，要不就是他所崇拜的神灵，但我们更倾向于后一种猜测，因为他对我们说（如果我们没有误解他的话，他表达得很不清楚），不管他做什么事，都要向它请教。【名师点睛：搜查官员对怀表的描述严肃而滑稽，充满了喜感。】他管它叫作先知[原文"Oracle"，有神圣、圣言的意思，也指指示物，如指南针、手表等]，说他一生中的每一个活动都依靠它来指出时间。他从左边的表袋里掏出一张网，差不多够渔夫使用的，不过可以像钱包一样开合，实际也就是他的钱包。我们发现那里面有几大块黄色的金属，要真是金子的话，那可真是价值连城。

　　就这样，我们遵奉陛下之命，将他身上所有的口袋都认真地搜查了一遍。我们还看到他的腰间系了一条腰带，是由一种巨兽的皮革制成的。腰带的左边挂了一把足有五人高的长剑，右边挂着一只皮囊，里面又分作两个小袋，每只小袋均可装得下陛下的三个臣民，其中的一只装了些和我们脑袋一样大小的重金属球，得有一只强壮的手才拿得起来。另一只盛了一堆黑色的谷物类的东西，个儿不大也不重，我们一手大概可以抓起五十多个。

　　这就是我们在山巨人身上所做的搜查结果的详细清单。他对我们极有礼貌，对陛下的命令表现了应有的尊重。

　　　　　　　　　　克莱弗林·弗利洛克　马尔西·弗利洛克
　　　　　签名盖章于陛下荣登宝位的第八十九月第四日

　　当这两个人将这份清单给国王宣读完之后，他虽然措辞婉转，却还是命令我交出那几件物品。【名师点睛：这件事说明包括国王在内的小人国成员对格列佛始终不敢放松警惕。同时，这次事件也暴露出小人国人民视野之狭窄，他们连一般的物品都不认识，由此而引起的情绪反应更是让人觉得可笑。】他首先要我交出短剑，我就连剑带鞘一起从身上解了下来。与此同时，他命令三千精兵（当时正侍卫着他）远远地将我围起来，将箭搭在弓上随时准备发射。不过我并没有去留心那个，因为我将注意力都集中到了国王身上。他接着要我拔出短剑，虽然受海水浸泡有点生锈，但剑身大体上还是雪亮的。等我一拔出剑,所有士兵又惊又怕,立即齐声叫喊。此时烈日当空,我手持短剑舞来舞去,那剑光使得他们眼花缭乱。陛下到底是位气概非凡的君王,我没想到他能那么镇定自若。他命令我将剑收回剑鞘,轻轻地放到离拴着我的链子的末端约六英尺的地方。他要我交出的第二件东西是那两根空心的铁柱中的一件,他指的是我那把袖珍手枪。我把枪拔出来,在他的要求下,尽可能清楚地向他说明这枪的用途。因为我的弹药袋密不透水,其中的火药没有被海水浸湿(所有谨慎的航海家都会特别小心,以免这种不方便的事情发生)。我装上了火药,并且首先提醒国王不要害怕,然后向空中放了一枪。这一枪引起的惊吓大大超过了他们刚才见我短剑时的惊吓。几百人倒地,好像被震死了一样,即使是国王本人,虽然依旧站着没有倒下,却也是过了好一会儿才恢复常态。我像交出短剑那样,交出了两把手枪以及弹药包。同时我请求他不要让火药接近火,因为一丁点儿火星就会把它引燃,将他的皇宫轰上天去。我同样又交出了表,国王看了非常好奇,非常想看一看,于是他命令两个个子最高的卫兵用杠子穿过它抬在肩上,就像英格兰的运货车夫抬着一桶淡啤酒一样。对于表所发出的连续不断的嘀嗒声和分针的走动,他大为惊奇。由于他们的视力远比我们的敏锐,所以他一眼就看出来分针是走动的。他征询了身边学者们的意见,虽然实际上我确实无法理解他们的对话,却还是可以看出他们的意见各式各样,分歧很大。这也用不着我多说,读者自己就可以想象得到。<u>然后,我又交出了我的银币和铜币、钱包和里面的九大块金币和一些小金币,还有我的小刀、剃刀、梳子、银鼻烟盒、手帕和旅行日记。最后,我的短剑、手枪和弹药包被用车送进了国王的御库,我有幸留下了剩下的其他东西</u>。【名师点睛:格列佛完全有能力制服这些小人,但是天性善良的他没有选择暴力征服,他喜欢和他们交朋友。】

  正如我前面曾说到过的,我还有一只秘密口袋逃过了他们的检查,那里有一副眼镜(我视力差,有时须戴眼镜),一架袖珍望远镜和其他几件小的生活用品。我觉得这些东西对国王来说根本没有大用，况且我也担心，万一这些东西就这么轻易地交了出去，可能会被弄丢或被搞坏，这会给我未来的生活带来不便。【名师点睛：由此可见，格列佛也是一个细心的人，至于这会不会在以后为他招惹来麻烦，文章在这里为我们设置了一个悬念。】

Z 知识考点

1.利立浦特国王容貌_____，面相_____，具有一种_____的气质。

2.下面哪一件物品逃过了官员的检查？　　　　　　（　　）

　A.眼镜　　　　B.短剑　　　　C.手枪

3.格列佛的到来对小人国造成了哪些影响？

_____

_____

Y 阅读与思考

1.在小人国里，格列佛成了宝物，为什么这么说呢？

2.试想一下，在小人国里，格列佛如果想要逃跑，他能不能逃走？为什么？

第三章

观看表演

M 名师导读

格列佛以不同寻常的方式博得了小人国人们的喜欢，但是他还是想早点儿获得自由。为此他用不同的方式让国王和男女贵族们开心。他见识了小人国选举官员的奇特办法：在绳上跳舞。后来，格列佛终于与国王达成协议，获得部分自由。

国王和大臣都对我高雅而柔和的举止赞赏有加，我甚至赢得了所有人的喜爱。我想要获得自由的想法更加强烈了，于是我想方设法地来讨好他们。渐渐地，当地人不再觉得我对他们有什么危险了。有时候我躺在地上，让五六个人在我的手上跳舞。到最后，男孩女孩们竟然都敢走到我的头发里来玩捉迷藏了。【名师点睛：小人国的人和格列佛的亲密接触说明他们对他已经放下了戒心，这和格列佛刚来时他们对他的敌意形成了鲜明对比。】我慢慢地对他们的语言比较精通了。一天，国王邀请我观看他们国内的娱乐表演。就演出的精妙与动作之优雅而言，他们的表演超过了我所知道的任何一个国家的。最让我开心的是绳舞者的表演。他们是在一根长约两英尺，离地面约有十二英寸的白色的细绳子上表演的。我想请读者耐心一点，听我详细地一一道来。【写作借鉴：没有立刻展开故事，而是设置悬念，引发读者的兴趣。】

这种舞蹈不是所有人都有资格表演的，只有那些在宫廷中候补重要官职的，以及备受国王恩宠的人才有机会进行表演。他们从小就接受关于这种技艺的训练,这些人并非都出身于贵族之家或受过良好的教育。无论何种原因,只要出现重要官职的空缺,就会有五六个候补人员向国王提出表演这个舞蹈的要求。在舞蹈的表演过程中,只要他是跳得最高的一个人,并且没有从绳子上掉下,那么这个职位就属于他了。【名师点睛:这种获得官职的方式真是特殊,有点像《水浒传》里的高俅,因为蹴鞠技术高超而获得了太尉这一高官,但他却干尽了祸国殃民的坏事。作者将无尽的讽刺暗藏其中,细心的读者可以从中读出来。】重臣们也常常奉命表演这一技艺,让国王相信他们并没有荒废自己的本领。大家认为,财政大臣佛利姆奈浦能够在绷紧的绳子上跳舞,比全王国的其他大臣至少要高出一英寸。我曾见他在一块绑在绳子上的木板上面一连翻了好几个跟斗,那绳子和英国的那种普通的包装线粗细差不多。如果我没有偏心的话,我认为,我的朋友内务大臣瑞尔德里沙是仅次于财政大臣的高手,其余大官们的水平则不相上下。

这种表演经常发生意外,很多都有记录。我自己就亲眼看到两三个候补人员跌断了胳膊和腿。但是,在大臣们奉命来表演功夫的时候,危险就更大了,因为他们想跳得比以前好,又想胜过自己的同伴,求胜心切,难得有不失事的时候,有人甚至要跌两三次。【名师点睛:作者在这里辛辣地讽刺了小人国的大臣们为了谋取权力和财富而对这种危险的游戏乐此不疲的丑态。】我还听说,在我到这儿一两年之前,佛利姆奈浦就差点儿跌死,要不是国王的一块坐垫恰好放在地上,减轻了他下坠时的冲力,他的脖子一定会折断。

另外,小人国还会在特别重大的节日里专为国王、王后及首相大臣们做一种特别的表演。而且国王还会在桌上准备一些奖品:白、黄、紫三根精美丝线,每根有六英寸长。这三根丝线是国王准备的奖品,他打算用以奖励不同的人以示对他们不同程度的恩宠。表演仪式在皇宫的大殿上举行,候补人员要在这儿举行一场和前面完全不同的技艺,这也是我从未见过的。国王手拿一根棍子,两头与地面平行,候选人

格列佛游记

员则一个接一个跑上前去，有时跳过横杆，有时从横杆下爬行，来来回回反复多次，这都要根据那横杆是往上提还是往下放而定。有时候国王和首相各握着棍子的一端，有时则完全由首相一人握着。谁表演得最敏捷，坚持的时间最长，谁就被赏给紫丝线，其次赏给黄丝线，白丝线给第三名。获奖者会把丝线绕两圈围在腰间；你可以看到，朝廷上下几乎所有的大人物都用这种腰带做装饰。【名师点睛：国王用戏耍猴子的方式来对待大臣，作者将这种选拔制度的荒诞可笑淋漓尽致地表现了出来，显然更具讽刺意味。】

　　因为我几乎天天都能见到那些皇家御马还有那些战马，所以它们见到我也就不再胆怯了，一直走到我的脚边也不会害怕。我把手放在地下，骑手们会策马从上面跃过去。其中有一名国王手下的猎犬管理者，骑一匹高大的骏马从我穿着鞋子的脚面上跳了过去。这确是干净利落的一跳。一天，我很荣幸有机会为国王表演一种非常特别的游戏来供他消遣。【写作借鉴：格列佛为了自由不得不讨好国王，让他开心。尽管语句简要，却留下了悬念，让故事更具神秘感。】我请求他吩咐人给我弄几根两英尺长的棍子来，粗细像普通手杖一样就行。国王就命令负责森林的官员前去准备。次日早上，伐木工们回来了，他们一共六个人，一人驾一辆由八匹马拉的马车。我选了九根木棍，牢牢地插在地上，围成了一个两英尺半的四边形。随后，我在四边形的四角又横绑上了四根木棍，离地两英尺高。然后把我的手帕系在直立的九根木杆上，四面绷紧像鼓面一样。横绑的那四根木棍被当作四边的栏杆，比手帕高出了五英寸左右。【写作借鉴：游戏里细致的数据描写，表现了格列佛对游戏熟练的认知和操作，让人不由感叹的同时更像在现场观摩。】等我把这一切准备好以后，我就请国王让一支由二十四人组成的精骑兵上这块平台来操演。我的这一要求得到了国王的应允，之后，我就用手将这些马一匹匹放到手帕上，马上骑着全副武装的军官，准备操练。他们一站齐整就立即分成两队，进行小规模的对攻战，一时钝箭齐发,刀剑出鞘,跑的跑,追的追,攻的攻,退的退,总之这是我见过的纪律最严明的军队。【写作借鉴:这句话描写了格列佛如何让国王的军队"跑的跑""追的追""攻的攻"……展现了场面的井然有序。】那四根横木棍保护了人马,使他们不会从平台上跌下来。国王十分高兴,命令在几天内反复表演这个游戏。有一次他甚至乐意我把他举到平台上去发号施令。他甚至还费尽口舌说动王后,让我把她连人带轿举到离平台不到两码的高处,使她得以饱览操练的全景。也算我运气好,几次表演都没有发生意外事故。只是有一次,一位上校骑着一匹性情刚烈的战马,它用蹄子刨地,把手帕刨了个窟窿。脚下一滑,连人带马都摔倒了。但我马上就救起了他们,然后我一手遮住洞,一手像原先送他们上台时那样将人和马放回了地上。失足的马左肩胛扭伤了,不过骑手没什么事。我尽量将手帕修补好,不过我再也不相信这手帕的结实程度了,它大概已经经不住这种危险的练习了。

　　就在我获得自由前的两三天,当时,我正在给朝廷上下表演这类技艺时,忽然来了一位专差,向国王报告说,他的几个手下在骑马走近我原先被俘的地方时,发现地上躺着一个很大的黑色的东西。样子很奇怪,圆圆的边,伸展开去有陛下的寝宫那么大,中部突起有一人那么高。开始,他们害怕那是什么活物,可是有人绕它走了几圈,它依然在草地上躺着一动不动,他们一下子就知道不是了。他们踩着彼此的肩膀爬到那东西的顶上,发现上面很平坦,用脚一踩才发现里面是空的。但他们觉得,这东西也许就是山巨人的东西。如果国王准许,他们将用五匹马把它拉回来。我一下就知道他们说的是什么了。听到这个消息,我打心眼儿里高兴。大概是翻船以后我刚上岸那会儿狼狈不堪,还没走到睡觉的地方,帽子已经丢了。【名师点睛:原来他们所谓的山巨人一样的东西竟是格列佛的帽子,看来小人国的居民们对人类的东西根本没有达到一定的认识水平。格列佛和他们相处,还需要很长一段时间才能彼此适应。】我划船时曾用绳子将那帽子系在

头上，泅(qiú)水[游泳]时也一直戴着，我估计可能是什么意外事故把绳子弄断了，而我却一无所知，还以为帽子掉在海里了呢。于是，我向国王描述了帽子的用处和特点，请求他下令尽快将帽子送到我的手中。第二天，车夫就将帽子运来了，可是帽子已经不那么完好，他们在帽檐上离边不到一点五英寸的地方钻了两个孔，孔里套了两个钩，再用一根长绳系住钩子一头接到马具上，将我的帽子拖了半英里多路。不过幸亏这个国家的地面极为平缓，所以帽子所受的损伤比我想象的要轻得多。

在这件事过了两天之后，国王命令驻扎在京城内外的一部分部队做好演习准备。原来他又想出了一种花头，要以一种十分奇怪的方式来取乐。他要我像一座巨像那样立在那儿，两腿尽可能地分开，然后命令他的将军（一位经验丰富的老将，也是我的一位大恩人）集合队伍排成密集队形，从我的胯下行军。步兵二十四人一排，骑兵十六人一排，擂鼓扬旗，手持长枪向前进。这支军队有三千步兵、一千骑兵。国王命令，前进中每一名士兵必须严守纪律，尊敬我个人，违者处死。不过，这道命令并没有禁止住几位年轻军官在我胯下经过时，抬起头来朝我看。事实上，我的马裤当时已经破得不成样子，所以引起那些军官的哄笑和惊奇。

为了获得自由，我给国王上了许多奏章，他终于在内阁会议和全国委员会议上把我的事提了出来。除斯开瑞什·博尔戈兰姆之外，无一人反对。这个人我并未惹他，却偏要与我为敌。但是全体阁员都反对他，因此我的请求还是得到了国王的批准。<u>这位大臣是个"葛贝特"，也就是当朝的海军大将，深得国王的信任，也通晓国家事务，不过脾气阴郁易怒。他最后还是被说服了，却又坚持我的释放须有条件，我得宣誓遵守那些条件，条件文本由他亲自起草。</u>斯开瑞什·博尔戈兰姆在两位次官与几位显要的陪同下，亲手将文件交给了我。【名师点睛：斯开瑞什·博尔戈兰姆为什么要为难格列佛？难道这个小人国当朝大臣心胸真的如此狭小？他为了限制格列佛，甚至亲手制定了这些条规，看来他对格列佛采取了严格的限制措施。】文件宣读完之后，他们要我宣誓遵守并执行上面的条款，先是按照我自己国家的方式，然后再按照他们的法律所规定的方式宣誓。他们的方式是：用左手抓住右脚，把右手中指放在头顶，大拇指放在右耳尖。读者也许会十分好奇，想了解一下这个民族特有的文章风格和表达方式，同样也想知道我恢复自由后应该遵守的条款，我就将整个文件尽我所能地逐字翻译出来，供大家一看：

高尔伯斯脱·莫马仑·依芙莱姆·歌尔迪洛·谢芬·木利·乌利·古，小人国至高无上的国王，受到举世的拥戴和畏惧，领土覆盖五千布拉斯特洛格[即边境线约十二英里]，边境直达地球四极。身高超过人类的万王之王。他脚踏地球的中心，头顶旭日。头一点，全球君王无不双膝发抖。他的性格和蔼如春，舒适如夏，丰饶如秋，可怖如冬。至高无上的我皇陛下，谨此向最近来到本天朝国土的山巨人提出如下条款，根据庄严宣誓，他必须遵守执行：

一、如果没有加盖我国国玺的批准文书，山巨人不得离开本土。

二、未经允许不准擅自进入首都。如经特许，在他进城前两小时，应通知居民闭户不出。

三、山巨人只准在我国的主要大路上行走，不得随便在草地上或庄稼地里行走或躺下。

四、在上述大路走动时，绝对要小心，不得践踏我国良民及其车马。未经本人同意，不得将我国良民拿到手里。

五、如遇每月一次，每次六天的需要特殊传递的急件，山巨人须将专差连人带马装进口袋，如果必要，还须将该专差安全送回到国王驾前。

六、他应和我国联盟，迎战布莱夫斯库[意为和你一样勇敢]岛

的敌人,竭尽全力摧毁敌军舰队,此时他们正准备向我们发起侵略。【名师点睛:这条规定为格列佛后来帮助小人国抵御外侮入侵,并取得战争的胜利做了铺垫。】

七、山巨人闲时应帮助我们的工匠抬运巨石,建造大公园围墙以及其他皇家建筑。

八、山巨人须在两个月内,用沿海岸步行的计算方法,呈交我国疆域周长精确测量报告一份。

最后,山巨人如果庄严宣誓遵守上述条件,他每天即可得到足以维持我国一千七百二十八个国民的饮食。并可随时谒见国王,同时享受国王的其他恩典。

以上条文立于我皇登基以来第九十一月十二日,于伯尔法勃拉克宫。

对此条款我基本上比较满意,于是心悦诚服地宣了誓,并且在条款上签了字。虽然其中有些不如我希望的那么体面,那完全是海军司令斯开瑞什·博尔戈兰姆心存不良所致。随后,他们立刻将锁住我的链子打开了,我即获得了完全的自由。【写作借鉴:格列佛终于获得了自由,是对前文讨得国王欢心的报酬。文章叙述紧凑,与前文相照应,保证了故事的完整性。】

国王也特别赏光,亲临了整个仪式。我匍匐在国王脚下,表示了我的感恩之心。可他命令我站起来,又说了许多好话。不过,为了避免人说我虚荣,在此我就不再重复了。他又说,希望我能证明自己是个有用的臣仆,不枉他已经给予我和将要给我的恩典。

读者也许会注意到,在恢复我自由的最后一项条款中,国王规定每天供给我足可维持一千七百二十八个小人国居民的肉食与饮料。不久以后,我问宫廷的一位朋友,他们是怎样得出这个精确的数目的。他告诉我说,国王手下的数学家们借助四分仪测定了我的身高,发现我的身高与他们的比例为 12∶1,由于他们的身体大致相同,因此他们认为:我的身体至少可抵得上一千七百二十八个小人国的居民,这样也就需要可维持这么多人所需的食物。看到这里,读者可以想象,这是一个多么富有智慧的民族,他们伟大的君王又有着那么缜密、精确的经济头脑啊。【名师点睛:从小人国人民对格列佛饭量的计算可以看出,他们精于算计,作者表面上是在赞扬小人国的人民及君主聪慧,实际上是在对他们进行讽刺。】

知识考点

1.这种表演经常_____,很多都有记录。我自己就亲眼看到_____个候补人员跌断了胳膊和腿。但是,在大臣们奉命来表演功夫的时候,_____就更大了,因为他们想跳得比以前好,又想胜过自己的同伴,_____,难得有不失事的时候,有人甚至要跌两三次。

2.一位专差的几个手下在"我"原先被俘的地方,发现地上躺着一个很大的黑色的东西。那是(　　)

　　A.帽子　　　　B.腰刀　　　　C.弹药袋

3.小人国的大臣们为什么都会绳上跳舞的游戏?为什么朝廷里的大人物几乎都缠着丝线做装饰?

_____

阅读与思考

1.格列佛为了重获自由,都做了哪些努力?

2.结合全文,说说通过民俗表演可以看出臣民们什么样的特征。

第四章

御敌承诺

M 名师导读

　　这一章主要讲述了格列佛与一位大臣谈论帝国大事,并且表示愿意为国王效劳对敌作战,另外还描写了利立浦特首都密尔敦多和皇宫的情形。

　　我获得自由后的第一件事,就是希望获准我参观首都密尔敦多,国王欣然同意了,但特别要求不得伤及当地居民和民房。人们也从告示里得知我将访问京城。这座城市的城墙高二点五英尺,宽至少有十一英寸,所以完全可以让一辆马车很安全地在上面绕行一周。城墙两侧每隔十英尺就是一座坚固的塔楼。我迈过西大门,轻手轻脚地前行,侧着身子穿过两条主要的街道,我只穿了件短马甲,因为我怕要是我穿了上衣,衣服的下摆会碰坏屋顶或房檐。虽然有严令禁止任何人出门,否则就会有生命危险,可我走路还是非常谨慎,以免踩到在街上游荡的人。【名师点睛:用词准确,把格列佛在小人国街道上行走的窘态刻画得惟妙惟肖。】阁楼的窗口和房顶上全都挤满了围观的人,我不由得想,在我那么多次的旅行中,也没见过像这样人口众多的地方。这座城是一个标准的正方形,每边城墙长五百英尺。两条笔直的主街各宽五英尺,十字交叉将全城分作四个部分。我没有办法走进那些胡同与巷子,只能从旁边路过时看一下,它们的宽度从十二到十八英寸不等。这座城市可容纳五十万人。房子有的高三层,有的高五层。商店和市场上的货品很齐全，货源也很充足。

皇宫在全城的中心，也就是两条主要大街的交会处，宫殿的四周是高两英尺的围墙，宫殿离围墙还有二十英尺。我得到国王的许可跨过这道墙，里面非常开阔，我可以很容易地将宫殿的每一面都看得清清楚楚。外院四十英尺见方，其中又包括两座宫院。最里面的是皇家内院，我很想看看里面的情况，却发现极其困难，原因是从一座宫院通往另一座宫院的大门只有十八英寸高，七英寸宽。外院的建筑物至少也有五英尺，虽然院墙由坚固的石块砌成，厚达四英寸，但我根本不可能就这么跨过去，如果那样的话一定会对整个建筑群造成极大的损害。不过，国王热切地希望我能见识一下王宫的壮观辉煌。这我用了三天的时间才办到。在这三天的时间里，我用小刀在离城约一百码的皇家公园里砍下了几棵最大的树，用它们做了两张凳子，每张高约三英尺，十分坚固并且能承受得住我的体重。人们得到第二次通告后，我手里拿着两张凳子穿城而过直接往皇宫走去。到达外院近旁，我站上一张凳子，另一张举过屋顶，然后将它轻轻地放到一院和二院中间那块宽八英尺的空地上。然后我很方便地跨过建筑物，从一个凳子站到另一个凳子上，再用带钩的棍棒将第一个凳子钩起来。靠着这种方法进到内院后，我侧身躺下来，把脸贴到中间几层楼特意为我打开的窗户上，里面的富丽堂皇穷极想象。【写作借鉴："站""钩"等动词的运用，形象地写出了格列佛在王宫行走时的艰难与小心翼翼，同时也表现出了王宫在他眼中十分小。】王后和年轻的王子们在各处的寝宫里，旁边有贴身侍从相随。王后十分高兴，优雅地对我微笑，还从窗里伸出手，赐我一吻。

但是我不能将这些情况更进一步地讲给读者听了，因为我把它们留给了另一部篇幅更大的书。那书差不多就要出版了，里边包括了对这个帝国的总体概述，从创建到各代君王的更迭，我还特别叙述了该帝国的政治、法律、学术、宗教、动植物、独特的风俗习惯以及其他稀奇而有益的事情。在此，我主要想来描述一下我在这个帝国逗留的约九个月的时间里，发生在我以及该国公众身上的种种事件。

一天早上，在我获得自由后约两个星期，内务大臣瑞尔德里沙只带了一个侍从，便来到了我住的地方。他吩咐他的马车在远处等候，希望我可以答应他同我交谈一个小时。由于他的身份和个人功绩，也由于我在向朝廷提出恢复自由的请求时他帮过不少忙，因此我很快就答应了他。

为了能使他更方便地同我说话，我本想躺下来，但他却认为站在我的手上跟我交谈更好些。【名师点睛：格列佛和内阁大臣瑞尔德里沙在身形上存在着巨大的反差，他们这样的对话方式真是闻所未闻，使故事显得非常有趣。】他先是祝贺我获得了自由，他认为这样做大有好处；不过他又说，要不是朝廷目前面临的局势，我也许不会这么快就获得自由的。"因为，"他说，"虽然在外国人看来我国是一片繁荣昌盛的景象，实际却深为两大危机所苦：一是国内党争激烈，一是面临国外强敌入侵的危险。至于第一个，你要知道，在过去的七十多个月里，帝国内有两个党派一直在互相争斗。一个党叫斯兰姆兰，另一个党叫斯莱姆克，这两个党派最大的不同就在于他们鞋跟的高矮上。据说更合乎古老的传统礼仪制度的还是高跟党，但是国王却将一切政府行政部门的职位都给了低跟党人。你应该能感觉到这些的。国王的鞋跟就特别低，比朝廷中任何一位官员的鞋跟至少要低十四分之一英寸。这两个政党的积怨非常深，他们从来不在一块儿吃饭或说话。我们预计高跟党的人数比我们要多，可我们却掌握了权力。【名师点睛：这段话是作者借助对小人国两个党派高跟党和低跟党的描述，影射了英国国内托利党和辉格党两个党派的争斗，讽刺了英国国内党派斗争的混乱以及因此引发的政治动荡等问题。】

不过，我们担心的是，王位继承人即太子殿下有几分倾向于高跟党，至少我们能很清楚地看到他的一只鞋跟比另一只要高些，所以走起路来有点瘸。【名师点睛：与其说"我们"不想看见太子鞋跟的高低不一，不如说"我们"更担心太子倾向于高跟党，这种荒诞的推理表现了政客们的无知与可笑。]而就在我们还在为这可怕的内忧伤神时，外患又起，布莱夫斯库岛的敌人向我们发动了进攻。那是天地间另一个伟大的帝国，几乎和我国不相上下。至于我们听你说世界上还有其他一些王国和国家，住着像你一般庞大的人类，对此我们的哲学家深表怀疑。他们宁可认为你来自月球或者其他某个星球，因为身躯像你这么大的人只要有一百个，在很短的时间内就肯定会将国王陛下领地上所有的果实与牲畜吃光。

另外，我们六千个月的历史中，除了小人国和布莱夫斯库两大帝国外，也从来没有提到过其他的地方。下面我要告诉你的是，这两大强国在过去三十六个月以来一直在进行一场苦战[影射英法两国在1689—1725年间那场长达36年的战争]。引发战争的原因是，各地的人都认为吃鸡蛋的时候，按古老的传统应先打碎鸡蛋大的一头。但是当今国王的祖父小时候吃鸡蛋时，有一次按古老的方式打蛋时不小心把手指给割破了，所以他的父亲，也就是当时的国王就颁了一道诏令，命全体臣民吃鸡蛋时先打破鸡蛋较小的一端，违者重罚。【名师点睛：这里的口吻类似于大家注意了，当大家准备认真听是什么重要的事时，讲的却是打鸡蛋引发了战争，不由得让读者开怀大笑，同时也表现了这场战争的缘由是多么荒唐。】这一法令引起了民众的不满。

根据历史记载，由此曾发生过六次叛乱，其中一个国王送了命，另一个丢了王位。我们国内的这些骚乱常常是由布莱夫斯库国的君王们煽动起来的。在这些骚乱被镇压下去以后，流亡的人总是逃到那个帝国去寻求庇护。据估计，在不同的时期，有一万一千人情愿受死也不肯去打破鸡蛋较小的一端。曾有成百上千本书描述过这一争端。不过大端派[小人国里主张吃鸡蛋从大端一头先敲碎蛋壳的一类人]的书一直是受禁的，法律也规定不得起用该派的任何人。在这一切麻烦纷乱的过程中，布莱夫斯库的帝王们经常派大使前来向我们发出告诫，说我们在宗教上闹门户分立，违背了我们伟大的先知拉斯特洛格在《布兰德克拉尔》(即他们的《古兰经》)第五十四章中所确立的一条基本的教义。不过我们认为这条教义只是对经文的一种曲解。因为原文是：'一切真正的信徒都有行使从他们认为比较方便的一端打破鸡蛋的权力。'【名师点睛：文笔极其锐利的讽刺，表明大小端派之争实际上是当时英国的社会新教同天主教的无谓争执。】究竟哪一端是方便的一端呢？依我粗陋之见，似乎只有由各人的良知决定了，或者至少也得由主要行政长官来决定。大端派的流亡者在布莱夫斯库朝廷上受到重用，又深受国内党羽的秘密援助和怂恿，由此造成了两个帝国之间长达三十六个月的血战，这期间，双方各有胜负。在战争期间，我们损失了四十艘主要战舰和数目更多的小艇，还有三万最精锐的水兵和陆军。我们估计敌人的损失比我们的更大。可是他们现已组建好了一支庞大的舰队，正准备向我们发起进攻。由于陛下对你的勇气和力量极为信赖，所以才命我来把现在的形势告诉你。"

我请内务大臣回奏皇上，作为一个外国人我虽不便参与党派间的斗争，但为了保卫国王陛下和他的国家，我甘愿冒生命危险，时刻准备抗击任何来犯者。【名师点睛：作者巧妙地利用小事招致大反应的讽刺技巧来展示小人国的社会矛盾。因为吃鸡蛋从大头还是小头敲碎的问题，引起了国内骚乱和国外战争，这也是在暗喻英国国内的宗教斗争和与法国的对外战争事件。】

知识考点

1. 小人国利立浦特的党派之争是以_____划分阵营。两派是_____党、_____党。

2. 判断题。

（1）格列佛希望参观首都，国王同意了他的请求。　　（　　）

（2）小人国的外敌不是布莱夫斯库帝国。　　（　　）

(3)格列佛愿意为国王效劳对敌作战。　　　　（　　）

3.小人国京城的格局是什么样子的？

_____

_____

阅读与思考

1.本文中有一件事可以命名为"一个鸡蛋引发的战争",你能简要概括吗？

2.本文写作背景是十七、十八世纪的英国,你从本文中可以看出当时英国的政治制度以及运行状况吗？

第五章

立赫赫战功

M 名师 导读

在战争中，格列佛出奇制胜，采用了不同寻常的战略战术让敌人的入侵没能得逞，同时也为自己赢得了很高的荣誉。布莱夫斯库国王也派使者前来求和了。但是国王的寝宫却意外地发生了火灾，其余的宫殿在格列佛巧妙施计后才幸免于难。

布莱夫斯库帝国是位于小人国东北方的一个岛国，一条长度精确到八百码的海峡横亘于两国之间。我还不曾见过这个岛。自从得到敌人企图入侵的消息以后，我就避免去那一带海岸露面，以免被敌人的船只发现，因此他们至今还没有得到关于我的任何情报。【名师点睛：格列佛打算趁其不备，出奇制胜。】战争期间，两国严禁一切来往，违者处死。国王又下令将大小船只全部封锁，以此来切断敌人获取我方各种信息的途径。无可避免地，我也参加了这场战争。

我向国王提交了一份俘获敌人整个舰队的方案。据我们的侦察员报告，敌人的舰队正停泊在港湾，只等刮起顺风，就立刻起航。我向经验最丰富的海员了解了海峡的深度，因为他们曾多次测量过。他们告诉我，在涨潮时，海峡中心有七十"格兰姆格兰夫"深，也就是欧洲度量单位的六英尺；其他时间最多不过五十"格兰姆格兰夫"。于是，我朝东北海岸走去，正对面就是布莱夫斯库。隐藏在一座小山丘后面的我，用袖珍望远镜来观察敌方的情况，看到了停泊在港湾的敌方舰队，大约由五十艘战舰和大量运输舰组成。【名师点睛：正所谓"知己知彼，百战百胜""运筹帷幄，决胜千里"，格列佛深谙军事战略，对于这场保卫战志在必得。】

之后，我便回到了我的住所，因为国王给我颁发了一份特别委任状，因此我有权随时下达命令。我命令他们以最快的速度准备大量铁棍和结实的缆绳。缆绳的粗细与包扎线差不多，铁棍的长度和大小则与编织用针差不多。我把三根缆绳拧成一股，这样就更结实了，出于同样的考虑，我又把三根铁棍扭到一起，两头弯成钩形。就这样，我将五十只钩子拴上五十根缆绳之后，又回到了东北海岸。然后，我脱去上衣和鞋袜，只穿着皮背心，在离涨潮大约还有半个小时的时候走入海里。我蹚水疾走，到中途游了约三十码，直到脚能够着海底。不到半个小时，我就到达了敌人的舰队边上。敌人见到我吓得要命，纷纷跳下船向岸边游去，人数不少于三万。【名师点睛：用弃船逃跑的敌军人数之多来表明对方已方寸大乱，保卫战就已经胜利了一半。】我拿出工具，将钩子套在每一只船的船头上的一个孔里，把所有缆绳的另一端收拢扎起。在我忙着进行这项工作的时候，敌人放射了几千支箭，很多射中了我的手臂和脸颊，疼痛异常，这让我无法安心工作。我最担心的是我的眼睛，要不是我忽然想到了应急的措施，我肯定会失去我的一双眼睛。我有一个秘密口袋，这个读者知道，里面装的是一些日用品，我赶紧从里面取出眼镜戴上。这样敌人的箭对我也就无可奈何了，因此我继续未完的工作。敌人还在放箭，很多打在镜片上，但是没什么，有也只是镜片上的一点儿损伤。【写作借鉴：这里对眼镜的强调，照应了前文逃过国王的搜查，使得这里的情节合情合理，也为下文写格列佛顺理成章地成为英雄做了铺垫。】这时，我已套牢了所有的钩子，我拿起绳结，开始拉。可是没有一艘船被我拖动，原来它们都下了锚，死死地停在那里。这样，我还得鼓起勇气，继续工作。于是，我先放下绳索，铁钩仍旧搭在船上，取出小刀，果断地割断了系着铁锚的缆

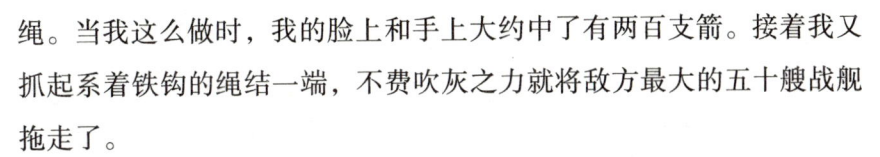

绳。当我这么做时，我的脸上和手上大约中了有两百支箭。接着我又抓起系着铁钩的绳结一端，不费吹灰之力就将敌方最大的五十艘战舰拖走了。

　　敌人们此时正手足无措，他们根本猜不出我的意图。当他们看到我在割绳的时候，还以为我要把这些船撞沉或者是让它们顺流而走。不过，当他们发现整个舰队竟然一起移动，而我又在一头拉着时，立即尖叫起来，那种悲哀绝望的喊叫声简直无法形容，不可想象。我脱离危险之后，稍微停了一下，拔出手上脸上的箭，搽了一点油膏，就是我初次登岸时小人国的人为我涂的那种。然后我摘下眼镜，等了约一个小时，等潮水稍退时，我再带着我俘获的舰队，涉水走过海峡的中心，安全返回到小人国的皇家港口。

　　国王已经率领全朝官员站在岸边，等待这一次伟大的冒险行动的结果。他们看见船只成一个大半月形向前推进，却看不见我的人影，因为海水已没过我的胸脯。当我走到海峡中心时，他们就变得更加焦虑了，因为这时的水已没及我的脖子。国王以为我必死无疑，敌舰正气势汹汹地逼近。但是他很快就放心了。我越往前走，海水就越浅，没过多久，就走到了彼此可以听见喊声的地方。我将所有系着舰队的缆绳高高地举起来，并高声呼喊："小人国最强大的国王万岁！"这位伟大的君王将我迎上岸，对我大加赞赏，当场就封我为"那达克"，这是他们国家最高的荣誉称号了。

　　国王希望我另找机会，将敌方剩下的军舰全都拉到他的港口来。君王的野心深不可测，恨不得把整个布莱夫斯库帝国变成他们的行省，派一位总督去统治。他想彻底消灭大端派的流亡者，镇压那些从大端打破鸡蛋的人民，使他成为世界上独一无二的君王。但是，我从政治和正义的箴言中找了许多论点，尽力让他打消这种念头。我明白表示：自己不愿成为一种工具，使一个自由、勇敢的民族沦为奴隶。在议会上辩论的时候，许多明理的大臣都赞成我的观点。【名师点睛：格列佛是一个热爱和平、反对不义战争的人，他断然拒绝了利立浦特国王消灭布莱夫斯库帝国的要求。因为他不愿意做一个贪婪国王的帮凶，所以拒绝了国王的请求。实际上这也讽刺了英国持续发动对外战争、不管国内百姓生活和社会矛盾的行为。】

我的这一公开而又大胆的表态完全违背了国王的意愿，因此他永远也不会宽恕我了。在内阁会议上，他以一种极其巧妙的方式提到了这事。事后有人告诉我，最明智的几位大臣至少是以沉默表示了他们是赞成我的意见的。不过，另外一些大臣本来就是我的死敌，忍不住就要说话，旁敲侧击地中伤我。从此，国王与一批对我不怀好意的大臣开始密谋来陷害我。不到两个月，这个阴谋就暴露了，最后差点儿给我致命一击。哪怕你曾取得过再大功绩，在君王眼里那又能算什么，一旦你拒绝满足他的野心时，再大的功劳也无济于事。【名师点睛：格列佛因为忤逆了国王的野心，不仅使得之前的赫赫战功瞬间成为泡影，还差点因此丧命。也从侧面描写了统治阶级的忘恩负义与贪婪。】

在我立下这一功劳后约三个星期，布莱夫斯库王国派遣了一位正式的大使，卑躬屈膝[形容没有骨气，低声下气地讨好奉承]，提出求和。不久，两国缔结了和约，内容对我们国王极为有利。关于和约的内容我就不说了，以免劳读者之神。大使有六位，随行人员差不多五百人；他们的入境场面十分隆重，不失其主子的威严和这次使命的重大。和约签订之后，有人私下里告诉那几位大使，说我其实是他们的朋友。我凭借自己当时在朝中的声望——至少表面看来是这样，在签约过程中帮了他们好几次忙，他们因此礼节性地来拜访了我。开始，他们大力恭维我的英勇和大度，接着以他们国王陛下的名义邀请我访问他们的国家。他们听说了许多关于我力大无穷的传说，很希望我能给他们表演一番，看看到底如何。我欣然同意了，只是细节不对读者叙述了。

我花了一些时间来招待这几位大使阁下，他们感到无比满意又十分惊奇。我请他们转达我对他们国王陛下最诚挚的敬意。他的英明称誉全世界，在我回到自己祖国之前是一定要去晋见的。因此，在我后来谒见我们国王时，就请求他准许我前去拜会布莱夫斯库的君王。他虽然同意了我的请求，可我能看得出来，他的态度十分冷淡。【名师点睛：格列佛与国王的矛盾逐渐浮出水面，引出下文，激发读者的阅读兴趣。】我猜不出究竟是什么原因。后来有个人私下告诉我，是佛利姆奈浦和博尔戈兰姆两人把我和那几位大使交谈的情况报告了国王，认为我对国王不忠。不过我敢说，这件事情上我完全问心无愧。这是我第一次开始对朝廷和大臣们产生了一些看法。

特别要说明的是，大使们和我之间的谈话是通过翻译进行的。这两大帝国的语言有很大不同，这同欧洲任何两国的语言一样。而每一国都认为自己的母语历史悠久，说起来优美动听又生动有力，为此深感自豪，对于邻国的语言也就公然地表示蔑视。【名师点睛：这段话也是作者借题发挥，根据现实情况，就欧洲各国间语言、文化的差异和相互歧视表达了自己的观点和看法。作者观点中肯，指出了欧洲各国之间在语言文化上的偏见和互不包容的缺点。】可是，由于夺了人家的舰队，我们的国王仗着处于上风的优势，强迫别人用小人国的语言递交国书并致词。同时也该承认，因为两国间的商贸往来很多，而且彼此都不断接受对方的流亡人员，此外，两个帝国都有互派贵族及富家子弟到对方国家留学，以便让他们增加见识，了解异域风土人情的习惯，所以名门望族和住在沿海地区的商人、海员，几乎人人都会说两国话。这一点在数周后我去朝见布莱夫斯库国王时就发现了。敌人的恶意诽谤，使我身处不幸。但这次拜访对我来说是一件十分快乐的事情，对此以后我还要在适当的地方加以叙述。

读者肯定还记得，在我签订使我恢复自由的那些条款时，上面有几条我很不喜欢，因为它们使我简直像个奴隶。当时也是万不得已，我只好屈从了。而如今我是帝国最高头衔的"那达克"了，再履行这样的义务未免有失身份。不过，还要说句公平话，国王后来也一次都没有提起要我做那些事。时隔不久，我就得到了一次为国王陛下效劳的机会，至少我当时认为我是立了一个大功。一天半夜，我门口忽然响起了几百人的呼喊，这些喊声把我惊醒了。因为突然一下子被惊醒，我心里有几分恐惧。我听到有人不停地喊"Burglum"这个词。朝廷的几位大臣从人群中挤了过来，恳请我立刻赶去国王的宫殿。原来，王后的一位女侍从看传奇小说时睡着了，一不留神，致使王后的寝宫失火了。我立即爬了起来。这时已有命令让众人给我让开道路，而那天正好是一个月明之夜，所以我一路小心赶到宫中，一个人也没有踏伤。我看他们已在寝宫的墙上架了许多梯子，水桶也很齐全，只是水源离这儿还有一段距离。这些水桶的大小只和一个大的顶针箍差不多，可怜的人们以最快的速度把一桶接一桶的水递给我，但火势太猛，这样做根本不管用。本来我可以用我的上衣很容易地将火扑灭，不幸的是匆忙之中忘了带来，只穿一件皮背心就赶了过来。形势十分危急，看来已经没有希望，这座富丽堂皇的宫殿就要烧成平地。【名师点睛：通过详细说明当时的情况，突显了救火的难度之大，所以接下来格列佛用尿灭火实属无奈之举。】突然一个念头一闪，我计上心来：昨天晚上睡觉前，我喝了大量的称之为"格力姆格瑞姆"的美酒（布莱夫斯库人管它叫"福禄奈克"，但我们的酒应该是更好一点），这酒有很好的利尿作用。更凑巧的是，我一次小便都还没有解过呢。我离火焰很近，再加上我拼命想把火扑灭，身上一吸热，酒就开始发生作用而变成尿了。我狠狠地撒了一泡，真是恰到好处，结果三分钟火就整个儿被浇灭了，花了多年心血建成的这座皇家建筑的其他部分总算免遭毁灭，被救了下来。

这时，天已大亮了，我没等向国王道贺就回到了自己的家，因为虽说我立了一大功，但我不知道国王对我这种立功的方式是不是很反感。根据这个国家的基本法令，任何人不管他的地位有多高，如果在皇宫区内小便，一律处死。但是国王的一份公文稍微使我安下心来，他说他要下令给大司法官正式赦我无罪,不过我没有得到这份赦免书。有人私下里告诉我,王后十分痛恨我的所作所为,她已远远地搬到皇宫的另一边去了,而且她坚决不修葺这座寝宫供她居住,同时她在她的几个主要心腹面前发誓,说一定要报复我。【名师点睛:王后恩将仇报,其阴险、恶毒不难窥见。】

Z 知识考点

1.本章主要讲述格列佛在小人国的两大立功事件:一是_____,二是_____。

2.利立浦特国王想一举吞并敌国,格列佛(　　)了国王的做法。
   A.赞同　　　　　B.拒绝

3.格列佛在小人国是如何帮助利立浦特人打败邻国布莱夫斯库帝国的入侵?

_____

_____

Y 阅读与思考

1.格列佛是一个有勇有谋的人,说说文中哪些方面可以体现。

2.国王并没有将格列佛处死,而是赦免了他,表明国王并不昏庸,你认为呢?

第六章

奇特的风俗

> **M 名师导读**
>
> 　　在小人国里,格列佛对其居民及其学术、法律、风俗和教育方面的情况有了全面的了解,形成了自己独特的生活方式,他生活得还不错,但是后来他为了维护一位贵妇的声誉,与人结下了仇怨。

　　虽然我想专门写篇文章描写这个王国的一切,但同时我还想在这里大致介绍一下基本情况以满足读者的好奇。当地居民一般身高六英寸以下,因此其他所有动物、草木都严格遵守与之相称的比例。例如,最高的马和牛身高是四五英寸,绵羊大约一点五英寸,鹅大概就只有麻雀那么大,以此类推,一直到最小的种类,我就几乎看不见了。【写作借鉴:作者在这里列举了一系列数据,通过由大到小的顺序,突出了小人国的特点"小",使得他想要表达的意图更加明确。】不过大自然使小人国国民的眼睛已经适应了他们眼前那一切特殊的东西,他们能看得非常清楚,但不能看得太远。我曾经饶有兴趣地观察过一位厨师在一只不及普通苍蝇大小的百灵鸟身上捋(lǚ)[用手指顺着抹过去,使物体顺溜或干净]毛,也曾看到一位年轻姑娘在做针线活,不过那丝线和针细得我根本看不见。由此可见他们对近处的物体有着十分敏锐的视力。他们最高的树木大约有七英尺,我指的是长在皇家大公园里的那几棵,我举起攥着的拳头刚好够得着树顶。其他的植物也有一定的比例,这就留给读者自己去想象吧。

我只说一点儿他们的学术。经历了许多年代，他们的学术发展成许多分支，都很发达。不过他们写字的方法很特别，既不像欧洲人那样从左到右，也不像阿拉伯人那样从右到左；不像中国人那样自上而下，也不像卡斯卡吉人那样从下到上，而是从纸的一角斜着写到另一角，就像英国的太太小姐们一样。【写作借鉴：对比突出的写作手法。采用与其他国家和地区的不同书写方法的对比，突显出小人国在艺术方面的独特性。】

　　他们埋葬死者的方式是将死人的头直接朝下。因为他们相信，一万一千个月之后死人全都会复活，这期间地球（他们以为地球是扁平的）会上下翻个个儿。用这样的埋法会使死人在复活的时候，稳稳当当地站在那儿。他们中有的学者也承认这种说法荒诞不经，但这种习俗仍在沿用。

　　这个国家的一些法律和风俗非常奇特，要不是它们与我亲爱的祖国的法律和风俗截然相反的话，我真想替他们说几句辩解的话，希望我们也能实行。我首先要提到的是关于告密者的法律。所有背叛国家的罪行在此均将受到最严厉的惩罚。但如果被告能在开审时表明自己是清白的，则原告将被立即处死，落得个可耻的下场。同时，清白的人还可以从指控者的财产或土地中获得四项赔偿：损失的时间、所承受的危险、监禁的痛苦及所有的辩护费用。假如指控者的财产不够赔偿，则多半由皇家负担。国王还要公开授予被告一些恩赐，向全城发布公告，宣布被告无罪。

　　他们把欺诈看作比偷窃更严重的犯罪，因此如果有人欺诈，很少有不被处以死刑的。因为他们认为，一个人只要小心谨慎，提高警惕，再加上有点常识，自己的东西就不会被偷。但手段高明的欺骗会令诚实的人防不胜防。既然人们买卖和信用交易是一种必不可少的长期行为，如果我们允许和纵容欺诈行为，或者没有相应的法律对其进行制裁，那么诚实的生意人就总会吃亏，流氓无赖反倒获利。【名师点睛：

【当时的小人国已经很重视法律和诚信，可见小人国在那个时候的经济、社会发展较好，制度已经比较完善。】我记得，有一次我曾在国王面前替一个拐骗了主人一大笔钱的仆人说情。那人奉主人之命去收款，但是后来竟携款潜逃。我对国王说，这不过是辜负了他人的信任，希望能减轻对他的量刑。国王认为我替这种最应加重处罚的罪行说情，简直荒谬。说真的，我当时无言以对，更不用说做出什么辩护了，因为各国有各国不同的习俗吧。但是说实话，我那时确实感到无地自容。

虽然我们总是认为，赏与罚是一切政府运作的两个枢纽，但除了在小人国之外，我还没见过有任何一个国家能真正实行这一制度。【名师点睛：作者由衷地表达了对这种制度的赞赏，也从侧面反映了他的法律主张。】无论是谁，只要能拿出充分证据，证明自己在七十三个月内一直严格遵守国家法律，就可以享受一定的特权。他可以根据其地位和生活境况的不同，从专用基金里得到一定数目的款项，同时还可以获得"斯尼尔普尔"或"守法者"的称号，不过这种称号后代子孙是不能世袭的。【名师点睛：在小人国，公民特权的享有是凭借自己的实力，而且这种特权不能世袭。这是一种相当公平合理的做法。在这里，作者表面上是在介绍小人国的特权制度，实则是对当时英国社会贵族阶级所享有的世袭制度的影射。】我告诉他们，我们的法律只有刑罚没有奖赏，他们就认为这是我们政策上的一大缺点。正因为如此，他们的法庭上，正义女神的雕像上有六只眼睛，两只在前，两只在后，两边再各有一只，以此表明她明察秋毫，她的右手拿着一袋金子，袋口是打开的，左手持一柄宝剑，剑在鞘中，这表示她更倾向于奖励而不是惩罚。【写作借鉴：通过细节描写，让小人国正义女神的形象变得立体、生动起来。】

在选人任职方面，他们注重优良的品德胜过卓越的才能。他们认为，既然人类需要政府，那么相信一般才能的人就能胜任各种职务了。上天不会把公共事务弄得十分神秘，只有个别非常杰出的人才能管理，这样的天才一个时代也只能出三个。相反，每个人身上都存在真诚、正义、节制诸如此类的美德，他们只要通过实践积累经验，加上一颗善心，都可以为国家效力，只不过还需要一段时间的学习罢了。如果一个人没有德行，才能再高也没用，任何事务绝不能交给这种人去管理。一个品行端正的人如果由于无知而犯错，至少不会像心存腐败的人那样，给公众利益造成致命的后果。这种心存腐败的人能加倍地投机钻营，掩盖自己的腐败行径。【名师点睛：小胜靠才，大胜靠德。"德"是做人的基础和前提。"才"体现的只是一种能力，而"德"体现的是一种人生态度和大智慧。德者，人心之根，行为之本。】

　　同样，不相信上帝的人也不能担任任何公职。小人国的人认为，既然国王们宣称自己是上帝的代表，如果他所任用的人竟不承认他所凭借的权威，那么这真是再荒唐不过了。【名师点睛：这说明虽然小人国的制度比较完善，但是在以国王为首的集权统治下，老百姓依然是受压迫的对象。】

　　在叙述上面这些法律以及下面的一些法律时，读者应该明白我指的只是该国独创的那些制度，而并不是后来那臭名昭著[坏名声人人都知道]的腐败政治。由于人类本性堕落，这些人已经陷入腐败之中了。至于那些凭借在绳子上跳舞而获取高位，在御杖上上下跳跃或爬行以赢得恩宠和荣誉勋章等无耻行径，最初是从当今皇上的祖父开始的，随着党派纷争的加剧，演变到今天的地步。

　　忘恩负义在他们的国家应判死罪。我们在书上读到过，其他一些国家也是这样做的。他们的理由是这样的：以怨报德的人应该是人类的公敌，知恩不报的人不配活在世上。

　　关于父母和子女的责任的一些观念，他们的也和我们的截然不同。男女结合基于伟大的自然法则，为的是传宗接代，小人国也有这样一种结合。他们认为，和别的动物一样，男女结合的动机在于性欲，而对孩子的情感也是出于同样的自然法则。根据这一道理，他们从来也不认为一个孩子因为父亲生了他，或者母亲把他带到了这个世上，就应对父母承担什么责任和义务。想想人生的悲惨，生儿育女本身也没有什么好处，做父母的也没有想到要这么做，相遇相爱时，心思还用在别的上面呢。基于这些还有其他一些类似的理由，他们认为最不应该让父亲来教育自己的孩子了，因此，他们的每个城镇都办有公共学校，除农民和劳工外，所有孩子，不论男女，一到二十个月大，他们认为可以懂事了，都要送去学校接受培养和教育。学校分几种，以适应不同阶层和性别的孩子。这里有经验丰富的教师，他们训练孩子们养成一种适合于他们父母地位，同时又符合自身能力及爱好的生活方式。【名师点睛：作者在这里实则传达了自己的教育理念。这是一种讲求实效的教育方式，其中参考受教者父母社会地位的做法，虽有过于注重出身，固化社会阶层之嫌，但因结合了孩子的学习兴趣和能力考量，所以具有较强的实际意义。】下面，我先来谈谈男校的情况，然后再谈女校。

接收贵族或出身显赫的子弟的男学校配备有庄重博学的教师，还有几名助教。孩子们的衣食简单朴素。他们受到荣誉、正义、勇敢、谦虚、仁慈、宗教、爱国等方面的培养教育，除了短暂的吃饭、睡觉时间以及两小时娱乐活动，包括锻炼身体外，总是有事做。四岁以前由男仆给他们穿衣服，过了四岁，不管身份多高，都得自己穿衣。女仆们的年纪大概在五十岁，只从事一些最粗的活儿。【名师点睛：主张尽早培养孩子的生活自理能力，这也是作者在孩子的教育问题上企图警醒世人的重要一点。】孩子们绝不准许同仆人交谈，只许一小伙或一大群地在一块儿进行一些娱乐活动，还有一位教师或者助教在旁，这样一来，他们就不会像我们的孩子那样，在幼年时代就染上愚顽[愚昧而顽固]的恶习。一年中，他们的父母亲只准看望孩子们两次，每次看望的时间不超过一小时。见面和分别时可以亲一下自己的子女，不过总有一位教师在旁，他绝不允许父母窃窃私语或对孩子表示爱抚，也不准他们携带任何玩具、糖果之类的礼物。

每家必须交付子女的教育和抚养费用，到期不缴，由国王委派官吏强行征收。

接收一般绅士、商人、小商贩和手艺人子弟的学校，也按照同样的方法采取相应的管理措施。不过那些预备要做生意的孩子十一岁就要去当学徒，而贵族子弟继续在校学到十五岁（相当于我们的二十一岁），不过到了最后三年，管教会渐渐放松。

在女子学校里，贵族出身的女孩子接受教育的方式和男校的相似，只是由整洁的女仆给她们穿衣服，每次也都有一位教师或助教在场，一直到她们可以自己穿衣服为止，大概是五岁。<u>一旦发现这些女仆擅自给女孩子讲一些恐怖、愚蠢的故事，或者做出一些像我们的侍女所惯于玩弄的愚蠢把戏来给姑娘们取乐，她们就会当众受到三次鞭打，再监禁一年，然后终身流放到这个国家最最荒凉的地方。</u>【名师点睛：<u>对女仆的惩罚真可谓严酷。这里实则从侧面反映了英国当时贵族女子教育的一角，由此不难看出贵族教育的所谓"高贵"，以及对女仆的高标准严要求。</u>】这样一来，那里的女孩子和男孩子一样，都耻于成为懦夫和呆子，她们注重行为规矩，衣着整齐，鄙视一切不洁不正派的个人打扮。除了锻炼时的强度不像男孩子们的那么大以外，我还没看出女孩子的教育和男孩子有什么区别。她们要学一些家政方面的规则，学习的范围也较小些，因为这里人的信条是，女人不可能永远年轻，在高贵的人家中，主妇应该永远做一个懂道理的、和蔼可亲的伴侣。女孩子到了十二岁，在他们看来就是到了该结婚的年龄了，父母或监护人把她们领回家，对老师们是千恩万谢。而姑娘与同伴分离时总会热泪盈眶，依依惜别。

在地位较低的女子学校里，孩子们学习各种符合她们性别和不同身份等级的工作。那些打算去学艺的女孩儿在九岁退学，其余的留到十一岁。

对条件较差的家庭，把孩子送到这种学校里，除每年要交低到不能再低的学费之外，还得将每月收入的一小部分交给学校的财政主管作为分给孩子的一份财产，所以父母的开支是受法律限制的。在小人国，人们为了满足自己一时的欲望，把小孩子生到这个世上，却把教养这些孩子的负担加到民众身上，也未免太不公平了。至于有身份的人，也要根据各人的情况，拨一笔费用留给每一个孩子。这部分基金将永远按照勤俭节约的原则加以公平地管理和使用。

农民和劳工则把孩子留在家里，他们的劳作就是到田地里去耕田种地，因此他们的教育对公众来说影响不大。不过他们中的年迈者和多病的人将由养老院来抚养，因为在这个国家，是没有乞丐这一行业的。

我在这个国家逗留了九个月零十三天，好奇的读者也许乐意听我说说我在那里是怎么过日子的。【写作借鉴：这句话属于概括性的话，具有提纲挈领，引起下文的作用。】我天生喜欢手工制作，同时也由于生活的迫切需要，我就用皇家公园里最粗的树木给自己做了一套舒适的桌椅。雇了两百名女裁缝给我制作衬衫、床单和台布，用的虽然是最粗糙最结实的布料，却还得几层相叠缝到一起，因为他们最厚的布也要比我们的上等细麻布精细得多。他们的亚麻布通常是三英寸宽，三英尺长算一匹。我躺在地上让女裁缝们给我量尺寸，她们一个站在我的脖子那儿，另一个站在我的小腿那儿，将一根绳子伸开，各执一端。第三个用一根只有一英寸长的尺子来量绳子的长度。量过我的右手大拇指后，她们就不量了。因为按照数学的计算方法，拇指两周是手腕的一周，脖颈和腰的粗细也遵循这一比例。我再把我的一件旧衬衫摊放在地上，让她们照着做个参考，结果她们做出的衬衣非常合我的身。又请了三百名裁缝给我做外衣，但他们用另外一种办法为我量尺寸。我跪在地上，他们竖起一架梯子靠在我脖子上，一个裁缝爬上梯子，将一根带铅锤的线从我的衣领处垂直放到地面，这恰好就是我外衣的长度。不过，腰围和胳膊的尺寸由我自己来量。这些衣服全是在我自己的屋子里做的，因为他们最大的房子也没有办法放下这么大的衣服。就这样，衣服做成了，它们看上去就像英国太太们做的百衲衣[泛指补丁很多的衣服]一般，不同的是我的衣服都是一种颜色罢了。

有三百名厨师给我做饭，在我的房子附近搭起了许多小巧便利的茅屋，他们带了家人住在里面。每位厨师给我做两种菜。我一手拿起二十名服务员把他们放到桌上，另外有一百名在地上侍候，有的端着一盘盘的肉，有的肩上扛着一桶桶的葡萄酒和别的饮料。我说要吃，桌上的侍者用一种巧妙的方法，按我的要求拉动绳子往上吊，就像欧洲人从井里提水一样。【写作借鉴:把喝酒喝饮料比作从井里拉水桶，形象生动地再现了当时的状态。】一盘肉正好够我吃一大口，一桶酒也够我喝一口的。他们的羊肉不如我们的好，但他们的牛肉味道却好极了。我曾吃到一块牛腰肉，非常大，咬了三口才吃完，不过这种情况很少见。我的仆人们见我连骨头一起吃下去，就像在我们国家吃百灵鸟的腿一样，非常吃惊。鹅和火鸡我通常一口一只，必须承认，它们的味道远比我们的要好。至于他们国内其他的小家禽，我用刀尖叉起二三十只一起吃。

国王陛下听说了关于我的生活起居和饮食方式之后，有一天就提出要带王后和年轻的王子、公主来和我一起分享吃饭的乐趣(他喜欢这么说)。后来真的就来了。我把他们放在桌上的御椅里，面对着我。侍卫在他们四周站着，财政大臣佛利姆奈浦像往常一样，手持那根白色权杖也在一旁侍奉。我发觉他不时从一旁看我，一副酸溜溜的样子。我当作没看见，反而吃得比平常还要多。一来我要为我的祖国争光，二来也想让朝廷惊叹一下。我私下里总感觉国王的这一次驾临，又给了佛利姆奈浦一次在国王面前说我坏话的机会。这位大臣一向暗地里与我为敌，表面上好像与我很亲密，这与他乖戾(lì)[性情、言语、行为等别扭，不合情理]的性情格格不入。他向国王报告说，目前国库财力不足，往下拨款都得打折扣，国库券的价值比票面价值低百分之九才能流通。他说我已经花掉国王陛下一百五十多万"斯普鲁格[这是小人国最大的金币，有我们衣服上的亮片大小]"了。从全局考虑，国王应该采取的最明智的做法就是一有适当的机会就把我打发走。

　　这里我有责任为一位品质高尚的夫人的名誉辩护一下，因为我的缘故，她蒙受了不白之冤。财政大臣真是可笑至极，竟猜忌起他自己的妻子来。有人心怀叵(pǒ)测[不可。指心存险恶，不可推测]，跟他说他的夫人疯狂地爱上了我。朝廷的这一丑闻流传了一段时间，说她有一次曾秘密到过我的住处。我郑重声明这事简直是一派胡言，纯属造谣，夫人只不过喜欢用天真无邪的坦诚和友善的态度对待我罢了。我承认她常到我家来，但每次都是公开的，马车里也总是还有另外三个人，多半是她的姊妹、年轻的女儿和某个要好的朋友，这种事宫廷的许多夫人都知道。【名师点睛：格列佛与这位夫人纯洁的交往却成了某些别有用心的人诽谤他的由头，由此可见人心之险恶。】这事我还需请我身边的仆人作证，他们是否有哪次看到我门口停着辆马车，却不知道里面坐的是什么人。每次有人来拜访，总是先由仆人通报，我则照例立即到门口迎接；在向她们表示过敬意之后，我十分当心地拿起马车和两匹马(如果是六匹马拉的车，车夫总要解下其中的四匹)放到桌子上。桌子周边我安了个可拆卸的护板，有五英寸高，以防万一出事。通常情况下，我的桌上同时有四辆马车，里边全坐满了人，这时我就在椅子里坐好，脸孔前倾，面向他们。我和一辆马车中的客人聊天时，马车夫就驾着其余几辆车在桌子上慢慢兜圈子。我就在这样的聊天中度过了许多愉快的下午。可是我坚决要向财政大臣或者向他告密的那两个人挑战(我要说出他们的名字，让他们好自为之)，他们就是克拉斯特利尔和德隆洛。我要他们拿出证据来证明，除了我以前说到过的瑞尔德里沙内务大臣曾奉国王陛下的特遣来见过我以外，还有什么人隐姓埋名私下来找过我。要不是这件事牵扯到一位贵夫人的名誉，我是不会絮絮叨叨说这么多的，我自己的名誉受损也就算了。

　　当时我已经拥有"那达克"这一光荣称号，财政大臣却没有，众所周知，他只是一个"克拉姆格拉姆"，比我要低一级，就像在英国侯爵比公爵要低一级一样。但是我知道,实际上他的职位比我高。这些虚假的谣言我是后来在一次偶然的机会中得知的,至于是怎么偶然得知的就不便公开。谣言曾使佛利姆奈浦一度给他夫人脸色看,对我就更不好看了。

　　尽管他最终明白了真相,并与太太重归于好,我却永远失去了他的信任。我发现,我在国王面前也很快失宠了,他实在太受制于他那位宠臣了。【名师点睛:这里从侧面反映了国王好听信谗言,没有明辨是非的能力。】

Z 知识考点

1.小人国在艺术方面很独特,就拿书写这一项来说,欧洲人书写是从_____到_____,阿拉伯人是从_____到_____,中国人是从_____到_____,而小人国是从_____到_____。

2.判断题。

（1）在小人国,背叛国家是一种可耻的行为,如果被人告密,那么就会被判死罪,但是如果在开庭前被告证明自己清白,原告就将被处死。　　　　　　　　　　　　　　　　　　（　　）

（2）在小人国,人们对欺诈行为已习以为常,因此即便犯欺诈罪也不会受到法律制裁。　　　　　　　　　　　　　（　　）

3.小人国的法律有哪些特点?

_____

_____

Y 阅读与思考

1.回想一下,格列佛在小人国有哪些奇特的见闻?

2."尽管他最终明白了真相,并与太太重归于好,我却永远失去了他的信任。"从这句话中,你能受到什么启发?

第七章

逃离小人国

M 名师 导读

有一天一位友人告诉格列佛，朝廷大臣将要谋害他，而且告诉他关于对方阴谋的关键节点。格列佛不得已只得逃到布莱夫斯库，并在那里受到热情的招待。

在继续往下叙述我是如何离开这个王国的情形之前，我还是应该把两个月来一直在进行着的针对我的阴谋告诉给读者。

到那时为止，对朝廷里的事情我一向是全不知情的，我地位低微，也没有资格知道朝廷的事。但是，那些君王和大臣们的权谋之术，我还是有所耳闻的。但是令我万万没有想到的是，就在这样如此偏远的一个国家，这些性情竟然也会产生这么可怕的影响。我本以为这个国家的统治原则迥(jiǒng)然[形容差别很大]不同于欧洲国家呢。

就在我正打算朝见布莱夫斯库国王的时候，朝廷的一位举足轻重的人物(他有一次大大地触怒了国王，我一度曾帮了他大忙)夜里忽然坐着暖轿悄悄地来到了我家。他没有通报姓名就要求见我。他将抬轿的人打发走后，我就将他连人带轿一起放入了上衣口袋。我吩咐心腹仆人，要是有人来拜访我，就说我身体不太舒服已经睡下了。我闩(shuān)上大门，把轿子放到桌上，像平时一样，在桌旁坐了下来。【名师点睛：夜里忽然有人来拜访，格列佛意识到应该有什么要事，于是闩上大门。也正是这个细小的动作，说明格列佛是一个细心的人。】寒暄过后，我注意到这位老爷一脸的忧虑，问及原因，他说他希望我耐心地听他讲，这事攸关我的性命及荣誉。他讲的话大意是这样的，因为他的话非同小可，因此他人一走我立即用笔记了下来：

"你要知道，"他说，"为了你的事，几个委员会最近召集了一次极为秘密的会议，就在两天前，国王做出了最后的决定。你应该能感觉到，自从你来到这之后，你就成了斯开瑞什·博尔戈兰姆（'葛贝特'，即海军司令）的眼中钉。他恨你的原因我并不清楚，可有一点我能肯定，<u>在你成功地打败了布莱夫斯库后</u>，<u>他对你的恨就愈加明显了，他觉得自己海军大将军的颜面已经荡然无存了</u>。【名师点睛：格列佛成功俘虏了布莱夫斯库海军的战船，帮助小人国国王取得了重大胜利。但是也因此得罪了心胸狭窄的斯开瑞什·博尔戈兰姆，因为这样，他就联合了许多大臣，并利用国王对格列佛的冷淡，对格列佛进行暗算。】他与财政大臣佛利姆奈浦（他因太太的事对你怀恨在心，这是众所周知的）、陆军大将利姆托克、掌礼大臣拉尔孔和大法官巴尔墨夫互相勾结，拟就了一份弹劾书，指控你犯有叛国和其他几项重大罪行。"

他的这番话着实让我吃惊不小，立刻就要打断他，因为我觉得自己只有功没有罪。可是他请我冷静，不要打断他，然后他接着说："为了报答你对我的恩情，我冒着被杀头的危险，设法探听到了这件事的全部消息，并且弄到了那份弹劾书的副本。

对山巨人昆布斯·弗莱斯纯的弹劾书

第一条

根据卡林·德法·普鲁恩陛下在位时制定的一条法令：规定凡在皇宫范围内小便者，一律按严重叛国罪论处。当事人昆布斯·弗莱斯纯公然触犯该项法令，借口扑救王后寝宫火灾，竟敢撒尿救火，居心叵测，忤逆[违背；违抗；冒犯]不忠，恶毒至极。该寝宫正处于此法令规定的王宫范围里，他不仅违反该项法令，并有越权擅职之举。

第二条

当事人昆布斯·弗莱斯纯曾将布莱夫斯库皇家舰队拉进我皇家港口，随后，国王陛下令其前往捕捉布莱夫斯库的一切残余船只，削该帝国为行省，遣总督统辖。同时将所有流亡该国的大端派及该国不愿立即放弃大端邪说者全部处死。弗莱斯纯实系奸诈忤逆之徒，借口不愿违背良心去毁灭一个无辜民族的自由与生命，竟敢抗拒我们最圣明、最尊贵的国王陛下，呈请免予执行上述任务。

第三条

布莱夫斯库国曾派遣大量使臣来我朝求和，当事人弗莱斯纯实系奸诈忤逆之徒，竟帮助、支持、安慰、款待该国使臣，尽管他明知这些人乃最近与我皇陛下公然为敌、并公开对我国宣战的敌国君王的臣子。

第四条

当事人昆布斯·弗莱斯纯没有尽到一个忠臣的职责，仅取得国王陛下的口头允许，就准备前往布莱夫斯库帝国。关于此行，他仅仅得到国王陛下的口头允诺，该当事人背信弃义，意欲前往辅佐、安慰、教唆布莱夫斯库国王。该国国王就在不久前还公然与我皇为敌，并向陛下宣战。

还有一些其他的条文，这些是我摘录的最重要的部分。

"应当承认，在关于这宗弹劾案的几次辩论中，国王陛下有不少宽大为怀的表现，他不止一次强调你对他的尽心效劳，竭力想减轻你的罪行。<u>财政大臣和海军司令却坚持认为应当毫不留情地将你处死，他们要在夜里放火烧你的房子，让你极其痛苦地死去。陆军大将当率两万人用毒箭射你的脸和手。你的仆人中有几个也将接到密令，将毒汁洒到你的衬衣上，这样你自己就会把皮肉抓烂，然后在极度痛苦中死去。</u>【名师点睛：各种各样陷害格列佛的方法，表现出对方想要置他于死地，这为他后来果断做出决定做了铺垫。】陆军大将也都赞成这些意见。所以有很长一段时间多数人都反对你，倒是国王陛下决定尽可能地保全你的性命，最后总算说服了掌礼大臣。

"关于这件事，国王还让内务大臣瑞尔德里沙发表了自己的看法。大臣一向自认为是你的好朋友，从他发表的意见看来，你给他的印象不错还是有道理的。他承认你罪行重大，但尚有可以宽恕之处，而宽宏大量是一个君王最值得赞美的美德，国王陛下也正以胸襟宽广而闻名天下。他说你和他是朋友这事人尽皆知，所以尊敬的阁员也许要认为他存有私心。不过既然国王要他说，他也就愿意坦率地谈谈自己的看法。如果陛下能考虑你所做出的贡献，慈悲为怀，愿意免你一死，他可以下令射瞎你的眼睛。他说依他之见，用这个办法可以相对满足公正的要求，世人就会拍手称赞国王陛下的仁慈大度，有幸做陛下朝臣的人也是办事既公平，又宽宏大量。失去双眼并不会影响你的体力，你照样可以为陛下效劳。再说盲目可以大大增加勇气，因为你看不到危险。当初也就是因为你顾忌眼睛被射瞎，好不容易才把敌人的舰队夺了来。所以，对你来说，以后由大臣们来为你观察事物也就够了，伟大的君王所做的也不过如此。

"虽然这一建议遭到全体阁员的坚决反对，不过还是被接受了。海军司令博尔戈兰姆都控制不住了，狂怒地站了起来，说他觉得奇怪，内务大臣怎么胆敢发表意见要保全一个叛徒的性命。从国家的利益来考虑，你所建立的那些功劳只能加重你的罪行。<u>你既然能够撒泡尿扑灭王后寝宫的火灾（提到此事惊骇不已），也许下次还能用同样办法使大水泛滥，淹没整个皇宫；既然你有力量能把敌舰牵过来，一旦有不满意的时候，你也有力量把敌舰再送回去。正是因为内心有了叛逆之意，尔后才有公开行动的表现，他就是据此指控你是叛徒，并且坚持你罪该万死。</u>【名师点睛：欲加之罪，何患无辞。古来很多有才能的正直之士就是被这些用心险恶的政客谋害的，而格列佛也和他们一样，因为功劳太大所以招来这些小人的嫉恨。】他还有充分的理由认为，你实际上是个大端派。叛逆开始总是先由心里滋生，然后才公开行动，因此他指控你是叛徒，并坚持要处死你。

"财政大臣的意见也一样。他振振有词地说，为了维持你的生活，开支巨大，皇家财政几乎到了不能支撑的地步，再这样下去，很快就要供不起了。内务大臣提出弄瞎你的眼睛根本不是消灭这一祸害的良策，说不定反会加重这祸害。从以前的情形来看，很明显，家禽在眼瞎之后吃得更多，很快发胖。神圣的国王和阁员就是你的审判官，他们凭着各自的良心完全可以认定你有罪，根本不需要有法律明文规定的正式证据。

"但是国王陛下主意已定，坚决反对把你处死，他仁慈地说，既然阁员们觉得弄瞎眼睛的刑罚太轻了点，以后还可以实行其他的处罚。这时你的朋友内务大臣谦恭地要求再次得到发言的机会，来回答财政大臣提出的反对他的理由：是关于国王为了维持你的生活耗资巨大的事情。他说既然阁下有全权处理国王的财政，那就不妨逐渐减少你的定量，这样这场灾难很容易就可以得到解决。你得不到足够的食物，就会消瘦昏厥(jué)[气闭，昏倒]，以至完全丧失胃口，结果用不了几个月你就会枯萎而死。到那时你的身体差不多只剩下不到一半了，尸体发出的臭气也就不会那么危险了。你一死，五六千个老百姓只要花两三天就可以把你的肉从骨头上割下来，用货车运走，远远地埋起来，以免传染疾病；同时，留下你的骨骼作为纪念物，以供后人瞻仰。

"就这样，多亏了内务大臣鼎力相助，整个事情才得到了折中的解决。国王严令：一步步将你饿死的计划必须要严加保密，但弄瞎你眼睛的判决却写进了弹劾书中。除海军司令博尔戈兰姆之外，大家一致同意。博尔戈兰姆是王后的宠臣，王后陛下一直在唆使[指使或挑动别人去干坏事]他坚持把你处死。自从你那次用可耻而非法的方法扑灭了她寝宫的大火，她一直对你怀恨在心。

"三天之后，你的朋友内务大臣就将奉命来你家向你宣读弹劾(hé)[君主时代担任监察职务的官员检举官吏的罪状]书中所列的罪状，随后还要向你表明国王陛下以及阁员们的宽大与恩典，正因为如此，你才仅仅被判处弄瞎眼睛。国王陛下毫不怀疑地认为你会感激涕零、低声下气地接受这一判决。同时，将有二十名御用外科医生前来监督，保证这项任务顺利进行，届时你得躺在地上，他们将用十分锐利的箭刺入你的眼球。

"对于这件事，你该采取什么措施，还是你自己去考虑吧。为了不引起人怀疑，我得像刚才来的时候那样神不知鬼不觉地回去了。"

说完这些话后，这位老爷走了，留下我一个人，我心乱如麻，疑惑不已。【名师点睛：从刚开始不相信，到现在开始心乱如麻，格列佛意识到事情的严重性，情感变化显而易见。】

这位君王和他的内阁大臣们曾向我介绍过一种惯例（有人跟我说，这种惯例和从前的做法大不相同）。就是，每当朝廷决定执行一项严酷的判决，不论那是为了替君王泄愤，还是为了替宠臣报怨，国王总要对全体内阁成员发表一通演说，表明他如何宽大、仁爱，说他这些品质是天下闻名、举世公认的。国王的演说很快就会向全王国公布，但是，似乎全国老百姓十分不愿听到国王那仁慈的颂词。他们已经明白，这样的颂词越夸大，越强调，刑罚肯定越惨无人道，受害人也就越无辜。至于我本人，坦白地说，无论从自己的出身还是所受的教育来看，从没打算当一名朝臣，而我判断事务的能力极差，无法判断这个判决之中的宽大和恩惠，反倒认为（这也许是错的），与其说这是宽容，不如说是苛责。【名师点睛：从臣民的预期反应来看，国王的演说不仅没有表明他的仁慈和宽恕，反而因为虚伪和做作而更令人毛骨悚然，更加让人反感。而且这种程式性的套话没有任何意义，只是用来蒙蔽大众，掩饰统治阶级的邪恶和丑陋。】有时我想，就接受审讯吧。弹劾状上说我的那几条事实我不否认，但总希望他们还有将我的刑罚减轻一点的余地。但是我一生中也曾经仔细阅读过许多关于国家审判的报道，我发觉到头来都是由判官自以为是地结案了事。在这么紧要的关头，我实在不敢冒这么大的风险，将希望寄托在这样一个判决，尤其我面对的又是如此有权势的敌人。我一度又极力想反抗。我现在还有自由，整个帝国的力量也很难将我制服,只要用些石块,我就可以轻轻松松地把京城砸得粉碎。可是,我即刻就惊惶地打消了这样的念头,因为我想起,我曾对国王宣过誓,想起他给我的恩典,以及授予我"那达克"的崇高荣誉。我还没有这么快就学会朝廷那种"报恩"的方法,劝慰自己说,既然国王对我如此严酷,以前那些应尽的义务也就算了吧。【写作借鉴:细腻的心理描写,生动地写出了格列佛内心的挣扎,把他的愤怒、失望、无奈表现得淋漓尽致。格列佛内心挣扎后的结果,是理智胜出,由此不难看出他的善良和仁慈。】

最后,我做出了一个决定。也许这一决定会招来一些非议,那倒也不一定没有道理。我承认是由于我的草率和没有经验,才保住了眼睛,获得了自由。因为,要是我那时就掌握了帝王与大臣们的性格(这是我后来在其他许多朝廷里领教过的),以及他们对待罪行比我轻的犯人的手段,我一定会心甘情愿地服从这么便宜的刑罚。可那时由于自己年轻急躁,再加上国王允许我前去朝见布莱夫斯库国王,我就利用这个机会,趁这三天还没有过去,我发了一封信给内务大臣,表明按照我已得到的许可,决定当天早上就动身前往布莱夫斯库。我没有等回信,就来到了舰队停泊的海边。我抓了一艘大战舰,在船头绑了一根缆绳,拔起锚,脱掉衣服,将衣服连同腋下夹来的被子都放到战舰中。我拖起船,半涉水半游泳地到达了布莱夫斯库皇家港口。那里的人民早已期盼我能到来了。他们给我派了两名向导带我前往首都,首都也叫布莱夫斯库。我将这两个人拿在手里,一直走到离城门不到两百码的地方。我让他们去向一位大臣通报,就说我到了,让他知道我在此等候国王的命令。大约过了一个钟头,他们通知我,说国王陛下已经率皇室及朝廷重臣出来迎接我了。我又往前走了一百码。国王及其随从下了马,王后和贵夫人们也都下了车。我看不出他们有任何害怕或忧虑的表现。我卧在地上,亲吻了国王和王后的手。

我告诉国王,我是来践约[履行约定的事情]的,我深感荣幸能够得到自己国王的许可前来拜见他这么一位伟大的君主，我愿全力为他效劳，因为这与我对自己的君王应尽的职责并没有矛盾。

对于我失宠一事我只字未提，因为我到那时为止并没有接到正式通知，可以装作完全不知情的样子。我现在已经不在小人国的势力范围之内，推想国王也不可能公开那件秘密了。然而不久我就发现我估计错了。

关于这个朝廷如何接待我的详细情形，在此我不想说了，总之，这种接待是和这一位伟大君王的慷慨气度相称的。【名师点睛：一句精练的话，表现出君王慷慨的气度，没有详细叙述，却留给人无限的想象空间。】至于既没有房屋又没有床，不得不身裹被单、卧地而眠等困难的情形我更不想赘(zhuì)述[说些不必要的细节，多余地叙述]了。

Z 知识考点

1. 他们要在夜里_____烧你的房子，让你极其_____地死去。陆军大将将率两万人用毒箭射你的_____和_____。你的仆人中有几个也将接到密令，将_____洒到你的衬衣上，这样你自己就会把皮肉_____，然后在极度痛苦中死去。

2. 小人国的朝廷大臣要处死格列佛，国王的意见是　　　（　　）

　　A. 同意　　　　　　B. 不同意

3. 格列佛得知消息后，他是什么样的心情？本来可以反抗，却选择了逃生，这是为什么？

_____

_____

Y 阅读与思考

1. 一位朋友救了格列佛，告诉了他将遭谋害的秘密，由此可见这个人是怎样的一个人呢？

2. 小人国的国王最后决定怎样处置格列佛呢？

第八章

返回英国

M 名师导读

在异乡漂泊的格列佛，一直想要回到祖国，很幸运的是他偶然中发现了海上漂浮的一只小船，他决心利用这只小船离开小人国。在布莱夫斯库国王的帮助下，格列佛成功出海，借助一艘英国商船，终于安全地回到了祖国的怀抱。

这已经是我来到布莱夫斯库的第三天了，我出于好奇沿着这座岛的东北海岸散步，发现一点五海里远的海上有个东西，看起来像一只翻了的小船。我脱下鞋袜，涉水走了两三百码，见那东西被潮水推动着向岸边靠拢了。接着我看得清清楚楚，那果真是一只小船，我猜想那大概是暴风雨把它从一艘大船上吹落下来的。我立刻回到城里，请求国王陛下把他上次损失后剩下的二十艘最大的军舰借给我，再拨给我由海军中将率领的三千名水手。这支舰队绕道而行，我则抄最近的一条路回到原先发现小船的地方。我发现潮水把小船推得离岸更近了，水手们带着我事先拧好的缆绳，缆绳很结实。【名师点睛：前面善意的帮助拯救了格列佛，假如他不是曾经帮助过布莱夫斯库国，那么他就没有那么幸运了。】军舰一到，我立即脱掉衣服，涉水向前，走到离小船不到一百码的地方后，就只能泅水向前了。游到小船跟前后，水手们将绳索的一头扔给我，我把它扣在小船前部的一个小孔里，另一头缚到一艘军舰上。可是我发现我做的这一切几乎是白费力气，因为我的脚够不到水底，没有办法工作。迫不得已，我只好游到小船的后面去，用一只手尽可能地把小船朝前推。幸亏潮水也帮了忙，我一直向前游去，直到双脚可以探着水底，下巴刚好露出水面。休息两三分钟后，我又推了一阵，一直到海水只够到我腋窝的地方。现在最艰巨的工作完成了，我又拿出放在一艘军舰中的另外一些绳索，将它们一头牢牢系在小船上，另一头系在供我调遣的九艘军舰上。这时是顺风，水手们在前拉，我在后面推，就这样我们来到了离岸不足四十码的地方。退潮后，小船被我拖出水面，在众人的努力下（大约有两千名水手），终于将小船翻了过来，发现船只是稍稍受了点损伤。

我所经历的这些困难自不必多说了，想必读者一定能够想象得到吧。总之我花了十天工夫做了几把桨，然后把小船划进了布莱夫斯库的皇家港口。一大批民众聚集在那儿，大家见到这么庞大的一艘船，都万分惊奇。我对国王说，这只小船是上天赐给我的礼物，它可以载着我到别的地方去，说不定再从那里我就可以回到祖国了。<u>我请求国王下令供给我材料以便修好小船，又请他发给我离境许可证。他先是好言相劝，接着倒也欣然批准了。</u>【名师点睛：相比小人国利立浦特的国王，布莱夫斯库的国王要显得更加大方得体，对格列佛更加放心。小人国国王不记得格列佛的功绩，听信谗言，最终吓走了格列佛。由此可见，猜疑和忌妒是人类的天敌之一，我们应该吸取教训，不去猜忌别人。】

在这段时间里，我一直觉得很奇怪，为什么没有听说我们小人国的国王在我的事情上给布莱夫斯库朝廷来过什么紧急文书呢？后来有人悄悄地告诉了我这件事情的原委。原来，国王陛下绝没有想到我会知道他的计划，他想我只是按照他对我的承诺到布莱夫斯库去践约了，而这事朝廷上下全清楚。他想我在完成了朝见仪式之后，几天就可以回去的。但是我久久不回终于使他痛苦起来。在和财政大臣以及内阁的其他成员商量之后，他派遣一名要员带了一份关于我的弹劾状来到了布莱夫斯库。这位使臣奉命向布莱夫斯库君王申明他的国君的宽大仁慈，说不过是判了我刺瞎双眼的罪，而我却逃脱公正的处置。又说我若两小时后不回去，就将被剥夺"那达克"的爵位，并被宣布为一个叛国犯。使臣最后说道，基于维持两国长久友好关系的考虑，他的国王希望布莱夫斯库国王能下令将我手脚捆起送回小人国，以叛国罪加以处罚。

布莱夫斯库国王用了三天时间和大臣们商议此事，然后给了一个答复，其中说了不少请求原谅的客套话。他说，如果想要把我捆绑了送回去，国王也知道那是办不到的。虽然我曾经夺走了他的舰队，但议和时我帮过他不少忙，他欠了我很大的人情。而且两国君王不久就可以宽心了，因为我已经在海边找到了一艘庞大的船，可以载我出海，他已下令在我本人的帮助和指导下把船修好。他希望再过几个星期两国就都可以摆脱我这个负累了。【名师点睛：这样做两边都不得罪，从中不难看出布莱夫斯库国王的智慧、机智与圆滑。与此同时，格列佛从一个英雄和功臣沦落成了两个小人国眼中"养不起的包袱"，讽刺了统治者的虚伪和善变。】

使臣带了这样一个答复回小人国去了。我从布莱夫斯库国王那里知道了整个事情的经过，同时在极其保密的情况下向我表示，如果我愿意继续为他出力，他会尽力保护我。虽然我相信他这是诚心诚意的，但我已下定决心，只要有可能回避，就再也不和帝王大臣们推心置腹［把赤诚的心交给大家。比喻真心待人］了。我衷心感谢了他的这番美意，并且希望他能理解我的心情。我告诉他，既然命运赐了我一条船，无论吉凶，我都决意要冒险出洋了，我不愿这么两位伟大的君主再因我而出现分歧。我倒也没有发现国王有任何不悦的表现，后来一次偶然的机会，我发现他对我的决定还蛮高兴，他的大部分大臣也是如此。

考虑到这种种情况，我决定比原计划提前离开，朝廷之中有很多人都想让我早点走，倒都很愿意来帮忙。在我的指挥下五百名工人把十三块最最结实的亚麻布缝到一起，给我的小船做成了两面帆。我花费了很大的力气，才将十根、二十根或三十根最粗最牢的绳索拧成一股。我又找了好久，碰巧在海底寻着了一块大石头，就用它来作船锚(máo)[钢铁制的停船器具，用铁链连在船上，抛到水底，可以使船停稳]。我得到三百头牛的油脂来涂抹船身和做其他用途。砍大树做桨和桅真是苦不堪言，不过我得到了皇家船匠的大力帮助，在我把粗活做好之后，他们帮我把船桨和桅杆磨光。

　　一切准备就绪用了将近一个月的时间。我派人向国王请示，准备离开。国王带着皇室成员出了宫。我匍匐在地上，国王仁慈地将手伸出来让我亲吻，王后和公主也都让我吻了手。陛下赠了我五十只钱袋，每个里面装了两百块"斯普鲁格"，还送了我一幅他的全身画像，我马上把它放进一只手套里，免得弄坏。告别的仪式实在是太繁杂了，这里就不再一一向读者们多说了。【名师点睛：说明了国王渴望送走格列佛这个庞然大物的殷切心理。】

　　我在船上装上一百头牛和三百只羊，还有相应数量的面包和饮料以及大量的熟肉，做成这么多熟肉需要用四百名厨师。我还带了六头活母牛和两头活公牛，六只活母羊和两只活公羊，打算带回祖国去繁殖。为了在船上喂它们，还带了一大捆干草和一袋谷子。【名师点睛：从这里可以看出，为了能成功远航，格列佛已经做足了准备。】我本来很想再把十二个本地人带走，可国王怎么也不答应这件事。陛下还命人仔细地搜查了我的衣袋，国王还要我以我的名誉担保，不带走他的任何臣民，哪怕这些人自己同意或想去也不行。【名师点睛：臣民为国王所有，是国王的臣仆，这种现象在封建社会残余思想尚存的欧洲相当普遍，所以在文章中国王不允许格列佛带走他的臣民，并且要求他用自己的名誉做保证。】

　　我尽我所能地将一切准备好之后，就在1701年的9月24号清晨六点钟起航了。我向北行驶了将近十二海里路，这时正刮着东南风。【写作借鉴：列出详细的时间和具体地点，为小说营造出真实感。自始至终，作者多次用到这种写作手法。】晚上六点，我发现了一座位于西北方向约半里格[英国过去的航海计量单位，1里格＝3英里]的小岛。我一直往前开去，在小岛背风的一面抛锚停船。这里似乎没有人居住，我吃了点东西后就休息了。我睡得很好，想来至少也有六个钟头，因为我醒了两个小时后天才放亮。那是个晴朗的夜晚。太阳出来前，我吃好早饭，然后起锚。这时风向十分有利，我就按照袖珍罗盘的指示，按前一天相同的方向航行。我的愿望是，只要有可能，就把船开到我想是位于范迪门兰东北面的一个岛那里去。整整一天，我什么也没有发现。可是第二天下午大约三点钟，我估计那时驶离布莱夫斯库已有二十四里格，我正朝正东方向行驶，忽然发现有一艘帆船正在向东南方向驶去。我大声呼喊，但是没有反应。不过风势在逐渐减弱，我感觉自己正慢慢靠近那艘船。我扬帆全速前进，半小时后，那船发现了我，船上升起了一面旗，还鸣枪示意。这是我完全没有想到的，我还能再次见到我亲爱的祖国和我留在那里的亲人，那样的快乐真是难以表达![写作借鉴：心理描写，将格列佛渴望回到祖国的心情刻画得淋漓尽致。]那船慢慢降下了风帆，我终于在9月26日傍晚的五六点钟赶上了它。看到那船上的英国国旗，我的心不禁怦怦直跳。[名师点睛：一次离奇的经历，让格列佛阔别家乡很久很久，几经艰辛终于回到祖国的怀抱，激动的心情油然而生，这是正常的反应。]我把牛羊都装入口袋，带着我所有的给养和货物登上了甲板。这是一艘英国商船，经北太平洋和南太平洋由日本返航。船长是来自戴普津[印度孟买以北的一个城市]的约翰·比德尔先生，他是一个很有礼貌的人，又是位出色的海员。这时我们的位置是在南纬三十度。船上大约有五十个人，我竟然在这里碰到了我的一个老同事，叫彼得·威廉姆斯，他直向船长夸我人不错。这位先生对我很友好，他要我告诉他我从哪里来又准备到哪里去。我答了几句，可他以为我是在说胡话，是我经历的种种危险把我的脑子弄糊涂了。于是我从口袋里掏出黑牛和黑羊，他看了惊讶不已，这才相信我说的是实话。接着我把布莱夫斯库国王送我的金币、国王的全身画像以及那个国家的其他一些稀奇物品拿给他看。我送了他两袋钱，每只袋里是两百个"斯普鲁格"，并答应回英国后再送他一头怀孕的母牛和一只怀孕的母羊。

　　关于这次航程中的详细情况，在此我就不赘述了，总之大部分还是很顺利的。在1702年4月13号，我们到达唐兹[位于英格兰肯特郡海岸，是著名的锚地]锚地。在这次航行中，唯一的不幸是：船上的老鼠拖走了我的一只羊。【名师点睛：一只老鼠竟能拖走一只羊！这里运用夸张的手法和一本正经的口吻，制造出了出其不意的幽默效果。】我后来在一个洞里发现了羊的骨头，肉已经全被啃光了。其余的牛羊都被我安全地带上了岸。我把它们放在格林尼治的一个滚木球场草地上吃草，那里的草很细嫩，本来我还担心它们吃不好，不过它们吃得非常痛快。在那么漫长的航行途中，要不是船长给了我几块精致的饼干，拿来研成粉末后再加上水，作为它们日常的食粮，我也许就没有办法让它们活下来。接下来留在英国短短的一段时间内，我让许多贵人及其他一些人观看这些牛羊，倒赚了很可观的一笔钱。第二次出海远航之前，我把它们卖了，获得了六百英镑。自从这次回国以后，我发现它们繁殖得相当快，尤其是羊。但愿这种精细的羊毛能给毛纺业带来好利润。

　　我同妻子儿女一起住了两个月，但我对异国风光太感兴趣了，就不想再在家里多待了。我给妻子留下一千五百英镑，并把她安顿在瑞德里夫的一栋漂亮的房子里。我带走了其他的一些物品和现金，我的家当也随之增加了很多。我的大伯父约翰在埃平[英格兰汉浦郡的一个城市]附近给我留了一块田产，一年大约有三十英镑的收入。我又把脚镣巷的黑公牛旅馆长期租了出去，一年的收入不止三十英镑，所以在我走后，不用担心家人要去靠教区接济。我儿子约翰尼是按他叔叔的名字起的，他这时读中学，倒是个有出息的孩子。女儿贝蒂现已出嫁，有了几个自己的孩子，平时在家做点针线活儿。【名师点睛：平淡无奇的生活，让格列佛很快就心生厌倦，为下一次航海旅行做了铺垫。】我和妻子儿女挥泪告别，然后就上了载重三百吨的一艘名叫"冒险号"的商船，准备前往苏拉特[印度西部的一个城市]，船长是利物浦[英国西部的一个大商港]的约翰·尼古拉斯。

不过，关于这次航海的情况，我放在游记的第二部分叙述了。

Z 知识考点

1. 格列佛因为偶然发现了_____，才能离开小人国的。

2. 格列佛离开小人国时没有带走的一项是（　　）

  A. 一百头牛和三百只羊

  B. 相应数量的面包和饮料以及大量的熟肉

  C. 十二个本地人

3. 为什么布莱夫斯库国的人们希望格列佛能尽快离开？

_____

_____

Y 阅读与思考

1. 阔别家乡很久，刚回到家两个月的格列佛就想着要离开，你如何理解这样的做法？

2. 假如格列佛没有带上小人国的那些动物和物品，人们还会相信他说的话吗？

第二卷

大人国游记

第一章

遭遇大人国

> **M 名师导读**
>
> 　　格列佛在家休息不久，又开启了探险旅行，在前行的途中，一场离奇大风暴的突然到来，再次使他流落到了一个神奇的国度。不过，与之前的小人国迥异的是，这次他来到的是一个大人国。就这样，他又开始了大人国之旅。在这里，格列佛是如此渺小，只能任人宰割，因此他必须小心谨慎，以免不小心白白葬送性命。

　　或许我的性格决定了我这一生与平静安定的生活无缘吧。回家才两个月，我就又离开了祖国。1702年6月20日，我在唐兹登上了"冒险号"商船，随船前往苏拉特，船长是利物浦的约翰·尼古拉斯。我们顺利地到了好望角，在那儿上岸补充了淡水，但却发现船身破了个洞，因此我们只好将货物都卸下来，看来这个冬天只能在这里过了。船长害疟(nuè)疾[急性传染病，病原体是疟原虫，由蚊子传播，周期性发作]，所以我们一直到3月底才离开好望角。重新开始航行后，一直到马达加斯加海峡，行程都非常顺利。但是当船行驶到这个岛以北大约南纬五度的地方时，我们遇上了这一海域的西北恒风。据观测，那一带海上，从12月初到5月初，西北之间总是吹着风。可是4月19日那天，风势比平常要猛烈得多，也比平常更偏西一点，这阵大风一直刮了二十天，我们就被刮到了摩鹿加群岛[位于印度尼西亚东北部，又名香料群岛]的东面。根据船长在5月2日这一天的观测，我们所在的地方大约是北纬三度。令我们倍感欣慰的是，风浪终于渐渐平息了。但是作为在这一带海上有着丰富航海经验的船长却并不感到乐观，依据他多年的行船经验，他告诉我们要做好迎接更大风浪的准备。

果然，第二天风暴就来了。海面上刮起了南风。我们赶紧收起了斜杠帆，同时站在一边准备收前桅帆。因为天气非常恶劣，我们查看了一下船上的炮是否都已拴牢，接着收起了后帆。船偏离航道太远了，所以我们想与其让它这样吃力地慢慢行驶，还不如让它在海面上顺风而进。所以，我们卷起前桅帆，把它收起来，并把前桅帆的下端索拖向船尾。舵转到船身迎风的一面，船就迅速顺风行驶了。我们把前桅落帆索拴在套索桩上，可是帆被吹裂了，我们就把帆桁(héng)[帆船上用以支撑帆的木杆]收下来，将帆收进船内，把所有的东西都解了下来。

惊涛骇浪紧随风暴而起。为了使船改变航向，我们紧紧地拖住系在舵柄上的绳索，并跟舵手一同掌舵。在顺风行驶中，中桅的作用会很重大，因此我们一直挂着它，而且它还具有平稳船身的作用，这会给我们带来很多好处。【名师点睛：这两段文字描写了"冒险号"在海上遭遇的大风暴，充分说明了航海充满了危险和不确定性，令人对整船人的命运深感担忧。】

等风暴过去之后，我们扯起了前帆和主帆，并把船停了下来。接着我们又落下了后帆、中桅主帆、中桅前帆。我们的航向是东北偏东，风向西南。我们拉紧右舷的上下角索，解开迎风一面的转帆索和空中供应线，背风一面的转帆索则通过上风滚筒朝前拉紧、套牢，再把后帆上下角索拉过来迎着风，使船尽可能迎风前进。

这场风暴过后，又刮起了强劲的西南偏西风，估计我们被吹到了东面大约五百里格的地方，就是船上最年长的水手这时也说不清我们究竟在什么地方。我们的给养还足以维持，船很坚固，全体船员身体也都很好，我们唯一的问题就是缺少淡水。我们觉得最好还是坚持走原来的航道，而不要再偏北了，那样的话我们很可能进入大鞑(dá)靼

(dá)[指西伯利亚]的西北部，最后很可能驶入冰冻的海洋。

到了1703年6月16日这一天，中桅上的一个水手发现了陆地。17日，我们见到了一座大岛或大陆，岛的南边有一片狭长的陆地伸入海中，还有一个小小的港湾，但港内水太浅，一百吨以上的船无法停泊。我们的船在距离小港湾不到三海里的地方抛锚停泊，船长派出十二名武装水手带着桶，乘着长舢板出去寻找淡水。我请求船长让我和他们一起去，到这片陆地上去看看能不能有什么发现。上岸后，我们既没发现河流、泉水，也没有看到任何人的踪迹。我们的人因此就在海岸边来回寻找，看看海边上是否有淡水。而我独自一人到另一边走了大约一英里，发现这地方全是光秃秃的岩石，一片荒凉。我觉得有些乏味，看到没有什么东西可以引起我的好奇心，就转身朝港湾处走去。大海一览无余，我看到我们的那些水手已经上了舢板，并拼命地朝大船划去。我正要向他们呼喊，却忽然看到有个怪物似的巨人在海水中飞快地追赶他们。他迈着大步，海水还不到他的膝盖。但我们的水手比他有半里格路的优势，那一带的海水里又到处是锋利的礁石，所以那怪物没有追上小船。【写作借鉴：设置悬念。水手们都上了舢板，但是格列佛流落到了一个无名的小岛，令人惊奇的是这个岛上居然有一个"巨人"。看到这里，读者不禁想要接着看下去，到底是什么样的巨人呢？】

这些都是后来我听别人说的，因为当时我是绝对没有胆量留下来观看这些的，那时的我只顾着撒腿逃命了。我循着原先走过的路拼命地跑，接着爬上了一座陡峭的小山，从那里我大致看清了这个地方。我发现这是一片耕地，但首先让我吃惊的是那草的高度。这片地里的草好像是些待割的牧草，它们的高度都在二十英尺以上。

我觉得自己当时是走上了一条大路，但后来从当地人那里得知，那只是一条田间小路。我在这路上走了一会儿，两边什么也看不到。快到收割的时候了，麦子长得至少有四十英尺高。我用了一个小时才走到这片田地的尽头。田的四周有一道篱笆围着，至少有一百二十英尺高。树木就更高大了，我简直无法估算出它们的高度。两块地之间有阶梯，四级台阶，最上面一级横着一块大石头。我是没有办法爬上这台阶的，因为每一级都有六英尺高，而最上面的那块石头高度在二十英尺以上。【写作借鉴：作者运用一系列的数量词，描摹出与众不同的环境，营造出很恐怖的氛围，突出了这里的东西很大，读者犹如身临其境，恐惧感油然而生。】

就在我努力想在篱笆间寻找一个缝隙时，忽然发现一个当地人正从隔壁的田里朝台阶走来，个头和我在海边见到的那个人一样。看上去有普通教堂的尖塔那么高，我估计他一步就是十来码。我又惊又怕，急忙跑到麦田中间躲了起来。我从那儿看见，他站在台阶的顶端正回头看他右边的那块田，又听到他发出一声叫喊，声音比喇叭声还要响好多倍，但由于那声音是从很高的空中发出的，我起初还以为是在打雷呢。他这一喊，就有七个和他一模一样的怪物手拿着镰刀向他走来。每把镰刀大约是我们的长柄镰的六倍。这些人穿的不如第一个人好，可能是他的用人或者雇工，因为在他说了几句话之后，他们就来到了我所趴着的这块地里开始收割起麦子来。

我尽可能躲他们远些，但是因为麦秆与麦秆间的距离有时还不到一英尺，所以很难挤过去。不过我跑得还是很快，一直跑到一处庄稼已被风雨吹倒的地头，再也跑不动了。麦秆全都交结在一起，我没办法从中间爬过去。倒下的麦芒又硬又尖，戳穿了我的衣服，直刺到肉里去。与此同时，我听到割麦子的人在我后面，他们离我已经不到一百码了。我筋疲力尽，绝望透顶，就躺倒在两道田垄间，希望自己这样死掉算了。【写作借鉴：这里使用了心理描写，描写格列佛在恐惧的环境中万念俱灰的状态，生动、形象，而且具有真实感。】

一想到即将失去丈夫的孤苦凄凉的寡妻和失去父亲的儿女们，我不禁号啕大哭，并为自己当初全然不听所有亲朋好友的劝阻，非要参加这第二次远航的愚蠢和固执而悔恨不已。【名师点睛：虽然格列佛已经陷入了完全的绝望中，但是他并没有忘记还有妻子儿女在家里等着他回家。这说明格列佛只是陷入了一种极端的恐惧中，但并没有完全放弃希望。】我心里如此的焦虑不安，不由得又想起小人国来。那里的居民全都把我看作是世界上最大的庞然大物。在那里我可以一只手拽走整支皇家舰队；创造的其他一些功绩，也将永远载入那个帝国的史册。虽然当时为千百万人所见证，他们的后代也很难相信。而在这个国家，我显得是如此渺小，就像一个小人国的人在我们中间一样。这可能还不是最惨的，因为据说人类的野蛮和残暴与他们的身材是成比例的，身材越高大，就越野蛮残暴。那么，要是这帮巨大的野人中有一个碰巧捉到我，我除了成为他口中的一小块儿食物之外，还能指望什么呢？哲学家们告诉我们：万事万物只有比较才能有大小之分。毫无疑问，他们的话是对的。命运也许就喜欢这样捉弄人，让利立浦特人找到这样一个民族，这个民族对利立浦特人的尊重，就像利立浦特人对我一样。即使眼前这些是如此的庞然大物，说不定世界上某个遥远的地方也会有比他们高大得多的人类，只是我们还没有发现罢了。

我那时心里惊恐万分，禁不住这样乱想下去。有一个割麦人离我趴着的田垄已经不到十码远了，我怕他再走一步，就会把我踩扁，或者我会被他的镰刀割成两段。因此，等他又要抬脚向前移动的时候，我吓得大声叫起来。一听到这叫喊声，巨人只向前迈了一小步，他朝下面向四周看了半天，终于发现了躺在地上的我。<u>他迟疑了一下，那小心的样子就仿佛一个人努力想去捉住一只危险的小动物，但又担心被它抓伤或咬伤一样。</u>【名师点睛：作者并没有直接去说面前的巨人有多大，而是用自身的体验去形容，很形象地表达了巨人想要抓住格列佛，却又担心被咬伤的情形。】我自己在英国时，有时想去捉一只黄鼠狼也是这样的。最后，他大胆地用拇指和食指从我的身后捏住我的腰将我提到了离他眼睛不到三码的地方，他这样做是为了更清楚地看我。我猜到了他的意思，幸亏当时我还冷静，他把我举在空中，离地大约有六十英尺，又怕我从他的指缝中间滑落，所以紧紧地捏住我的腰，这让我十分难受。唯一敢做的只是抬眼望着太阳，双手合十，做出一副哀求状，用谦卑可怜的语气说了几句适合我当时处境的话，因为我时刻担心他会把我砸到地上，就像我们对待那些不想让它活命的可恶的小动物一样。可是我也真是福星高照，他看来喜欢我的声音和样子，开始好奇地研究我，他很奇怪我竟能发出清晰的人语，虽然他一个字都听不懂。我却忍不住呻吟起来，还流下了眼泪。我把头扭向腰部两侧，尽可能让他明白，他的拇指和食指捏得太紧了，让我疼得受不了。他好像弄懂了我的意思，撩起衣服下摆，把我轻轻地放了进去，飞快地带着我跑到他的主人那里。他的主人就是我在田里首先看到的那一个，他是个殷实的富农。

　　那富农听完仆人的汇报（我从他们的交谈中猜想出是这样），便拿起了一根像拐杖粗细的麦秆，用它挑起我的衣襟，他似乎觉得我也许生下来就有这么一种外壳。他把我的头发吹向两边好更清楚地看看我的脸。他把雇工们叫到他身边，问他们（这是我后来才知道的）有没有在田里见过像我这样的小动物。接着他把我轻轻地平放在地上，让我趴在地上，不过我马上就爬了起来，来来回回慢慢地踱步，让这些人明白我并没有想逃跑的意思。他们在我周围围了个圈坐了下来，这样可以更清楚地看到我的举动。我摘下帽子，冲那农场主深深鞠了一躬，接着双膝跪倒在地上，举起两手抬起双眼，尽可能大声地说了几句话，又从口袋里掏出一袋金币，毕恭毕敬地呈献给他。他接了过去，拿到眼前看了看，想弄清楚是什么东西，后来又从他衣袖上取下一根别针，用针尖拨弄了半天，还是没有弄明白。于是我就示意他把手放在地上，我再拿过钱袋，打开来，将金币全都倒入了他的手心。里面有六枚西班牙大金币，每一枚值四个皮斯勒[西班牙的一种古金币]，此外还有二三十枚小金币。我见他把小指指尖在舌头上沾了沾，捡起一块大金币，接着又捡起一块，可是他看来完全不明白这是些什么。在我几次想把钱袋送给他时,他都做了一个手势,表示不肯收,让我把金币收进钱袋,再把钱袋放进衣袋。我就想最好还是先收起来吧。

　　至此,这个富农已经相信我一定是一个有理性的动物了。他不时地和我说话,可是声音大得像水磨一样刺耳,清楚倒够清楚的。我尽量提高嗓门用几种不同的语言回答他,他也老是把耳朵凑近到离我不足两码的地方来听,可全都没有用,因为我们彼此完全听不懂对方的语言。他接下来让用人们回去干活,自己就从口袋里拿出一块手帕,将它对折后铺在手上,然后手心朝上平放在地上,做手势让我跨上去。他的手不到一英尺厚,所以我很容易就跨了上去,我想我只有顺从的份儿。我怕跌下来,就伸直了身子在手帕上躺下。他用手帕四周余下的部分把我兜起来只露出个头,这样就更安全了。他就这样将我提回了家。一到家他就喊来他的妻子,把我拿给她看。<u>她惊叫一声跑开了,仿佛英国的女人见了癞蛤蟆或蜘蛛一般。可是过了一会儿,她见我行为安详,又能服从她丈夫的手势,渐渐打心眼儿里喜欢起我来。</u>[写作借鉴:细节刻画。采用打比方的手法,细致入微地再现了那位女主人的动作、表情,表现出女主人见到格列佛之后,心理从害怕转为喜欢的细微变化。]

　　中午时分,仆人将饭送了上来。那只不过是盛在一个直径约二十四英尺的盘子里一碟丰盛的肉食(这样的菜和农民的生活比较相称)。一起吃饭的有农民和他的妻子、三个孩子以及一位老奶奶。他们坐下来之后,农民把我放到桌子上,离他有一段距离。桌子离地面有三十英尺。这让我害怕得要命,尽可能远离桌边,唯恐跌下去。农民的妻子切下了一小块肉,又在一只木碟子里把一些面包弄碎,然后一起放到了我的面前。我对她深深地鞠了一躬,拿出刀叉就吃了起来。大家见状十分开心。女主人吩咐女佣取来一只容量约为两加仑[1加仑等于4.546升]的小酒杯,斟满了酒。我十分吃力地用两只手将酒杯捧了起来,以极为恭敬的态度把酒喝下,一边竭力提高嗓门用英语说:"为夫人的健康干杯!"大家听到这话全都开怀大笑起来,而这笑声差点让我成为聋子。酒的味道像淡淡的苹果酒,并不难喝。接着主人做了一个手势要我走到他的木盘边,但是由于我一直惊魂未定(宽容的读者自然会体谅到这点原谅我的),所以在桌上走的时候,不巧被一块面包屑绊了一跤,来了个嘴啃桌子,不过没有伤着。我马上爬了起来,看到这些好人都很关切的样子,我就拿起帽子(为了表示礼貌,我把帽子夹在胳膊下),举过头顶挥了挥,连呼三声万岁,表示我并没有受伤。但就在我往前向我的主人(从此我就这么称呼他)走去的时候,坐在他边上的他的那个最小的儿子,一个十岁左右的小调皮,一把抓住了我的双腿,把我高高地提到了半空中,吓得我浑身发抖。他的父亲急忙从他手中将我抢了过去,同时往他左脸上甩了一个耳光——又命令仆人把他带走。这时我想到了我们那里的小孩天生喜欢对一些麻雀、兔子、小猫、小狗等小动物搞些恶作剧,出于对自身的考虑,便扑通一声跪下,指着那个孩子,尽量让主人明白,我希望他能宽恕他的儿子。父亲满足了我的要求,小家伙重新回到座位上。我走过去吻了他的手,我的主人也让他轻轻地抚摸我。

在吃饭的时候,女主人宠爱的猫跳到她膝盖上来了。我听到身后一阵声响,像有十几个织袜工人在干活,一回头,发现原来是那只猫在不断地呼噜呼噜地打着哼哼,女主人正在边抚摸它边喂它吃东西呢。我看到了它的头和一只爪子,估计这猫有三头公牛那么大。我老远地站在桌子的另一边,与猫相距五十多英尺;女主人也怕它万一跳过来抓我,所以紧紧地抱住它。即使这样,那畜生狰狞的面孔还是让我感到十分不安。好在没什么危险,主人把我放到离它不足三码远的地方,它连看都没有看我一下。

我常听人说,并且旅行中的经验也是如此:当着猛兽的面逃跑或者表现出恐惧,一定会引来它的攻击,因此,在这危险关头,我要表现出一副毫不在意的样子。于是,我大胆地在猫跟前来回踱了五六次,有时离它还不到半码远的地方，那猫好像倒是更怕我似的，竟把身子缩了回去。【名师点睛：格列佛的镇定和勇敢帮助了他。凭着多年来的旅行经验和社会经验，他在遇到危险的时候选择了正确应对策略，从而成功地避开了危险，这也是格列佛的聪明之处。】至于狗，我就更不怕了。农民家里通常都养狗，这时有三四条狗进了屋子，其中有一条是獒（áo）[一种凶猛的狗，身体大，善斗，能帮助人打猎]犬，足有四头大象那么大，还有一条细腰长腿的猎犬，不如獒犬大，却更高些。

午饭差不多快吃完的时候，保姆怀里抱着个一岁的小孩走了进来。他一见我就大声啼哭起来，那哭声从伦敦桥到切尔西[伦敦桥，1209年所建，横跨泰晤士河。切尔西，位于伦敦市西南部，为艺术家和作家的聚集地]那么远也可以听得到。他像平常孩子那样咿呀了半天要拿我去当玩具。母亲也真是一味地溺爱孩子，就把我拿起来送到了孩子跟前。他立刻一把拦腰将我抓住，把我的头直往嘴里塞。我大吼起来，吓得这小淘气一松手把我扔了。【名师点睛：一个一岁大的婴儿也能威胁到格列佛的性命，这说明格列佛在巨人国中是多么微不足道，这种尴尬、困窘的情况让人都为他捏一把汗。】要不是他母亲用围裙在下面接住我，我肯定是摔死了。保姆为了哄孩子不哭，就用了一只拨浪鼓。这是一种中空的盒子，里边装上几块大石头，用一根缆绳拴在孩子的腰间。但这一切全都没有用，她只有使出最后一招，让孩子吃奶。我必须承认，我还从来没有看到过一样东西比这巨乳更让人恶心。它长得那么怪异，我真不知道拿什么来比方，所以也无法对好奇的读者说清这乳房的大小、形状和颜色。乳房挺着有六英尺高，周长少说也有十六英尺，乳头大概有我半个头那么大。乳房上布满了黑点、丘疹和雀斑，那颜色那样子真是再没有什么比它更叫人作呕的了。她坐着喂奶比较方便，而我是站在桌上，离得近，所以这一切我看得清清楚楚。这一切使我想起我们英国的太太们那白皙细嫩的皮肤，在我们眼中是多么的漂亮。不过那也只是因为她们身材和我们是一般大小罢了，即使有什么缺点，也得借助于放大镜才能看得清。如果从放大镜里看，最光滑洁白的皮肤也会显得粗糙不平，色泽晦暗。

我记得在小人国时，那些小人的面容在我看来是世界上最美丽的了。有一次我同那里的一位学者也曾谈论过这个问题。那学者是我的一个亲密朋友，他说，当他站在地上看我时，我的脸要比近看显得更白皙，更为光滑，如果把他放在手上细看，他承认，头一眼看到的情景令他非常惊愕。他说，他发现我的脸上有许多大洞，我的胡茬儿比野猪的鬃毛还要粗十倍，至于我的眼色，也是由好几种不同颜色混合而成的，让人看上去感觉不舒服。【名师点睛：因为在小人国的居民看来，格列佛就像被放大镜放大一样，他的胡子看起来就像比野猪的鬃毛还要粗十倍，白嫩的肤色也变成了几种不同的颜色混合而成，在不同的情况下同一种事物会相应显示出不同的状态。】不过请允许我为自己辩白一下，我其实和我国的大多数男同胞一样漂亮，每一次旅行也并没有把我晒黑。另一方面，说起朝廷里的那些贵妇人时，他又常常跟我说，这个人有雀斑，那个人嘴太宽，还有哪个人鼻子又过大，我却一点也看不出来。这就是问题的立场所带来的差异。因此，我并不希望读者把那些巨人当成丑八怪。说句公道话，他们是一个美丽的民族，尤其是我的主人，虽然只是农民一个，可是当我从六十英尺的高处看他时，他的五官显得十分匀称端正。

午饭后，主人出去监督雇工了。从他的声音和手势我能看出，他很细心地吩咐他的妻子要小心照看好我。我非常疲倦，想睡觉，女主人看出来了，就把我放到了她自己的床上，用一条干净的白手帕盖住我，但那手帕比一艘战舰的主帆还要大，而且粗糙得多。

我大约睡了两个钟头，梦见在家与妻子儿女在一起，一觉醒来，我发现自己孤零零地在一个两三百英尺宽、两百多英尺高的大房间里，躺在一张二十码宽的床上，这不禁让我悲从中来。女主人忙家务去了，把我一个人锁在这里。床离地面有八码。因为生理上的需要，我不得不下床。我不敢随便叫喊，而就是喊了，我睡的房间离那一家人所在的厨房那么远，我这样的声音也根本不顶用。正当我处在这种境况中时，两只老鼠忽然沿着帐幔爬了上来，在床上跑来跑去乱嗅一阵。有一只差点跑到了我脸上，我吓得一下爬了起来，抽出短剑进行自卫。这两只可怕的畜生竟敢对我两面夹攻，其中一只抬起前爪来抓我的衣领，所幸在它还没来得及伤害我之前，我就捅破了它的肚皮。它倒在了我脚下，另一只看到它同伙的下场立即就跑，但逃跑时背上也狠狠地挨了我一刀，血滴答滴答地流了出来。【名师点睛：跟两只老鼠搏斗都要耗费很多工夫，最后才能艰难取得胜利，可见格列佛在巨人国是多么渺小，不知道要遭遇多大的困难。】经过这场搏斗，我慢慢地在床上来回走动以平定呼吸，恢复精神。两只畜生有大獒犬那么大，但比獒犬要灵活、凶猛得多，所以要是我睡觉前解去了皮带，我肯定会被它们撕成碎片吞吃了。我量了一下死老鼠的尾巴，发现差一英寸就有两码长了。老鼠的尸身还躺在那里淌血，我感到恶心，没办法把它拖下床去。我注意到它还有点气，不过在它脖子上已经有了一道很深的口子，于是我又猛砍了一刀，彻底让它送了命。

　　女主人没多久就回来了。一进门发现我浑身是血，赶紧跑过来把我拿在她手中。我指了指死老鼠，又笑着给她做手势，表明我没有受到伤害。她高兴极了，喊来女佣用火钳夹住死老鼠把它扔到了窗外。接着她把我放到了桌上，我把沾满了血的短剑给她看，又用上衣的下摆把刀擦干净，然后放回了刀鞘。这时我急不可待地要做一两件别人无法替我做的事情，就竭力让女主人明白要她把我放到地上。她把我放在地上以后，我因为不好意思，只能指指门向她连鞠几躬，此外更没有别的办法来进一步表达我的意思了。这个好心的女人最后好不容易才弄明白我要干什么，就又用手拿起我，走进花园，把我放在了地上。我朝旁边走了约有两百码，打手势请她不要看我或者跟过来，然后躲在两片红褐色的叶子后面，解除了生理上的需要。

格列佛游记

希望尊敬的读者能原谅我老是叙述一些琐碎的事情。在没有头脑的俗人看来，这类事也许显得无关紧要，但它们无疑能帮助哲学家丰富想象，扩大其思想范围，对公众与个人生活都有好处。【名师点睛：议论性的文字，表明写作意图，让读者感受更真切。】

这也就是我将这篇游记和其他几篇游记公之于世的唯一目的。我不想借助感人的修辞和华丽的文体，只想着重叙述事实。但这次航行中的所有情景都给我留下了极其强烈的印象，深深地刻在我的记忆之中，因此写出来没有漏掉一件事情。然而经过严格校订，我还是抹去了初稿中比较不重要的几个段落，怕人家指责我的游记冗长和琐碎。旅行家们常常受到这类指责，平心而论，这种指责也不是完全没有道理。【名师点睛：再次与读者进行交流，表明自己写作这本游记的初衷和审慎的态度，增加了故事的真实性与严谨性。】

Z 知识考点

1. 格列佛是在_____被大人国的人发现的。
2. 格列佛在大人国的主人是一个_____。
3. 格列佛与巨人一家吃饭时，遭遇了哪些尴尬？
_____
_____

Y 阅读与思考

1. 格列佛在航行过程中发生了什么意外？
2. 在大人国里，格列佛好几次碰到危险的遭遇，请至少列举两个。

第二章

街头表演

M 名师 导读

格列佛所在的主人家有一个九岁的女儿,名为格兰姆达尔克立契,她对格列佛疼爱有加。后来,富农把格列佛当作小玩意儿装入手提箱里,带到市镇上表演,发现他很受欢迎且有利可图,便带着他在全国各地去展览,最后他们来到了京城。

我的女主人有一个九岁的女儿,就年龄来说,她成熟得很早,做得一手好针线活儿,打扮起娃娃来也是熟练灵巧。她和她母亲想办法临时做成了一只婴儿的摇篮供我夜里睡觉。【名师点睛:在这个处处令人恐惧的大人国里,看起来温柔、勤劳的小女孩的出现,增添了一丝丝温暖的氛围。】摇篮放在一个衣柜的小抽屉里,因为怕有老鼠,她们又把抽屉放在一块悬空的吊板上。和这些人相处的时间里,我一直睡在这张床上,随后我开始学习他们的语言,能表达自己的意愿,他们对我逐渐习惯起来。这小姑娘手非常巧,我只当着她面脱过一两次衣服,她就会给我穿衣脱衣了。不过,只要她肯让我自己动手,我是从来不会去麻烦她的。她给我缝了七件衬衫和床单一类的东西,虽然用的都是最精致的布,不过摸起来却比粗麻袋布还要粗糙。【写作借鉴:运用对比手法,写出了大人国布料之粗糙。同时,从小姑娘选择用最精致的布,可以看出她对格列佛的关照。】她经常把这些衣服洗得干干净净,并且成了我的老师,教我学习语言。我不论指着什么东西，她都会告诉我用他们的话怎么说。这样，几天之后，凡是我要的东西，我都可以叫出名字来了。她脾气很好，身高不到四十英尺，在她那个年龄算个子小的了。【名师点睛：一英尺相当于0.3米，40英尺就是12米多，这样的身高在人类看来已经是巨人了，但是在这个国家里还只是这个年龄段里算矮的，这真是匪夷所思。】她给我起了个名字，叫"格里尔特里格"，全家人都这么叫我，后来全国的人也都这么喊我。这个词和拉丁文里的"nanunculus"、意大利文里的"homunceletino"以及英文里的"mannikin"[均为矮人、侏儒的意思]是同一个意思。我能在那个国家里活下来亏了她的照顾。我在那里的时候，我们从来不分开。我管她叫我的"格兰姆达尔克立契"，意思是小保姆。我如果不在这里敬重地提一下她对我的照顾和关爱，那我真是太忘恩负义了。我衷心希望我有能力报答她的恩德。我担心她因为此事失宠，尽管我是清白的，并且出于无奈。

这时，邻居们都知道了这件事，纷纷开始谈论说我的主人在地里发现了一头怪兽，大小相当于一只"斯泼拉克那克"（大人国里一种形态极为美观的动物，约六英尺长），形状却处处像人。它还能模仿人的所有动作，好像有它自己的语言，也学会了几句他们的话。它能挺着身用两条腿走路，温顺，懂礼貌，叫它来它就来，让它干什么它就干什么。它长着世上最漂亮的四肢，面孔比贵族家中三岁的女儿还要白嫩。附近的一个农民，是我主人的好朋友，曾特地前来打听这件事的虚实。我主人立即把我拿了出来放到桌上。我按照他的命令在桌上走路，抽出短剑又放回刀鞘(qiào)[装刀、剑的套子]。我向主人的客人致敬，用他们自己的话向他问好，又说欢迎他的到来，一切全是按照我的小保姆教我的话说的。这个人上了年纪，老眼昏花，为了看得更清楚戴上了眼镜。这一戴，却叫我忍不住大笑起来，因为他的眼镜就像两个从窗户照进房间来的满月。这一家人弄清楚我是为什么而发笑时，也和我一同大笑起来。呆头呆脑的老农有点儿恼羞成怒。他是个出名的吝啬鬼，并且我以后的遭遇证明：这一点也不冤枉他。他给我的主人出了一个馊点子[不高明的办法；馊主意]，让我主人趁赶集的日子把我带到邻近的镇上去展览。那镇离我们家大约二十二英里，骑马半个钟头就到了。我看到主人和他的朋友在那儿嘀嘀咕咕，对我指指点点，我觉察到有些不好的兆头，无意中听到了他们的一些话，有几句还听懂了。我一害怕就胡思乱想起来。

次日早上，我的小保姆格兰姆达尔克立契就将整个事情一五一十地告诉了我，她是从她母亲那里巧妙地探听得来的。可怜的小姑娘把我抱在怀里，难过地哭了起来。她为我的安危担心，她害怕那些粗鲁的俗人会伤害我。他们把我拿在手里时说不定会把我捏死或者弄断我的手脚。【名师点睛：表现出小姑娘的善良和真诚，与那位老农的做法形成了鲜明的对比。】她又说我的性情是那么朴实温和，又那么爱面子，现在要拿我去给一帮最下流的人当把戏耍赚钱，我该认为那是多么大的耻辱啊。她对我说爸爸妈妈已经答应我是属于她的了，可事实上他们又一次欺骗了她。就像上次一样，他们给她一只小羊羔，可羊一长肥壮，他们就把它卖给了屠户。至于我自己，老实说，反倒没有我的小保姆那样担心。我一直抱着一个强烈的愿望，那就是终有一天我会恢复自由的。至于被人当作怪物带着到处任人参观这样不光彩的事，我就把自己当作是这个国家里的一个异乡人，有朝一日我回到英国，人们也决不可能因为我有过这样的不幸遭遇来责怪我，因为就算是大不列颠国王自己处在我的位置上，也一定会遭遇同样的不幸的。

我的主人听信了他朋友的意见，到了下一个赶集的日子，就用箱子把我装着到邻近的集镇上去了。他带上了小女儿，也就是我的小保姆，让她坐在他身后的马鞍上。箱子四面封得严严实实，只有一个小门供我出入，还有就是几个用作流通空气的小孔。小姑娘真是想得周到，她把娃娃床上的被褥拿来放到了箱子里，好让我一路躺着。虽然只有半个小时的路程，可是把我给晃坏了，身上感到非常不舒服。因为那马一步就是差不多四十英尺，跳得又高，箱子仿佛大风暴中的船只上下起伏，而且起伏远远比船只要频繁。我们的路程好像比从伦敦到圣奥尔班[位于伦敦西北约20英里的一个城市]还要远些。我主人在一家他经常落脚的小旅馆里停下来。他先和旅馆主人商量了一阵，又做了一些必要的准备，然后雇了一名"格鲁特鲁德"，就是镇上的消息公告人，通知全镇让大家到绿鹰旅馆来观赏一头怪兽，它的大小还不及一头"斯泼拉克那克"，身体的各个部分和人一样，会说几句话，还能表演各种把戏。

　　我被放在旅馆一个大房间的桌子上，房间面积差不多有三百平方英尺。小保姆紧挨着桌子，站在一张矮凳子上，一边照看着我，一边指挥我表演。我主人为了避免人群拥挤，一次只准进来三十个人。我按照小姑娘的指令在桌子上走来走去。她用我听得懂的几句话向我提问，我就尽量提高了嗓门回答她。我几次向观众致敬，说欢迎各位光临，还说了我学会的其他一些话。格兰姆达尔克立契给了我一个针箍大小的容器当作酒杯，我拿起这盛满酒的杯子，为大家的健康干杯。我抽出腰刀，按照英国击剑家的样子舞弄了一会儿。保姆又给了我一节麦秆儿，我拿它当枪耍了一阵。这玩意儿我年轻时曾学过。那天我一共表演了十二场，常常被迫一遍又一遍地重复那些舞刀弄枪的把戏，直到我疲劳厌倦得半死。【名师点睛：格列佛的灵活和强烈的求生欲望让他获得了一定的安全空间，暂时没有什么生命危险。但是却没有料到的是，他的灵巧和各种讨好的动作会成为主人赚钱的工具。】

　　那些看过我表演的人都大肆宣扬，所以人们准备破门而入来观赏。我主人为了他自身的利益，除我的小保姆外不让任何人碰我。为了防止出危险，他在桌子四周设了一圈长凳，远远地将我与众人隔开。【名师点睛：格列佛为大人国的人们表演节目，主人将他当作宠物一样保护起来，在那里的人的眼中，他就像一个小怪物。】

但是，一个恶作剧的小学生拿起一只榛子对准我的头直扔了过来，差一点就击中了我。那榛子来势凶猛，如果真的击中的话，我肯定会被打得脑浆迸裂，因为它差不多有一只小南瓜那么大。【名师点睛：巨人国的一个榛子就足以使"我"脑浆迸裂，这种夸张手法的运用使得小说充满了张力，富有戏剧性，读来饶有趣味。】不过所幸那个捣蛋鬼很快就被赶了出去。

随后主人当众宣布，说他在下一个赶集的日子会再让我来表演。同时他也给我准备了一辆更为方便舒适的车子。他这样做是很有道理的，因为第一次的旅行十分劳累，加上连续八个钟头给人表演，我的两条腿快要站不住了，话都说不出。为了恢复体力我足足躺了三天，打那以后，我在家也得不到休息了，因为方圆一百英里内的绅士们都慕名赶到我主人的家里来看我。当时带着妻子儿女来看我的人不下三十个（这个国家真是人口众多）。每一次我主人让我在家表演时，即使是给一家人看，他也总是按一屋子的人数收费。这样一来，有一段时间虽然我没有被带到镇上去，可是每个星期除星期三是他们的安息日我可以休息外，天天都没有办法休息。

我主人发现我可能会给他带来更大的收益时，就决定把我带到全国各大城市去。他准备好长途旅行所必需的一切东西，安排好家里的事情，他就辞别了妻子，于1703年8月17日前往位于这个国家中部，距离我们的家三千英里的首都。那时我来到这个国家快两个月了。我的主人骑在马上，让他女儿格兰姆达尔克立契坐在他身后的加鞍上。她把装着我的箱子系在腰间抱放在膝盖上。她用所能找得到的最柔软的棉布将箱子的四周衬好，棉布下面也垫得厚厚的。她把婴儿的小床放在里面，又给我预备了床单、衬衫等必需品，把一切都尽量安排得方便舒适。【名师点睛：细心的小保姆尽己所能地照顾"我"，使"我"最低程度地遭受鞍马劳顿之苦。这也是"我"对她深怀感恩的原因所在。】我们只带了一个男仆，他带着行李骑马跟在后面。我们一路上在沿途所有的市镇上进行表演,而且,只要有生意,也会离开大路走上五十或一百英里到村子上或者大户人家去演出。一路上很轻松,每天走不上一百五六十英里。格兰姆达尔克立契为了照顾我,故意抱怨说骑马颠簸得太累了。她经常顺着我的意思,把我从箱子里拿出来,让我呼吸新鲜空气,观赏四野的风光。我们过了五六条比尼罗河和恒河宽得多的河,我在十八个大城市被展出,许多村庄和私人家庭还不包括在内。

到第十个星期,也就是十月二十六日,我们到达了首都,用他们的话说叫"洛布鲁格鲁德",意思是"宇宙的骄傲"。我主人在离王宫不远的一条主要大街上找了一个住处,照平常的样子贴出广告,详细描述了一番我的相貌和才能,又租了一间三四百英尺宽的大房间,做了一张直径六十英尺的圆桌供我在这上面表演。桌面上离桌边三英尺的地方围了一圈三英尺高的护栏,这样可以防止我跌下桌子去。我一天演出十场,所有人看了都惊叹不已。他们的话我现在已经说得相当不错了,他们对我说话,每个词我都能听懂。此外,我还学会了他们的字母,不时还能设法解释一些句子。在家时格兰姆达尔克立契就一直当我的老师,旅途中空闲时她也教我。【名师点睛:随着表演地点的转变,格列佛来到了首都,而且语言越来越流利,这为进入王宫表演做了准备。】

她口袋里装了一本比《三松地图册》[法国地理学家三松(1600—1667年)绘制的地图集,长约25英寸,宽20英寸,出版于1689年]大不了多少的小书。那是一本给小女孩们看的普通读物,是关于他们的宗教的简要叙述。她就用这本书教我认字母、翻译词义。

知识考点

1.我_____腰刀,按照英国击剑家的样子_____了一会儿。保姆又给了我一节麦秆儿,我拿它当枪_____了一阵。这玩意儿我年轻时曾学过。

2.格列佛在巨人国里受到一位小姑娘的良好照顾,并亲切地称之为"小保姆",她的名字是 （　　）

A.卢莫斯·凯尔敏

B.瑞尔德里

C.格兰姆达尔克立契

3.主人的贪婪体现在哪些方面?

_____

_____

阅读与思考

1.文中的小女孩是一个怎样的人?你是否喜欢她?

2.主人给格列佛准备了一辆舒适的车,这并不代表他的生活更好了,而是更糟糕了,为什么这么说呢?

第三章

皇宫演出

M 名师导读

无休止的演出拖垮了格列佛的身体，贪婪无情的主人见他失去了利用价值，便趁机果断地将他卖给了王宫。崭新的生活与王后的赏识让格列佛的命运迎来了转机，然而，纵使他百般解释，博学的国王和严谨的学者们仍然对他怀疑不已。

每天频繁地演出，连续几个星期过后，我的健康状况不行了。主人从我身上得到的越多，就越变得贪得无厌。我没有一点儿胃口，瘦得成了一副骨头架子。【名师点睛：即便是在大人国，也依然有如此贪婪的人，格列佛瘦弱得只剩骨头，可见他每天表演是多么辛苦。】那农民见我的情形，断定我肯定是活不长了，就决定尽可能地从我身上多捞一把。他正在左右盘算的时候，从朝廷来了一个"沙德瑞尔"（就是引见官），命令我主人马上带我进宫给王后和贵妇们表演取乐。有几位贵妇已经去看过我的表演，她们把我的具体情况及离奇的事情向王后做了汇报。王后和服侍她的那些人对我的行为举止非常喜欢。我双膝跪下，请求王后准我吻一下她的脚。但是他们把我放到桌上后，尊贵的王后却把小拇指伸给我。我马上展开双臂一把抱住，极其尊敬地吻了她的指尖。她大致询问了我的国家和我的旅行情况，我都尽量清楚简要地做了回答。她又问我是否愿意住在宫里，我恭敬地回答道，虽然我现在还不是个自由之身，可是如果能为陛下效劳的话，那真是我莫大的荣幸。随后，她问我的主人，是否愿意将我卖给她，我的主人巴不得呢，因为他怕我死在他手里，于是，他以一千个金币的价钱把我卖给了王后。金币当场就点给了他，每块足有八百个葡萄牙金币那么大。不过按照这个国家和欧洲的各种东西的比例，他们这么高的价钱，却比不上英国的一千个畿(jī)尼[英国货币单位，1畿尼＝1.05镑＝21先令]。我对王后说，作为陛下最卑贱的奴仆，我会尽心竭力地为陛下效劳，并请求她能开恩，让我的小保姆继续跟我在一起。因为她是那么的善良，而且我的生活向来都是由她照顾的。我的请求，王后答应了。我的主人当然也是很乐意啊。我对他说，他给我找了个好的安身之所，随后简单地跟他道了别。我只是对他行了个鞠躬礼，便没再和他说一句话。

　　王后发现了我的冷淡，农民离开以后她问到原因，我大胆告诉她："除了我的旧主人偶然在地里发现了我，没有把我这个可怜无辜的小动物的脑袋打碎，这一点我很感激以外，他再没什么值得我感激的了。他带我到大半个国家演出，今天又把我卖了这么个好价钱，这一切足以补偿我欠他的恩情了。那种生活实在太艰苦，体力是我十倍的动物恐怕也要累死。每天给那些人娱乐解闷，这种苦差事把我的身体累垮了。如果不是我的旧主人觉得我不行了，他才不会这么便宜把我卖了呢。现在有了伟大陛下的庇护，我再也不怕受到虐待了。陛下您是大自然的造化、世界的宠儿、万众的欢乐源泉、造物主的凤凰。我希望我旧主人的担心是毫无根据的，因为陛下您的感化，我的精力已经开始恢复。"

　　我说得结结巴巴，措辞也欠准确，以上只是大致内容。后面的部分是按照他们独特的文体套用的，有的句子是格兰姆达尔克立契进宫时教我的。

　　对于我言语上的缺陷，王后十分宽容，惊奇我这个小东西，竟然如此聪慧和有才学。她把我带到国王面前，这是一位神情庄重、威严的君王。他第一眼都没有看清楚我的样子，我匍匐在王后的右手里，他还以为是一只"斯泼拉克那克"呢，就漫不经心地问王后，什么时候喜欢上"斯泼拉克那克"来了？聪明而幽默的王后把我轻轻地立在写字台上，让我向国王做自我介绍。我就简要地说了几句。在内宫门口侍候的格兰姆达尔克立契也被叫了过来，证实我到她父亲家里以来的全部经历。

国王有着渊博的学识，他的学识不在其他学者之下，他对哲学和数学尤其感兴趣。国王仔细地打量了一番，我才开口说话。【名师点睛：格列佛终于有机会见到大人国的最高统治者，这位国王继承了这个国家的优良传统，而且学识、知识都不在最博学的学者之下。而且国王观察力极好，在经过认真观察之后，他才让格列佛开口说话，并通过格列佛的说话内容印证了自己的观察和判断。】国王陛下始终觉得是一位能工巧匠造就了我，这个国家的机械制造工业已经相当成熟了。但是我的言谈举止却着实令国王陛下吃惊不已。我将自己如何来到这个国家的经历都告诉了国王，可他对此却很怀疑，觉得这只是格兰姆达尔克立契和她父亲，为了可以把我卖个大价钱而设下的一个骗局。因为这种想法他又问了我几个其他问题，得到的回答倒还是很合情合理。我除了有点外国口音，夹杂着一些我在农民家里学到的乡下土话，语法不太合乎朝廷礼节、不够规范以外，没什么别的缺点。

于是，国王陛下召来了三位正在值班的大学者前来鉴定我的身份。这几位先生先是仔仔细细地把我的模样看了一番，然后开始就我发表不同的意见。他们一致认为，按照大自然的规律，我是不可能产生出来的。因为我没有生存能力，行动既不敏捷，又不会爬树，也不会挖地洞。他们非常仔细地看过我的牙齿后，认为我是食肉类动物。大多数四足动物都比我强壮，甚至田鼠都比我敏捷。他们想不出我靠什么生活，除非吃蜗牛或其他昆虫。但是他们又提出许多理论证据，证明连这一点我也不可能做到。其中有一个学者大概认为我可能是一个胚胎，或者是一个早产婴儿。不过这一观点遭到另外两个人的反对，因为从我健全精巧的四肢看，我已经有几岁的年纪了，这从我的胡须也看得出来，他们透过放大镜能清楚地看到我的胡茬儿。他们认为我也不是侏儒，因为我实在太小了，王后最心爱的侏儒，这个国家最矮的小人儿，也有将近三十英尺高。经过一番争论之后，他们一致认为我只是一个"雷普拉姆·斯卡盖"，字面意思即"天生畸形物"。这种决断方法与欧洲现代哲学的精神完全一致。欧洲的现代哲学教授们对不明事理就逃避的老办法很看不起，所以就发明了这种可以解决一切困难的妙方，使人类的知识得到了难以形容的进步，而亚里士多德的门徒企图用那老办法来掩饰他们的无知，可是又掩饰不住。【名师点睛：作者通过大人国的一些博学家对自己的定义方式来嘲讽欧洲科学界等守旧势力对于现实中新生事物的逃避、无视的做法。作者对此没有采用露骨的讽刺，而是采用暗讽的方式，讥笑欧洲守旧势力的古板和逃避行为。】

在他们做出这一决定性的结论之后，我要求说一两句话。我对着国王说，我确实从某一个国家而来，那儿像我这样身材的男女有千千万万，那里的动物、树木和房屋都彼此相称；由此可以推断，正好像陛下的每一个臣民在这里能够自卫、谋生一样，我在自己的国家同样也可以自卫和谋生。他们听了只报以轻蔑的一笑，说那农民把我教得真好。国王的见识毕竟要高得多，他辞退了那几位有学问的人，派人把那农民召来。国王先秘密地盘问那农民，然后又让他跟我和小姑娘对证，这才开始相信我告诉他的很可能是事实。他要王后吩咐下去对我必须特别照顾，也表示格兰姆达尔克立契可以留下来继续做我的保姆。因为他看出我们彼此非常要好。宫里给她准备了一个舒适的房间，又让一位女教师教育她，有一名宫女给她梳妆，另外还有两名仆人给她做些活儿，但是照顾我的事却全由她一个人承担。

王后根据我的要求让木工为我设计一只作我卧室之用的箱子。那人的确是个巧匠，在我的指导下，他只用三个星期的工夫就做成了一间十六英尺见方、十二英尺高的木头房子。那房间有可以上下推拉的窗子，有一扇门，还有两个橱柜，就像我们在伦敦常见的卧室一样。天花板上安了两个合叶可以升降，王后的装饰工人为我做了张床，从上面放进去，每天格兰姆达尔克立契亲手拿出去晾一晾，晚上再放进来，然后从上面把我锁住。有一名以制造稀奇小玩意儿出名的工匠用一种类似象牙的材料，给我做了两把带靠背和扶手的椅子，并且做了两张桌子和一些柜子，我可以放零碎东西。为了防止那些搬运我的人粗心大意弄出事故来，房间的四壁包括地板和天花板都垫得非常厚，这样即使把我放到马车上也不至于被颠坏。为了防止老鼠的闯入我还要求他们在门上安把锁。【名师点睛：格列佛在这里享受到了厚待，这些都是因为他身上体现出的谦逊、温和、善良、顺从等优秀品质让所有人深受触动，使大家都很信任他。】铁匠尝试几次后，才为我做成了一把他们见过的最小的锁。就是这把锁也比我在英国一般绅士家门上见到的锁要大。我想办法把钥匙留在自己的一个口袋里，怕格兰姆达尔克立契会弄丢。接下来王后又吩咐裁缝找出最薄的丝绸给我做衣服。那丝绸和英国的毛毯差不多厚，做出来的衣服穿在身上十分笨重，后来穿习惯了才好一些。衣服是照这个国家的式样做的，既像波斯服又像中国服，穿起来倒也庄重大方。

　　王后非常喜欢我的陪伴，吃饭时也离不开我。她吃饭时，在饭桌上她左肘旁边摆一张桌子和椅子给我用。格兰姆达尔克立契站在放在地上的一张小凳子上，紧挨着我的桌子帮着照料我。我有一整套银制的碗碟和其他必备餐具，和王后的餐具比起来，它们和我在伦敦一家玩具店看到的用来做娃娃房里摆设的餐具差不多大小。这套餐具我的小保姆放在她口袋里的一只银盒子里，吃饭时我要用她就拿给我，平常的时候她便亲手把它们洗得干干净净。【写作借鉴：细节描写。从这个小小的细节可以看出小保姆是一个讲卫生的人，对格列佛照顾得很周到。】

　　星期三是这个国家的安息日，每逢这一天，王室成员便到一起聚餐。如今我已取得国王和王后的信任，每当这种时候，他们就把我的小桌椅放在他左手边的一只盐瓶跟前。这位君王很乐意同我交谈，向我了解一些关于欧洲的风俗、宗教、法律、政府和学术方面的情况，我都尽可能一一向他介绍。他头脑灵活，判断精确，我说什么他都能发表出独特的见解。【名师点睛：这位国王是一位睿智的长者，他拥有极高的人格魅力，每一次在和格列佛的谈话中，他都可以听出其中的精妙要义，并提出自己的见解，甚至指出格列佛语言和逻辑中的错误。】不过我得承认，一说起我亲爱的祖国，说起我们的贸易、海战和陆战、宗教派别和国内的不同政党，我的话就有点多了。他所受的教育使他成见极深，终于忍不住，问我看他是一个辉格党[英国历史上的一个政党，是现自由党的前身。反对绝对王权，支持新教徒宗教自由权利]还是一个托利党[即英国保守党]。然后转身对手执差不多有"王权号[当时英国最大的一艘船]"的主桅那么高的一根白杖、一直跟在他身后随从的首相说，人类的尊严实在微不足道，像我这么点大的小昆虫都可以模仿。"不过"，他又说，"我敢保证这些小东西倒也有他们的爵位和官衔呢，他们建造一些小窝小洞就当作房屋和城市了，他们修饰打扮以炫人耳目，他们谈情说爱，他们打仗、争辩、欺诈、背叛。"他就这样滔滔不绝地一直说下去，把我气得脸一阵红一阵白。我那伟大祖国的文武百官都堪称霸主，它可使法国遭灾，它是欧洲的仲裁人，是美德、虔诚、荣誉和真理的中心，是全世界仰慕和感到骄傲的地方，这样一个伟大的国家，想不到竟如此不被放在眼里。

但是我当时的处境是不能对这种伤害表示有什么怨恨的，仔细考虑过后，我都开始怀疑我是不是受到了侮辱。因为几个月下来，我已经习惯了这个国家的生活，看惯了他们的样子，听惯了他们的言谈，起初见到他们身躯与面孔时的恐惧至此已逐渐消失。【名师点睛：格列佛在大人国的王宫里过得还不错，逐渐适应了这里的生活，比之前在农庄主人家里好多了。】如果这时候我要看见一群英国的老爷太太穿着华丽的生日服装，在那里装腔作势、高视阔步、点头鞠躬、空谈闲聊，说真的，我也很有可能要笑话他们，就像这里的国王及其要员笑话我一样。王后经常把我托在手上，站在一面镜子前。看到我们两个人照出的全身，我都不禁要笑话自己。这种荒谬的对比实在太强烈了，我真的怀疑自己的实际身高比往日缩小了好多好多。

但是在这里也有使我气愤、让我感到屈辱的事。这事起源于王后的侏儒。他是这个国家有史以来个子最矮的人，可是看见有个小东西与他相比实在是小得太多了，他就傲慢无礼起来。<u>每次我在王后的接待室里站在桌上同宫里的老爷太太们说话，他总喜欢大摇大摆地从我身旁走过，显得他很高大的样子，不时说一两句讥讽我矮小的话。</u>【名师点睛：由此可见，宫廷皇室的争宠斗争层出不穷，比比皆是。不管是现实中的欧洲还是这个大人国的皇宫，只要你一时得宠，必然会有与你争宠的人对你怀恨在心、伺机报复。】每当这种时候，作为报复，我就喊他一声兄弟，向他挑战要跟他搏斗，或者说上几句诸如此类常挂在侍卫嘴边的俏皮话。

一天吃饭的时候，我说的一句话把他惹怒了，这坏小子竟站到王后的椅子上，一把将我拦腰抓起，扔进盛着奶酪的一只大银碗里，一溜烟跑开了。我连头带脚掉进去，如果不是水性好，可能就会吃苦头了。幸好我的小保姆格兰姆达尔克立契那时刚好在房间的另一头，而王后当时被吓得不知如何救我才好。当小保姆跑过来救我，把我捞起来时，我已经吞了一夸脱[容量单位]乳酪了。她将我放到了床上，除了一身衣服全弄坏了以外，我并没有受伤。侏儒为此结结实实挨了一顿打，为了惩罚他，便强迫他把碗里的奶酪全部喝下去。这之后他被送给一名贵妇人，再也没有了重新得宠的机会。这使我感到非常满意，因为如果不是这样，我真不知道这么一个坏小子还会怎样来报复我。

以前，他也曾用卑鄙的手段耍弄过我，引得王后哈哈大笑，不过同时她也确实恼了，要不是我大度替他求情，王后早就叫他滚蛋了。王后从盘子里拿起一根髓骨，敲出骨髓后，又把骨头像以前一样竖立着放回盘中。矮子趁着格兰姆达尔克立契去餐具架拿东西的空子，爬上她照顾我吃饭站着的凳子，双手抓起我，捏拢我两条腿塞到王后盘子里被敲出骨髓的骨头里，一直塞到我腰部。我卡在里边半天不得动弹，样子非常狼狈。当时我觉得大声叫喊有失体面，所以将近一分钟以后，才有人发现我这个样子。不过幸好帝王们很少吃滚热的肉食，所以我的腿并没有烫伤，只是袜子和裤子被弄得一塌糊涂。侏儒因为我替他求了情，只挨了一顿痛打，并没有受到别的惩罚。因为我的胆子小，王后经常问我，是不是我们国家的人们都像我这么懦弱。事情是这样的：夏天，这个国家的苍蝇十分恼人，这些可恶的害人虫个个都有邓斯特堡的百灵鸟那么大，我坐在那儿吃饭，它们就在我耳朵边不停地嗡嗡直叫，吵得我一刻都不得安宁。它们有时落在我的食物上，拉屎产卵，叫人十分恶心。那些东西我看得非常清楚，但当地人就看不见，他们眼珠子太大，看小一点的东西不如我来得锐利。有时候苍蝇还会停在我的鼻子或额头上，狠狠地咬我一口，味道极其难闻。苍蝇身上那种令人恶心的黏糊糊的物质我一眼就看出来了，我费尽力气来抵御这些可恶的动物使自己不受侵扰，不过每次苍蝇飞到我脸上来时，我还是禁不住要吓一跳。那侏儒常常抓一把苍蝇，把它们放飞吓唬我，讨王后喜欢。我的对策就是趁苍蝇在空中飞的时候，用刀将它们砍得粉碎，行动之灵敏，令他们大为佩服。

　　记得有一天早晨，格兰姆达尔克立契把我连木箱一起放到窗台上让我透透空气，天气晴朗的时候她总是这么做。我拉起一扇窗子，刚在桌子边坐下来准备吃块甜饼当早饭，忽然，那甜饼的香味引来了二十几只黄蜂，它们一齐飞进了我的房间，嗡嗡的叫声比二十几支风笛吹出的声音还要响。有的将甜饼一块块地叼走，有的围着我的头和脸飞来飞去，闹哄哄地叫我不知所措，非常害怕它们要来蜇[zhē]我。好在我还有勇气站起来,抽出腰刀在空中向它们发起了进攻。我砍死了四只,剩下的全跑了。我马上将窗户关上,这些黄蜂都有鹧鸪那么大,我拔出蜂刺,发现它们有一英寸半长,像针一般尖利。我将这些刺全都小心地收藏起来,后来我曾在欧洲几个地方将它们以及其他一些稀罕玩意儿展出过。回英国后,我送了三根给格雷萨姆学院,自己只留下了一根。

Z 知识考点

1. 大人国的"安息日"是每星期的_____。
2. 判断题。

 (1) 王后请人给格列佛做了一间卧室,其实这间卧室是一个箱子。
 (　　)

 (2) 星期三是大人国的安息日,每逢这天,王室成员都会聚集起来吃饭。
 (　　)

3. 为什么侏儒会欺负格列佛?
_____
_____

Y 阅读与思考

1. 通过阅读本章内容,你能从格列佛身上看到什么性格特征?
2. 保姆对格列佛照顾很周到,你能举出一两处吗?

第四章
饱览风土人情

M 名师导读

> 格列佛虽然在大人国遭到过误解和欺凌,但他在这里还算安逸,还经常跟随国王和王后出去旅行。他对大人国的建筑以及本国的比例非常感兴趣。

现在,就我在首都洛布鲁格鲁德周围两千英里内旅行中的见闻,向读者简短地说一说。王后陪同国王出巡,从来不出这两千英里的范围。国王去边境视察时,她就待在原地等他回来,而我总是陪在她身边。国王的领土大约有六千英里长,三千到五千英里宽的样子,由此我得出这样的结论:欧洲的地理学家认为日本与加利福尼亚之间只有一片汪洋大海实在是一个极大的错误。我一直认为,地球上肯定有一片陆地与鞑靼大陆[指欧洲东部和亚洲大陆一带]相平衡,所以他们应该修正他们的地图和海图,在美洲的西北部再绘上这片辽阔的陆地,这一点我愿意随时向他们提供帮助。

这个王国是个半岛,东北部被一座高三十英里的山脉阻断。顶部的火山使人无法翻越。最有学问的人也说不清山那面有什么人居住,或者是否有人居住。其他三面环海。整个国家没有一个海港,河流入海处的海岸到处布满尖利的岩石,海上总是波涛汹涌,没有人敢驾驶哪怕最小的船出海。所以这里的人们与世界上的其他地方完全隔绝,没有任何往来。但是大河里到处都是船只,盛产味道鲜美的鱼。他们几乎不到海上捕鱼,因为海里的鱼跟欧洲的鱼一样大小,不值得捕捞。这一片大陆得天独厚,才能生产出超常大小的动植物,至于原因何在,看来只能让哲学家去解释了。不过有时人们也能捉到个把碰巧撞到岩石上的鲸,老百姓就痛快地大吃一顿。我知道这些鲸非常大,一个人背都背不动。有时出于好奇,他们用有盖子的大筐把鲸运到劳布拉格鲁德。我在国王的餐桌上见过一条,这也算是一道珍品了。我发现国王并不十分喜欢,大概是这条鱼大得让他恶心吧。不过我在格陵兰岛见过一条更大的。

这个国家很繁荣,有五十一座大城市,有城墙的城镇将近一百个,还有许许多多村庄。为了满足读者的好奇心,我就详细描述一下劳布拉格鲁德吧。这座城市被一条大河分成大小几乎相等的两个部分,这条大河从城中流过。城里有八万多户人家,居民在六十万左右。城市长三"格隆格朗"(相当于五十四英里),宽二点五"格隆格朗"。这是我在依照国王命令绘制的皇家地图上亲自测量出来的。为了我,他们特地把地图铺在地上,地图展开有一百英尺长。我光着脚几次丈量了城的直径和周长,又按比例尺计算,所以测量结果还算是相当准确的。

王宫不是一座规则的大厦,而是由许多建筑物组合而成,占地方圆七英里左右。主要房间二百四十英尺高,长和宽也都与之相称。【名师点睛:运用数据凸显出王国建筑巨大无比。】国王赐给我和格兰姆达尔克立契一辆马车。她的女教师常常坐车带她出去逛街或逛商店,我则总是坐在箱子里和她们同行。当然,在我的要求下,那姑娘也经常把我从箱子里拿出来放到她手上,这样我们沿街行驶的时候,我就可以更方便地看一看沿途的房屋和行人了。据我估计,我们的马车约有威斯敏斯特教堂[伦敦最著名的大教堂,坐落在伦敦泰晤士河北岸]的大厅那么大,不过没那么高,对此我也不能说得十分精确。一天,女教师吩咐马车夫在几家店铺门前停了几次车,乞丐们瞧准机会,一下子蜂拥到马车边,我眼前出现的景象实在可怕,任何一个欧洲人都不可能见过。有一个女人乳房上长了一个毒瘤,肿得很大,让人看了很害怕,上面布满了洞，其中两三个洞很大，我很容易就可以爬进去，躲在里面。有一个男人脖子上长了一个粉瘤，比五个羊毛包还要大。还有一个人装了两条木腿，每条长约二十英尺。不过最可憎的情景是他们的衣服上爬满了虱子。我用肉眼就可以清清楚楚地看到这些害虫的腿，那比在显微镜底下看一只欧洲的虱子要清楚多了。它们的嘴跟猪嘴差不多，我还是第一次看到这种虱子，那情景实在令人恶心。【名师点睛：这里描写的这几个乞丐，要么身患重病，要么身体残疾，十分可怜。他们是这个国家最底层人群的缩影，是这个繁荣富庶的国家不和谐的音符。作者在这里采用夸张的手法描写他们的境遇，表达了对这类人群的深切同情，同时还寄予了国家能够照顾这类弱势群体的愿望。】如果当时我有适当的工具，一定会把这些虱子解剖来看个究竟。

除了平常带我外出时用的那只大箱子外，王后又命人给我做了一只约十二英尺见方、十英尺高的小箱子。那是为了旅行时更方便些，因为原来那一只对格兰姆达尔克立契来说，放在膝盖上嫌大，放在马车里运也太笨重。小箱子还是由原来那个工匠做的，在整个制作过程中我都在旁边加以指导。这个旅行用的小屋是个标准的正方形，三面的正中都开有一扇窗户，每扇窗户外边都装上了铁丝形成格子状，这也是为了防止长途旅行中出事故。第四面没有窗户，而是安了两个结实的锁环。每当我想要待在马背上时，带我的那个人就在铁环中间穿上一根皮带，将另一头扣在他腰间。如果格兰姆达尔克立契身体不舒服，他们经常把我交给信得过的、稳重诚实的仆人。我或是陪国王和王后出巡，或是去花园看看，或是去朝廷拜访某位贵妇人或大臣。大官们不久就知道我并且开始器重我了，我想这主要是由于他们偏爱我，并不是我有什么出众之处。旅途中，每当我在马车里坐厌了，骑着马的一个仆人就会把小箱子在他身上扣好，放在他跟前的一块垫子上，这样我就可以透过那三扇窗户饱览这个国家的风光。我的这间小屋里有一张行军床，一张从天花板上吊下来的吊床，两把椅子和一张桌子。

床和桌椅都用螺丝钉固定在地板上,免得被车马颠得东倒西歪。由于我早已习惯了航海的生活,所以虽然有时颠簸得很厉害,但还没有使我感到太苦恼。

每当我想到市镇上看看时,总是坐在我的旅行小屋里,格兰姆达尔克立契把小屋放在膝盖上,坐着一种这个国家的敞篷轿子,由四个人抬着,后面还跟着两个王后的侍从。人们经常听人说起我,都非常好奇地拥到轿子周围。小姑娘就说好话让轿夫停下来,把我拿在手上好让大家看得更清楚。[名师点睛:格列佛现在的处境与之前被迫带到各处像木偶一样表演的场面形成了鲜明对比,足见他的境遇已经大大改善。]

我很想去看看这个国家的主庙,特别是它的钟楼,据说是全王国最高的。有一天我的小保姆就带我去了,但老实说,我很失望地回来了。因为从地面到最高的尖顶总共还不到三千英尺。如果考虑一下这个国家的人和我们欧洲人之间在身材高矮上的差别,那这三千英尺真不值得仰慕。如果我没有记错的话,就比例来看,也根本不能与索尔兹伯里教堂[英格兰早期哥特风格的杰出建筑,是英国最漂亮的教堂之一]的尖塔相比。但是对于这个国家我终身都将感激不尽,所以我并不想诋毁它。应当承认,不论这座著名的塔楼高度上有什么缺陷,其美丽和坚固都会弥补它的不足。庙宇的墙壁大概有一百英尺厚,都是用石头砌成的,每块石头约四十英尺见方。墙四周的几处壁龛(kān)[安置在墙壁内的小阁子]里供放着神像和帝王像,它们是用大理石雕刻的,比真人还要大。有一尊神像的一个小指头掉落了,躺在垃圾堆里没人注意,我量了一下,正好是四英尺一英寸长。格兰姆达尔克立契用手帕把它包起来,放进口袋里带回了家,和其他的一些小玩意儿放在一起。与这个年龄的小姑娘一样,她也很喜欢玩这些东西。

国王的御用厨房确实可以称得上是一座宏大的建筑。它的屋顶呈拱形,大约有六百英尺高。厨房里的炉子比圣保罗教堂[伦敦城内的著名教堂,其圆屋顶宽108英尺]的圆顶要小十步,因为我回国以后曾特地到那儿去量了一次。不过要让我对那厨房里的炉子，那大锅大壶，那正在烤架上烤着的大块肉以及其他许许多多具体的东西描述一下的话，也许没有人会相信我的话，至少严厉的批评家会认为我是有点夸大其词了。人们经常是这样怀疑旅行家的。但是为了避免受到这样的指责，我担心我又走了另一个极端。如果本书有机会被译成大人国的语言(该王国人们一般这样称它)，再传到那里的话，国王和老百姓们就有理由抱怨我了，他们会说我侮辱了他们，错误地把他们描写得这样渺小。

国王陛下的马厩里养的马一般不超过六百匹。这些马身高大多在五十四到六十英尺之间。不过，每当在重大节日国王出巡时，为了显示其威仪，总有五百匹马组成的警卫队相随。在我没有见到他的一部分陆军操演以前，我真的以为那是我曾见到的最为壮观的场面了。不过，关于那支陆军操演的情形，我只能另外找机会来叙述了。

Z 知识考点

1. 大人国是个_____，东北部被_____阻断，顶部的_____使人无法翻越。

2. 王后命人给格列佛做的小箱子，里面有_____，一张吊床，两把椅子和_____。床和桌椅都用_____固定在地板上。

3. 格列佛一直想去看这个国家的主庙的钟楼，为什么会失望地回来？（用原文回答）

_____

_____

Y 阅读与思考

1. 大人国的状况如何，你能用简要的文字概述吗？

2. 数字是说明的有力证据，文章中使用了哪些数据？请列举并说明作用。

第五章

屡遭险境

> **M 名师导读**
>
> 因为格列佛"小巧玲珑"的身材，他在大人国的生活完全可以称得上是冒险：被苹果、冰雹砸得趴下，被小狗叼走……他还去观看了这里的死刑执行，并向国王和王后展示了他高超的航海技术。

在那个国家，本来我是可以开开心心地过的，但由于我身材矮小，就出了几件可笑而麻烦的事。现在我来给大家讲讲。【写作借鉴：总括性的文字，提纲挈领，引出下文。】

格兰姆达尔克立契常常把我放在我那只小箱子里带我到王宫的花园去玩。侏儒还在王后身边的时候，一次跟我们一起去花园。小保姆把我放到地上，侏儒和我一起走到一棵矮矮的苹果树下面时，我偏偏想卖弄一下自己的小聪明，就开玩笑地把他暗示成矮苹果树。恰巧，他们的语言和我们的语言有相似之处。就在我说这话的时候，我正好来到一棵矮苹果树下，让我没想到的是，这个坏家伙，竟趁势在我头顶上方摇晃起那棵树。真是太突然了，让我有些措手不及，经过他的这番剧烈摇晃，十几个像布里斯托尔酒桶那样大小的苹果径直向我砸过来。我一弯腰，一个苹果一下就把我砸得趴在了地上，好在我只受了一点轻伤。这事因我而起，我自知理亏，所以我恳求得到侏儒的原谅，最后他还是原谅了我。【名师点睛：通过这件事可以看出，格列佛是一个善良、通情达理的人，他会时常反省自己，而不是像有些人那样把错误推给别人。这样的

人会得到更多人的尊重，因为大家都喜欢和这样的人交往。】

还有一次，格兰姆达尔克立契把我放在一块光滑平整的草地上，让我自己去玩，她和她的家庭女教师到一边散步去了。突然，天色大变，下起了大冰雹，那些冰雹来势凶猛，每个都像网球一样大。我尽全力爬到一块野百里香草地的背风处，脸朝下躲在那里，但还是被砸得遍体鳞伤，趴在床上十天不能出门。其实这也没有什么值得大惊小怪的，因为这个国家的一切物体都遵循同样的比例，一颗冰雹差不多有欧洲冰雹的一千八百倍那么大。【写作借鉴：作者采用对比的手法，介绍了现实世界的冰雹与大人国的冰雹对比之后的差距，从而体现出大自然的奥妙和神奇，也让作者描绘的大人国更加真实可信。】这是经验之谈，因为我后来感觉好奇，称过冰雹的重量。

就在同一个花园里，我还碰到过一件更为危险的事情。有一次，我的小保姆嫌麻烦，没带箱子就把我带了出来。她自以为已经把我放到了一个安全的地方，就和她的女老师还有其他几个女伴到花园里别的什么地方玩耍去了。她离我很远，即使我大喊她也听不见。这里，花匠老头养的一只小白狗发现了我，它闻着我的气味一路直奔过来，并猛地扑上前，将我叼在嘴里，然后一溜烟地跑到它主人跟前，把我放在地上。幸亏那只狗受过训练，仅用牙齿轻轻叼住我，我才没有受伤，连衣服也没有撕坏。【名师点睛："闻""奔""扑""叼""跑""放"等一连串动作一气呵成，把小狗叼走格列佛的场景刻画得惟妙惟肖。】但那可怜的花匠被吓坏了，他用双手轻轻将我捧起，问我怎么样了。我吓得魂不附体，连大气都不敢喘，一句话也说不出。几分钟后我才缓过劲儿，他把我安全送到小保姆手里。这时她已经回到了离开我的地方，正因为发现我不见了之后，可把她急坏了！事后她还将园丁痛斥了一番。我们并没有把这件事告诉其他人，因为小保姆怕王后知道了生气；事实上，我也不愿意事情传出去，对我也不怎么光彩。

这件意外的事情发生过后，格兰姆达尔克立契下定决心，以后绝不再把我一个人留下了，并发誓一定要好好照顾我。但这对我来说并不是一件值得高兴的事，因此我在之前经历的那些不幸的遭遇，对她只字未提。

我还经历了这样一件事，花园的上空正盘旋着一只鸢鹰，就在它向我俯冲下来的瞬间，我急忙把短剑抽了出来，并迅速躲到了一棵枝叶浓密的果树下面，这才算又躲过了一劫。还有一次是这样的，我不小心掉进了一只鼹鼠挖的洞里。没办法，为了能够解释我的衣服是怎么弄脏的，我只好又撒了一次谎。但是撒谎的具体内容我现在已经记不清了。一次，我正一边散步一边心里怀念着自己的祖国，谁承想竟被一只蜗牛绊了个跟头，摔伤了右小腿。

我的弱小在这里是显而易见的，因为我独自散步的时候，即便是那些小鸟也根本不怕我，照样在不出一码远的地方蹦蹦跳跳，寻觅毛毛虫和其他食物，态度十分从容，好像我根本就不存在一样。一次，一只画眉竟然大胆地从我手上抢走了甜饼，那是格兰姆达尔克立契给我当早餐的。我有时想试着捉这些鸟，它们竟敢反身扑向我，啄我的手指，使我不敢近前。然后它们又和以前一样若无其事地跳来跳去找毛毛虫和蜗牛了。但是有一天，我找了根很粗的棍子，使出全身力气扔向一只红雀，侥幸一下把它打倒了。我用双手掐住红雀的脖子，得意地提着向保姆跑去。可是这只鸟只是被打昏了，一醒过来就扇着翅膀扑打着我的头和两肋。尽管我抓着它，伸直胳膊让它够不着我，可还是一次次想干脆放弃算了。很快，一个仆人过来解救了我，拧断了它的脖子。第二天，王后下令把这只鸟做给我吃了。我好像还记得，那只红雀看起来比英国的天鹅还要大。

王后的未婚侍女们经常邀请格兰姆达尔克立契去她们屋里玩，为了能见到我，摸摸我，她们就要她一定要带上我。她们常把我从头摸到脚，脱个精光，让我躺在她们的胸脯上。说实话，我对她们这种做法十分厌恶，因为她们的身上发出一种难闻的气味。在这里我确实不想提及，也不愿去数落那些出色的姑娘们有什么样的缺点，原本我对她们就十分尊重，但是我觉得，因为我个头矮小，我的嗅觉就要相应敏锐得多。我想，这些漂亮的人儿在她们的情人眼里，或者在她们彼此之间，是不会显得讨厌的，这种情形在我们英国人中间也是一样。但不管怎么说，她们身上本来的味道还叫人容易忍耐得多，一用香水，我可马上就要晕过去。我忘不了在利立浦特时，有一天很暖和，我运动了好一阵子，我的一位好朋友竟直言不讳地抱怨说我身上的味道很大。其实和大多数男同胞一样，我并没有那样的毛病。我想，对于我来说，他的嗅觉能力是比较敏锐的，就像对于这个国家的人来说我的嗅觉能力比较敏锐一样。在这一点上，我不能不为我的主人王后和我的保姆格兰姆达尔克立契说句公道话，她们的身体就像我们英国女子一样非常芬芳。

　　我的小保姆带我去拜访这些未婚侍女时，最让我感到不安的是：她们对我一点儿都不讲礼貌，好像我是个微不足道的生物一样。她们把我放在梳妆台上，当着我的面脱得精光，换上衬衣。老实说，我一点儿也不感觉诱惑，除了恐怖和厌恶以外，没有什么别的感觉。她们的皮肤看起来粗糙不平，颜色不一；离近了会发现她们皮肤上到处是切面包垫板一样大小的黑痣，垂下来的头发比包裹用的绳子还粗，更不用说向上的其他部位了。她们毫不顾忌地当着我的面小便，把喝下去的水解掉，每次至少有两大桶（一桶合五十二点五加仑），溺器[盛小便的器物]能盛得下足足三大桶（大桶指盛二百五十加仑的大桶）小便。侍女中最漂亮的是那个活泼、调皮的十六岁女孩。她有时让我两腿分开骑在她的一个奶头上，还有许许多多其他花样，我就不一一细说了。我很不开心，就请格兰姆达尔克立契为我找个什么借口，以后再不去见这个女孩子了。

　　有一天，我保姆的女教师的侄子来了，他是一位年轻的绅士。他硬要拉她俩去看一名罪犯被执行死刑的情景，那罪犯暗杀了年轻绅士的一位好朋友，好奇心就驱使我们非得去看一看。只见，那罪大恶极的家伙被绑在专门竖起的断头台的一把椅子上。行刑刀大约有四十英尺长，一刀下去，他的头就被砍了下来。从静脉和动脉喷出了大量的血，血柱喷到空中老高，就是凡尔赛宫的大喷泉也赶不上它。【写作借鉴：将砍头时血管喷血的状态比作凡尔赛宫的大喷泉，形象地表现出血管之粗，血流量之大。】人头落到断头台的地板上，发出砰的一声巨响，虽然我远在至少半英里外的地方，但还是给吓了一跳。

　　王后经常听我说起海上航行的事，所以每当我心情郁闷的时候，她就想尽办法来给我解闷，找些话题来问我：是不是懂得使帆划桨，做一点划船运动对我的身体是否有益？我的回答是肯定的，我说我可是个专家，虽然我在船上的正式职业是做内、外科医生，但关键时刻也得干普通水手的活儿。不过想象不出在他们国家我怎么能够造船，这里的一艘单人小艇也有我们的一流军舰那么大，像我能划的小船，在他们的江河里是永远也不会有的。王后陛下说，只要我能设计出来，她手下的细木匠就能照样做，她还能为我准备一个划船的场所。那人是一个灵巧的工匠，根据我的设计，他十天工夫就造了一艘船具齐备的游艇，足足容得下八个欧洲人。船造好后，王后十分高兴，把船抱在怀里就去见国王。国王随即下令把船放入一只装满水的蓄水池中，让我到船上试验一下。可是地方不够大，我无法使用两把小桨。好在王后早就想好了另一种办法。她吩咐细木匠做了一只三百英尺长、五十英尺宽、八英尺深的木槽，木槽上涂满沥青以防漏水。那木槽就靠墙在王宫外殿的地上。靠近槽底的地方有一个水龙头，以便水臭了可以放出来，然后两个仆人用不了半个小时就可以将水槽重新注满水。于是我就常在这里划船自娱，也给王后及贵妇们消愁解闷。我划船的技术很好，动作灵巧，她们看了觉得非常开心。有时我张起帆，贵妇们就用扇子给我扇出一阵大风，这时候我只要掌舵就行了。她们扇得疲倦的时候，就让几名侍从用嘴吹气推帆前进，我则随心所欲，一会儿左驶，一会儿右行，卖弄我的掌舵本领。【名师点睛：这段描写新奇、有趣，在人们看来十分惊险刺激的航海活动竟然被这些大人国的贵妇们当作是消遣的游戏，读来真是令人捧腹不已。由此可见作者的想象力丰富，给读者以超凡的阅读体验。】每次划完船，总是由格兰姆达尔克立契把船拿到她房里去，挂在一只钉子上晒干。

但就算是这样的划船运动中我也会有生命危险。有一次，一名侍从先把我的船放到了木槽里，这时格兰姆达尔克立契的那个女教师多管闲事，她要把我拿起来放到船上去。可是我不知怎么从她的指缝中间滑落了，要不是我侥幸被这位好太太胸衣上插着的一枚别针挡住，肯定是从四十英尺的空中一直跌到地上。别针的针头从我衬衣和裤腰带的中间穿过，这样我就被吊在了半空中，一直到格兰姆达尔克立契跑过来将我救下。

还有一次，因为一个专门每隔三天给我水槽放一次新水的仆人一时疏忽，没发觉他竟把水桶里的一只大青蛙倒进了水槽。青蛙一直躲在水底，后来我到水上划船的时候，青蛙见有了一个休息的地方，就爬上船来，可它把船弄得直向一边倾去，我不得不用全身的重量站到船的另一边以保持平衡，不让翻船。青蛙上船后，一跳就是半条船那么远，接着又在我头顶上跳来跳去，把它那可恶的黏液弄得我脸上、衣服上到处都是。它那肥大的模样，可说是一切动物中最难看的了。但是，我要求格兰姆达尔克立契让我一个人来对付它。我用桨狠狠地打了它一阵子，最后迫使它从船上跳了出去。

不过我在那个王国所经历的最危险的一件事，还是由一位御厨管理员养的一只猴子惹出来的。那是格兰姆达尔克立契一次有事到什么地方去了，把我一个人锁在了她的房间里。天气很暖和，房间的窗户都开着，我自己那只大箱子的门窗也都开着，因为它既宽敞又舒适，因此一般我都住在那儿。我正静静地坐在桌子边沉思，忽然听到有什么东西从房间的窗口跳了进来，还在房间里蹦来蹦去呢。由于害怕，我动都没敢动，不过我还是壮着胆子朝外看了看。只见那只顽皮的动物正在那儿蹿上跳下地闹个不停,最后竟来到了我的箱子前。它见到我这箱子似乎感到非常新奇,就从门和每一扇窗口朝里边张望。我退缩到我房间最远的一个角落里,可那猴子从四面往里探头探脑,吓得我一时竟忘了可以到床底下躲一躲,这对于我来说是很容易办到的。它又是看,又是龇牙咧嘴,还吱吱地叫,过了好一会儿,终于发现了我。它从门口伸进一只爪子来,就像猫逗老鼠玩儿一样。尽管我躲来躲去不想让它抓到我,可最终它还是抓住了我上衣的下摆,把我拽了出去。它用右前爪将我抓起,就像保姆给婴孩喂奶似的把我抱着,就跟我在欧洲见过的猴子抱小猴的姿势一模一样。我越挣扎,它抱得越紧。所以我觉得还是老实一点为妙。我想它可能是把我当成一只小猴了,因为它不时用它的另一只爪子轻轻地抚摸我的脸。【名师点睛:猴子探头探脑、龇牙咧嘴、抱住、抚摸,格列佛则躲来躲去、奋力挣扎,好一幅"猫捉老鼠"的精彩画面!猴子的调皮和格列佛的惊慌失态,都被描写得栩栩如生。】正玩得起兴,忽然小房间的门口传来一阵响动,好像是有人在开门,这打断了它的兴头。它突然蹿上原先进来的那个窗户,用三只爪子走路,腾出一只爪子抱着我,从窗台穿过导水管和檐槽,一直爬上邻屋的屋顶。猴子将我抱出去的那一刻,我听到格兰姆达尔克立契一声尖叫。这可怜的姑娘差点儿急疯了。王宫这一带一下子沸腾了。仆人们飞快地去找梯子。宫里有好几百人看见那猴子坐在一座楼的屋脊上,用一只前爪像抱婴孩似的抱着我,另一只前爪喂我吃东西,它从嘴部颊囊[仓鼠、猿、猴等啮齿类动物的口腔内两侧的囊状构造,用来暂时贮存食物,也叫颊嗉]里硬挤出一些食物来往我嘴里填,我不肯吃,它就轻轻地拍打我,惹得下面的一帮人忍不住大笑起来。我想这也不该怪他们,谁见了这个样子都会觉得可笑的。有几个人往上丢石头,想把猴子赶下来,可立即就被严令制止了,要不然我就会被砸得脑浆迸裂了。【名师点睛:猴子的动作和格列佛的反应,都富有喜感。而作者不时跳脱出来,以旁观者的身份审视自己的行为,充满了自嘲意味,使得小说更具可读性。】

这时梯子架好了，好几个人爬了上来。猴子见状，发现自己几乎被四面包围，而三条腿又跑不快，就把我放到了屋脊的一片瓦上，自己逃掉了。我在离地三百码的高处坐了半天，时刻担心被风刮下来，或者自己头晕目眩，从屋脊一直滚到屋檐。幸好一个诚实可靠的小伙子爬了上来，把我装到他的马裤裤袋里，安全地带下了地。

我差点被那猴子硬塞到嘴里的脏东西噎死了，幸亏小保姆用了一根细针把脏东西从嘴里弄了出来。接着我大吐了一阵，轻松了许多。可我还是很虚弱，那可恶的畜生捏得我腰部到处是伤，我不得不在床上躺了两周才痊愈。国王、王后和宫里所有的熟人都来探望我。那猴子后来被杀了，王后还下令以后宫里不准再养这种动物。

身体康复之后我去觐见国王，向他谢恩。这件事使他很开心，他开玩笑地问我，躺在猴子怀里时有何感想？愿不愿意吃猴子给我的食物？它喂我吃东西的方式我觉得怎么样？屋顶的新鲜空气是不是很开胃？他还想知道，要是在我自己的国内碰到这样的事，我会怎么样？我告诉国王，我们欧洲没有猴子，有的都是从别的地方当稀罕东西运到那儿去的，而且都很小，如果它们敢向我进攻，我可以同时对付十几只。至于我最近碰到的那只可怕的畜生（它实际有一头象那么大），如果不是我当时吓坏了，没想到在它把爪子伸进我房里来时，用我的腰刀狠狠地给它一下将其砍伤（说这话时我手按刀柄，样子十分凶狠），也许它那爪子缩都来不及呢，更不要说伸进来了。我说这番话时口气十分坚定，就像一个人唯恐别人对他的勇气有怀疑似的。可是我的话只引起一阵哄堂大笑。侍从们虽然在国王面前毕恭毕敬，也都忍不住笑起来。这件事使我想到，人要是处在一个任何人都比他强大得多、任何人他都无法与之比拟的环境里，还要妄自尊大，是一种多么徒劳的尝试呀。回到英国以后，对一些像我这样不自量力的人我还真没少见呢。不是也有一个卑鄙小人，出身既不高贵，容貌也不出众，既少才智，又无常识，竟然自高自大，将自己与英国最伟大的人物相提并

格列佛游记

论吗?【名师点睛:用格列佛当时在巨人面前逞强的亲身体会,来讽刺现实生活中那些狂妄自大之人的狭隘和愚蠢。】

由于我的身材过于矮小,我每天都可以给宫里人提供几个可笑的故事。上述的我经历过的种种险境,便是王宫内部茶余饭后的主要话题。格兰姆达尔克立契虽然特别爱我,但每当我做出她认为能讨王后高兴的傻事之时她就跑去向王后报告,极力讨得王后的欢心。一次,女孩感觉不舒服,她的女教师就带她到城外三十英里的地方去呼吸新鲜空气,马车要走一个小时才能够到达那里。她们在一条小田埂旁边下了车,格兰姆达尔克立契把我乘坐的旅行箱放了下来,让我出来走走。田埂上有一堆牛粪,我想跳过去显显身手。不幸的是,一跳跳得太近了,正好落到牛粪中间,一直陷到两个膝盖。我好不容易才从牛粪堆里跋涉了出来,一身脏兮兮的,幸亏一个仆人用他的手帕替我擦干净。我的保姆一路上只好让我待在箱子里。王后不久就知道了此事,那几个仆人也把这件事在宫内四处传播,所以一连几天大家都以我为笑柄,乐个不停。

Z 知识考点

1.格列佛为了展示他高超的航海技术,在_____里划船。有一次差点被_____弄翻了船。

2.格列佛差点被哪一种动物喂食而噎死? ( )
　　A.一只小白狗　　　　B.一只红雀　　　　C.一只猴子

3.本章中格列佛经历了哪些危险事件?

_____

_____

Y 阅读与思考

1.本章可称为"格列佛历险记",你觉得这个名字恰当吗?为什么?

2.从本章内容来看,王后对格列佛如何?请做简要的分析。

第六章

国王见识过人

M 名师 导读

为了能讨好国王与王后,格列佛想尽了一切办法,很幸运的是他的努力并没有白费,因为音乐才能他博得了国王的赞许。国王对格列佛的国家很好奇,因此向他询问了情况,格列佛也不厌其烦地一一解答。

每星期我总有一两次要出席国王的早朝,这时候我常常看到理发师在给他剃须,这番情景初次看见真是十分吓人,因为那把剃刀差不多有两把普通镰刀那么长。按照这个国家的习俗,国王每星期只刮两次胡子。有一次,我让理发师把刮胡子刮下来的肥皂沫给我一点,我从中挑选了四五十根最粗硬的胡子。然后我弄来了一块好木头,把它削成梳背模样,又向格兰姆达尔克立契要了一根最细的针,在梳背上等距离地钻了几个小孔。我很巧妙地将胡子装在小孔里,再用小刀把它们削得尖尖的,这样就做成了一把很不错的梳子。这把新梳子做得正及时,因为我自己原来那把梳子的齿大多断了,几乎不能用了。我真不知道这个国家有哪个工匠能那样精巧,再做出一把这么好的梳子来。【名师点睛:用国王的胡子茬做成了一把梳子,一方面有夸张的成分,另一方面也说明"我"心灵手巧,从这一细节足见作者的想象力之丰富。】

由此,我想起了一件好玩的事情,我空闲时的许多时光都花到了那上面。我请王后的侍女给我一些王后梳头时掉落的头发。后来我还真积了不少。我和我的一位木匠朋友商量了一下,他是奉命来给我做东西的。他就在我的指导下，做了两把椅子框架，大小和我箱子里那几把椅子一样。在我设计做椅背和椅面的地方边上，我又让他用细钻子钻上许多小孔。接着我将最粗壮的头发穿到孔里，就像英国人做藤椅那样编织起来。等椅子做成之后，我就把它们当礼物送给了王后。她把椅子放在房间里，不时作为珍品拿给人看。而凡是看过的人无不交口称赞。王后要我坐到其中的一把椅子上去，我断然拒绝了，坚持说我宁可死一千次也不敢把身体的那个部分放到那些宝贵的头发上去，那可是曾在王后头上增添过光彩的呀！【名师点睛：从这里可以看出，格列佛是一个心灵手巧、善于动手和设计的能工巧匠，同时做事谨慎，对王后始终不失虔诚之心，所以他能够一直得到大人国上上下下的喜爱，受到他们的友好对待。】由于我一向具有机械方面的才能，我又用这些头发做了一只很好看的小钱包，大约五英尺长的样子，并且用金线把王后的名字织了上去。在征得王后的同意后，我将钱包送给了格兰姆达尔克立契。不过说实话，这钱包是中看不中用，因为它承受不了大一点的钱币，所以除了一些小姑娘们喜欢的小玩意儿外，其他的什么都不能朝里放。

　　国王爱好音乐，常在宫里开音乐会。他们有时也把我带去，我就坐在箱子里，然后箱子被搁到桌上去，我就在里面听演奏。但声音太大，我简直分辨不出那是些什么曲调。【名师点睛：大人国的什么东西都是庞然大物，即便是音乐的声音也是很大，简直不可思议。】我可以肯定地说，即使是皇家军队所有的鼓与号凑着你的耳朵一起吹打，也不如这里的声音响。我通常只能让人把我的箱子搬得离演奏者坐的地方越远越好，然后关上门窗，放下窗帘，这才觉得他们的音乐还可以入耳。

　　我年轻时曾学过一点古钢琴的弹奏方法。格兰姆达尔克立契房里就有一架琴，有一名教师一个星期来两次，教她弹奏。我之所以管那琴叫古钢琴，是因为它样子多少有点像古钢琴，而且弹奏的方法也一样。一次我突然想到了一个主意，想用这件乐器给国王和王后弹一首英国的曲子。可这件事做起来困难重重，因为那架古钢琴将近有六十英尺长，一个键差不多就是一英尺宽，即使我将两臂伸直，最多也只能够着五个琴键。并且将琴键按下去也得用拳头猛砸才行，这样的话就太费劲了，还不会有什么效果。后来我想出了这样一个办法：我准备了两根一头粗一头细的圆棍，大小和普通棍棒差不多，粗的一头用老鼠皮裹起来，这样敲起来既不会伤琴键的表面，也不会破坏琴声。琴前面放一张长凳，比键盘大约低四英尺。他们把我放到长凳上，我就斜着身子在上面飞快地跑来跑去，用手中的两根圆棍，该敲什么键就狠狠地敲，就这样交替着演奏了一首快步舞曲。【名师点睛：在常人看来简简单单的敲击琴键的动作，对格列佛而言，竟然要跑来跑去才能连续弹奏成一首曲子，场景夸张而有趣。】国王和王后听了非常满意，不过这样的弹奏对我来说，是我生平所做的最剧烈的运动了。即便是这样，我也只能敲到十六个键，因此，我就不能像艺术家那样，同时弹奏出高音和低音，这也是我表演时最大的缺憾了。

前面我已经说过，国王是一位具有杰出领悟力的君王。他常吩咐人把我连箱子一起带到他房间里去，放到桌上。然后，他命令我从箱子里搬出一张椅子来，在箱子顶上离箱子边三码的地方坐好，这样我的位置和他的脸就差不多在同一个水平线上了。【名师点睛：从国王让格列佛与他平视的坐姿，可以看出国王懂得尊重人。】我以这样的方式和他交谈了几次。有一天，我直言不讳地对他说，他对欧洲及世界上其他地方的鄙视态度，似乎与他具备的杰出的智力不大相称。身材的大小并不能决定智力的高低，恰恰相反，在我们国家，我们注意到，最高的人往往最没有头脑。【名师点睛：作者笔锋一转，从大人国日常轻松的活动突然转到比较严肃的话题，为下文开始讲述格列佛祖国的状况埋下伏笔。】在其他动物中间，和许多大一点的动物比起来，蜜蜂和蚂蚁更具有勤劳和聪明伶俐的好名声。所以，虽然他把我看得微不足道，我倒还希望在我有生之年能为他做出点不同凡响的事情来。国王很认真地听我说着，而且开始对我产生了前所未有的好感。【名师点睛：从国王"对我产生了前所未有的好感"这一点来看，说明他认为格列佛言之有理，由此也就有了下面他与格列佛深入交流国家的治理方面的情况。】他要我尽可能详细地为他介绍一下英国政府的情况，虽然君王们一般都更喜欢他们自己的制度（他通过我以前的谈话推想别的君主也都是这样的），不过现在，要是有什么值得效法的，他却也乐意听听。

敬爱的读者，请你们想象一下，那时我曾多少次地渴望我有德谟西尼斯德[前384—前322，古希腊民主派政治家、演说家]或者西塞罗[前106—前43，古罗马政治家、演说家和哲学家]的口才啊！那样的话，我就能够以适当的方式描述我国的丰功伟绩和非凡鸿运，以此来赞美我那亲爱的祖国。

我首先告诉国王，我国的疆土包括两个岛屿，三大王国统归一位君主治理，此外在美洲我们还有殖民地[指由宗主国统治，没有政治、经济、军事和外交方面的独立权利，完全受宗主国控制的地区]。我详尽地讲述了我们肥沃的土地和温和的气候。接下来我谈了英国议会构成的情况。议会的一部分由一个著名的团体组成，称为上议院；成员是一些血统最高贵的人，他们是最古老和富裕的世袭家族。我又说到，这些人在文武方面都一直受到特殊的教育，使他们能世代相传，生来就有资格做国王及王国的参议；帮助国家立法；能成为一切上诉都得到处理的最高法庭的法官；并以他们勇敢、正直和忠诚的品格，随时准备着充当捍卫君主及国家的战士。他们是王国的光荣和保障，是他们声名显赫的祖先的好后代。他们的美德没有让先人们的荣耀黯然失色，子孙后代一直兴旺不衰。这些人之外，上议院中还有一部分人是享有主教称号的圣职人员，他们的特别使命便是管理宗教事务，并负责带领教士对人民进行指导。这些人是由国王及其最英明的参政在整个王国的各个教区中心寻找和选拔出来的，他们是最圣洁、学识最渊博的人，他们也确实是教士和人民的精神领袖。

议会的另一部分由一批议员组成，称作下议院，议员由人民自己自由选举产生。这些人都是些重要的绅士，他们才能卓越，爱国心强，能够代表全民的智慧。这两院人士组成了欧洲最具权威的议会，整个立法机关就交由他们协同君主一起掌管。【名师点睛：上议院和下议院是英国封建统治走向资本主义的必然产物。上议院的成员中包括了英国的世袭贵族、王室成员、神职人员等，下议院则是由人民成功选举产生的重要议会，掌握着英国的前进方向，是英国最高权力机关的代表。】

　　接着我又说到法庭，法官们都是些可敬的德高望重而又通晓法律的人，他们主持审判，对人们的权利及财产纠纷做出判决，同时制裁邪恶的行为，保护无辜。我还提到了我国节俭的财政管理制度，以及我国海陆军队的勇猛和成就。我还通过估算我们每个教会或政党大约拥有几百万人，来统算出我国的总人口。我甚至还谈到了我们的运动和娱乐，以及每一件我认为能为我国增光的小事。最后我概述了英国近百年来的主要历史事件。

　　经过五次召见，我才谈完这些事，每次历时几个小时。国王从头至尾听得非常认真，他还不时地记下我的谈话要点，将要问我的问题都写成了备忘录。【写作借鉴：巧妙使用了过渡段。过渡段起到了承上启下的作用，文章脉络更清晰，增添了阅读的趣味性。】

　　当我这几次长篇叙述结束以后，国王在第六次召见我的时候，就一边对照着他做的笔记，一边逐条逐项提出了他的许多疑点、质问和不同意见。他问我们用什么方法来锻炼我们年轻贵族的心智和体力？在最适合上学的年龄段里一般是做些什么？如果哪家贵族没有子嗣，我们采取什么方法来补充议会里的缺额？那些将被培养成新爵士的人应该具备哪些必要的条件？国王会不会因为一时心血来潮，给哪位宫廷贵妇或首相一笔钱？或者违反公共利益，阴谋加强一党势力？是否会以这种动机来提升官员？这些新贵对本国的法律掌握了多少？怎样获得这些知识？如果没有其他办法只得上法庭时，他们又如何以这些知识来判定人民的财产纠纷？难道他们从不贪婪、偏私、贿赂，或者有什么不诚实的念头？我说到的那些圣职官僚是不是因为他们对宗教事务具有充分的了解，生活也非常圣洁，才被提升到那样的高位的？难道他们做普通牧师时从未趋炎附势[奉承依附有权有势的人]？是否有曾在贵族门下卑躬屈膝[卑躬，低头弯腰；屈膝，下跪。形容没有骨气，低声下气地讨好奉承]、低贱无行的牧师？当他们进入议会后，他们难道就不对贵族的意志百依百顺吗？

接下来他还特别想知道，被选举为下议员的那些人，经常会用什么样的方法？一个外乡人，如果他腰包里有的是钱，是否就可以鼓动选民投他的票，而不选举自己的地主或邻近最值得考虑的绅士？我承认这事既很麻烦又很费钱，没有薪金和年俸的人往往因此弄得倾家荡产，可是，人们为什么还要那样强烈地渴望往这个议会里挤呢？【名师点睛：运用一连串的疑问句，将矛头直指英国议会选举制度的不公平、不民主，使之前格列佛自己所编织起来的关于英国的美丽谎言逐渐不攻自破。】

这看起来像是大家品德极高，有为公众服务的精神，但国王却怀疑那是否是真的出于至诚。他还想知道，这些热心的绅士会不会想到以牺牲公众利益来迎合一位软弱、邪恶的君主和腐败内阁的意志，从而使自己破费的金钱和精力得到补偿？他还提出了很多问题，并且就各个部分对我逐一提问，大量的疑点和异议我不好也不便在此复述了。【名师点睛：从某种意义上来说，国王的提问都带有一定的抨击性质，作者其实是借此表达了自己对于当时英国政治制度的质疑。】

关于我谈到的我国法庭的情况，国王也想了解几点。这一点上我比较能够胜任，因为我从前曾在大法官法庭上打过一场历时很久的官司，花了不少钱才得到判决，几乎搞得倾家荡产。他问我裁决一件案子的是非一般需要多少时间？得花多少钱？如果判案明显不公平，故意与人为难，或者欺压一方，辩护人和原告有没有申请抗辩的自由？是否发现教派或政党对执法的公正有影响？那些为人辩护的律师是否受过衡平法常识的教育？他们是否也了解一些省、国家及其他地方性的习俗？律师或者法官们认为自己有任意解释法律的自由，那他们也参与起草法律吗？他们会不会在不同的时间为同一桩案子一会儿辩护，一会儿又反驳，还援引先例来证明自己意见前后矛盾却依然有理？律师这一帮人是富人还是穷人？他们为人辩护，发表意见，是否有经济补偿？尤其是，他们允不允许被选为下议院议员？

他随后又对我国的财政管理进行攻击。他说，他认为我的记忆力很差。我算算我们的税收每年大概是五六百万英镑，可我接下来又提到了各项开支，他就发现有时超支一倍还不止。这一点上他记的笔记非常具体详细，因为他说他本来倒是希望了解一下我们的做法或许对他是有用的，计算是不会被人蒙骗。但是，如果我对他说的是真的，他怎么也想不通，一个王国怎么也会像私人那样超支呢？他问我谁是我们的债权人？我们又上哪里去弄钱来还债？听我说到那些耗资巨大的大规模战争时，他非常吃惊，说我们一定是一个好争吵的民族，要不就是我们的四邻全是些坏人，而我们的将军肯定比我们的国王还有钱。他问，除了进行贸易、订立条约或者出动舰队保卫海岸线之外，在我们自己岛国以外的地方还有我们什么事？最令他感到疑惑不解的是，他听我说起一个正处于和平时期的自由民族居然还要到国外去招募一支常备军。他说，既然领导和统治我们的是我们自己认可的代表，他想象不出来我们还要怕谁？又要同谁去战斗？他说他愿意听听我的意见：一个人的家由他自己或者子女家人来保护，难道不强似用少许钱到街上胡乱找六七个流氓来保护？这些流氓要是把全家人都杀了，不就可以多赚一百倍的钱吗？

【名师点睛：国王的这几个疑问很犀利，直指英国当时异化的政府体制，叩问战争的必要性及军队组成的合理性，具有强烈的鞭挞现状的效果。】

我通过计算几个教派和政党的人数推算出我国的人口总数。他笑话我这种计算方法，说这方法真是离奇。他说他不明白那些对公众怀有恶意的人为什么非得改变自己的主张，而不让他们把自己的主张隐瞒起来。无论哪一个政府，要是它强迫人改变自己的意见，那就是专制；反过来让人公开自己对大众不利的意见则又是软弱，虽然可以让人在自己家里私藏毒药，却不能让他拿毒药当兴奋剂去四处兜售。

他又说，我谈到贵族绅士的娱乐活动时曾经提到了赌博。他想知道，他们大约是什么年龄开始玩这种游戏的？玩到什么时候才不玩？要花掉他们多少时间？会不会玩到倾家荡产？卑鄙邪恶的人会不会因玩这种游戏的手段高明而变成巨富，以致我们的贵族老爷有时也得仰其鼻息，终日与下流人为伍，完全不思上进？而赌输之后，贵族老爷们会不会也去学那些卑劣手段并用之于他人？【写作借鉴：对比的写作手法。对于英国贵族阶层喜欢赌博的风气，国王提出了一系列的疑问，这些问题均抓住了本质和核心，间接地抨击英国的社会与制度，与之前格列佛对祖国的夸赞形成鲜明的对比，更加突出英国社会风气的败坏。】

他对我叙述的我国近百年来的大事记感到十分惊讶。他断然宣称，那些事不过是一大堆阴谋、叛乱、暗杀、大屠杀、革命和流放，是贪婪、党争、虚伪、背信弃义、残暴、愤怒、疯狂、仇恨、嫉妒、淫欲、阴险和野心所能产生的最严重恶果。【名师点睛：揭穿了英国当时政治的黑暗和残暴，揭露了统治阶级内部的矛盾。】

国王在他另一次召见我的时候，又不厌其烦地将我所说的一切扼要地总结了一下。他把自己所提的问题与我所做的回答做了一番比较，接着把我拿到他手里，轻轻地摩挲着我，发表了这样一席话，这席话连同他说话时的态度我永远也忘不了："我的小朋友格里尔特里格，你对你的祖国发表了一篇最为堂皇的颂词。你已十分清楚地证明：无知、懒散和腐化有时也许正是做一个立法者所必备的唯一条件；那些有兴趣、有能力曲解、混淆和逃避法律的人，才能最好地解释、说明和应用法律。我想你们有几条规章制度原本还是可行的，可是那一半已被废除了，剩下的全被腐败所玷污。从你所说的一切来看，在你们那儿，获取任何职位似乎都不需要有一点道德，更不用说要有什么美德才能封爵了。教士地位升迁不是因为其虔诚或博学;军人晋级不是因为其品行或勇武;法官高升不是因为其廉洁公正;议会议员也不是因为其爱国,国家参政大臣也不是因为其智慧而分别得到升迁。至于你呢,"国王接着说,"你生命的大半时间一直在旅行,我很希望你到现在为止还未沾染上你那个国家的许多罪恶。但是,根据你自己的叙述以及我费了好大的劲儿才从你口里挤出的回答来看,我只能得出这样的结论:你的同胞中,大部分人是大自然从古到今容忍在地面上爬行的小小害虫中最有毒害的一类。"【名师点睛:从格列佛告诉国王的信息中可以看出,英国统治阶级腐败、无能、无聊、毒辣,而作者通过国王总结的方式,巧妙地鞭笞了英国的社会现状。】

Z 知识考点

1.国王的剃须刀像两把普通的＿＿＿＿那么长。格列佛偶尔看到理发师给国王＿＿＿＿,不过按照国家的习俗,每星期只刮＿＿＿＿次。国王特别喜欢＿＿＿＿,因为格列佛曾经学习过＿＿＿＿,因此利用特别的方法演奏了一曲,国王和王后都很高兴。

2.判断题。

(1)格列佛用国王的胡须做成了一把很不错的梳子。　(　)

(2)国王为了了解格列佛的国家,总共召见了格列佛五次。(　)

3.国王与格列佛的几次交谈中,体现出国王是一个什么样的人?

_____

_____

Y 阅读与思考

1.格列佛向国王描述了英国的哪些方面?请一一列举出来。

2.作者并没有直接抨击英国的政治制度和社会风气,而是通过国王的口说出来,这种构思特别巧妙,你能说出巧妙之处吗?

第七章

揭露政治弊端

M 名师导读

在本章中格列佛尽情抒发了自己的爱国之情,并向国王提出了一个很好的建议,但没被采纳。对于政治,国王一窍不通。这是一个地处偏远且学术很不完善的国家。关于这个国家的政党、军事和法律的情况格列佛也做了介绍。

因为我酷爱真理,所以无论如何我的故事的这一部分也要说出来。我当时就是表示出愤慨也没用,事实上我那么做总是被他们嘲笑。别人对我那高贵而可爱的祖国大肆侮辱,我也只能耐着性子忍受下去。我真的感到很难过,无论哪位读者,如果处于我这种境地也一定会很难过的。可这位君王的好奇心偏偏又那么强,每一件琐屑的事都要刨根问底,我要是不尽量给他一个满意的答复,那我就是不知恩图报,或者失礼。不过我可以为自己辩白的是,我巧妙地避开了他的许多问题。同时,在回答每一个问题时,严格地说,我做出的回答都要比事实好许多倍,因为我对自己的祖国一向是偏袒的。这种对祖国的偏袒值得称颂。[名师点睛:即使"我巧妙地避开了他的许多问题",仍然"揭露"出很多严重的社会问题,可想而知当时的社会已经堕落到了何种地步!这里寥寥几句话产生了强烈的艺术效果,由此不难看出作者写作手法之老练。]哈立卡那修斯[小亚细亚的一个城市]的狄奥尼修斯[古希腊历史学家和修辞学家]就劝告历史学家要多说祖国的好话,这是十分有道理的。

我要掩饰我的祖国的缺陷和丑陋，而竭力宣扬她的美德和美丽。在和那位伟大的君王所做的多次谈话中，这是我做出的最一丝不苟的努力，然而不幸的是，没有成功。

但是，对于这个完全与世隔绝的君王，我们还该多多原谅，因为他对其他国家十分常见的风俗人情必然是全然不知的。这么一种无知就产生了许多偏见以及某种狭隘的思想，因此，他是不会把我们和欧洲一些较文明的国家放在眼里的。如果要以生活在这么偏远地方的一位君王的善恶观作为全人类的标准的话，那实在是令人十分难以接受的。

为了证实我这儿所说的一切，也为了进一步说明狭隘的教育会有什么样的悲惨结果，我在这里要插述一段几乎叫人难以置信的情况。为了讨好国王以获得他更多的宠幸，我将三四百年前的发明告诉了他：这种发明是一种粉末，只要有星星之火落到这样的一堆粉末上，哪怕这粉末堆得像山一样高，也立刻会被点燃，一起飞到半空，同时发出一阵比雷鸣还大的声响和震动。按照管子的大小，把一定量的这种粉末塞进一根空的铜管或铁管里，它的爆发力足以将一枚铁弹或铅弹推出，其力量之大，速度之快，没有东西能挡得住。这样，这种最大的弹丸一经打出去，不仅可以将一支军队一下子整个儿消灭掉，还可以把最坚固的城墙夷为平地，击沉多艘载有一千名士兵的船只。如果把所有的船用链子穿到一起，子弹就能打断桅杆和船索，将几千人的身体炸成两段，一切都会被消灭得干干净净。<u>我们就经常将这种粉末装入空心的大铁球，用一种机器将大铁球射向一座我们正在围攻的城池，就可以将道路炸毁，房屋炸碎，断砖残瓦四处乱飞，所有走近的人都会被炸得脑浆迸裂</u>。【名师点睛：格列佛大力赞赏英国制造的先进武器，其实是在讽刺英国的殖民扩张主义。】我告诉国王，我十分熟悉这种粉末的成分，那是些平常而又便宜的东西。我也知道它的制作方法，也可以指导他的工人制造出与陛下的王国内其他各种东西比例相称的炮管来，最大的也不会超过一百英尺长。如果将二三十根这样的炮管中装进一定数量的粉末和铁球，那么就可以在几小时内摧毁他领土内最坚固的城垣。要是京城的人对陛下的权威提出质疑的话，也可以把整个京城炸毁。我谨将这一主意献给陛下，以此来回报他给予我的众多恩典和庇护。

国王听了我描述的那些可怕的机器以及我提出的建议以后，大为震惊。他很惊异像我这么一个卑微无能的昆虫（这是他对我的称呼），竟怀有如此不人道的念头，说起来还这么随随便便，似乎我对自己所描绘的那些毁灭性的机器所造成的后果，带来的流血和破毁丝毫都无动于衷。他说，最先发明这种机器的人一定是个邪恶的天才，人类的公敌。至于他自己，他坚决表示，艺术或自然界的新发现更让他感到愉快，这种愉快是别的东西没有办法带来的，他宁可失去半壁河山，也不会参与这样的秘密勾当。他命令我，如果我还想活命的话，就再也不要提这事了。【名师点睛：作者没有直接抨击英国，而是通过国王的口对英国的殖民政策做了猛烈的抨击。】

这真是狭隘的教条和短浅的目光造成的奇怪的结果！这位君王具有令人崇敬、爱戴和敬仰的品质，他有杰出的才能、无穷的智慧、高深的学问、治理国家的雄才，也受到人民的爱戴，获得高度的评价。就是这么一位君王，出于一种完全没有必要的顾虑，竟将到手的机会轻轻放过了，这在欧洲是绝对令人难以想象的，要不然，他很可能成为他领导下的人民的生命、自由和财产的绝对主宰。我这么说丝毫不想降低这位卓越君王的种种美德。我很清楚，在这一点上，英国的读者会很看不起国王的这种性格。我把他们的这种缺点归于他们的无知，他们至今还没能像欧洲一些比较精明的才子那样把政治概括成一门科学。因为我记得很清楚，在有一天我和国王的谈话中，我恰巧讲到关于统治这门学问，我们写过几千本书。我真是没有想到，这话反而使他非常鄙视我们的智慧。他表示，不论是君王还是大臣，身上所具有的神秘、工于心计和阴谋都令他厌恶、瞧不起。他把治理国家的知识的范围划得很小，那不外乎是些常识和理智，正义和仁慈，从速判决民事、刑事案件，以及其他不值一提的一些简单事项。他还提出了这样的看法：谁能使原来只生产一串谷穗、一片草叶的土地长出两串谷穗、两片草叶来，谁就比所有的政客更有功于人类，对国家的贡献就更重大。【名师点睛：说明大人国的国王主张以德服人，推行实用的惠民政策，是一个明君。】

接下来，我想谈一谈这个国家的一些情况。【名师点睛：承上启下，开始转而介绍大人国的学术、法律、军事等。】这个民族学习的东西是很不完备的，只有伦理、历史、诗歌和数学几个部分组成。但必须承认，他们在这几个方面的成就还是很卓越的。可是他们的数学完全应用到日常生活上了，用来改良农业和所有的机械技术，所以在我们看来不足称道。至于种种观念、本体、抽象、先验等概念，我却无法将哪怕一点点概念灌输进他们的大脑。

这个国家的字母只有二十二个，因此，他们的法律条文没有一条允许超过这个数目。不过，事实上绝大部分条文甚至都到不了那么长。法律是用最明白简易的文字写成的，那里的人民也没有那么机灵，能在法律上找出一种以上的解释。没有任何一人敢对法律写文章进行评论的，因为那是死罪。至于民事诉讼的裁决或刑事审判的程序，由于他们的判例太少，两方面都没有什么可以值得吹嘘的特别的技巧。【名师点睛：法律的简短说明社会的单纯，这里的深意其实是在说法律复杂的国家往往社会问题多，因此这里实际上也是在影射当时的英国社会。】

他们和中国人一样，也是在很久很久以前就有了印刷术。可是他们图书馆的规模却并不很大，国王的那一个被认为是最大的了，藏书也不过一千卷，都陈列在一千两百英尺长的一间长廊里。在那儿我可以自由借阅任何一本我所喜爱的图书。王后的细木匠在格兰姆达尔克立契的一个房间里制作了一种二十五英尺高的木机械，形同一架直立的梯子，每一层踏板有五十英尺长。这是一架可以搬动的梯子，它的底端就放在离房间的墙壁十英尺的地方。我把想要看的书斜靠在墙壁上，先爬到梯子的顶端，然后脸朝着书，从一页书的头上开始，根据每行不同的长度，向右或者向左来回走大约八到十步，一直看到我眼睛不太能看得到的地方，再慢慢地一级一级往下降，直到最底层。这样看完一页之后，我重新爬上梯子，用同样的方法阅读另一页；读完了，就将那一张翻过去。这翻书对我来说毫不费力，因为书页像硬纸板一样又厚又硬，最大的对开本也不超过十八到二十英尺长。【名师点睛：这种看书方式是现实中根本没有的，但是作者却出神入化地描绘了出来，作者的想象力惊人。】

他们的文风清晰、流畅，充满阳刚之气，可是不华丽，因为他们最忌堆砌不必要的词藻或者使用多变的表达方式。【名师点睛：这里是对当时英国文坛的影射，由此不难看出英国文坛当时追求堆砌辞藻的华丽文风。作者在这里一方面道出了自己对于当时文坛的不满，另一方面又道出了自己在文学上的追求。】我仔细阅读过他们的许多书，尤其是历史和道德方面的书籍。在后一方面的书中，我最喜欢看一直摆在格兰姆达尔克立契卧室里的那一本篇幅不长的旧书了。这书是她的女教师的。这位严肃的老淑女喜欢阅读关于道德和宗教信仰方面的著作。这本书涉及了人类的弱点，不过除女人和俗子外，其他人对它的评价并不高。然而对于这样一个题目，我十分好奇那个国家的一个作家能谈些什么。这位作家论述了欧洲学者经常谈论的所有主题，指出人在自然界中是一个多么渺小、卑鄙、无能的动物，既不能抗御恶劣的天气，又无法抵挡凶猛的野兽的进攻；其他动物，无论是在力量、速度、预见力还是勤劳方面，都各有所长，远胜于人类。【名师点睛：这段话指出了人类本性中渺小、卑鄙、无能的一面，指出人类自身的局限性，以及在自然面前的渺小。他认为人类相对于大自然来讲是微不足道的，而人类违背自然规律的行为也破坏了自然界的和谐与平衡。】他又说，近代世界什么都在衰败，连大自然都退化了。现在出生的孩子跟古时候的人相比，都只是些矮小的早产儿。他说，完全有理由这么认为：不仅原始的人种比现在的人要大得多，而且从前一定有巨人存在，它已经被历史和传说所肯定，王国各处偶然挖掘出来的巨大的骨骼和骷髅，也都证明了这一点，它们远远超过当今已缩成一点的人类。他表示，刚开始时，大自然的法则将我们创造得又高大又强壮，使我们不会像现在这样，连像从屋上掉下一片瓦，小孩子手里扔过来一块石子，或失足掉进一条小溪这样小小的意外都能导致死亡。根据这一种推论，作者提出了几条在处世上十分有用的道德法则，不过在此就不必转述了。至于我自己，我不禁想到，这种物竞天择的能力好像在全世界都一样。但事实上人们只是在发发牢骚表示其不满罢了。我认为，经过严格的探究，无论谁想责备自然，都是毫无根据的。

至于在军务方面，他们夸耀说国王的军队有步兵十七万六千，骑兵三十二万。如果还能把他们称为军队的话，那么这支军队是由各城的手艺人和乡下的农民组成的，担任指挥的只是当地的贵族和乡绅，他们既没有薪饷，也不会有什么补偿。他们的操练真是无可挑剔了，纪律也非常好，不过我从中倒也看不出有什么过人之处，因为每一个农民都由他自己的地主指挥，每一个市民都由他自己所在城市的领袖统率，这些领袖又都是像威尼斯城的规矩那样选出来的，他们怎么会违反纪律呢？

<u>我常常看到首都的民兵被拉到城郊一块面积二十平方英里的巨大的空地上进行操练。他们的总人数不会超过两万五千名步兵和六千名骑兵，不过考虑到他们所占地盘太大，我无法计算出确切的数目。一名骑兵骑在一匹约有一百英尺高的骏马上。我曾见过一整队这样的骑兵，一声令下，他们同时抽出剑来在空中挥舞。如果仅凭想象，你是没办法想到它是多么壮观，令人惊心动魄！那场面看上去就像是在天空中从四面八方同时耀射出万道闪电一样。</u>【写作借鉴：作者细致、形象地描写练兵场面，让人有一种身临其境的感觉。】

我觉得很奇怪，既然没有任何一个国家可以入侵这个国家的领土，为什么这位君王还会想到要蓄军队，还要教他的百姓进行军事训练。但是不久，通过与人交谈和阅读他们的历史，我就知道了原委。原来，许多年来，他们和许多其他政府一样犯了一个通病：<u>贵族争权，人民争自由，君王则要绝对的专制。无论王国的法律把这三方面协调得多么好，总有一方会不时地出来破坏法律，这样就酿成了不止一次的内战</u>。最近的一次内战是由当今国王的祖父率大军平定的。从此以后，这三方面一致同意设立民兵团，并要严格履行它的职责。【名师点睛：大人国也有人类的通病，发生过争权夺利的战争，但他们善于总结教训，为了国家的稳定而三方制衡，值得肯定。】

Z 知识考点

1.这个民族学习的东西是很不完备的,只有_____、_____、_____和_____几个部分组成。

2.判断题。

（1）大人国的字母有二十三个。（   ）

（2）大人国在很久很久以前就有了印刷术。（   ）

3.格列佛提出的什么建议让国王极为反感？

_____

_____

Y 阅读与思考

1.请为本章提炼出一个中心思想。

2.文章使用了很多对比的修辞手法,列举三处并说明作用。

第八章

幸运逃离险境

M 名师导读

来到大人国两年了,格列佛非常想念家乡。有一次,他随国王和王后巡行边境,格列佛借口去吹海风,想寻机逃走。不料一只鹰叼起他住的小木屋将他抛到海里去了,幸好被路过的船只救起,最终回到了英国。

我总是禁不住强烈希望自己有一天能恢复自由。【写作借鉴:承上启下,提纲挈领。用一句简练的话,写出了格列佛离开大人国的迫切愿望。】虽然我还想不出用什么办法,也得不出一个能够实现这个愿望的计划来。我搭乘的那艘船据说是第一艘漂流到这一带海岸附近的船。国王严格下令,什么时候再发现一艘这样的船,一定要将它俘虏上岸,所有水手和乘客要装进囚车运到劳布拉格鲁德。他一心要给我找一个和我一样高矮的女人,来为我传宗接代。可是我宁愿死也不想遭受这样的耻辱,留下后代像温驯的金丝雀一样让人养在笼子里;也许到时候,还会被当成稀罕玩意儿卖给各地的贵人。我的确受到优待,是伟大国王和王后的宠臣,整个朝廷的人也都喜欢我,但是我所处的地位却有损人类的尊严,我也永远忘不了撇在家乡的妻子儿女。我想跟自己可以平等交谈的人们生活在一起,在街上和田地里走路,用不着害怕自己会像青蛙或小狗一样被人踩死。但我没有想到获救如此迅速,获救方式也不同寻常。这件事的全部经过我要在这里如实叙述出来。

光阴似箭,我已经在这个国家整整待了两个年头。就在第三年的

格列佛游记

年初,格兰姆达尔克立契和我陪同国王和王后到王国的南海岸巡行。惯如往常,我依旧被放在旅行箱里。我的这个小房间很舒服,里面有一张舒适的吊床,只是有时候为了减轻旅途的颠簸,我会让骑马的仆人把我放在他的面前。如此,我就可以美美地睡上一觉了。在屋顶稍稍偏离吊床正中的位置,我让细木匠开了一个一英尺见方的孔,这样我热天睡觉时也可以呼吸新鲜空气。孔上有一块木板,顺着一条槽可以前后拉,这样我可以随时把它关上。

我们的行程结束时,国王觉得最好还是到弗兰夫拉斯尼克的行宫去住几天。弗兰夫拉斯尼克这座城市距离海岸不到十八英里。格兰姆达尔克立契和我由于长途旅行都感到十分劳累,我有点着凉,可怜的小姑娘病得门都出不了。我很想去看一看大海,要是有什么机会,这是我唯一可以逃生的地方了。我装作病情很严重,要带一个仆人去海边呼吸呼吸新鲜空气。我很喜欢这个仆人,有时他们也把我托付给他。我永远也忘不了格兰姆达尔克立契是怎样勉强答应的,也永远忘不了她一再叮嘱仆人要小心照看我。她当时哭成了一个泪人儿,好像对将要发生的事有某种预感。【名师点睛:格列佛只是要去海边一趟,小保姆就表现得悲伤难忍,这充分说明她是一个重感情的人,同时这个情节也为下文的意外分离埋下了伏笔。】

仆人提着我的箱子走出了行宫,走了大约半个小时,来到了海边的岩石上。我吩咐他把我放下,我将一扇窗子推上去,不住地对着大海充满渴求地张望。我觉得不大舒服,就对仆人说我想在吊床上打个盹儿,希望那样会好一点儿。我爬上吊床,仆人怕我受凉把窗户关紧。我很快睡着了。后来所能猜测到的是:我睡着了,仆人以为没有什么危险,就到岩石中间找鸟蛋去了。因为我先前看见他四处寻找,并且真在岩缝里捡到一两个。就算这样吧。我忽然惊醒,感觉箱子上的铁环被人猛力扯了一下。那个铁环原是为了方便携带装上去的。我觉得箱子被人高高举在空中,然后以极快的速度向前飞奔。开头的震动差点儿把我从吊床

129

上掀下来,不过接着就平稳了。我尽量提高嗓门大喊几声,但毫无用处。我从窗户看去,除了天空和云彩以外,什么也看不见。我听到头上有翅膀扇动声音,才开始意识到自己的悲惨处境。原来是一只鹰叼着箱子上的铁环,打算像对付缩在壳里的乌龟一样,把箱子摔在岩石上,再啄出我的肉身,把我吃掉。【写作借鉴:心理描写。格列佛隐隐感觉到自己命悬一线。】这种鸟非常机灵,嗅觉也灵敏,从老远的地方就能发现猎物,即使它们躲在比我这两英寸厚的木板更安全的地方也没有用。

不一会儿工夫,我感觉到翅膀扇动的声音越来越快,我那箱子就像刮风天气的路标牌一样上下摇晃。我听到了几声撞击的声音,我想那是鹰遭到了袭击(我现在完全肯定用嘴衔着箱子上的铁环的一定是只鹰)。接着,我猛然感觉到自己在往下掉,有一分多钟的样子,可速度之快令人难以置信,我差点儿喘不上气来。忽然"啪"的一声巨响,我不再往下掉了,那声音我听起来比尼亚加拉大瀑布[位于加拿大和美国交界的尼亚加拉河中段,号称世界七大奇景之一]还要响。随后又是一分钟,我的眼前一片黑暗。接着箱子又重新漂起,我从最上面的窗子里看到了光亮。这时我才意识到我是掉进海里了。箱子浮在水面上,由于我的体重加上箱子里盛的东西,还有为了使箱子牢固而钉在箱盖四角和箱底的厚铁板的重量,使箱底浸在水里大约五英尺。我那时就这样猜想,现在也这样认为,大概有两三只鹰也想分到一块甜点儿,就来追赶这只衔着箱子的鹰,这只鹰为了自卫,不得不扔下我同它们搏斗。箱子底下钉的铁板最坚固,所以箱子下落时得以保持平衡,撞在水面上也没有跌得粉碎。箱子的接缝处咬得很严实,门也不是用铁合叶钉上去的,而是像窗户那样能够推上拉下,所以我这小屋关得严严实实,一点儿水也没有漏进来。【名师点睛:有赖于大人国工匠的精湛技巧,格列佛最终没有被海水淹死,而这只大型的箱子也变成了一个天然的多功能船,他可以在大海中航行而不怕海水渗漏,可以保护格列佛免受不可预料的攻击。】因为缺乏空气,我都快要闷死了。我就先冒险拉开箱顶上那块透气用的活动木板,这才非常吃力地从吊床上爬下来。

那时，我多么希望我能和我亲爱的格兰姆达尔克立契在一起啊！其实我们分开不过才一个钟头！说句心里话，虽然我自己正遭遇着不幸，但还是禁不住要替我那可怜的小保姆伤心。丢了我，她该有多痛苦，而王后一生气，她这一辈子也就完了。【名师点睛：自己遭遇不幸，依然在为小保姆着想，可见平时格列佛与小保姆关系很好，从这一点也表现出格列佛心地善良。】许多旅行家也许还不曾遭遇过我这么大的困难和痛苦。在这危险时刻，我随时担心我的箱子会被撞碎，一阵狂风一个巨浪也至少会将它掀翻。只要窗玻璃上有一道裂口，马上就会要了我的命。幸亏窗户外边安着结实的铁线格网，那本来是用来防止旅行时发生意外的，要不窗玻璃哪还保得住？我看到有几处缝隙已经开始渗水，尽管进来的水不多，我也尽量设法将漏缝堵住。我无法推开箱子盖，要不然我一定会打开它，坐到箱子上去，那样我至少可以多活几个小时，总比这么关着要强。可是，就算我在一两天里躲过了种种危险，到头来除了饥寒交迫悲惨地死去，我还能有什么期望呢？我在这处境下已待了有四个小时，时时刻刻都在想我已死到临头。我也确实希望自己死掉算了。

我已经告诉过读者，箱子没有开窗的一面安有两个结实的锁环，经常带我骑马出去的仆人总是从这锁环里穿一根皮带，把箱子绑在腰间。我正在发愁，突然听到，至少我以为我听到了，箱子安着锁环的一面发出一种摩擦声。我马上就开始想象是什么东西在海水里拖着箱子前进，因为我时时感觉到有一种拖拉的力量，激起的浪花几乎淹没了窗顶，差不多又使我陷入黑暗。【名师点睛：通过格列佛的描述，我们可以获知，这时碰巧有一艘船经过，并且用铁索或是其他什么绳索将箱子的顶部锁环套牢，然后拖到了某一艘船上，这样格列佛最终得救。】虽然还不明白到底是怎么回事，但这还是给了我一线获救的希望。我冒险将一直钉在地板上的一张椅子的螺丝拧开，又费不少劲把它搬到正对着我刚才打开的活动木板的下面，重新用螺丝固定在地上。我爬上椅子，将嘴尽可能地凑近窗口，用我懂得的各种语言大声呼救。接着我又将手帕系到我随身携带的手杖上,伸出窗外,在空中摇动了好几下。【写作借鉴:运用动作描写,表现了格列佛不放弃最后一丝希望,渴望获救的心理。】要是附近有什么大小船只,水手们见了就会猜到这箱子里关着一个倒霉鬼。

我发现我所能做的一切全都没有什么效果,不过我分明觉得箱子在向前移动。过了一个小时,或者还要久一点,箱子安着锁环而没有开窗的一面撞到什么硬东西上。我担心那是块礁石。这时我感到比以前颠簸得更厉害了。我清清楚楚地听到箱子顶上有响声,像是缆绳穿过那铁环发出的摩擦声。接着我发现自己在一点点地往上升,至少比原先升高了三英尺。我于是再次将手杖连手帕伸出去,大声呼救,直喊到嗓子都快嘶哑了。我的呼救得到了反应,我听到外面大叫了三声,这真叫我欣喜若狂,只有亲身体验才会懂得这种快乐。【名师点睛:绝处逢生,内心狂喜。这里关于格列佛的心理描写极具感染力。】这时我听到头顶有脚步声,有人对着洞口用英语大喊:"下面有人吗?快说话!"我回答说我是英国人,命运不济,遭遇了任何人不曾遭遇的最大的灾难。我说尽好话,求他们快把我从这暗牢里救出来。那声音回答说,我现在已经安全了,因为我的箱子已经拴到了他们的船上;木匠马上就来,在盖子上锯一个大洞,就可以把我拉出来。我回答说用不着,那样做也太费时间,只需让一个水手用指头钩住铁环,将箱子从海里提到船上,再放到船长室去就行了。他们中间有人听我这样胡说,以为我是个疯子,还有人大笑起来。我绝对没有想到在我周围的人全和我一样身材,体力也差不多。木匠来了,几分钟就锯了一个四英尺见方的缺口。接着放下来一个小梯子,我爬上去,就这样被他们弄到了船上。此时我的身体虚弱极了。

水手们一个个都非常惊奇,问了我无数的问题,我却无心回答。见到这么多矮子,我同样非常吃惊,因为这么长时间以来,我的眼睛已看惯了我刚刚离开的巨人们,所以就把这些人看成是矮子了。船长托马斯·威尔柯克斯先生是个诚实又可敬的什罗普郡[英国英格兰萨洛普郡]人,他见我快要晕倒了,就带我到他的舱里,让我服了一种强心药使我安定下来,又让我睡在他的床上,劝我休息一会儿,这正是我最需要的。我在睡去之前告诉他,我那箱子里有几件贵重的家具,丢了未免可惜,有一张很漂亮的吊床、一张好看的行军床、两把椅子、一张桌子,还有一个柜橱。小屋的四壁都挂着,也可以说是垫着绸缎和棉絮。如果他叫水手去把我那箱子拿进舱里,我可以当面打开,把我那些物件拿给他看。船长听我说这些稀奇古怪的东西,断定我是在说胡话了;不过(我猜想他当时是想让我安定下来)他还是答应按照我的要求吩咐人去办这件事。他来到甲板上,派了几个人到我的小屋里,把我所有的东西都搬了上来,并且把墙上的衬垫也都扯了下来(这些都是我后来才知道的)。但是椅子、柜橱还有床架都是用螺丝钉在地板上的,水手们不知道,硬使劲往上扯,结果大多毁坏了。他们又敲下了几块木板,拿到船上用。想要的东西全拿光后,他们就把空箱子扔进了海里。因为箱底和四壁全是裂缝,箱子马上就沉到了海底。说真的,我很高兴没有亲眼看着他们将东西毁坏,因为我相信,让一件件往事重新在脑海中经过,我一定会感慨万千的,而这些事我宁愿忘掉。

  我睡了几个小时,但是总睡不安宁,不断梦见我离开的那个地方和刚刚躲过的种种危险。不过一觉醒来,我觉得自己精力已大为恢复。这时大约已是晚上八点钟了,船长考虑到我好长时间没有吃东西了,就立即吩咐开晚饭。他很和蔼地招待我,觉得我态度并不粗野,说话也前后连贯。当房间里只剩下我们两人的时候,他要我把旅行的情况告诉他,我是怎么乘坐那只大得惊人的木箱子在海上漂流的。他说,中午十二点钟左右,他正拿着望远镜在瞭望,忽然在远处发现了那东西,还以为是一艘帆船,心想离他的航线不太远,可以赶上前去,因为船上存的饼干已经快吃完了,希望能买一些。船靠近了才发现他错了,就派人坐长舢板去看看到底是什么东西。水手们回来都十分害怕,发誓说他们看到了一座漂流着的房屋。他笑他们说傻话,就亲自坐小船去看,同时吩咐水手们随身带一根结实的缆绳。当时风平浪静,但绕着我划了几圈,发现了我箱子上的窗户和保护窗户的铁线格网，又发现一面全是木板，没有一点透光的地方，上面却安有两个锁环。他于是命令水手把船划到那一面去，将缆绳拴上其中的一只锁环后，就叫他们把我的柜子（这是他的话）向大船那儿拖。箱子到船边后，他又下令再挂一根缆绳到安在箱顶的铁环上，然后用滑车把箱子吊起来。可是水手们一齐动手也只抬高了两三英尺。他说他们看到了我从洞里伸出来的手杖和手帕，就断定一定有什么不幸的人被关在那里面了。我问最初发现我的时候，他和水手可曾看见天空有没有什么大鸟。他回答说，我睡觉的时候，他同水手们谈过这事，其中有一个说他是看到有三只鹰朝北飞了，不过没说它们比普通的鹰大。我想那一定是因为它们飞得太高的缘故。他当时猜不透我为什么要提这样的问题。我接着问他，他估计我们离陆地有多远了。他说据他最精确的计算，至少有三百海里。我告诉他，他几乎多算了将近一半的路程，因为我掉进海里时，离开我来的那个国家还不到两个小时。听我这么一说，他又以为我的脑子有毛病了，暗示我是神经错乱，劝我到给我预备好的船舱里去睡觉。我告诉他，他待我这样好，又和我做伴，我早已恢复过来了，跟平时一样神志清醒。他这时严肃起来，说想坦率地问我一句，是不是我犯了什么大罪，受到哪国君主的处分，他们把我丢到那个柜子里面，就像别的一些国家对待重罪犯那样，不给食物，给他一条破船，流放到海上去漂流。他说虽然很懊恼把这么一个坏人搭救上船，可他还是说话算话，一到第一个港口就送我平安上岸。他接着说，<u>我一开始对水手们尽说胡话，后来又对他讲什么小房子、柜子之类的胡话，加上吃晚饭时神情、举止都很古怪，</u>【名师点睛：透过别人的眼睛来审视，可见格列佛的行为方式还停留在大人国模式，一时还难以适应常人世界。】他觉得我越来越可疑了。

我请求他耐心听我讲一讲自己的故事。我把自己最后一次离开英国到他发现我那一刻为止的经历，原原本本地说了一遍。事实总是能说服懂道理的人。这位诚实可敬的先生有几分学问，头脑也很清楚，他很快就相信我是坦诚的，说的都是真话。但为了进一步证实我所说的一切，我求他吩咐人把我的柜橱拿来，柜橱的钥匙还在我的口袋里（他已经把水手们怎么处理我那小房子的情形都告诉了我）。我当着他的面打开柜橱，把我在那个国家收集的那点珍奇玩意儿拿给他看。说来真怪，我竟然能够从那里被救出来。这里面有我用国王的胡子做的一把梳子；还有一把也是用同样的材料，只不过是装在王后剪下来的一片大拇指指甲上，我用那指甲做了梳子的背。还有几根缝衣针和别针，长度从一英尺到半码不等；四根像细木匠用的平头钉一样的黄蜂刺；王后梳下来的几根头发；还有一枚金戒指，那是王后有一天特别客气送给我的；她把戒指从小指上取下，像套项圈似的把戒指一下扔过来套到我头上。【名师点睛：格列佛随身携带的几样物品成为他大人国历险的有力证据，为他取得船长的信任起到了重要作用。而王后将自己的戒指套在格列佛头上的小插曲，不乏诙谐和自嘲的成分，生动而有趣。】为了报答船长对我的款待，我请他收下这枚戒指，可他坚决拒绝了。我又拿出我亲手从一位皇室侍女脚趾上割下的一只鸡眼给他看，鸡眼有肯特郡[英国东南部的一个郡]生产的苹果那么大，非常坚硬。回到英国后，我把它挖空做成了一只杯子，并且用白银镶了起来。最后我请他看了我当时穿在身上的裤子，那是用一只老鼠的皮做成的。

无论我怎么说，他都不肯接受我的任何东西，只是有一颗仆人的牙齿，我见他十分好奇地在那儿仔细端详，觉得他很喜欢，就硬劝他收下了。【名师点睛：虽然这个表达谢意的礼物有点奇怪，但它承载着格列佛的诚意。这个细节描写很感人，也很风趣。】他千恩万谢地接了，这么一件小东西其实不值得他这么道谢的。那牙齿是一位技术不熟练的外科医生从格兰姆达尔克立契的一个害牙痛的仆人嘴里错拔下来的，它其实和他嘴里的其他牙齿一样是好好的，我把它洗干净，放到了柜橱里。牙齿有一英尺长，直径四英寸。

船长听了我一番简单明了的叙述十分满意。他说希望我回英国后我能把这一切写下来公之于世。我回答说，我认为我们的游记书已经出版太多了，如果没有什么特别的内容就不可能有任何成就。所以我怀疑一些作家为了名利，或者为了博得无知读者的欢心，根本不考虑什么真实性。我的故事却只有一些普普通通的事，没有别的。我不会像大多数作家那样，笔底下尽是些关于奇怪的草、木、鸟、兽，或者野蛮民族的野蛮风俗、偶像崇拜等华而不实的描写。尽管如此，我还是感谢他的好意，并答应他考虑写书的事。

他说，有一件事他觉得很奇怪，就是我说话的声音为什么这么大？他问我是不是那个国家的国王和王后都耳朵有毛病？我跟他说，两年多来我一直这么说习惯了。我也觉得很奇怪，他和水手们说话就像耳语，可我又听得很清楚。在那个国家里，我说话就像一个人站在大街上对着从教堂尖塔的窗子里向外探望的另一个人讲话一样。除非他们把我放在桌上，或者托在什么人的手上，说话声音才不必那么响。我告诉他，我还注意到了另一件事，就是我刚上船那会儿，水手们全都围着我站着，我都以为他们是我平生见过的最不起眼的小人儿呢。真的，我在那个君王的国土上的时候，两眼已经看惯了大东西，一照镜子就受不了，因为相形之下实在自惭形秽。

船长说我们一道吃晚饭时，他就发觉我看什么东西都带一种惊奇的目光，好像总忍不住要笑。他当时觉得莫名其妙，只好以为我有点儿精神失常。我回答说他说得很对。

我当时觉得奇怪，菜盘只有三便士银币那么大小，一条猪腿不够一口吃的，酒杯还没有胡桃壳大，我怎么能忍住不笑。我接着又以同样的方式把他的其余家用器具和食物形容了一番。我在为王后效命时，虽然她吩咐人给我预备了一整套小型日用品，我却一门心思只在我周围看到的那些大东西上，就像人们对待自己的错误一样，我对自身的渺小故意视而不见。船长很能领会我这善意的挖苦话，就引用一句古老的英国谚语来回敬我，说他怀疑我的眼睛比肚子还大，因为我虽然饿了一天了,他却发现我的胃口并不怎么好。他又开玩笑说,他愿意出一百英镑看大鹰叨着我那小屋,再从高空把它丢进海里。那一定惊心动魄,值得写下来传之后世:这显然可以跟法厄同[希腊神话中太阳神赫利俄斯的儿子。他得到父亲的许可,驾驶太阳车一天,但中途翻车,几乎使地球失火,后来他被大神宙斯用雷霆击死]的故事相提并论,不过我却不大欣赏他这种牵强附会的说法。

船长这次去的是越南的东京[越南首都河内的旧名],这时正在返回英国的途中。船正朝东北方向行驶,方位在北纬四十四度,东经一百四十三度的地方。

但是我上船后两天就遇到了贸易风。我们向南航行了很长时间,又沿新荷兰[今澳大利亚]海岸航行,方向一直是西南西,过了好望角才转向南南西。我们一路上十分顺利,我就不再把每天的航行日记拿到这里来费读者的神了。船长在一两个港口停了船,派人坐长舢板前往采购食品和淡水。不过我在到达唐兹锚地前一直没有下过船。我们于1706年6月3日到达唐兹锚地,这时离我脱险大约已有九个月了。我提出留下我那些东西作为我搭船的费用,但船长坚决表示他分文不收。我们依依惜别,同时我要他答应以后到瑞德里夫的家里来看我。我还向船长借了五先令[旧时英国货币单位,1英镑=20先令,1先令=12便士],雇了一匹马和一位向导回家。【名师点睛:给出了具体时间,并陈述了借钱、分别等细节,来营造真实气氛。】

一路上,我看见房屋、树木、牲口和人都小得很,就开始以为自己大概是在利立浦特。我怕踩倒我所碰到的每一个行人,常常高声叫喊要他们给我让路。由于我这样无礼,有一两次我差点叫人打得头破血流。

我向别人打听后才找到了自己的家。一位用人开了门,因为我怕碰着头,所以就像鹅进窝那样弯腰走了进去。【写作借鉴:比喻形象贴切,富有画面感。】我妻子跑出来拥抱我,可我把腰一直弯到她的膝盖以下,认为如果不这样她就怎么也够不到我的嘴。我女儿跪下来要我给她祝福，可是我这么长时间以来已习惯于站着仰头看六十英尺以上的高处，所以直到她站起身来，我才看见她，这时才走上前一手将她拦腰抱起。我居高临下看了看用人和家里来的一两个朋友，好像他们都是矮子，我才是巨人。我对妻子说，她太节省了，因为我发现她把自己和女儿都快饿得不成样了。总之，我的举动非常不可思议，大家就同那船长初见我时一样，断定我是精神失常了。我提这一点，是为了证明，习惯和偏见的力量是很大的。【名师点睛：作者在故事的最后都没有放弃对生活的调侃，而且运用了一种深入浅出的手法，在一件小事上展开议论，运用简短的语言抒发自己的观点，语言幽默诙谐，风趣而具有启发意义。】

过了不长时间，我和家人、朋友就彼此理解，趋于正常了，可是我妻子坚决反对我再去航海了。但是我命中注定是要受苦的，她也无力阻拦我，这一点读者以后就可以知道。我的不幸的航行的第二部分就写到这里吧。

Z 知识考点

1. 格列佛为了证实自己所说的话，他吩咐人打开了柜橱，里面有他平时收集的____、____、____、____。

2. 格列佛为了报答船长对他的款待，送给船长　　　　（　　）
 A. 王后的金戒指　　　B. 一颗仆人的牙齿　　　C. 老鼠皮的裤子

3. 格列佛如何从大人国逃出来的？
_____
_____

Y 阅读与思考

1. 你能将格列佛逃离大人国回到英国的经历精编成一个300字的小故事吗？

2. 回到家的格列佛，感觉一切都很小，为什么会这样？

第三卷

勒皮他、巴尔尼巴比、拉格奈格、格勒大锥、日本游记

第一章

误闯飞岛

M 名师导读

刚刚回到家乡的格列佛并不甘于享受平静的生活,受到曾经雇主的邀请,随"好望号"出海,在第十天的时候被海盗劫持。海盗中一个荷兰人心怀恶意,把可怜的格列佛放到一只独木舟里随波漂流,最后格列佛被一座飞岛上的人救起。

我在家待了还不到十天,载重三百吨的大船"好望号"的船长康沃尔郡人威廉·罗宾逊先生就上我家来了。他以前在另一艘船上当船长,拥有那船四分之一的股份,我当时是那艘船上的外科医生,跟他一起到过黎凡特。【写作借鉴:作者并没有做什么铺垫,而是开门见山地交代了自己即将再一次旅行,文章内容简洁明了。】他对我一直像兄弟一样。他听说我回来了,就来看我,我原以为那只是出于友谊。老朋友很久没有见了,互相看望一下也是很平常的事。可是他经常来访,说他见我身体很好,感到非常高兴,问我是不是就这样安顿下来过日子了。他还告诉我,他打算大约两个月之后去东印度[指印度。18 世纪中叶,印度沦为英国的殖民地。1947 年,印度独立,后于 1950 年成立了印度共和国]群岛一带航海。虽然他也说了几句抱歉的话,但最后还是明白地向我发出了邀请,要我到他船上去当外科医生。他说,除了配备两名助手外,我手下还有一名外科医生,薪水也比一般的多一倍。他知道我有丰富的航海知识,至少和他不相上下，所以无论如何他都可以保证采纳我的意见，就好像我可以和他一道指挥这次航行似的。

　　他还说了很多别的条件，我也知道他人很老实，就没办法拒绝他的邀请了。再说虽然我曾经历过种种不幸，但我要看看这个世界的渴望还是和以前一样强烈。唯一的困难就是怎样说服我的妻子。不过我最终还是征得了她的同意，她替她儿女们的前途着想，最后也就答应让我去了。

　　我们于1706年8月5日动身，1707年的4月11日到达圣乔治要塞[印度东南部大城市马德拉斯的旧名]。因为不少水手都病了，我们就在那里停留了三个星期，让他们休整恢复一下。接着我们从那里驶往东京。船长决定在那里待上一段时期，因为有很多想买的东西还没有买到，几个月内也不可能指望都办成。为了能够支付一部分必要的开支，他买了一艘单桅帆船；东京人通常都是用这种船和邻近岛上的人做生意的。他给这船装了几种货物，派了十四名水手，其中三名是当地人。他任命我做这帆船的船长，并且授予我运输权。这期间，他在东京处理他自己的生意。

　　我们出航还不到三天，海上就起了大风暴。我们的船向正北偏东方漂流了五天，之后又漂向东边。这之后天气还可以，但从西边刮来的风却还是相当猛。【写作借鉴：恶劣的环境描写，营造一种紧张的氛围，为情节推进做铺垫。】到了第十天，有两艘海盗的船在追赶我们。由于我那单桅帆船负载重，航行很慢，再加上我们也不具备自卫的条件，所以很快就被海盗船追上了。

　　几乎在同时，两艘海盗船上的人在他们头领的带领下，气势汹汹地爬上了我们的船。当他们看到我们全都脸朝下在那儿趴着时（这是我下的命令），就用结实的绳子将我们的双臂捆绑起来，留下一个人看守我们，其余的都去搜船了。

　　在这伙人之中，我发现了一个荷兰人。虽然他并不是哪一艘贼船的头，却似乎有些势力。他从我们的容貌上推断我们是英国人，就用荷兰话对我们叽里呱啦地说了一阵，发誓说一定要把我们背对背地捆起来扔进海里去。我能说一口很流利的荷兰话，就告诉他我们是些什么人，又求他看在我们是基督徒和新教徒，再加上英荷两国是比邻的紧密联盟的分儿上，能去向两位船长说说情，怜恤我们一点。我说的这些话惹得他勃然大怒，他把那些威胁的话又重复了一遍，并且转过身去对着他的同伙十分激烈地说了半天。我猜想他们说的是日本话，在他们谈话的时候，我听他们一再提到"基督徒"这个词。

　　两艘海盗船中较大的那艘的头领是一名日本人。他会说几句荷兰话，但说得很糟糕。他走到我跟前，问了我几个问题，我低声下气地一一做了回答。他听后说，我们死不了。我向船长深深地鞠了一躬，接着转过身去对那荷兰人说，我真感到难过，一位基督徒兄弟还不如一位异教徒来得宽厚。可是我马上就后悔自己说了这样的蠢话，因为这个心狠手辣的恶棍后来曾几次企图说服两位船长把我抛进海里（他们既然已答应不把我处死，就不会听他的话）。他虽然没有得逞，却说服他们以一种比死本身还恶劣的惩罚来整治我。我的水手被平均分作两半送上了贼船，而我那艘单桅帆船则另换上了新的水手。至于我自己，他们决定把我放到一只独木舟里，让我在海上随波逐流，仅给我一支桨和一片帆以及只够吃四天的食品。那位日本船长倒是心肠很好，他从自己的存货中给我多加了一倍的食物，并且不允许任何人搜查我。我上了独木舟，此时，那个荷兰人还站在甲板上，他用荷兰话里所有诅咒和伤人的话劈头盖脸地骂了我一顿。

　　<u>在我们看到海盗船以前大约一个小时，我曾做过一次观测，发现我们当时地处北纬四十六度，东经一百八十三度。等我离开这个海盗船相当一段距离之后，我用袖珍望远镜看到东南方向有几座岛屿。当时正是顺风，我就挂起帆，打算把船开到最近的一座岛上去。大约花了三个小时，我才好不容易到了那里。</u>【名师点睛：多年的航海

经验增强了格列佛的求生技能。】岛上全是岩石，不过我捡到了不少鸟蛋，并用石南草和干海藻引火，把鸟蛋烤熟。晚饭我就只吃了鸟蛋，别的什么也没吃，因为我决意要尽可能地节约粮食。【名师点睛：这个细节说明格列佛身处绝境时，心思缜密，考虑问题周全。】我在一块岩石下面找了个避风处睡了一夜，身底下铺上些石南草，睡得倒还不错。

第二天，我驶向另一座岛。我时而扬帆，时而划桨，接着又驶向了第三座岛、第四座岛。但就不劳烦读者来听我叙述那些困苦的情形了。总之，到了第五天，我来到了我目力所及的最后一座岛屿，它坐落在它前面那岛的正南偏东一点的方向。

我与这座岛之间的距离比预想的要远，几乎用了五个小时才到那里。我差不多绕岛转了一圈，才找到一个便于登陆的地方。那是一个小小的港湾，大约有我那独木舟三倍宽。我发现岛上四处是岩石，只有几处夹杂生长着一簇簇的青草和散发着香味的药草。我把那一点点口粮拿出来，吃了一点，然后将剩下的全都藏到一个洞穴里。这地方有许多这样的洞。我在岩石上找到不少鸟蛋，又找来一些干海藻和干草，打算第二天用来点火把蛋好好烤一下（我随身携带了火石、火镰、火柴和取火镜）。一整夜，我就躺在存放食物的洞里，床铺就是预备用来燃火的干草和干海藻。我虽然疲惫不堪，但几乎没怎么睡，心里烦躁不安也就忘记了疲劳。这样一直醒着，想着自己在这么一个荒无人烟的地方还怎么能活得下去，结局一定是很悲惨的。【名师点睛：流落在这个荒岛上，格列佛虽然积极地想办法求生存，但还是不免流露出绝望之情。】我感觉自己神情沮丧，一丝劲都没有，也就懒得爬起来。等好不容易鼓足精神爬出洞来时，发现天早已大亮了。我在岩石间走了一会儿。天气极其晴朗，太阳灼热烤人，我只得把脸转过去背着它。就在这时，忽然，天暗了下来，可是我觉得那情形和天空飘过来一片云大不一样。我转过身来，只见在我和太阳之间有一个庞大的不透明的物体，它正在朝着岛飞来。【写作借鉴：正当格列佛心烦意乱之时，天空中忽然出现了不明飞行物，很自然地转笔，开始对不明飞行物进行叙述，过渡巧妙自然。】那物体看上去大约有两英里高，遮住太阳有六七分钟，可我感觉空气并没有凉爽多少，天空也没有变得更加灰暗，这情形和我站在一座山的背阴处的感觉不一样。【名师点睛：用浅显的类比手法来说明格列佛当时的处境，易于为读者理解。】那东西离我所在的地方越来越近，我看它像是一个坚固的物体，底部平滑，在下面海水的映照下闪闪发光。我站在离海边约两百码的一个高处，看着这个庞然大物逐渐下降，差不多到了与我平行的位置，离开我已经不到半英里了。我取出袖珍望远镜，清楚地看到有不少人在那东西的边缘上上下下。那边缘似乎是呈倾斜状的，但是我不知道那些人在做什么。

　　出于一种保护生命的本能，我打心眼里感觉到几分欢乐。我开始产生一种希望，觉得这件奇迹无论如何似乎总能够把我从这个荒凉的地方以及我目前这种困境中解救出来。然而，与此同时，读者们几乎无法想象我当时是多么吃惊，居然看到空中会有一座岛，上面还住满了人，而且看来这些人可以随意地使这岛升起或降落，或者向前运行。【名师点睛：这句话表现了格列佛初见飞岛的震惊。同时也制造了悬念，引起了读者的阅读兴趣。】不过，我当时还没有心思去对这一现象进行研究，我只想看看这岛到底要去往何方，因为有一会儿它似乎在那儿停住不动了。不一会儿工夫，它靠我更近了，我看见它的边缘四周全是一层层的走廊，每隔一段距离就有一段楼梯，以便人们上下。在最下面的一层走廊上，我看到有一些人拿着长长的钓竿在那里钓鱼，还有一些人在一旁观看。我向着那岛挥动我的便帽（我的礼帽早就破了）和手帕。随着小岛的靠近，我就拼着命又喊又叫。随后我仔细看了一下，只见我看得最清楚的一面聚集了一群人。他们用手在指我，又互相之间在那儿指指点点，我就知道他们已经发现我了，只是

格列佛游记

没有搭理我的呼喊。我看到四五个人急急匆匆沿楼梯一直跑到岛的顶部，随后就不见了。【写作借鉴：作者描写了飞岛的形状和飞岛上的人的活动，却没有完整地介绍岛屿的状况，更加令读者好奇，激发了读者探索的兴趣。】我一下子就明白了，这些人是为这件事去请示他们的首领去了。

聚集的人越来越多，不到半个小时，那岛又动了起来。它最下面的一层走廊与我所站的高处相平行，彼此相去不到一百码。我于是尽可能摆出苦苦哀求的姿势，把话说得低声下气的，可是没有得到回答。站在上面离我最近的那几个人，从他们的举止来看，我猜想大概是有几分地位的。他们不时地朝我望，互相之间又热烈地交谈了一阵。最后，其中的一个用清晰响亮、语调文雅悦耳的声音向我喊了一声，听起来倒像是意大利语。我因此就用意大利语答了他一句，希望至少那语言的调调能使他们听着更舒服一点。虽然我们谁也听不懂对方的话，可他们看到我那困苦的样子，很容易也就明白了我的意思。

他们做了个手势，让我从那岩石上下来，走到海边去。我照他们的意思做了。那飞岛上升到一个适当的高度，边缘正好就停在我头顶，有一根链子从最下面一层的走廊里放了下来，链子末端拴着一个座位，我坐了上去，把自己系好，他们就用滑轮车把我拉了上去。【写作借鉴：文章戛然而止，给读者留下了巨大的悬念，让人们对格列佛奇特的经历产生了浓厚的兴趣。】

Z 知识考点

1. 格列佛从大人国回来，在家里待了不到_____天时间，名为_____船的船长_____到家里找格列佛，希望他能随船做一名_____，格列佛欣然答应了，远海航行就此开始。

2.判断题。

(1)出海航行的第十天,在印度洋遭遇了海盗,我们都被捆起来了。

(　　)

(2)两艘海盗船上有日本人,也有荷兰人,其中那个日本人是大船的头领。

(　　)

3.格列佛是怎么到飞岛上的?

_____

_____

阅读与思考

1.回顾全文,用简要的文字描写飞岛的整体状况。

2.流落荒岛,格列佛是如何生存下来的呢?

第二章

揭开岛屿面纱

M 名师导读

格列佛被拉到了飞岛上,绝处逢生。这个奇异的国度再次让格列佛大开眼界:这里的人长相怪异,穿着怪异,行为怪异,饮食怪异,房屋怪异,连他们的思想与学术都是那么怪异。

我上岛以后,就被一群人团团围了起来,那些站得离我最近的人像是有些身份的。他们用各种各样不胜惊奇的神态看着我。可事实上我也和他们一样的惊奇,因为我还从未见过有什么种族的人,其外形、服装和面貌像他们这么奇特的。他们的头一律都是歪的,不是偏右,就是偏左;眼睛是一只内翻,另一只朝上直瞪天空。他们的外衣上装饰着太阳、月亮和星星的图案;同时还交织着些提琴、长笛、竖琴、军号、六弦琴、羽管键琴以及许许多多其他我们欧洲所没有的乐器的图形。【名师点睛:这些怪不可言的人物形象,实则是作者有意塑造的。正是通过这样扭曲的人物形象的塑造,作者讽刺了时人的病态心理及异化现象。】我还注意到各处都有不少穿着仆人服装的人,他们手里拿着短棍,短棍的一端缚着一个吹得鼓起来的气囊,好像是一把连枷(jiā)[旧时一种套在脖子上的刑具]。我后来才得知,每一个气囊里都装有少量的干豌豆或者小石子儿。他们用这些气囊时不时地拍打站在他们身边的人的嘴巴和耳朵,那做法我当初还弄不明白是什么意思,好像是这些人一门心思在冥思苦想,假如不从外部给他们的发音及听觉器官来一下刺激,他们就不会说话，也注意不到别人的说话似的。由于这个原因，那些出得起钱的人，家里就总养着一名拍手（原文是"克里门脑儿"），就当是家仆中的一员，出门访友时总是带着他。这名侍从的职责就是，当两三个或者更多的人聚集在一起时，用气囊先轻轻地拍一下要说话的人的嘴，再拍一下听他说话的人的右耳朵。主人走路的时候，拍手同样得无微不至地在旁边照顾，有时要在主人的眼睛上轻轻地拍打一下，因为这主人总是在沉思，显然会有坠落悬崖或者头撞上柱子的危险。如果走在大街上，不是将别人撞倒，就是被别人撞到阴沟里。【写作借鉴：侧面描写。生动具体地介绍了"拍手"的职责，表现出岛上贵族独特的生活方式，那就是思考。无止境的思考，以至于他们忘记了谈话、走路等，简直荒诞不经。】

我认为将这一信息事先通报给读者是很有必要的，否则大家就会像我一样对这些人的行动感到莫名其妙。他们领着我沿楼梯往岛的顶部爬去，又从那里走向王宫。就在我们往上走的时候，一路上他们竟几次忘了自己是在干什么，把我一人丢下，一直到后来由拍手们提醒，他们才回想起来！他们虽然看到了我，但是对于我的奇异服饰和面貌以及普通百姓的叫喊声，他们根本就无动于衷。百姓们倒不像他们那样，心情要轻松得多。

我们终于进了王宫，来到了接见厅。我看到国王正坐在宝座上，显贵大臣侍立两旁。宝座前摆着一张大桌子，上面放满了天球仪和地球仪以及各种各样的数学仪器。我们进宫时，国王陛下竟一点都没有注意到我们，虽然全朝廷的人都涌了上来，声音相当的嘈杂。他当时正在沉思一个问题，我们至少等了一个钟头，他才把这个问题解决。他的两边各站着一名年轻的侍从，手里都拿着拍子。他们见国王松懈了下来，其中的一个就轻轻地拍了拍他的嘴，另一个则拍了一下他的右耳朵。这一拍，他好像突然从梦中惊醒了似的，就朝我以及拥着我的人这边看来，这才想起他事先已经知道了我们要来这件事。【名师点睛：堂堂一国的国君，竟然需要别人将其叫醒，而且还迷迷糊糊，这是作者对王权赤裸裸的讥讽。]他说了几句话，立刻就有一个手持拍子的年轻人走到我的身边，在我的右耳朵上轻轻地拍了一下。我尽量比画着，说明我并不需要这样一件工具。事后我才发现，国王和全朝人士为此是多么地鄙视我的智力。我猜想国王大概是问了我几个问题，我就用我懂得的每一种语言来回答他。后来发现我既听不懂他的话，他也听不懂我的话，国王就下令把我带到宫内的一间房间里去（这位君王正是以对陌生人好客而闻名，这一点上他超过了他的每一位先辈），同时指派两名仆人侍候我。我的晚饭送了上来，四位我记得曾在国王身边见到过的宠臣赏光陪我吃饭。我们一共有两道菜，每一道三盘。第一道菜是切成等边三角形的一块羊肩肉，还有一块切成长菱形的牛肉，和一块圆形的布丁。第二道菜是两只捆扎成小提琴形状的鸭子，一些做的像长笛和双簧管的香肠和布丁，以及形状做得像竖琴的一块小牛胸肉。仆人们将我们的面包切成圆锥形、圆柱形、平行四边形等各种数学图形。[写作借鉴：侧面描写。作者描写的是吃饭时菜肴的外形，反映岛上居民的饮食状况，更深一层则是表现出飞岛上的居民痴迷于音乐、几何学、数学等，甚至到了愚昧的地步。]

我们进餐时，我壮着胆子问了他们几样东西在他们的语言里的名称。那几个贵人在拍手们的帮忙下，倒很乐意回答我的提问。他们希望，要是我能够同他们谈话，我也就会更加欣赏他们了不起的才能了。没过多久，我就可以叫他们上面包上酒，或我需要的别的东西了。

晚饭吃过，陪我的人就退下了。国王又命人给我派了一个人来，他随身也带着一个拍手。他带来了笔墨纸张和三四本书，打着手势告诉我，他是奉命来教我语言的。我们在一起坐了四个小时，我把大量单词一竖排一竖排地写了下来，另一边写上相应的译文。我的老师让我的一个仆人做出各种动作来表示取物、转身、鞠躬、坐下、起立、走路等，这样我倒又设法学到了几个简短的句子，我把这些句子也都写了下来。他又将一本书上太阳、月亮、星星、黄道[地球一年绕太阳转一周，我们从地球上看成太阳一年在天空中移动一圈，太阳这样移动的路线叫作黄道]、热带、南北极圈的图形指给我看，还告诉我许多平面和立体的名称。他告诉我各种乐器的名称和性质，以及演奏每一种乐器时所用的一般性技术用语。他走后，我就将所有的单词和译文全都按字母顺序排列了起来。这样，几天之后，凭借我超强的记忆力，我多少了解了一点他们的语言。

被我解释为"飞岛"或"浮岛"的这个词，原文是"Laputa"[勒皮他]，可我永远也没有能搞清楚它的真正来源。"Lap"在古文里，意思是"高"；"untuh"是"长官"的意思。由此他们以讹传讹，说"Laputa"这个词是由"Lapuntuh"派生[从一个主要事物的发展中分化出来]出来的。我是不同意这么一种派生法的，这似乎有些牵强附会。我曾冒昧地向他们的学者表明了我的看法："Laputa"其实是"quasilapouted"。"Lap"正确的意思应该是"阳光在海上跳舞"；"outed"表示"翅膀"。不过我并不想把我的意思强加给大家，有见识的读者自己去判断吧。

受国王之托照管我的那些人见我衣衫褴褛，就吩咐一名裁缝第二天过来给我量体做一套衣服。这位技工的工作方法和欧洲的裁缝不太一样。他先用四分仪量我的身高，接着再用尺子和圆规量我全身的长、宽、厚和整个轮廓，这些他都分别记到纸上。六天之后，衣服送来了，做得很差。因为他在计算时偶然算错了一个数字，弄得衣服连形状都看不出来了。不过值得安慰的是，这类事经常发生，所以我也就不怎么在意。【名师点睛：仅仅因为一个数字的问题，衣服整体偏差就很大，由此可见，岛上居民根本不懂得变通。实质上，作者是在对"伪科学"进行嘲讽。】

我因为没有衣服穿不能外出，又逢身体不适，便在屋子里多待了几天，这倒使我的词汇量增大了许多。第二次进宫时，我便能听懂很多国王说的话了，我还能答他几句。国王下达命令，让本岛向东北偏东方向运行，停到拉格多正上空。拉格多是飞岛底下一个王国的首都，坐落在坚实的大地上，距离这个岛大约为九十里格，我们飞行了四天半。我一点儿也没有感觉到这岛是在空中运行。第二天上午约十一点钟的样子，国王和随侍的贵族、朝臣以及官员把他们所有的乐器都预备好了，不间断地连续演奏了三个小时，喧闹声震得我头都晕了。我也猜不明白这是什么意思，后来还是我的老师告诉了我。他说，对于这音乐，岛上的人耳朵已经听惯了，所以每隔一段时间总要演奏一次，这时宫里的人都各司其职，准备演奏自己最拿手的乐器。

在我们前往首都拉格多的途中，国王曾下令在几个城镇和乡村的上空稍作停留，以便他接受下面百姓的请愿书。为此，他们将几根和包装线差不多粗细的绳子放了下去，绳子的末端系着个小小的重体。老百姓们就把他们的请愿书系到绳子上，绳子就直接被拉了上来，样子倒像小学生们把纸片系在风筝线的一头那样。有时我们还能收到底下送上来的酒和饮食，这些是用滑轮扯上来的。

在学习他们的词汇方面，我的数学知识为我提供了很大的帮助。这些词汇大多与数学和音乐有关，而我对音乐也并不生疏。他们的思想永远跟线和图形密切相关。比方说他们要赞美妇女或者其他什么动物，就总是用菱形、圆形、平行四边形、椭圆形以及其他一些几何术语来形容，要不就使用一些来源于音乐的艺术名词，【名师点睛：用几何术语或者艺术名词来夸奖人，可谓与众不同，这里表现了作者丰富的想象力。】在此就不再重复了。我曾在御膳房里看到各种各样的数学仪器和乐器，他们将大块肉按照这些东西的图形切好，供奉到国王的餐桌上。

他们的房屋造得极差，墙壁倾斜，在任何房间里见不到一个直角。这一缺点产生的原因是由于他们瞧不起实用几何学，他们认为实用几何学粗俗而机械；可他们下的那些指令又太精细，工匠的脑子根本无法理解，所以老是出错。虽然他们在纸上使用起规尺、铅笔和两脚规来相当熟练灵巧，可是在平常的行动和生活的行为方面，我还没见过有什么人比他们更笨手笨脚的。除了数学和音乐，他们对其他任何学科的理解力都极其迟钝，可以说是一片茫然。他们很不讲道理，对反对意见反应十分激烈，除非别人的意见凑巧和他们的一致，不过这种情况很是难得。对于想象、幻想和发明，他们全然无知，他们的语言中也没有任何可以用来表达这些概念的词汇。他们的心思完全封闭在前面提到的两门学问的范围内。

但他们中的大多数，尤其是研究天文学的人，都对占星学十分信仰，不过这一点他们却耻于公开承认。最令我惊奇也是我觉得最不可思议的是，我发现他们对时事和政治十分关心，总爱探究公众事务，对国家大事发表自己的判断，对于一个政党的主张辩论起来是寸步不让。在我所认识的大多数欧洲的数学家中，我确实也曾发现了这么一种相同的脾性，可是我在数学和政治这两门学问之间，怎么也找不到有任何一点相同的东西，除非那些人这么来假设：因为最小的圈和最大的圈度数相同，治理这个世界，除了会处理和转动一个球体之外，并不需要有别的什么本领。可是我宁可认为这种性格来源于人性中一个十分普遍的病症：对于和我们最无关的事情，对于最不适合于我们的天性或者最不适于我们研究的东西，我们却偏偏更好奇，还更自以为是。

这些人总是惶惶不安，心里一刻也得不到宁静，而搅得他们不安的原因，对其他的人类简直不可能发生任何影响。令他们担忧的是，天体会发生若干变化。比方说，随着太阳不断向地球靠近，地球最终会被太阳吸掉或者吞灭。太阳表面逐渐被它自身所散发出的臭气笼罩，形成一层外壳，阳光就再也照不到地球上来了。地球十分侥幸地逃过了上一次彗星尾巴的撞击，要不然肯定早已化为灰烬；就他们推算，再过三十一年，彗星将再次出现，那时我们很有可能被毁灭。依据他们的计算，他们有理由害怕，当彗星运行到近日点时，在离太阳一定距离的位置上，彗星所吸收的热量，相当于赤热发光的铁的热量的一万倍。彗星离开太阳后，拖在后面的一条炽热的尾巴约有一百万零十四英里长。如果地球从距离彗核或者彗星主体十万英里的地方经过，那么运行过程中地球必然会被烧成灰烬。太阳光每天都在消耗，却得不到任何补充，到最后全部耗尽时，太阳也就完了，而地球以及一切受太阳光照的行星，也都将因此而毁灭。

这么一些恐惧加上其他类似的临头的危险，使得他们无时无刻不在担惊受怕，既不能安眠，人生一般的欢乐也根本无心去享受。早晨碰到一个认识的人，就会询问太阳的健康情况，日出日落时它的样子怎样，可有什么希望能躲避即将来临的彗星的打击。他们交谈这些问题时的心情和那些爱听神鬼故事的男孩们一样，爱听得要命，听完后又害怕得不敢上床去睡觉。【名师点睛：对这些荒唐至极的担忧，飞岛国人既害怕又热衷于谈论，这表现了他们杞人忧天的心理，真可谓庸人自扰。】

这个岛上的妇女非常活跃，她们蔑视自己的丈夫，却格外地喜爱陌生人。从下面大陆到岛上来的这样的生客总是很多，他们或是为了市镇和团体的事，或是因为个人的私事，上宫里去拜见国王；不过他们很受人轻视，因为他们缺少岛上人所共有的才能。贵妇们就在这些人中间挑选出自己的情人。这件事非常容易，而且安全得很，因为做丈夫的永远在那里凝神沉思，只要给他提供纸和仪器，同时负责拍打他的人又不在身边的话，情妇情夫们就可以当着他的面尽情调笑，肆意妄为。

尽管我认为这岛是世界上最美好的一个所在，可那些人的妻女却都哀叹自己被困在岛上了。她们住在这里，生活富裕，应有尽有，想做什么就做什么，可她们一点都不满足，还是渴望到下面的世界去看看，去享受一下各地的娱乐。不过如果国王不答应的话，她们是不可以下去的。获得国王的特许很不容易，因为贵族们已有不少经验，到时候劝说自己的夫人从下面归来是多么困难。有人跟我说，一位朝廷重臣的妇人，已经都有几个孩子了，丈夫就是王国里最有钱的首相，首相人极优雅体面，也对她相当宠爱，她住在岛上最漂亮的宫殿里，却借口调养身体，到下面拉格多去了。她在那里躲了好几个月，后来国王签发了搜查令，才找到衣衫褴褛的她。原来她住在一家偏僻的饭馆里，为了养活一个年老而又丑陋的跟班，她将自己的衣服都当了。

跟班天天都打她，即使这样，她被人抓回时，竟还舍不得离开他。她丈夫仁至义尽地接她回家，丝毫都没有责备她，但过了没多长时间，她竟带着她所有的珠宝又设法偷偷地跑到下面去了，还是去会她那老情人，从此一直没有下落。

读者们也许会觉得，与其说这故事发生在那么遥远的一个国度，还不如说它发生在欧洲或者英国。可是读者如果能这样来想想倒也有趣，就是：女人的反复任性并不受气候或民族的限制，天下女人都是一样的，这，人们是很难想到的。大约一个月之后，我已经相当熟练地掌握了他们的语言，有幸侍奉国王时，他问的大部分问题我也都能够回答了。国王对我所到过的国家的法律、政府、历史、宗教或者风俗一点兴趣也没有，丝毫不想询问，他的问题只限于数学领域。虽然他的两旁都有拍手可以不时地提醒他，他对我的叙述却极端蔑视，十分冷淡。

Z 知识考点

1. 飞岛国的人面貌奇特，他们的头一律都是_____，眼睛是一只_____，另一只_____。
2. 飞岛国的食物规矩刻板，菜肴的外形都用了　　　　（　　）
   A.几何图形　　　　B.文字图案　　　　C.乐器图案
3. 飞岛国的人为什么整日惶恐不安？
   _____
   _____

Y 阅读与思考

1. 格列佛刚上飞岛时，惊奇地发现这里的人外形很奇特，你能简要地概述他们的外形有何奇特吗？
2. 飞岛国最崇尚的领域是什么？举例分析。

第三章

残暴的国王

M 名师导读

格列佛对飞岛的原理很感兴趣,于是在国王的允许下,他去参观了所谓的"天文学家之洞",发现飞岛的飞行和降落是由一块巨大的磁石所控制的。而且国王还可以利用飞岛的升降来对付那些不服管教的岛屿。

我向君王提出请求,希望他能准许我参观一下这座岛上种种稀奇古怪的事物,他十分宽厚,高兴地答应了,并且命令我的老师陪我前往。我主要想知道,这岛的几种运行,是由于人工的因素,还是凭借了自然的力量。现在我就给读者们解释一下。【写作借鉴:概括性的文字,统领全文,又自然地引出下文。】

飞岛,或者叫浮岛,是正圆形,直径七千八百三十七码,或者说四点五英里,所以面积有十万英亩。岛的厚度是三百码。在下面的人看来,岛的底部或者叫下表面,是一块平滑、匀称的金刚石,厚度约为两百码。金刚石板的上面,按照通常的序列埋藏着一层层的各种矿物。最上面是一层十到十二英尺深的松软肥沃的土壤。上表面从边缘到中心形成一个斜坡,所有降落到这个岛上的雨露汇成小溪后流向中心,之后全都流进四个周界约半英里的大塘。这些大塘距离岛的中心有两百码。【写作借鉴:说明性的文字,就像一篇有趣的科普文章,使小说更具真实性和可读性。】白天,因为太阳的照射,水塘里的水不断蒸发,所以不会满得溢出来。除此之外,君王能控制这岛,把它自由地升到云雾层以上的区域，不让雨露降落到岛上。博物学家[对精通动物学、植物学、矿物学、生理学等自然科学的专家的尊称]们一致认为，云层最高也不过上升到两英里的高度。至少在这个国家还从来没有听说过有这么高的云层。

岛的中心有一个直径约为五十码的凹陷的窟(kū)窿(long)[孔；洞]，天文学家由此进入一个大的圆顶洞，叫作"佛兰多纳·革格诺尔"，意思是"天文学家之洞"。这个洞坐落在金刚石板上表面以下一百码的深处。洞内有二十盏灯长明不熄，金刚石板面的返照又将灯光强烈地投射到四面八方。这地方收藏着各式各样的六分仪[刻度为圆周的1/6的一种弓形仪器，由一个三角形的架子组成，一边是一个弧形板，上面有刻度和一个可以移动的指针。这种仪器在18世纪多用于天文和航海测量]、四分仪、望远镜、星盘以及其他天文仪器。但是最稀罕的东西，也是决定这个小岛命运的东西，却是一块形状像织布工用的梭子一样的巨大的磁石。

这块磁石长六码，最厚的地方至少有三码。一根极其坚硬的金刚石轴从磁石中间穿过，依靠这轴，磁石即可转动。因为磁石在轴上绝对平衡，所以就连力气最小的人也可以转动它。磁石的外面被一个四英尺深四英尺厚直径十二码的金刚石圆筒套着。圆筒平放在那儿，底部有八根八码长的金刚石柱子支撑着。圆筒内壁的中部有一个深十二英寸的凹口，轴的两端就装在里面，根据需要可以随时转动。【名师点睛：详细介绍了飞岛上最神奇的东西——磁石，飞岛之所以能飞，秘密全在于此。】任何力量都无法将磁石从原处搬离，因为圆筒、支柱和构成岛底面的那一部分金刚石板全都焊接在一起，让它们成为一体的了。

飞岛就是借助于这块磁石，自由地升降，或从一处移动到另一处。在这位君王统治的这一部分土地上，那磁石的一端具有吸力，另一端则具有推力。一旦把磁石竖直，让有吸力的一端指向地球，岛就下降；如果让有推力的一端朝下，岛就径直往上升。假如磁石的位置是倾斜的，岛也就斜着移动，因为这磁石所产生的力总是在与其方向相平行的线上发生作用。【名师点睛：从物理学的角度分析了飞岛上下升降、左右移动、静止不动的原理，可见作者除了天马行空的想象之外，也具备丰富的物理学知识。】

飞岛凭借这种斜向的运动运行到君王统治下的各个不同地区。为了解释岛的运行方式，我们假设AB代表横贯巴尔尼巴比领地的一条线，CD线代表磁石，D是有推力的一端，C是有吸力的一端，岛正停在C地上空。如果将磁石按CD位置摆好，让有推力的一端朝下，那么，岛就会斜着向D处移动。到达D以后，让磁石在轴上转动，使有吸力的一端指向E，岛就会斜着运行到E。这时候如果再转动磁石，使它处于EF处，让有推力的一端朝下，岛就会斜向往上升到F的位置。到F处，只要把有吸力的一端指向G，岛就朝G处运行。再转动磁石，令有推力的一端指向下方，岛就会从G运行到C。【名师点睛：这里使用了相对专业的数学、物理等方面的知识，详细地揭示了飞岛的运行方式，让作者想象的场景更加具有画面感，给人更加真实的感觉，丰富了文章的内容。】这样根据需要随时变动磁石的位置，岛就可以按照倾斜的方向依次上升或下降。通过这种交替升降（倾斜度不是很大），岛就从一个地方被送到另一个地方了。

但是一定要注意，飞岛的运行不能超出下方领地的范围，升高也不能超过四英里。对此，天文学家提出了下面这个理由（他们曾就那块磁石写过大量系统的著作）：磁力在四英里以上的高度就不发生作用。在地球的内部，以及在离岸四英里的海里，能对磁石发生作用的矿物并非遍布全球，而只限于国王的领土。飞岛位于这么一个优越的位置，无论哪位君王，要想征服处于磁场引力范围内的任何一个国家，都很容易。【名师点睛：描述了飞岛优越的地理位置，说明该岛屿容易防守，一切都在国王的掌控之中，为后文情节的推进埋下伏笔。】

当磁石处于与水平面相平行的位置时，飞岛就静止不动，因为这种情况下，磁石的两端离地球的距离相等，一端往下拉，一端往上推，因此将产生大小相等的力，也就不会产生任何运动了。这块磁石由固定的几位天文学家来管理，他们按照君主的指令不时地移动它的位置。他们一生中的绝大部分时间都用在观察天体上，观察时所借用的望远镜比我们的要好。虽然他们最大的望远镜长度不出三英尺，望远的效果却比我们一百英尺的还要好得多，能够很清楚地观察到各种星宿。这一先进条件使他们的发现远远超过了我们欧洲的天文学家。他们曾编制过一份万座恒星表，而我们最大的恒星表中所列的恒星的数量还不到此表的三分之一。他们还发现了两颗小星星，或者叫卫星，在围绕火星转动；其中一颗靠近火星，离火星中心的距离恰好是主星直径的三倍，外面一颗与主星中心的距离为主星直径的五倍；前者10小时运转一周，后者则21.5小时运转一周。【写作借鉴：采用了对比的写作手法。作者将欧洲的科技成果与飞岛国的科技相比较，非常直观地表现出飞岛国的科技水平之高。】这样，它们运转周期的平方与它们距火星中心的距离的立方十分接近；由此可见，它们显然也受着影响其他天体的万有引力的支配。

他们已经观察到了九十三颗不同的彗星，并极其精确地确定了它们的活动周期。如果这一点是真的（他们极有把握地断言这是真的），我们非常希望他们能把观察的结果公布于众，那样的话，目前这还不够完善的彗星学说，也许就有可能像天文学的其他部分那样，能日臻完美。

国王要是能说服他的内阁与他携手合作，他就可以成为宇宙间最专制的君王。但这些大臣们在下面的大陆上都各有自己的产业，再想想宠臣的地位又非常不稳定，也就从不愿意跟国王一起奴役自己的国家。

一旦哪座城市发生叛乱，卷入激烈的内斗，或者拒绝像平常一样效忠纳贡，国王会采取两种手段使他们归顺。第一种手段比较温和，就是让飞岛浮翔在这座城市及其周围土地的上空，让他们无法享受阳光和雨水，当地居民就会因此而遭受饥荒和疾病的侵袭。【名师点睛：第一种手段虽说比较温和，实际上让当地居民遭遇饥荒和疾病，这是多么残忍，可见其他手段是多么残暴。】如果罪有应得，岛上还同时向他们投大石头，把他们的房屋砸成粉碎，他们无力自卫，只好爬进地窖或洞穴去藏身。可要是他们依然顽固不化，或者还想谋反，国王会采取他最后的办法：让飞岛直接落到他们的头上，由此将人和房屋全都毁灭。不过，这种极端手段国王很少采用，实际上他也不愿意那么做。大臣们也不敢劝说国王采取这样的行动，因为一方面下面有他们自己的产业，飞岛落下去，不仅下面的人要憎恨他们，就连他们自己的产业也会受到极大的损害。而飞岛仅仅是国王的领地，是不会受到影响的。

实际上，这个国家的国王们历来都是非到迫不得已是不会施行这种可怕的手段的，他们之所以这样做还有一个更重要的原因。因为，如果他想毁灭的城市中有什么高高耸立的岩石（这是大一点的城市里常有的情况，当初很可能就是为了防止这种灾难的袭击才选定有岩石的地点），或者城市里到处是高高的尖塔或石柱，那么，飞岛突然往下掉落，有可能就要危及岛底或者岛的下表面。虽然我前面说过岛的底部是由两百码厚的一整块金刚石板构成的，但如果震动太大，它也有可能碎裂；或者会因离底下房屋中的炉火过近而爆裂，就像我们的烟囱，尽管是用铁石做的，靠火太近，也经常会爆裂。所有这些，老百姓都一清二楚，所以事关他们的自由和财产，他们心里很清楚，顽固不屈可以坚持到什么地步。要是国王已经忍无可忍，坚决要把一座城市碾为废墟，他就会以体贴人民为借口，命令飞岛以极慢的速度降落，但实际上是害怕将那块金刚石板底弄坏了，因为哲学家们都认为，如果岛底坏了，磁石就再也不能使岛升起来，整个岛就要掉落在地上。
【写作借鉴：层层递进，进一步描绘国王镇压百姓的丑恶嘴脸。】

大约在三年前我还没有来到这个岛的时候，在国王巡视他的领土的途中，曾发生过一次特殊事件，几乎把这个王朝毁灭了。【写作借鉴：插叙的写作手法。讲述三年前碰到的事情，进一步说明国王统治的残暴性。】国王陛下巡视的第一站是王国的第二大城市林达洛因。他离开三天后,对他的高压政策一向持抱怨态度的当地居民就关起了城门,把总督抓了起来,同时以难以置信的速度和超强度的劳作,在城的四角建起了四座巨塔(这座城是正方形的),高度都和矗立在城中心的那座坚固的尖顶岩石相等。在每座塔的顶端,以及那些岩石的顶端,他们分别安装了一块大磁石。他们还预备了大量最易燃的燃料,希望在磁石计划失败之后,用它们来烧裂飞岛的金刚石板底。

八个月之后,国王才接到确切的报告说林达洛因的人造反了。于是他下令让岛飘浮到这个城市的上空去。当地人民众志成城,已经储备好了粮食。城市的中心有一条大河穿过,并不缺水。国王在他们的头顶上停留了几天,遮住了阳光和雨水。他下令放下许多绳子去,可是送上来的没有一份是请愿书,相反却是一些十分大胆的要求。他们喊冤,要求减免大量地税,要求选举自己的总督。还有其他一些类似的过分要求。因此,国王命令岛上全体居民从最底下一层走廊上往城中抛掷巨石。但对此,居民们早有防范,他们连人带财物一起躲进了那四座巨塔和其他坚固的建筑物和地窖中,没有遭到不幸。

这时,国王已下定决心要消灭这些自负的人。他命令飞岛向离巨塔和岩石不到四十码的空间慢慢降落。人们照办了,但是负责这项工作的官员发现,飞岛下降的速度比平时快得多,就是转动磁石也很难将它固定在一个位置上,岛像是要直往下掉似的。他们立即把这件使人震惊的事报告了国王,请求陛下准许把岛往上升高一点。国王同意了,并召集会议,命令负责磁石的官员参加。其中有一位资历最老、经验也最丰富的官员获得国王的准许做了一个试验。他取来一根一百码长的结实的绳子,在这绳子的末端系上一块掺和着铁矿石,成分和岛底或岛的下表面一样的金刚石,当飞岛上升到城市上空他们感觉不到有吸力的位置时,他再从底层走廊慢慢地将绳子往塔顶放去。这金刚石放下去还不到四码,那官员就感到有一股强大的力在向下拽它,弄得他几乎无法把它收回来。他接着又往下扔了几块小的金刚石，发现它们全都被猛地吸到塔顶上去了。于是，他又向其他三座塔以及那岩石上扔了几块小的金刚石，结果都是一样。

这样一来，国王的策略就彻底行不通了（其他情况就不再细说了），他被迫答应这个城市提出的条件。【写作借鉴：作者使用了平实的语言描述了林达洛因事件，深刻地揭露了统治者极端暴虐的行径，表现出对受奴役者的支持与同情。】

有一位大臣告诉我，如果飞岛那次降得离城市过近而无法再往上升，居民们就决定把它永远固定住，然后处死国王及其所有走卒，彻底改朝换代。根据这个国家的一项基本法律，无论是国王还是他的两个年龄大一点的儿子都不准离开飞岛。王后也不例外，除非她已经过了生育的年龄。

Z 知识考点

1. 飞岛就是借助于一块_____，自由地_____，或从一处_____到另一处。
2. 国王镇压城市叛乱的极端手段是　　　　　　　（　　）
   A. 让飞岛浮翔在这座城市及其周围土地的天空。
   B. 让飞岛直接落到城市的头上。
3. 飞岛国怎样平息叛乱？
   _____
   _____

Y 阅读与思考

1. 飞岛国的国王是一位残暴的统治者，你能举出例子来说明吗？
2. 作者用复杂的论据说明了飞岛飞行原理，你能简明扼要地概述出来吗？

第四章

拉格多奇闻

M 名师导读

　　格列佛离开飞岛，前往巴尔尼巴比。他发现那里真是一个奇怪的地方。城里人贫穷潦倒，土地肥沃却荒凉不堪；乡下则到处是一片绿油油的景色。这时一位贵族朋友谈起了造成这种状况的原因。

　　虽然我不能说我在这座岛上受到了虐待，可我得承认我觉得他们太不把我当回事了，多少有几分轻蔑。国王和一般的人似乎除了数学和音乐之外对什么学问都没有兴趣。而这两方面我是远远不及他们的，因此，他们根本瞧不起我。

　　另一方面，看过了这岛上所有稀奇古怪的东西之后，我也很想离开了，因为我实在对这里的人感到厌倦。的确，他们在那两门学问上是很了不起，我也推崇那两门学问，而且这方面我也并非一窍不通。可他们未免太专心了，一味地沉思苦想，我从来还没有碰到过这么乏味的伴侣。我住在那里的两个月中，只和女人、商人、拍手和宫里的仆人们交谈，这样，我到最后是彻底叫人看不起了，可我也只有从这些人那里才能得到合情合理的回答。

　　我通过用功学习，已经掌握了不少关于他们的语言和知识。我厌倦了困守在这岛上总看别人的脸色，下决心一有机会就离开这儿。

　　宫里有一位大贵族，是国王的近亲，别人就因为这个原因才尊敬他。<u>他被公认为是最无知、最愚蠢的人。他为国王立过不少功劳，天</u>

分、学力都很高，正直、荣耀集于一身。但对音乐却一窍不通，诽谤他的人传说，他连拍子都常常打错。他的教师就是费尽力气也教不会他怎样来证明数学上最最简单的定理。他乐于对我做出各种友好的表示，常常光临我的住处，希望我跟他说说欧洲的事情，以及我旅行过的几个国家的法律和风俗、礼仪与学术。我说话他听得十分专注，对我所讲的一切，他都能发表非常有智慧的见解。他身边也有两名拍手侍候以显示其尊严，可除了在朝廷或者正式访问的时候，他从来都不用他们。我们单独在一起时，他总是叫他们退下。【名师点睛：王宫里的这位大贵族，思维和生活方式都有别于其他人，因此被人们称为愚蠢的人，这反衬出其他人生活很滑稽可笑。】

我就请这位高官代我说情，求国王准许我离开这里。他跟我说他虽然对我的离开感到很遗憾，但还是照办了。的确，他对我很好，曾向我提供过几件于我大有好处的差使。我当时虽向他千恩万谢，却还是被婉言谢绝了。

2月16日，我告别了国王和宫里的人。国王送了我一份价值约两百英镑的礼物，我的恩主即国王的亲戚也送了我一份同样价值的礼，还有就是一封推荐信，让我捎给他在首都拉格多的一位朋友。飞岛这时正停在离首都约两英里的一座山的上空，我从最底下一层走廊上被放了下去，用的还是同上来时一样的方法。

在飞岛君主统治下的这块大陆，一般人把它叫作巴尔尼巴比，首都是拉格多，这我前面已经说过了。踏上坚实的土地，我感到几分小小的满足。因为我穿着和当地人一样的衣服，学会的语言也足以同他们交谈，这样我就毫无顾虑地朝这座城市走去。我很快就找到了我被介绍去的那人的房子，呈上他飞岛上那位贵族朋友的信，结果受到了十分友好的接待。这位大贵人叫孟诺迪，他在自己家里给我预备了一间房子，我在这地方停留期间就一直住在那里。我受到了他十分殷勤热情的款待。

我到达后的第二天，他就带着我坐他的马车去城里参观。这城大概有伦敦一半大小，可是房子建得很奇特，大多年久失修。街上的人步履匆匆，样子狂野，双眼凝滞，大多还衣衫褴褛。【写作借鉴：采用了对比的手法，表现出拉格多城的破败、荒凉，以及人们生活贫穷、落后的景象。】我们穿过一座城门，走了约三英里来到了乡下。我看到不少人拿着各式各样的工具在地里劳作，却猜不出他们是在干什么。虽然土壤看上去极其肥美，我却看不到上面有一点庄稼或草木的苗头。对城里和乡下的这些奇异的景象，我不禁感到惊奇。我冒昧地请我的向导给我解释一下：大街上、田野里，那么多头、手、脸在那里忙忙碌碌，却什么好的结果也弄不出来。相反，我倒还从来都没有见过这么胡乱耕种的土地，造得这么糟糕、这么颓败的房屋，也从没有见过哪个民族的人脸上、衣服上显示出这么多的悲惨和贫穷——这一切到底是怎么回事？【名师点睛：制造悬念。这里写出的格列佛的疑问，其实也是读者的疑问，通过疑问的方式引人深思、激发读者的兴趣。】

这位孟诺迪老爷是位上层人士，曾担任过几年拉格多的行政长官，但朝臣们搞阴谋，说他能力差、不能胜任，结果被解职。国王对他倒还宽爱，觉得他人心不坏，只是见识低劣可鄙罢了。

我对这个国家及其人民说了这些不客气的指责的话之后，他没有做出回答，只是对我说，我来到他们中间的日子还不长，下结论还为时过早，世上不同的民族其风俗也各不相同。他还说了其他一些普通的话，都是一个意思。但我们回到他府上后，他又问我，觉得他这房子怎么样？我有没有发现什么荒唐可笑之处？关于他家里人的服装和面貌我有没有要指责的？他是完全可以这样问我的，因为他身上的一切都很庄严、齐整、有教养。我回答说，阁下精明谨慎，地位高，运气好，自然不会有那些缺点。本来别人的那些缺点也都是愚蠢和贫困所造成的。他说要是我愿意随他上大约二十英里外他的乡下住宅去（他的产业就在那里），我们就可以有更多的工夫来进行这样的交谈了。我说我完全听阁下安排。于是我们第二天早上就出发了。

一路上，他要我注意农民经营管理土地的各种方法，我看了却完全是莫名其妙，因为除了极少的几个地方外，我看不到一穗谷子、一片草叶。但走了三小时后，景色却彻底变了。我们走进了一片美丽无比的田野。农舍彼此相隔不远，修建得十分整齐。田地四周都被围了起来，里边有葡萄园、麦田和草地。我也记不得自己哪还见过比这更赏心悦目的景象。那位贵族见我脸上开始晴朗起来，就叹了口气对我说，从这儿起就是他的产业了，一直到他的住宅都是这样子。他告诉我同胞们都嘲讽他、看不起他，说他自己的事料理得都不行，哪还能给王国树立好榜样。虽然也有极少一些人学他的样子，可那都是些老弱而又任性的人。

我们终于到了他的住宅。那的确是一座高贵的建筑，合乎最优秀的古代建筑的规范。喷泉、花园、小径、大路、树丛都安排布置得极有见识、极有趣味。我每见一样东西都适当地赞赏几句，可他却毫不理会，一直到晚饭后没有第三个人在场的时候，他才带着一副忧郁的神情告诉我：他怀疑他不得不拆掉他现在城里和乡下的房子了，<u>因为他得按照目前的式样重新建造，所有的种植园也得毁掉，把它们改建成现在流行的样子，还得指示他所有的佃户都这么去做，不然他就会招来非议，被人说成是傲慢做作、标新立异、无知古怪，说不定还会更加不讨国王的喜欢。</u>【名师点睛：这里作者借助想象中的世界，强烈地讽刺了现实当中人们对标新立异思想的排斥和摧残。】

他还说，等他把具体的一些事告诉我之后，我也许就不会那么惊奇了。这些事我在朝廷时可能从未听人说过，因为那里的人一心埋头沉思，不会注意到下方发生的事情。

他谈话的内容总结起来大致是这样的：大约四十年前，有人或是因为有事，或是为了消遣，到勒皮他岛上去了。一住就是五个月，虽然数学只学了一点皮毛，却带回了在飞岛上学得的好冲动的风气。这些人一回来，就开始觉得地上什么东西都讨厌，艺术、科学、语言、技术统统都要来重新设计。为了达到这一目的，他们努力取得了皇家特许，在拉格多建立了一所设计家科学院。这一古怪的念头在百姓中倒十分流行，结果是王国内没有一座重要的城市不建有这么一所科学院。在这些科学院里，教授们设计出新的农业与建筑的规范和方法，为一切工商业设计了新型的工具和仪器。应用这些方法和工具，他们保证一个人可以干十个人的活；一座宫殿一周内就可以建成，并且建筑材料经久耐用，永远也不用维修；地上所有的果实我们选择什么季节它们就在什么季节成熟，产量比现在还要多一百倍。他们还提出了无数其他巧妙的建议。唯一让人觉得烦忧的是，所有这些计划到现在一项都没有完成，全国上下一片废墟，房屋毁损，百姓缺衣少食，景象十分悲惨。所有这一切，他们见了不仅不灰心，反而在希望与绝望的双重驱使下，变本加厉地要去实施他们的那些计划。至于他自己，因为没有什么进取心，也就满足于老式的生活方式，住在先辈们建造的房子里，生活中方方面面都和祖上一模一样，没有什么革新。还有少数贵族和绅士倒也是这么做的，但他们却遭人冷眼和毒眼，被认为是艺术的敌人，是国人中无知的败类，全国普遍都在改革发展，他们却一味懒散，自顾逍遥。

这位贵人一定要我去参观一下大科学院，说我肯定会感兴趣的。他呢，就不再往下细说那些事了，以免扫我的兴。他只叫我去看一看大约三英里外山坡上的一座破房子，并对此做了这样的说明：从前，在离他的房子不到半英里的地方有一座十分便当的水磨，它是靠从一条大河里来的水转动的，足够他自己家以及他的许多佃户使用。大约七年前，来了一伙这样的设计家，向他建议说，把这水磨毁了，在那座山的山坡上重建一个。说要在山冈上开一条长长的水渠，再用水管和机器把水送到山上蓄在那里，最后就用这水来给水磨提供动力，说是因为高处的风和空气可以把水激荡起来，更适合于水的流动，又因为水是从斜坡上下来，和平地上的河水比起来，只需一半的水流就可以推动水磨了。他说他那时和朝廷的关系不太好，许多朋友又来相劝，也就接受了这个建议。他雇了一百人，花了两年工夫，结果失败了。设计家们走了，把责任全都推到他身上，并且一直都在怪他。他们又去拿别人做试验，同样说是保证成功，结果却一样地令人失望。

几天后，我们回到了城里。他考虑到自己在科学院名声不好，没有亲自陪我去，只介绍了他的一个朋友陪我前往。我这位老爷喜欢说我是个设计的崇拜者，而且是个十分好奇而轻信的人。他这话并不是没有什么道理，我年轻时自己就做过设计家之类的人物。

知识考点

1. 飞岛国的人除了_____和_____之外对什么学问都没有兴趣。
2. 判断题。
   （1）格列佛是在一位大贵族，也是国王的近亲的帮助下才离开了飞岛国。（　　）
   （2）大科学院的设计师改造水磨，最后成功了。（　　）
3. 拉格多给格列佛的第一印象是什么样的？（用原文回答）
   _____
   _____

阅读与思考

1. 格列佛为什么想离开飞岛国？
2. 格列佛到达首都拉格多后，参观了哪里？有什么感触？

第五章

参观科学院

M 名师导读

格列佛参观了拉格多大科学院,这座科学院规模宏大,至少有五百种科学实验在进行:想从黄瓜里提取阳光啦,将粪便还原成食物啦,或者是将冰煅烧成火药啦……各种"神奇"的想法,让格列佛大饱眼福。

科学院就是街道两旁连在一起的几所年久失修的房子,科学院院长很客气地接待了我,我在这里待了一段时间,对这个地方也有了一个很详尽的了解。

在这里,我见到的第一个人样子枯瘦,双手和脸黑得就像刚刚被烟熏过一样,头发胡子老长,衣衫褴褛,有几处都被火烤煳了,他的外衣、衬衫和皮肤全是一种颜色。【写作借鉴:这里通过相貌和衣着描写,刻画出了一个邋遢的空想家的形象。】八年来他一直在从事一项设计:想从黄瓜里提取阳光,装到密封的小玻璃瓶里,遇到阴雨湿冷的夏天,就可以放出来让空气温暖。接着他又抱怨说原料不足,请求我能否给他点什么,也算是对他尖端设计的鼓励吧。我就送了他一份小小的礼物,因为我那位老爷告诉我,无论谁去参观,他们素来都是要钱的。

我走进了另一间屋子,却差点儿被一种臭气熏倒,急着就要退出来。我的向导却硬要我往前走,悄悄地求我不要得罪他们,要不他们会对我恨之入骨的。我因此吓得连鼻子都不敢堵。这间屋里的设计家是科学院里年资最高的学者,他的脸和胡子呈淡黄色,手上、衣服上布满了污秽。我被介绍给他的时候，他紧紧拥抱了我（我当时多么想找个借口不受他这种礼遇啊）。自从他到科学院工作以来，就是研究怎样把人的粪便还原为食物。他的方法是把粪便分成几个部分，先去除从胆汁里来的颜色，再让臭气蒸发，最后把浮着的唾液除去。每星期人们供应他一桶粪便，那桶大约有布里斯托尔酒桶那么大。【名师点睛："先""再""最后"等几个词，条分缕析地描述了从粪便里提炼食物的方法，让人作呕。作者借此讽刺了不切实际的科学研究。】

我看到有一位在做将冰煅烧成火药的工作。他还给我看了他撰写的一篇关于冰的可煅性的论文，他打算发表这篇论文。还有一位最巧妙的建筑师，他发明了一种建造房屋的新方法，即先从屋顶造起，自上而下一路盖到地基。他还为自己的这种方法辩护，对我说，蜜蜂和蜘蛛这两种最精明的昆虫就是这么做的。

有一个人，从出生开始眼睛就是瞎的，他有几名徒弟也都如此；他们的工作是为画家调颜色，先生教他们靠触觉和嗅觉来区分不同的颜色。【名师点睛：让瞎子调颜色，真是处处反其道而行之。】真是不幸，那一阵子我见他们的功课学得很不到家，就是教授自己也往往弄错。不过这位艺术家在全体研究人员中极受鼓励和推崇。在另一个房间里，我饶有兴致地看到有位设计家发明了一种用猪来耕地的方法。那方法不用犁和牲口，也省劳力，是这样的：在一亩地里，每隔六英寸，在八英寸深的地方埋上一些橡子、枣子、栗子和这种动物最爱吃的其他山毛榉果及蔬菜，然后把六百头以上的猪赶到地里去。猪为了觅食，几天工夫就可以把所有的土翻遍，这样不仅适于下种，猪拉下的屎也正好给土上了肥。当然，尽管通过实验他们发现费用太大，也很麻烦，而且也几乎没有获得什么成就，可大家都相信这一发明大有改进的可能。【名师点睛：为了促使猪翻地而在地里到处埋入它们喜欢吃的东西，如此大费周章，可见设计者之愚蠢，既夸张又好笑。】

我走进了另一个房间，这里边除了有一条狭小的通道供学者进出，其他的地方，像墙上、天花板上全都挂满了蜘蛛网。我刚一进门，他就大声叫喊让我不要碰坏他的蜘蛛网。这位学者悲叹世人犯了个极大的错误，长久时间以来竟一直在用蚕茧的丝，而他这里有的是家养昆虫，比蚕不知要好多少倍，因为它们既懂得织又懂得纺。他又进一步建议说，要是用蜘蛛，织网的费用就可以整个儿省下来。这一点，在他把一大堆颜色极其漂亮的飞虫给我看过之后，我就完全明白了：他用这些飞虫喂他的蜘蛛。他告诉我们：蛛网的颜色就是从这些飞虫而来，又因为他各种颜色的飞虫都有，就能满足每个人的不同喜好。只要他能给飞虫找到适当的食物如树脂、油或者其他什么黏性的物质，他就能够使蜘蛛纺出来的丝线牢固而坚韧。

还有一位天文学家，他要在市政厅房顶的大风标上安装一架日晷(guǐ)[利用太阳投射的影子来测定时刻的装置]，通过调整地球与太阳在一年中和一天中的运转，使它们能和风向的意外转变正好一致。

由于我忽然感到一阵腹痛，我的向导于是就带我来到一间屋里，那儿住着一位以治疗这种毛病而闻名的著名的医生。他用一个很大的、装有一个细长象牙嘴的手用吹风器来实施他的手术。他把象牙嘴插入肛门内八英寸，将肚子里的气吸出来，他肯定地说他这样能把肚子吸得又细又长，像一个干瘪的膀胱。不过要是病情来得又顽劣又凶，他就要把吹风器先鼓满气再将象牙嘴插入肛门，把气打进病人的体内，然后抽出吹风器重新将气装满，同时用大拇指紧紧地堵住屁眼。这样重复打上三四次，打进去的气就会喷出来，毒气就被一同带出，病人的病也就好了。【名师点睛：如此治疗手法，实在是闻所未闻。这名医生做法之荒诞与滑稽，让人大跌眼镜。】我看到他在一只狗的身上同时做了这两种试验，第一种不见任何效果，第二种手术后，那畜生胀得都快要炸了，接着就猛屙了一阵，可把我和我的同伴熏坏了。狗当场就死了，可我们走的时候，那医生还在设法用同样的手术让它起死回生呢！

【写作借鉴：侧面描写。作者借助所谓的科学家为狗治病的经历，揭示伪科

学对社会的危害，同时表现出这里的人无知的状态。】

我还参观了许多其他的房间，所见到的都是一些稀奇古怪的事，这里就不再向读者一一说明了。因为我很想把事情说得简单一点儿。

至此，我只参观了科学院的一部分，另一部分是专门辟给倡导沉思空想的学者们使用的。我再来介绍一位著名的、他们称之为"万能的学者"的人物，然后再来谈论沉思空想的学者。这位"万能的学者"告诉我们，三十年来一直在研究怎么样才能改善人类的生活。在他的实验室里，有些人正在从空气中提取硝酸钠，同时滤掉其中的液体分子，以此来将空气凝结成干燥而可触摸的物质。有些在研究把大理石软化做枕头和毛毡。还有些人在把一匹活马的马蹄弄僵，这样马奔跑起来就不会跌折了。这位学者自己此时正忙着两个伟大的计划，第一个是用谷壳来播种，他坚持说谷壳才有真正的胚胎作用，他还做了几项实验来证明他的主张，不过我脑子笨，搞不懂；另一项计划是，在两头小羊的身上涂上一种树脂、矿石和蔬菜的混合物，不让羊长毛，他希望经过相当一段时间之后，能繁殖出一种无毛羊推广到全国各地。【名师点睛：这里介绍的学者们，要么从事着毫无实用价值的科学研究，要么沉溺于脱离现实的空想，个个荒诞不经，行为超级离谱。】

我们走过一条通道，就到了科学院的另一部分，我前面已经说过，空想的设计家就住在这里。

我见到第一位教授和他的四十名学生在这里工作。致意过后，他见我出神地望着那个占满了房间大部分空间的架子，就说：看到他在研究如何运用实际而机械的操作方法来改善人的思辨知识，我也许要感到不解，不过世人不久就会感觉到它是有用的。他又扬扬自得地说，还没有任何人想到过这么高深的点子呢。大家都知道，用常规的手段要想在艺术和科学上取得成就需要付出多大的劳动，而如果用他的方法，就是最无知的人，只要适当付点学费，再出一点点体力，就可以不借助于任何天才或学历，写出关于哲学、诗歌、政治、法律、数学

和神学的书来。【名师点睛：教授的研究完全有悖常理，但他不仅不自知，还颇为得意，这充分反映了他无知、狂妄的反科学本质。】接着他领我走到了架子前，架子的四边一排排地站着他的学生。这架子二十英尺见方，放在房子的正中间。它的表面是由许多用细绳连在一起的木块构成的，每一木块的面上都糊着一张纸，纸上写满了他们语言中所有的单词及其不同的语态、时态和变格，不过没有任何次序。教授接下来要我注意看，因为他现在要准备开动机器了。一声令下，学生们各抓住了一个铁把手。原来架子的四边装有四十个把手，每个学生转动一个把手，单词的布局就全部改变了。然后他又吩咐三十六个学生轻声念出架子上出现的文字，只要有三四个词连起来可以凑成一个句子，他们就念给剩下的四名做抄写员的学生听，由他们记录下来。这一工作要重复做三四次。由于机器构造巧妙，每转动一次，木方块就彻底翻个身，上面的文字也就会换到其他位置。这些年轻的学生一天把六个小时花在这项劳动上。教授把几卷对开的书拿给我看，里边已经收集了不少支离破碎的句子，他打算把它们全都拼凑到一起，用这丰富的材料，编撰一部包括所有文化和科学门类的全书贡献给这个世界。不过，要是公众能筹一笔资金在拉格多制造五百个这样的架子来从事这项工作，同时要求负责这些架子的人把他们各自搜集到的材料都贡献出来，那么，这项工作将得以改进，并加速完成。

他还对我说，他从年轻的时候起，就一门心思全都用到这发明上来了；他已经把所有的词汇都写到了架子上，并极其精确地计算过书中出现的虚词、名词和动词与其他词类的一般比例。

这位著名的人物说了那么多，我万分谦恭地向他表示了感谢。我又向他保证：要是我有幸还能回到祖国去，我一定会说句公道话，就说他是这架神奇机器的唯一的发明者。我还请求他准许我把这机器的形状和构造描画到纸上。我对他说，虽然我们欧洲的学者有互相剽窃发明成果的习惯，他们要是知道了有这么一架机器，至少可以捞点便宜，到时候谁是它真正的发明者就会很有争议了。尽管如此，我一定会多加小心，让他独享荣誉，没有人来同他竞争。

接着我们来到了语言学校。三位教授正坐在那儿讨论如何改进本国的语言。

第一项计划是简化言辞，将多音节词缩成单音词节，省去动词和分词，因为一切可以想象到的东西事实上全是名词。

另一项计划则是，无论什么词汇，一概废除。他们坚决主张，不论从健康的角度考虑，还是从简练的角度考虑，这一计划都大有好处，因为大家都清楚，我们每说一个词，或多或少会对肺部有所侵蚀，这样也就缩短了我们的寿命。因此他们就想出了一个补救的办法：既然词只是事物的名称，那么，大家在谈到具体事情的时候，把表示那具体事情所需的东西带在身边，不是来得更方便吗？本来这一发明已经早就实现了，百姓们会感到很舒服，对他们的健康也大有好处。可是妇女们联合了俗人和文盲，要求像他们的祖先那样能有用嘴说话的自由，否则他们就要起来造反。这样的俗人常常就是与科学势不两立的敌人。不过，许多最有学问最有智慧的人还是坚持这种以物示意的新方法。【名师点睛：所谓的有智慧的人，坚持废除一切词汇，将所需要的东西带在身边，其实这是一种愚昧无知的做法，是社会的倒退，作者却用"智慧"这一词，反讽人们的无知。】这方法只有一点不便，就是，如果一个人要办的事很大，种类又很多，那他就必须将一大捆东西背在身上，除非他有钱，能雇上一两个身强力壮的用人随侍左右。我就常常看到有两位大学问家，背上的负荷压得他们腰都快断了，就像我们这里的小贩子一样。如果他们在街上相遇，就会把背上的东西放下来，然后打开背包，在一起谈上个把钟头，再收起各自的东西，互相帮忙将负荷重新背上，然后分手道别。

这种发明还有一大优点：它可以作为所有文明国家都能通晓的一种世界性语言，因为每个国家的货物和器具，一般说来都是相同或是相似的，所以它们的用途也就很容易明白。这样，驻外大使们就是对别国的语言一窍不通，仍然可以同外国的君王或大臣打交道。

我还到了数学学校，那里的先生用一种我们欧洲人很难想象的方法教他们的学生。命题和证明都用头皮一样颜色的墨水清清楚楚地写在一块薄而脆的饼干上。这饼干学生得空腹吞食下去，以后三天，除面包和水之外什么都不准吃。饼干消化之后，那颜色就会带着命题走进脑子。不过到现在为止还不见有什么成功，一方面是因为墨水的成分有错误，另一方面也因为小孩子们顽劣不驯，这么大的饼干吃下去总觉得太恶心，所以常常是偷偷地跑到一边，不等药性发作，就朝天把它吐了出来。他们也不听劝告，不愿像处方上要求的那样等待那么长时间不吃东西。

Z 知识考点

1.格列佛参观了飞岛国拉格多城的大科学院。那里的学者们所研究的学术完全不切实际，比如他们研究_____、_____、_____、靠触觉和嗅觉来区分不同的颜色等，作者借此讽刺了当时的_____的倾向。

2.我们来到了语言学校。三位教授正坐在那儿讨论如何改进本国语言,他们的计划是（　　）

A.简化言辞　　B.取消语言中的所有词汇　　C.只说半句话

3.拉格多数学学校是怎样教学的？
_____
_____

Y 阅读与思考

1.科学家们做了很多实验,这些实验会不会有成果？作者的写作意图是什么？

2.作者并没有空口评说这些实验,而是以参观的形式展现,这种写作视角的好处是什么？

第六章

政治设计家学院

> **M 名师导读**
>
> 格列佛来到政治设计家学院,这里的科学家为腐化堕落行为找到有效的治疗方法。他们建议将人脑锯开均分以平息党派纷争,提出一种使百姓不受苦的筹款办法,还研究如何侦破反政府阴谋。格列佛告诉了他们一种洞察阴谋的办法。

在政治设计家学院我受到了很糟糕的待遇。在我看来,教授们已完全失去了理智,那情景一直到现在都让我感到悲伤。这些郁郁寡欢的人正在那儿提出他们的构想,想劝说君主根据智慧、才能和德行来选择宠臣;想教大臣们学会考虑公众的利益;想对建立功勋、才能出众、贡献杰出的人做出奖励;想指导君王们把自己真正的利益同人民的利益放在同一基础上加以认识;想选拔有资格能胜任的人到有关岗位工作;还有许许多多其他一些狂妄而无法实现的怪念头,都是人们以前从来都没有想过的。这倒使我更加相信起一句老话来:<u>无论事情多么夸张悖理,总有一些哲学家要坚持认为它是真理。</u>【名师点睛:作者使用了富有哲理的语言,点睛之笔,使文章添彩。】

但说句公道话,对科学院中的这些人,我得承认,他们并非完全都是幻想。有一位头脑极其聪明的医生,他似乎对政府的性质和体制完全精通。这位杰出人物十分熟练地运用他学到的知识,给各种公共行政机关很容易犯的一些弊病和腐化堕落行为找到了有效的治疗方法。

这些弊病一方面是由于执政者的罪恶或者过失所致，另一方面也因为统治者无法无天。比方说，所有的作家和理论家都一致认为，严格地说，人体和政体是普遍具有相似性的，那么，既然人体和政体都必须保持健康，合用同一张处方，岂不是再清楚不过的事吗？大家都承认，参议员和大枢密院的官员们常常犯说话啰唆冗长、感情冲动和其他一些毛病。他们的头毛病不少，不过心病更多：会发生剧烈的痉挛，两手的神经和肌肉会痛苦地收缩，右手尤其如此；有时还会肝火旺、肚子胀、头晕、说胡话；也会长满有恶臭和脓包的淋巴性结核瘤；会口沫横飞地喷出酸气扑鼻的胃气；吃起东西来胃口会像狗却又消化不良；还有许许多多其他的病症，就不必一一列举了。因此，这位医生建议：每次参议员开会，头三天得有几位大夫列席；每天辩论完毕，由他们给每位参议员诊脉。之后，经过深思熟虑，讨论出各种毛病的性质和治疗的方法，然后在第四天带着药剂师，准备好相应的药品赶回参议院。在议员们就座之前，根据各人病情的需要，分别让他们服用缓和剂、轻泻剂、去垢剂、腐蚀剂、健脑剂、治标剂、通便剂、头痛剂、黄疸剂、去痰剂、清耳剂，再根据这些药是否起作用，决定下次开会时是继续服、换服，还是停服。

这项计划不会对公众造成任何大的负担。依我个人愚见，在参议员参与立法的国家里，它对事情的处理将大有好处，可以带来团结，缩短辩论的时间；可以让少数缄(jiān)默[闭口不说话]的人说话，让许多一直在说话的人闭嘴；可以遏制青年人使性子；可以叫老年人不总是自以为是；可以将愚钝的人唤醒；可以让冒失鬼谨慎。

还有，因为大家都抱怨君王的宠臣记性很差，那位医生就建议，无论谁谒(yè)[拜见]见首相大臣，简单明了地报告完公事以后，辞退时应该拧一下这位大臣的鼻子，或者在他的肚子上踢一下，在他的鸡眼上踩一脚，或者捏住他的两只耳朵扯三下，或者弄根大头针在他屁股上戳一下，要不就把他的手臂拧得青一块紫一块。【名师点睛：治疗疾病的方法很滑稽，发人深省。】这全是为了防止他记不住事情。以后每一个上朝的日子都这么来一下，直到这位大臣把公事办好，或者坚决拒绝办理为止。

他还指出，每一位出席大国民议会的参议员，在发表完自己的意见并为之辩护之后，表决时必须投与自己意见完全相反的票，因为如果那样做了，结果肯定对公众有利。

如果一个国家里党派纷争激烈，他倒又提出了一条可以让彼此和解的妙计。办法是这样的：从每个党派中各挑出一百名头面人物，把头颅差不多大小的，一党一个，配对成双。接着请两位技术精良的外科手术师同时将每一对头面人物的枕骨部分锯下，锯时要注意脑子必须左右分匀。把锯下的枕骨互相交换一下，分别安装到反对党人的头上。看起来这项工作确实要求有一定的精细度，不过教授向我们保证，只要手术做得精巧利落，其疗效是绝对没有问题的。他这样论证说：两个半个脑袋现在放到一个脑壳里去辩论事情，很快就会达成一致意见，这样彼此就会心平气和、有条有理地来思考问题。多么希望那些自以为到世上来就是为了看看世界而同时又要支配世界运动的人，都能这么心平气和、有条有理地考虑问题啊！至于两派领袖人物的脑袋在质量和大小上会有点差异，那医生很肯定地对我们说，就他个人所知，那实在是微不足道。

我听到两位教授之间一场热烈的辩论，他们在争论：最方便有效而又不使百姓受苦的筹款的办法是什么呢？第一位说，最公正的办法是，对罪恶和愚蠢征收一定的税款，每个人应缴税额总数由其邻居组成陪审团公正合理地裁定。第二位持完全相反的意见：有人自夸在体力和智力上有才能，自己觉得了不起，那就应该征税。征多少税，根据其才能出众的程度而定，不过这得完全由他自己来拿主意。最受异性宠爱的男子应交纳最高的税，税款多少，则应根据其所受宠爱的次数和性质而定。这一点上允许他们自己为自己做证。他还建议，对聪明、勇敢和礼貌应该收重税，收税方法相同。有多少聪明、勇敢和礼貌，让每个人自己说。不过至于荣誉、正义、智慧和学问，则完全不应该征税，因为这类素质太少见了，没有人会承认他周围的人具有这些素质，自己有也并不重视。

他主张妇女应根据其漂亮的程度和打扮的本领来纳税，这方面她们可享有与男子同样的特权，即怎么算漂亮、怎么算会打扮由她们自己判断决定。但是对忠贞、节操、良好的辨别能力和温良的品性不征税，因为税费不菲，她们根本就缴不起。

为了使参议员一直能为君王的利益服务，他建议议员们以抽签的方式谋取职位。【名师点睛：这种滑稽的治国理念，表现出统治者极其无知、无能，如此滑稽的统治，社会发展必定没有任何前途。】每个人首先都得宣誓，保证不论抽中抽不中，都一定投票拥护朝廷。这样，等下次有官位空缺时，没有中签的人还能轮到再抽一次。希望既在，也就没有人会抱怨朝廷不守诺言，一旦失望，也只好完全归咎于命运，而命运的肩膀总比内阁的肩膀要来得宽阔结实，是能担负起失败的。

另一位教授拿了一大本关于如何侦破反政府阴谋的文件给我看。他建议大政治家们要对一切可疑人物的饮食进行检查，看他们什么时间吃饭，睡觉时身子朝哪边，擦屁股用的是哪一只手。要严格检查他们的粪便，从粪便的颜色、气味、味道、浓度以及消化的良与不良，来判断他们的思想和计划，因为人没有比在拉屎时思考更严肃、周密和专心致志的了，这是他经过许多次实验才发现的。这种时候他如果用来考虑怎样才是暗杀国王最好的办法，粪便就会呈绿色；但如果他盘算的只是搞一次叛乱或者焚烧京城，粪便的颜色就大不一样了。

这篇论文写得十分犀利，其中不少观点对政治家来说是既有趣又有用，不过我觉得还不够完整。这一点我冒昧地对作者说了，并且提出，要是他愿意，我可以再提供他一点补充意见。他欣然接受了我的建议，这在作家中，尤其在设计家之流的作家中，倒是不多见的。他表示很愿意听听我还有什么意见。

我告诉他，我曾在特列不尼亚[影射英国。"Tribnia"〈特列不尼亚〉和"Britain"（不列颠）所含字母完全相同，只是顺序不一样]王国逗留了很长一段时间。当地人管这个国家叫兰敦[影射伦敦]。那里的人大部分是由侦探、见证人、告密者、指控者、检举人、证人、咒骂者以及他们的一些爪牙组成的。他们全都受正副大臣们的庇护、指使并接受他们的津贴。在那个王国里，阴谋通常都是那些企图抬高自己大政治家身份的人所为。他们企图使一个摇摇欲坠的政府恢复生机，企图镇压或者转移群众的不满情绪，企图将没收来的财物放进自己的腰包，企图左右公众舆论以尽量满足个人私利。【名师点睛：作者影射英国的政治腐朽状况，只是没有明确说出来而已。】他们先取得一致意见，定好应控告哪些可疑分子图谋不轨，接着采取有效手段弄到这些人的书信和文件，然后把他们囚禁起来，文件则交给一伙能巧妙地从词语、音节以及字母中找出神秘意义的能手去处理。比如说，他们会破译出"马桶"是指"枢密院"；"一群鹅"指"参议院"；"瘸腿狗"指"侵略者"；"瘟疫"指"常备军"；"秃鹰"指"大臣"；"痛风"指"祭司长"；"绞刑架"指"国务大臣"；"夜壶"指"贵族委员会"；"筛子"指"宫廷贵妇"；"扫帚"指"革命"；"捕鼠器"指"官职"；"无底洞"指"财政部"；"阴沟"指"朝廷"；"滑稽演员戴的系铃帽"指"宠臣"；"折断的芦苇"指"法庭"；"空酒桶"指"将军"；"流脓的疮"指"行政当局"。

如果这种办法行不通，他们还有另外两种更为有效的办法，当地的学者称它们为"离合字谜法"和"颠倒字谜法"。用第一种办法他们能解释出所有单词的第一个字母都具有政治含义。于是，N 就是指"阴谋"，指"一个骑兵团"，BL 指"海上舰队"。要不就用第二种办法，通过颠倒变换可疑文件上字母排列的顺序，可以揭开对当局不满的政党所深藏着的阴谋。比方说，如果我在给朋友的一封信中说："我们的汤姆兄弟最近得了痔疮。"经过一个精于此道的人一分析，同是这个句子里的这些字母,就会变成下面这样的话:"反抗吧!阴谋已经成熟。塔。"这就是"颠倒字谜法"。

　　教授非常感谢我给他说了这些意见,满口答应要在他的论文中提我一下以表敬意。

　　我看这个国家再没有什么值得留恋的东西,就不想再住下去了,于是动了回英国老家去的念头。

Z 知识考点

1. 科学家解决党派纷争的妙计是＿＿＿＿＿＿。
2. 格列佛告诉了一位教授侦破反政府阴谋的方法是　　（　　）
   A. 弄到可疑分子的书信和文件,交给一伙能巧妙地从词语、音节以及字母中找出神秘意义的能手去处理
   B. "离合字谜法"和"颠倒字谜法"
   C. 建议大政治家们要对一切可疑人物的饮食进行检查
3. 君王的一位宠臣的记性很差,医生是怎样建议给他治病的?
   ＿＿＿＿＿＿＿＿＿＿＿＿＿＿＿＿＿＿＿＿＿＿＿＿＿＿＿＿
   ＿＿＿＿＿＿＿＿＿＿＿＿＿＿＿＿＿＿＿＿＿＿＿＿＿＿＿＿

Y 阅读与思考

1. "有一位头脑极其聪明的医生,他似乎对政府的性质和体制完全精通。"这位医生是否真的很聪明?请说明理由。
2. 格列佛给了几项改进的意见?这些意见分别是什么?

第七章

游巫人岛

M 名师导读

> 参观了飞岛国的首都拉格多后,格列佛又与朋友一同来到了附近的亚人岛。这里的人精通魔法,身边的随侍也都是鬼魂。为了满足格列佛的心愿,接待他的行政长官为他召唤了许多古代各个历史时期的著名人物……

这个王国仅是这个大陆的一个部分。我有理由相信,这座大陆向东一直延伸到美洲加利福尼亚以西的无名地带,往北是太平洋,离拉格多不到一百五十英里。那儿有一座良港,与位于其西北方大约北纬二十九度、东经一百四十度的拉格奈格大岛之间贸易关系频繁。这座拉格奈格岛东南方大约一百里格就是日本。日本天皇与拉格奈格国王间结成了紧密的同盟,两岛国间因此常有船只来往。于是我就决定走这条路线回欧洲去。我雇了一名向导带路,两头骡子驮我那一点儿行李。我同主人告了别,因为他对我一直那么好,临别还送了我一份厚礼。【名师点睛:格列佛很讨厌岛上的生活,不过从告别时的情形来看,与他同住的人对他很不错。】

一路上我没有碰到什么值得一提的故事或奇遇。到达马尔多纳达港口时(港口的名称就是这么叫的),港内没有要去拉格奈格的船,再过些时日也不见得会有。这座港市和朴次茅斯[英国南部重要的军港和城市,扼英吉利海峡朴次茅斯港口]差不多大。不久我就结识了一些朋友，受到了他们的热情招待。其中一位知名的先生对我说，既然一个月内都不会有船去拉格奈格，我要是能去西南方距此约五里格的格勒大锥小岛一游，说不定会很有意思。【写作借鉴：作者构思极为巧妙。原本格列佛可以顺畅回家，但是由于没有航船，让格列佛做出了游览格勒大锥的选择，继续推动故事情节的发展。】他主动提出他和另外一位朋友可以陪我前往，并且可以提供一艘轻便的三桅小帆船。

"格勒大锥"这个词，据我的理解最接近原意的译名是"巫人岛"。它的面积大概是怀特岛[靠近英国南海岸的一个小岛，面积147平方英里]的三分之一，物产非常丰富。统治该岛的是某个部落的首领，这个部落的居民全都是巫人。他们只和本部落的人通婚，同辈中年龄最长的继任岛主或长官。岛主拥有一座富丽宏伟的宫殿，还有一座面积在三千英亩左右的花园，周围是二十英尺高的石头围墙。花园内又圈出几处空地，分别用以放牧、种庄稼和搞园艺。【名师点睛：介绍了巫人岛的环境和居民概况，交代了故事发生的背景，为接下来发生的具体事件做了铺垫。】侍候长官及其家属的是一些不同寻常的仆人。长官精通魔法，有本事随意召唤任何鬼魂，使唤他们二十四个小时，但时间再长就不行了，而三个月内，他也无法把前面已经招过的鬼魂再次招来，除非是碰到了非常特殊的情况。【名师点睛：巫人岛上的这一神奇之处，为下文格列佛和鬼魂对话埋下了伏笔，这种情节充满了奇幻色彩，紧抓读者的眼球。】

我们到这岛上的时候大约是上午十一点。陪我前来的一位先生去拜见了长官，请求他接见一位特地前来拜访他的陌生人。他马上就答应了这一请求，于是我们三个就一起进了宫门。宫门两旁各站着一排卫士，武装和服装都十分奇特。我看了他们的面容不知怎的只觉得心惊肉跳，当时的恐怖简直难以形容。我们走过几间内殿，一路上两边也都站着同前面一样的卫士，这样一直来到大殿上。我们先深深地鞠了三个躬，长官问了我们几个一般性的问题，然后就让我们坐到他宝座下最低一层台阶旁的三个凳子上。

　　长官懂得巴尔尼巴比的话，尽管那和他这座岛上的话不同。他要我给他说说我旅行的一些情况。为了向我表明他并不拘礼，他手指一动就让所有随从全都退了下去。【名师点睛：对长官的动作进行描写，体现出他在这个岛上的威望。】我见此大吃一惊，因为转瞬之间，他们就都消失得无影无踪，仿佛我们猛地一下从梦中惊醒，梦里的情景全都消失了一样。【名师点睛：格列佛惊骇之极，以至于他以为自己做了一场噩梦，这种比喻形象直观，让读者感同身受。】我一时不能恢复常态，后来还是长官叫我放心，保证说我不会受到伤害。又见我那两个同伴若无其事（他们过去经常受到这种招待），我这才壮起胆子，简短地向长官大人说了一下我几次历险的经过。不过我还是有几分踌躇不安，时不时地要回过头去朝我刚才见到鬼魂卫士的地方看。我有幸与长官一起进餐，一群新鬼送上肉来，并在桌边侍候。我觉得自己这时已经没有上午那么害怕了。我一直待到太阳落山，不过我低声下气地请求长官大人原谅我不能接受他的邀请住在宫中。我和我的两个朋友当晚就住到了附近镇上的一个私人家里，那镇也就是这个小岛的京城。第二天早上，我们再去长官那儿拜访，而他倒也很愿意我们再去。

　　我们就这样在这岛上住了十天，白天大部分时间同长官在一起，晚上回自己的住处。不久之后，我看到鬼神也就习惯了，而三四次之后，我完全可以做到无动于衷了。如果说还有些害怕，则好奇心远远超过了恐惧。长官叫我随意召唤我想见到的任何一个鬼魂，无论数目多少，从世界之初直到当代，所有的鬼魂他都可以召来，并且可以命令他们回答我认为合适的一切问题。条件只有一个，即我的问题必须限于他们所生活的那个时代范围。有一点对于我来说是靠得住的，那就是他们肯定会说真话，因为说谎这种才能在阴间派不上用场。【写作借鉴：讽刺的写作手法。利用阴间说真话的事实，反讽现实社会中人们欺瞒的状况。】

我十分感激长官对我的恩惠。我们进了一间内殿，从这里可以清楚地看到花园里的情景。因为我首先想看的是宏伟壮观的场面，就希望看到阿尔贝拉战役[马其顿国王亚历山大军队与波斯帝国国王大流士三世军队的战斗]后统率大军的亚历山大大帝[前356—前323年，马其顿国王，即位后先后征服希腊、埃及和波斯并入侵印度，建立亚历山大帝国]。长官随即手指一动，我们站着的窗户底下即刻就出现了一个大战场。亚历山大被召进殿来。他的希腊话我听起来非常吃力，因为我自己会的就不多。他以自己的名誉向我担保，说他不是被毒死的，而是饮酒过度发高烧死的。

接着我又见到了正在翻越阿尔卑斯山的汉尼拔[迦太基的名将]。他告诉我他的军营里一点醋也没有了，我又看到恺撒[罗马共和国末期杰出的军事统帅、政治家，与庞培、克拉苏结成"前三头同盟"]和庞培[前106—前48年，古罗马政治家、军事家]统率着各自的大军，正准备交战。我看到了在最后一次巨大胜利中的恺撒。我要求看一看罗马元老院在一间大厅里开会的情形，同时作为对照，也想看一看另一间大厅里稍后一点的某个朝代议会开会是个什么样子。结果前者看起来像是英雄和半神半人在聚会，后者却像是一伙小贩、扒手、拦路强盗和恶霸。

在我的请求下，长官做了一个手势让恺撒和布鲁脱斯[反恺撒阴谋集团的首领之一]一起向我们走来。见到布鲁脱斯，我不觉肃然起敬，从他脸上的每一点，我都可以很容易地看出他至高无上的品德、坚定而大无畏的胸怀、最真诚的爱国心肠以及对于人类的热爱。我非常高兴看到这两个人已经能够互相理解。恺撒还坦率地向我承认：就是他一生最伟大的功绩，也远远赶不上布鲁脱斯因结果了他的生命而获得的光荣。我很荣幸和布鲁脱斯谈了很长时间的话；他告诉我，他和他的祖先优尼乌斯[相传他是罗马的第一任执政官，他建立了罗马共和国]、苏格拉底、依帕米浓达斯、小伽图和托马斯·莫尔爵士[英国哲学家，《乌托邦》的作者]永远在一起，世上历朝历代都找不出第七个人够资格加入他们这个六人集团。

为了满足我要把古代世界各个历史时期都摆到我面前来的奢望，大量著名的人物都被召唤来了，如果一一加以叙述，读者会感到沉闷无味。我让自己的眼睛得到满足的，主要是看到了那些推翻了暴君和篡位者的人，和那些为被压迫被侵害的民族争回自由的人。【名师点睛：看到那些推翻暴君的人的故事，格列佛感到满足，这鲜明地表达了他对那些残暴、腐朽之人痛恨的思想倾向。】可是，我难以表达我心中获得的那种痛快，叫读者们读了也能够得到同样的满足。

Z 知识考点

1. 在巫人岛格列佛见到了＿＿＿＿、＿＿＿＿、＿＿＿＿的鬼魂。

2. 巫人岛的人只和＿＿＿＿通婚，同辈中年龄＿＿＿＿的继任岛主或长官。

3. 巫人岛的岛主有什么神奇的本领？
＿＿＿＿＿＿＿＿＿＿＿＿＿＿＿＿＿＿＿＿＿＿＿＿
＿＿＿＿＿＿＿＿＿＿＿＿＿＿＿＿＿＿＿＿＿＿＿＿

Y 阅读与思考

1. 格列佛见到布鲁脱斯时，为什么会"肃然起敬"？

2. 格列佛见到了很多名人，列举你喜欢的两个人，并说明理由。

第八章

巫岛招魂

M 名师导读

在格列佛的请求下,行政长官召唤来许多古代著名的圣贤和学者的灵魂,比如亚里士多德、荷马、笛卡儿……与他们的交流之后,格列佛发现后世的学者大都歪曲了先贤们的思想,史书的记载也会颠倒黑白,这让格列佛有些感慨。

我很想见一见古代那些最著名的圣贤和学者。为此我特地安排了一天时间。我请求他叫荷马[公元前9世纪古希腊吟游盲诗人,著有著名史诗《伊利亚特》和《奥德赛》]和亚里士多德[古希腊哲学家和科学家,著有《诗学》《修辞学》等]领着所有评注过他们的著作的人出现在我们眼前。这些评注家实在太多了,有几百人,只好暂时在院子和几间外殿里等候。我一眼就认出了两位英雄,我不但能够从人群当中认出他们,而且他俩谁是谁我也分辨得十分清楚。两人中,荷马长得高大而俊美,像他这么大年纪的人,走起路来身子算是挺得很直的了。他的双眼是我见过的所有人当中最活泼而锐利的。亚里士多德腰弯得厉害,挂着一根拐杖。他容貌清瘦,头发又稀又长,嗓音低沉。我很快就发现两人并不认识其余的人,以前从来都没有见过也没有听说过这些人。有一位鬼魂,名字就不说了,悄悄地跟我讲,这些评论家在阴间总是在离两位作家最远的地方躲着,因为他们在把作家向后世介绍的时候,把作家的意思完全解释错了,因此羞愧难当。我将迪迭摩斯[《荷马史诗》的学者]和尤斯台修斯[《荷马史诗》的学者]介绍给荷马,并劝他对他俩好一点;不过也许不值得对他们好,因为他很快看出他们缺乏天才,无法了解一位诗人的精神。而当我把司各特斯[亚里士多德著作的学者]和拉摩斯[亚里士多德著作的学者]介绍给亚里士多德时,一听我的介绍,他整个儿就不耐烦了,问他们说,这一伙儿当中是不是别的人也都是和他们一样的一些大笨蛋。接着我又请长官把笛卡儿[1596—1650,法国哲学家、数学家、唯理论的创始人]和伽桑狄[1592—1635,法国唯物主义哲学家、科学家,在伊壁鸠鲁的学说中找到了唯物主义的支柱]招来,我劝他们把自己的思想体系解释给亚里士多德听。这位伟大的哲学家坦率地承认在自然哲学方面他自己也犯了错误,因为他像所有的人一样,许多事情上不免臆测[主观地推测]。但他同时发现,竭力宣扬伊壁鸠鲁[公元前342—公元前270年,古希腊哲学家,唯物主义者和无神论者]学说的伽桑狄和笛卡儿的涡动说一样都不值一驳。他预言,当代学者那么热衷的万有引力学说也将遭到同样的命运。他说大自然新的体系不过是暂时的一种新风尚,每个时代都会发生变化,就是那些自以为能用数学的原理来证明这些体系的人,也只能在短期内走红,一旦有了定论,他们也就不再盛行了。

我又用了五天时间同许多其他古代的学者进行了交谈。罗马早期的国王我大部分都见到了。我说动长官把依拉加巴路斯[公元218—公元222,罗马国王,以奢侈腐化闻名]的厨师招来给我们做一桌筵席,但由于材料不够,他们无法向我们显露他们的手艺。阿格西劳斯二世[前444—前360年,斯巴达国王]的一个农奴给我们做了一盆斯巴达式肉羹,但是我喝了一调羹就再也喝不下去了。

陪我来到这岛上的两位先生因为急于办理一些私事,三天之后就得回去,我就在这三天时间见了一些近代死去的名人,他们都是过去两三百年中我国和欧洲其他一些国家里最显赫一时的人物。因为我一向对名门望族[指高贵的、地位显要的家庭或有特权的家族]十分崇拜,就请求长官把一二十位国王连同他们的八九代祖宗一起召来。但是令我大失所望的是，在长长的皇族世系中，我见到的并非都头戴王冠。在一个家族里，我看到的是两名提琴师、三名衣冠楚楚的朝臣和一名意大利教士；在另一个家族中，我所见的则是一名理发匠、一名修道院主和两名红衣主教。因为我对戴皇冠的人太尊敬了，所以这么一个微妙的话题就不便再叙述下去了。不过至于公爵、侯爵、伯爵、子爵之流，我就顾不上那么多了。某些家族之所以成为名门望族，是由于他们具有某些特征，溯流穷源[比喻探究和追溯事物的缘由]，我承认，这倒使我不无快意。我能看得清清楚楚，这一家的长下巴是怎样发展而来的；那一家为什么有两代总出恶棍，再传下去两代又净是傻子；第三家人为什么恰恰都发疯；第四家人为什么又偏偏全是骗子。怎会像坡里道尔·维吉尔[16世纪居住在英国的一位意大利传教士，他用拉丁文写了一部英国历史，闻名于世]在说到某家名门时所讲的那样："男子不勇敢，女子不贞洁。"残暴、欺诈、懦弱怎么会像盾牌纹章那样，渐渐成了某些家族出名的特征，是谁第一次给一个高贵的家族带来了梅毒，由此代代相传使子子孙孙都生上瘰(luǒ)疬(lì)[病名，多发生在颈部，有时也发生在腋窝部，因结核杆菌侵入淋巴结而引起，症状是局部发生硬块，溃烂后经常流脓，不易愈合]毒瘤。我看到皇家世系中断原来是因为出了这么些小厮、仆人、走卒、车夫、赌棍、琴师、戏子、军人和扒手，对以上种种也就一点儿不觉得奇怪了。

最令我作呕的要算是现代历史了。我仔细观察了一下一百年来君王朝廷里所有大人物，发现世界真是怎么给一帮娼妓一样的作家骗了！他们说懦夫立下了最伟大的战功，傻瓜提出了最聪明的建议，阿谀奉承的人最真诚，出卖祖国的人具有古罗马人的美德，不信神的人最虔诚，鸡奸犯最贞洁，告密者说的都是真话。多少无辜的好人，由于大臣影响了腐败的法官，党派倾轧，而被杀戮、遭流放。多少恶棍升上了高位，受信任、掌大权，有钱有势，作威作福。朝廷、枢密院和上议院里发生的大事和那里大臣们搞的活动，又有多少可以同鸨母、妓女、皮条客、乌龟、寄生虫和小丑的行为相媲美！世界上的伟大事业和革命事业的动机原来不过如此，他们取得成功也只不过靠了一些可鄙的偶然事件。我得知这样的真相，对于人类的智慧和正直是多么鄙夷！

我在这里还发现，那些装模作样要写什么逸闻秘史的人原是多么诡诈而无知。许多国王都被他们用一杯毒药送进了坟墓，君王和首相在无人在场时的谈话也会被他们记录下来，驻外使节和国务大臣的思想和密室他们都能打开，不幸的是他们永远也没有成功过。这里我还发现了许多震惊世界的大事背后真正的原因：一名妓女怎么把持着后门的楼梯，后门的楼梯怎么把持着枢密院，枢密院又怎么把持了上议院。一位将军当着我的面承认，他打的一次胜仗纯粹是由于他的怯懦和指挥无方；一位海军大将说，因为没有正确的情报，他本打算率舰队投敌，不知为何却打败了敌人；三位国王对我明言，他们在位期间从来就没有提拔过一个有功之人，除非是一时弄错，或者中了某个亲信大臣的诡计，他们就是再世，也不会这么做的。他们提出了充足的理由来证明：不腐化，王位就保不住，因为道德灌输给人的那种积极、自信和刚强的性格，对办理公务将是一种永久的阻碍。

我由于好奇，就特别问起他们，这么多人获取高官显爵和巨大产业，到底用的是什么手段？我的提问只限于近代，不触及当代，因为我得保证做到，即使是外国人也不能得罪。当然，我这里所说的没有一点是针对我的祖国的，这一点我想就不必向读者解释了吧。大量有关的人物都被召唤了来，我只稍稍一看，就发现景象真是一片狼藉，以致我每每想起，都免不了心情严肃。伪证、欺压、唆使、欺诈、拉皮条等错误还是他们提到的最可以原谅的手段，因为都还说得过去，我也就宽宏地原谅了他们。可是，有人承认，他们伟大富贵都是因为自己鸡奸和乱伦，有的则强迫自己的妻女去卖淫，有的是背叛祖国或者君王，有的是给人下毒药，更有人为了消灭无辜滥用法律。地位高贵的人仪表堂堂，本该受到我们这些卑贱的人的尊敬,然而我看到的这种种现象不免使我减少了对他们的崇敬;我这么做,希望大家能够原谅。

我经常从书上读到一些忠君爱国的伟大功绩,因此就想看见那些建立一些功勋的人物。一打听我才知道,他们的名字都没有记载下来,仅有的几处历史记载却又都把他们写成了最卑鄙无耻的恶棍和卖国贼。另外的一些人我压根儿就没听说过。这些人看上去全都神情沮丧,贫困潦倒而死,剩下的则上了断头台或者绞刑架。

在这些人中间,有一个人的经历显得有点不同寻常。他的身旁站着一个十八岁左右的青年。他对我说,他在一艘战舰上当过多年的舰长,艾克丁姆海战[公元前31年,奥古斯都的军队在希腊西部的艾克丁姆海战中击败了安东尼]中,曾幸运地冲破敌军的强大防线,将三艘主力舰击沉,又俘获了一艘,致使安东尼[公元前82—公元前30年,古罗马统帅和政治领袖,古罗马后三雄之一]大兵溃败,逃亡他乡,他们大获全胜,站在他身边的那位青年是他的独子,也在这次战役中阵亡了。他接着说,他自恃[自以为有所依靠;倚仗]有功,战争一结束就到了罗马,请求奥古斯都[公元前63—14年,罗马帝国的第一个国王,原名屋大维,也是罗马后三雄之一。击败安东尼后建立罗马帝国,并自称奥古斯都]朝廷升他到另一艘更大的战舰上任职,那艘战舰的舰长死了。可是朝廷对他的要求不予理睬,竟将舰长一职给了一名连大海都从未见过的青年,他是国王的一个情妇的仆人李柏丁那的儿子。回到自己原来的舰上,他就被加上了玩忽职守的罪名,战舰则移交给了海军副将帕勃利可拉的一位亲随。从此他退居到远离罗马的一个穷乡,并在那里结束了自己的一生。我极想知道这个故事的真相,就请求长官把那次战役中任海军大将的阿格瑞帕招来。阿格瑞帕来了,他证明舰长所说毫无虚假。他还说了舰长许多别的好话;舰长因为生性谦逊,自己的大部分功劳不是少说就是整个儿不提。

我很奇怪在这个帝国里,奢侈之风新近才进来,腐化堕落怎么一下就会发展得这么厉害、这么迅速,所以,在各种罪恶早已猖獗的其他国家里，出现种种与这类似的情形，我倒也不觉得有什么奇怪的了。在那些国家里，颂扬和掠夺来的财富都被总司令一个人独占着，而事实上最不配拥有这两者的很有可能是他。

每个被召见的人，出现时的样子和他活在世上的时候完全一样。看到我们人类在这一百年中退化了那么多，心情不免万分忧伤。各种不同的花柳梅毒，彻底改变了英国人的面貌，使他们变得身材矮小，精神涣散，肌肉松弛，面色灰黄，膘肉恶臭。

我居然卑贱到这种程度，提出要召几个古代的英国农民来见见面。这些人性情温和，衣食简单，做买卖公平诚实，具有真正的自由精神，勇敢，爱国，他们的这些美德在过去曾经是很有名的。我把活人和死人一比，真是不无感慨。祖宗所有这一切淳朴本色的美德，都被他们的子孙为了几个钱给卖光了。他们的子孙后代出卖选票，操纵选举，只有在朝廷才能学得到的罪恶和腐化行为，每一样他们都沾染了。

Z 知识考点

1. _____和_____名列古罗马后三雄。

2. 判断题。

（1）亚里士多德容貌清瘦，头发又稀又长，嗓音低沉。（   ）

（2）在艾克丁姆海战中大获全胜的舰长，最后升任另一艘更大的战舰的舰长。（   ）

3. 格列佛召唤了许多古代著名的圣贤和学者的灵魂后，有什么发现呢？

_____

_____

Y 阅读与思考

1. 格列佛在巫岛了解到哪些历史真相？

2. 格列佛召唤了一些名门望族后，又有什么感触呢？

第九章
奇特的恩惠

M 名师导读

格列佛乘船来到拉格奈格王国,因为是异乡人的缘故,他被禁闭,押解到朝廷。这里有个奇怪的觐见规矩:舔国王脚凳子跟前的尘土。但国王对格列佛表现得很宽容,并未为难他。

动身的日子到了,我向格勒大锥的长官阁下辞别,与我的那两位同伴一同回到了马尔多纳达。我在那里等了两个星期,终于等到有一艘船要开往拉格奈格去了。一个月之后,我们驶进了克兰梅格尼格河。

我们船上有几个水手,不知是有意要害我还是一时不小心,对前来接我们的引航员说我是个异乡人,还是个大旅行家。不过我觉得有必要隐瞒我的国籍,就自称是荷兰人,因为我的计划是到日本去,而我知道欧洲人中只有荷兰人才被准许进入这个王国。于是我就对海关官员说,我的船在巴尔尼巴比海岸触礁沉没了,我被遗弃在了一块礁石上,后来被接上了勒皮他,也叫飞岛,现在正想办法去日本,也许到那里才可以找到回国的机会。【名师点睛:表现了格列佛的临危不乱与机智勇敢。多年的海外历险经历已经使格列佛练就了超强的生存本领,以及灵活变通的能力。】那官员说,在接到朝廷命令之前,必须先把我拘禁起来。他说他马上给朝廷写信,希望过两个星期就能得到朝廷的指令。于是我被带到一处舒适的住所,门前有哨兵看守;不过住处有一个大花园,我可以在里面自由地活动。我受到了相当人道的待遇,拘禁期间的费用都由皇家负担。【名师点睛：虽然刚开始时当地人防备心很重，但是后来以礼相待，说明这个国家还是热情好客，讲究礼仪。】也有一些人前来访问我，那主要是出于好奇，因为听说我来自十分遥远的国度，那地方他们一直就没有听说过。

我雇了和我同船来的一位青年做翻译。他是拉格奈格人，但在马尔多纳达住过几年，所以精通两地语言。在他的帮助下，我得以同前来看我的那些人进行交谈，不过谈话内容只限于他们提问我回答。

朝廷的文件差不多就在我们预计的时间到了。那是一张传票，要求由十名骑兵把我连同我的随从带往特拉尔德拉格达布，或者叫特利尔德洛格德利布（就我记忆所及，这个字有两种读法）。我所有的随从就是那个做翻译的可怜的小伙子，还是经我劝说，才答应帮我忙的。在我的哀求下，我们俩一人弄到了一头骡子骑。一位信使早我们半天先出发了，他去报告国王我就要到了，请陛下规定一个日子和时辰，看看他什么时候高兴见我，好让我有幸去"舔他脚凳子跟前的尘土"。这是朝廷的规矩，不过我发现它并不仅仅是一种形式，因为我到达后两天被引见的时候，他们命令我把肚子贴在地上朝前爬，一边爬一边舔地板。【名师点睛：这里夸张的情节，表现了该国王的妄自尊大。】但因为我是个外国人，他们注意事先将地板打扫得干干净净，这样尘土的味道倒还不是很讨厌。不过，这是一种特殊的恩典，只有最高级的官员要求入宫时才能得到。不但如此，要是被召见的人碰巧有几个有权有势的仇敌在朝，地板上还会被故意撒上尘土。我就看到过一位大臣满嘴尘土，等他爬到御座前规定的地点时，已经一句话都说不出来了。这也没有什么办法，因为那些被召见的人如果当着国王陛下的面吐痰或抹嘴，就得处以死刑。【名师点睛：举例说明拉格奈格王国也并非一方净土，大臣之间也会相互使绊子，而所使用的手段又极其阴狠。这个小插曲使得文章充满讽刺意味与喜剧效果。】另外还有一种风俗，说实话我也不能完全赞同：如果国王想要用一种温和宽大的方法来处死一位贵族,他就下令在地板上撒上一种褐色的有毒粉末,舔到嘴里,二十四小时后人肯定会毒发身亡。但是说句公道话,这位君王还是非常仁慈的,对臣子的性命相当看重(这一点上,我很希望欧洲的君主都能向他学习)。为了他的荣誉,我必须说一下:每次以这种方法将人处死后,他都下严令叫人将地板上有毒粉的地方洗刷干净,侍从们要是疏忽了,就有招惹他生气的危险。我曾亲耳听他下令要把他的一个侍从鞭打一顿,因为有一次行刑之后,轮到他去通知人洗刷地板,他却故意不通知。由于他的玩忽职守,一位很有前途的贵族青年在一次被召见时不幸中毒身亡了,而国王那时并没有打算要他的命。不过这位好君王非常宽厚,饶了那个可怜的侍从一顿鞭子,只要他保证,以后没有特别的命令,不许再干这样的事。

言归正传,当我爬到离御座不到四码的地方时,就慢慢地抬起身来,双膝跪着,在地上磕了七个响头,接着按照前一天晚上他们教我的样子说了以下的话:"Inckpling gloffthrobb squut serummblhiop mlashnalt zwin tnodbalkuffh slhiophad gurdlubh asht."这是一句颂词,当地法律规定,所有朝见国王的人都要这么说;译成英语意思就是:"祝天皇陛下的寿命比太阳还要长十一个半月!"国王听后回答了一句什么,虽然我听不懂,可还是照别人教我的话答他道:"Fluft drin yalerick dwuldom prastrad mirpush."准确的含义就是:"我的舌头在我朋友的嘴里。"我说这话的意思,就是希望国王能准许我将我的翻译叫来。于是,前面已经提到的那位青年就被领了进来,通过他从中传话,在一个多小时的时间里,我回答了国王陛下提出的许多问题。我说巴尔尼巴比语,我的翻译把我的意思译成拉格奈格话。

国王很高兴和我在一起谈话,就吩咐他的"bliffmarklub"(即内侍长)在宫中给我和我的翻译分配一处住所,每天提供我们饮食,另外还给了一大袋金子供我们日常使用。【名师点睛:说明国王慷慨大方,对格列佛照顾有加。】

格列佛游记

我在这个国家待了三个月,那完全是遵从国王的旨意。他对我恩宠有加,并几次要我任荣耀的官职,可我觉得我的余年还是同妻子家人在一块儿度过要更稳妥一些。【名师点睛:格列佛得到了很宽厚的对待,而且还能做官,但是他拒绝了,因为他讨厌官场生活。】

Z 知识考点

1. 格列佛因为是_____,所以被_____并押解到朝廷。
2. 觐见拉格奈格国王的规矩是_____。
3. 格列佛拜见拉格奈格的国王时受到了什么特殊的礼遇?
   _____
   _____

Y 阅读与思考

1. 格列佛有着很多奇特的见闻,请做简要的概括。
2. 回顾已读的章节内容,请分析为什么格列佛会说巴尔尼巴比语。

第十章
长寿国

M 名师导读

格列佛刚开始对长生不老的人很羡慕。在拉格奈格,他有幸见到了长生不老者。通过自己的见闻,描写了长生不老的人高龄之后的窘态,他不得不承认,长生不老的代价不是人人都承受得起的。

拉格奈格是一个既讲礼貌又十分慷慨的民族。虽然所有东方国家人特有的那种骄傲他们不免也沾了几分,但对于异乡人他们还是很客气的,特别是受到朝廷重视的那些外乡人。【名师点睛:交代了当地人热情好客、彬彬有礼的性格特点。】我结识了不少高官显贵,我的翻译又一直陪在我身边,所以我们的谈话倒还挺愉快。

一天,我和许多朋友在一起,有一位贵族问我有没有见过他们的"斯特鲁德布鲁格",意思是"长生不老的人"。我说我没见过,他具体地解释给我听。他告诉我,虽然很少见,但有时会有人家恰好就生下这么一个孩子来:他的额头上左眉毛的正上方有一个红色的圆点,这一标记即表明,这孩子将永远不死。【名师点睛:长生不老的人生下来额头上就有红色圆点,显得与众不同,颇具几分奇幻色彩。】他描述道,这个圆点大约有一枚三便士的银币那么大,不过会随着时间的改变而变大、变色。孩子长到十二岁时,它就变成绿色,那样一直到二十五岁,之后又变成深蓝色。四十五岁时渐渐变成煤黑色,大小如一枚英国的先令[英国的旧辅币单位],以后就不再变了。他说这种孩子生得极少,相信全王国内男女"斯特鲁德布鲁格"不会超过一千一百个,京城里他估计有五十名,这类婴儿并非任何一家的特产,生这样的孩子纯属凑巧,就是"斯特鲁德布鲁格"自己的孩子,也和别人一样都是有生有死的。

我坦率承认,听他这一番叙述我真是说不出来的高兴。我的巴尔尼巴比语说得很不错,而跟我说那番话的这个人恰好又懂巴尔尼巴比语,于是我就情不自禁地叫出了几句,未免有些过分。我像发了狂一般地高声喊说:"幸福的民族啊,你的每一个孩子都有希望长生不老!幸福的人民啊,你们能享受到那么多古代美德的典范,能有大师们随时都来把所有过去时代的智慧教给你们!但最最幸福的还要数那些伟大的'斯特鲁德布鲁格',他们从出生开始就不用受人类那共有的灾难,不用时刻担心死会临头,所以心无负担,精神畅快。"【写作借鉴:语言描写。格列佛畅快的呐喊,表现出他对长生不老的渴望,与下文的情绪变化形成反差,突出长生不老的坏处。】但我表示惊奇,这么一些杰出的人物,我怎会在朝廷里一个都没有见到?前额上有颗黑痣是个非常明显的特点,我是不可能看不到的。而这样一位贤明的君王,为什么不找一大帮这样智慧而能干的帮手来治理国家呢?不过也许是那些受人敬重的圣贤们的品德过于整肃,与朝中侍者腐化的作风格格不入吧。根据经验我们也常常看到,年轻人总是太有主见,并且意志不坚定,不肯接受老年人认真严肃的指导。但是,既然国王准许我接近他,那么,我决定以后一有机会就要通过翻译就这件事坦率而详尽地向他提出自己的看法。不论他愿不愿接受我的劝告,有一件事我是定了主意的:既然国王陛下一再要我留在这个国家任职,我就感恩戴德接受他的恩典,只要那些"斯特鲁德布鲁格"超人愿意接纳我,我就一辈子住在这里同他们相处。

在前边我已经叙述过,我与之谈话的那位先生会讲巴尔尼巴比语。这位先生面带微笑——这种微笑一般都是因为对无知的可怜——看着我说,只要我有机会留下来和他们在一起,他是会很高兴的,他同时要我允许他把我刚才说的话向大家解释一下。他解释过后，他们又在一起用本国话交谈了一会儿，不过我什么都听不懂，从他们脸上我也看不出我的话到底给他们留下了什么印象。一阵短暂的沉默之后，还是这位先生对我说，他的朋友们和我的朋友（指他自己，他觉得这样比较恰当）在听了我关于长生不老的幸福和好处的一番高谈阔论后，都欣喜之极，很想具体知道，如果我命中注定生下来就是个"斯特鲁德布鲁格"，我会打算怎样来安排我的生活。

我回答说，这样一个内容丰富、令人高兴的话题是很容易发挥的，特别是对于我，因为我常常喜欢设想，假如我做了国王、将军或者大臣，我会做什么。就这件事来说呢，我也做过全盘的考虑，如果我可以长生不老，我该做些什么事，我该怎样来度过我的时光。

我滔滔不绝地说道，如果我运气好，成了"斯特鲁德布鲁格"中的一员，一旦我明白了生与死的区别由此发现自己是幸福的。【名师点睛：文章中用了"滔滔不绝"这个词，表现出格列佛对长生不老的渴望以及周全的打算。】第一，我就要下决心用尽一切办法发财致富，在这过程中，靠着勤俭节约与苦心经营，大约两百年之后，我就很有可能成为全王国最富有的人。第二，我从小就喜欢艺术和科学研究，这样到最后我将在学问上超过其他所有的人。最后，我要仔细记录下公众的每一项重要活动和事件，公正地根据自己观察所得，将历代君王和大臣的性格描绘出来。我要准确无误地记录下风俗、语言、服装、饮食和娱乐方面的种种变化。有了所有这一切学问，我将成为知识和智慧的活宝库，并无疑要成为民族的先知。【名师点睛：从格列佛的设想不难看出，他对长生不死的渴望固然出自私欲，但也有借此不断充实自己，让自己成为一个活宝库，从而造福社会。】

六十岁之后我就决不再结婚。待人好客，但还是要讲究节俭。我要培养和教导出有希望的青年，运用自己的记忆、经历和观察并证以无数范例，使他们相信，公私生活中，道德还是非常有用处的。但是我挑选出来经常和我相伴在一起的，却必须是一帮同我一样长生不老的弟兄。我要从古代到我同时代的人中选出这么十二个同伴。如果这些人中有谁没有产业，我会在我自己的产业附近给他准备一处方便舒适的住所。我会请一些和我最要好的朋友一同进餐。至于你们这些凡人，我只能让少数几个最有价值的进来同我交往，不过时间一长我的心肠也就硬了，你们死了我也不怎么会惋惜，或者根本就不惋惜；对你们的后代也是一样。这就像一个人年年都在花园里种石竹和郁金香玩儿，前一年种的花枯萎了，他并不会感到悲伤。

这些"斯特鲁德布鲁格"和我会相互交流我们在岁月流逝的过程中观察和回忆起的一切。我们会谈论腐化是怎样渐渐地悄然侵入了这个世界。我们会不断地警示并指导人类，用来阻止任何一级出现腐化。这样，我们以自己作为榜样，就会产生更大的影响力，从而才有可能遏止人性的继续堕落；这种堕落每一个时代都在悲叹。

除此之外，我还能看到许多帝国和小邦发生革命；上流、下流社会发生种种变化；古城变废墟；无名村庄变成君王的帝都；著名河流缩成浅水小溪；海洋的一边变成旱地，另一边被海水吞没；许多至今还不为人知的国家被发现；野蛮民族侵入文明国家，最野蛮的人却渐渐文明起来。看到这一切我该有多高兴呢！那时我一定会发现黄经[在黄道坐标系统中用来确定天体在天球上位置的一个坐标值]、永恒运动和万应灵药，还有许许多多其他尽善尽美的伟大发明。在天文学上，我们将会有多么奇妙的发现！我们活着就可以看到自己的预言成为事实；我们可以观察到彗星的运行和再现，以及日月星辰的种种运动变化。

长生不老的自然欲望和尘世的幸福又使我在许多其他方面滔滔不绝地说了许多。我说完之后，那位先生又同从前一样把我谈的要点翻译给了其他的人听。接着他们就用本国话交谈了好一阵子，并时不时地嘲笑我。最后，刚刚做我翻译的那位先生说，大家都要求他改正我几点错误，我之所以会犯这些错误，都是由于人性中那共有的愚蠢，这样倒也可以不叫我负什么责任。【名师点睛：人性中的什么愚蠢呢？难道长生不老还不好吗？引人深思，激发读者兴趣。】他说，"斯特鲁德布鲁格"这一人种是他们国家所特有的，巴尔尼巴比和日本都没有，他曾有幸受国王派遣在这两个国家做过大使，发现当地人对此事都难以置信。以前他刚开始向我提起这事的时候，我也是惊讶不已，这就表明我当时也是觉得这事非常新奇、难以置信的。他在上面提到的那两个王国居留期间曾和人广泛交谈，发现长寿是人类普遍的愿望。无论任何人，一只脚都已进了坟墓，却肯定还要尽全力保住另一只脚。年岁极高的人依然希望还能再多活一天，而把死亡看作是最痛苦的事；天性随时都在促使他躲避死亡。只有在这座拉格奈格岛上，生的欲望才不那么急切，因为他们的眼前时时有"斯特鲁德布鲁格"作为警戒。

他说，我设想的那种生活方式是不合理的、不真实的，因为那必须以永远的青春、健康和精力为先决条件。作为理想，怎么想象都可以，可谁会这样去痴心妄想呢？所以问题不在于一个人是否能永葆青春，永远健康幸福，而在于他在老年所具备的种种常见的不利条件下，如何来度过他那永恒的生命。【名师点睛：对于长生不老的人来说，健康不是一个重要的问题，问题在于如何度过漫长的一生，体现出长生不老人的苦衷。】虽然极少有人愿意在这么恶劣的情形下长生不老，可是在前面提到的巴尔尼巴比和日本这两个王国里，他发现每一个人都希望把死亡的日期朝后再推迟一点，来得越晚越好。他也几乎没听到有什么人心甘情愿地死掉，除非他受到了极度的痛苦和折磨。他请我告诉他，在我旅行过的那些国家以及我自己的国家，是否也发现了这种相同的、普遍存在的心理。

开场白刚一结束，他给我详细叙述了他们那儿"斯特鲁德布鲁格"的情况。他说，大约三十岁之前，他们一般和普通人没有什么两样，之后就一点点变得忧郁和沮丧，并逐渐加深，一直到八十岁。这是他听他们亲口说的，要不然，一个时代这种人都降生不到两三个，人数这么少，无法进行普遍的观察。当他们活到八十岁时（在这个国家，八十岁就被认为是寿命的极限了），不但其他老人所有的毛病和荒唐行为他们都具备，而且还因为其有永远不死这么一个可怕的前途，而又有了许多别的毛病和荒唐。他们不但性情顽固、暴躁、贪婪、忧郁、愚蠢、爱唠叨，而且什么友谊和自然情爱也谈不上了，顶多不过是对儿孙还有点感情。嫉妒和妄想是他们主要的情感。但引起他们嫉妒的事情，主要是年轻人的不道德行为和老年人的死亡。想想年轻人，他们发现一切的欢乐自己都没有办法享受了；而每当看到一支送葬的队伍，他们就伤心、羡慕，别人进入一个港湾去安息了，自己却永远没有指望。他们除了自己在青年及中年时代学到和看到的东西外，别的全都忘记了，而就是那一点点东西也很不完整；所以任何事实，要想知道真相和细节，安全一点还是相信一般传统的说法，他们最好的记忆也是靠不住的。他们中最不悲惨的似乎倒是那些年老昏聩[眼花耳聋，比喻头脑糊涂，不明是非]、完全丧失了记忆的人；这些人因为不像别人那样有许多恶劣品质，倒还比较能得到大家的怜悯和帮助。

如果一个"斯特鲁德布鲁格"恰好跟他的同类结婚，按照王国的恩典，等到夫妇二人中较年轻的一人活到八十岁时，婚姻就可以解除。法律认为这种优惠待遇是很合理的，因为那些无辜受惩罚要在世上永远活下去的人，不应再受妻子的连累而使自己加倍痛苦。

他们年满八十岁，法律上就认为已经死亡，后嗣马上就可以继承其产业，只留极可怜的一点钱供他们维持生活，贫穷的则由公众来负担。过了八十岁，大家认为他们不能再担任任何工作了，因为人们相信他们已经无法再为公众谋福利了。他们不能购买和租赁土地，也不准他们为任何民事或刑事案件作证，甚至都不允许他们参加地界的勘定。

九十岁以上，牙齿、头发全脱落。活到这把年纪已不能辨别气味，有什么吃什么，有什么喝什么，没有食欲，不谈胃口。[名师点睛：作者从已知的人类的生理条件来描写变老后的状况，非常符合实际。]患的老毛病既不加重也不减轻，一直就这么延续下去。谈话时连一般事物的名称、人们的姓名都忘掉了，即使是自己的至亲好友的姓名也记不起来。由于这同样的原因，读书自娱也是不可能了，因为记忆力太差，一个句子看了后面却把前边忘了，这一缺陷把本来还有可能享受的唯一的乐趣也给剥夺掉了。

这个国家的语言时刻都在变化，所以一个时代的"斯特鲁德布鲁格"听不明白另一个时代中他们同类的话，两百年一过，他们也不能同周围的普通人交谈，顶多不过说几个一般的词儿。因此，他们生活在自己的祖国却倒像外国人一样感到很不方便。

这就是我记忆所及他们给我作的关于"斯特鲁德布鲁格"的一番叙述。后来我见到了五六个不同时代的这些人。最年轻的还不到两百岁，他们都是由我的几个朋友在不同的时间里领到我这里来的。可是，虽然他们听说我是个大旅行家，世界各地都见识过，却一点也不感到好奇，不提出一个半个的问题来问问我。他们只希望我能给他们一个"斯兰姆斯库达斯克"，就是一件纪念品。这其实是一种委婉的乞讨方式，以躲避严禁他们这样做的法律，因为尽管给他们的津贴确实很少，他们却是由众人供养着的。【名师点睛：以自己的亲身见闻说明"长生不老之人"的了无生机和厚颜无耻，增加了长生不老不足取的信服力。】

人人都轻视、痛恨他们，这样的一个人生下来，大家都认为是不祥之兆。【名师点睛：以这个国度人的共识和对"长生不老之人"的愤慨之情再次劝诫世人长生不老害处多。】他们出生的情况被记载得十分详细，所以查一查登记簿就可以知道他们的年龄。不过登记簿上记载的还不到一千年，要不就是因为年代久远或者社会动乱，一千年前的记载早都被毁掉了。但是，通常计算他们年龄的方法，还是问一问他们脑子里记得哪些国王或者大人物，然后再去查历史，因为他们记得的最后一位君王，毫无疑问地总要到他们八十岁之后才开始登基。

他们是我生平所见到的最令人伤心的人，而女人比男人还要来得可怕。除了极度衰老的人所有的一般缺陷外,她们还有别的一些可怕的地方,这种可怕的程度是和她们的年岁成正比的,实在令人难以形容。我在五六个人当中很快就能辨出谁年龄最大,虽然她们彼此之间相差还不到一两百年。

自从我亲耳听到、亲眼看到这种人以后,我长生不老的欲望为之大减。我为自己先前那些美妙的幻想感到由衷的羞愧,心想,与其这样活着真还不如死掉,无论什么暴君发明什么可怕的死法,我都乐于接受。我和我的朋友们在这件事上所谈论的一切,国王都听说了,他于是得意洋洋地挖苦我,说希望我能带一对"斯特鲁德布鲁格"回自己的国家,使我国人民不至于再怕死。不过这似乎是这个王国的基本法律所不允许的,否则我还真乐意费些力气花些钱把他们运回来。

我不得不赞成这个王国制定关于"斯特鲁德布鲁格"的法律,具有最强有力的理由,任何别的一个国家处在那种情况下,都有必要执行那些法律。要不然,因为贪婪是老年的必然结果,<u>那些长生不老的人最终就会成为整个国家财产的业主,独霸全民的权利,却又因为缺乏经营管理的能力,最终必然导致整个社会的毁灭</u>。【写作借鉴:写出了长生不老的危害,表明了作者反对终身独霸财产、权利的观点,主题鲜明。】

Z 知识考点

1.长生不老的人年满_____岁,法律上就认为他们已经_____,绝大多数财产将留给后人。如果超过八十岁,他们就不能再_____,也不能购买和租赁_____。可见,这样的人活着是多么痛苦!

2.拉格奈格国家有"长生不老者",他们头上的胎记在不同时间呈不同颜色,12岁时是_____;25岁时是_____;45岁时是_____。(　　)

A.绿色　　　深蓝色　　　煤黑色

B.深蓝色　　煤黑色　　　白色

C.煤黑色　　白色　　　　红色

3.作者从哪些方面介绍了长生不死者的生存状态?
_____
_____

阅读与思考

1.格列佛为什么不再想要长生不老?

2.拉格奈格人在对待死亡方面,与日本人和巴尔尼巴比人有何不同?产生不同思想的原因是什么?

第十一章

辗转回国

M 名师导读

格列佛谢绝了拉格奈格国王陛下的聘请，乘船前去日本。在日本稍作停留后，坐上一艘荷兰船到阿姆斯特丹，再从阿姆斯特丹回到了英国。

关于"斯特鲁德布鲁格"的这一段叙述，我想对读者来说还有几分意思吧，因为这似乎多少有点不同寻常，至少在我读过的游记中，我记得还不曾碰到过这一类的叙述。如果我记错了，得请大家原谅，因为旅行家们在描述同一个国家时，常常免不了都会在相同的一些细节上长篇大论，他们不应该受到借用或抄袭前人著作的指责。

这个王国与大日本帝国之间确实一直有着贸易往来，所以很有可能日本的作家已经有过关于"斯特鲁德布鲁格"的描述。不过我在日本停留的时间很短，对他们的语言又一窍不通，因此没有办法去进行调查。我倒是希望荷兰人，经我这么一提，能产生好奇心，同时也有足够的能力来弥补我的不足。

国王陛下多次强要我接受他朝廷的官职，可他见我决意要回自己的祖国，也就准许我离开了。我很荣幸地得到他亲笔为我给日本天皇写的一封介绍信。他又送了我四百四十四块大的金子（这个民族喜欢偶数），还有一枚红色钻石，我回英国后卖了一千一百英镑。

1709 年 5 月 6 日，我郑重向国王及我所有的朋友告别。这位君王仁义之至,派了一支卫队把我送到了这座岛西南部的皇家港口格兰古恩斯达尔德。过了六天,我找到了一艘船可以把我带到日本。路上我们航行了十五天。我们在位于日本东南部的一个叫滨关的港口小镇上了岸。那镇在港口的西端,那儿又有一条狭窄的海峡,往北通向一个长长的海湾,京城江户[即现在的东京,日本的首都]就坐落在这海湾的西北岸。一上岸我就将拉格奈格国王给天皇陛下的信拿给海关官员看。他们对上面那御玺非常熟悉。御玺有我的手掌那么大,上面刻着一个国王从地上扶起一个瘸腿的乞丐的图案。镇上的地方官听说我有这么一封信,就待我以大臣之礼。【名师点睛:印文上的图案很新奇,激发阅读者的兴趣。】他们为我备好车马和仆从,免费送我到了江户。到那儿后我就被召见了。我呈上信,拆信的仪式十分隆重,一名翻译将信的内容解释给天皇听。随后,翻译转达天皇的命令,通知我说,我得把我的要求说出来,无论是什么要求,看在他拉格奈格王兄的面上,都可以照准。这位翻译是专门同荷兰人打交道的,他从我的面相立即就猜出我是个欧洲人,于是又用纯熟的低地荷兰语把天皇陛下的命令重复了一遍。【名师点睛:聪明的格列佛再次根据眼前的情况,装得俨然一个荷兰人。这里再次表现出格列佛的灵活变通和极强的环境适应能力。】我按照原先拿定的主意回答说,我是一名荷兰商人,在一个遥远的国家航海时翻了船,之后从那里先海路后陆路一直到了拉格奈格,再后来就坐船来到了日本。我知道我的同胞常在这里经商,就希望有机会能随他们中的一些人同回欧洲去。说完我就极为低声下气地请求天皇开恩,希望他能下令把我安全地送到长崎。我还提出了另一个请求,能否看在我的恩主拉格奈格国王的面上,免我履行踩踏十字架[当时的日本反对传播基督教,所以要求被他们怀疑为基督教徒的人用脚踩踏十字架,以此验证他们是否是基督教徒。有一些荷兰人为了能在日本经商,只能违心这样去做]这一仪式。我的同胞到这儿来都得履行这样的仪式,可我是因为遭遇了不幸才到他的王国来的，丝毫没有做生意的意思。当翻译把我的后一个请求说给天皇听之后，他显得有几分吃惊，说他相信我在我的同胞中还是第一个不愿履行这种仪式的人。因而开始怀疑我是不是真正的荷兰人，他都疑心我一定是个基督徒。【名师点睛：原本很顺利的旅途，竟然又产生了波澜，不得不让读者为格列佛的遭遇捏一把汗。】尽管如此，由于我提的那些理由，而更主要是看在拉格奈格国王的面上，他特别开恩地迁就了我这与众不同的脾气。不过事情还得安排得巧妙，要吩咐他的官吏像是一时忘了那样把我放过去，因为要是我的同胞荷兰人发现了其中的秘密，他们一定会在途中将我的喉管割断。我通过翻译感谢天皇对我格外开恩。那时正好有一支军队要开到长崎去，天皇就命令指挥官安全护送我前往，关于十字架的事还特别作了关照。

　　1709年6月9日，我经长途跋涉到了长崎。不久，我就结识了一些荷兰的水手，他们都是阿姆斯特丹的载重达四百五十吨的"阿姆波伊纳号"大商船上的人。我在荷兰生活过很长时间，那是因为在莱顿求学，所以我的荷兰话说得很好。水手们不久就知道我刚刚是从哪儿来的了。他们十分好奇地询问我的航海及生活经历。我尽可能地把故事编得简短而可信，绝大部分却隐瞒了下来。【名师点睛：格列佛精通多国语言，在这里派上了大用场，同时这里也呼应了前文。】我在荷兰认识不少人，我可以捏造两个我父母的名字，假说他们是盖尔德兰省出身寒微的百姓。我本来准备付给船长（一个名叫西奥朵拉斯·凡格鲁尔特的人）我到荷兰应付的船费，可他听说我是名外科医生后，就愿意只收半价，条件是我在我本行业务方面为他服务。

　　开船前，有几名船员一再问我有没有履行以上提到的那种仪式。我避开了这个问题，只大概地回答他们说，天皇和朝廷的每一点具体的要求我都满足他们了。尽管这样，还是有一个磕头虫一样的歹毒的流氓跑到一位官员前，指着我对他说，我还没有踩过十字架。可是官员早已接到放我过去的命令,反而用一根竹子在这流氓的肩膀上打了二十下。从此以后就再也没有人拿这样的问题来烦我了。

航行途中没有发生什么值得一提的事情。我们一路顺风驶到好望角,在那儿停留也只是为了取点淡水。4月6日,我们安全抵达阿姆斯特丹,路上只有三名水手病死,还有一名在离几内亚海岸不远的地方从前桅上失足掉进了海里。之后不久,我搭乘阿姆斯特丹的一艘小船从那里启程回英国。

1710年4月10日,我们进入唐兹锚地。第二天早晨我上了岸,在离开了整整五年零六个月之后,终于又见到了祖国!【名师点睛:总结这次游历的时间,交代回家的日期,为下一次冒险做铺垫。】我马上动身去瑞德里夫,当天下午两点就到了家,看到妻子儿女全都身体健康。

Z 知识考点

1.拉格奈格国王送给了格列佛_____块大的金子和一枚_____。

2.判断题。

 (1)格列佛在日本履行了踩踏十字架的仪式。　　　　(　　)

 (2)格列佛在离开了整整五年零六个月后回到了祖国。 (　　)

3.为什么格列佛在日本的行程畅通无阻?

_____

_____

Y 阅读与思考

1.拉格奈格国王多次要格列佛接受他朝廷的官职,但是他都拒绝了,这表明他什么样的心理状态?

2.格列佛从日本的哪里出发?最后是如何返回祖国的?

第四卷

慧骃国游记

第一章

落难慧骃国

> **M 名师 导读**
>
> 格列佛以船长的身份外出航海，不想手下阴谋造反，将其扣押在了船舱里，之后又将他丢弃在了一块不知名的陆地上。他在这里发现了凶狠的动物"野胡"，还有两匹高贵理性、自称"慧骃"的马。

我在家中与妻儿共同度过了大约五个月的美好时光，但是我当时并不懂得怎样的日子才算是好日子。当我离开我那可怜的妻子时，她已经怀孕了。我接受一份待遇优厚的邀请，到载重三百五十吨的"冒险号"大商船上做了船长。这是因为我对航海非常精通；另外，尽管有时也可以当当医生，但我对在海上做外科医生这样的工作已渐渐地感到厌倦了，于是我招了技术熟练的年轻医生罗伯特·漂尔佛伊到船上来代替我原先的工作。1710年9月7日我们从朴次茅斯[英国英格兰东南部汉普郡，南临索伦特海峡]起航；14日，我们在田纳瑞夫岛[西班牙位于靠近非洲海岸大西洋中的加那利群岛七个岛屿中最大的一个岛屿]遇到了布里斯托尔[英国英格兰西南区域的名誉郡]的坡可克船长，他正要到坎披契湾[墨西哥湾南部的支湾]去采伐洋苏木[原产在中南美和印度群岛等地区的热带植物]。16日的一场风暴把我们吹散了。这次航海完毕后我才听说他的船沉没了，除一名船舱的服务员之外，无一人幸免。他为人诚恳，是位优秀的海员，不过有点固执己见，因此他和其他一些水手一样毁灭了自己。如果当时他听了我的话，也许这时候同我一样平平安安地和自己家人在一起过日子。

我的船上有几名水手患热病[泛指急性发作，以体温增高为主要症状的疾病]死了，所以我不得不在巴巴多斯[西印度群岛中的一个小岛]和背风群岛[西印度群岛的一个岛群，位于巴巴多斯的西北方]招募一些新水手。雇用我的商人们曾经指示我可以在这两地做短暂停留。但过了不久我就开始懊悔起来，因为我事后发现，这些新水手大部分都曾是海盗。【写作借鉴：用转折句承上启下，并制造悬念。】我船上一共有五十名水手，我的任务是，到南洋地区与印度人做生意，并且尽可能有新的收获。我新招募来的这帮恶棍把我船上的其余水手全部扔到了海里，他们一起图谋不轨，要把这船占为己有，并且把我囚禁起来。一天早上，他们动手了，冲进船舱就把我手脚捆了起来，并威胁说，要是动一动，就把我扔到海里去。我告诉他们，我已经是他们的俘虏了，情愿归顺。他们就强迫我发誓表示屈服后才给我松绑，只用一根链子将我的一条腿拴在床跟前。同时在舱门口设了一个门卫，让他枪弹上膛，只要我企图逃跑，就开枪打死我。【写作借鉴：这里描述格列佛在航海过程中被手下囚禁的遭遇，这次遇险为描写慧骃国的奇遇做铺垫。】他们把吃的和喝的送到下面的舱里来，开始自己控制这艘船，他们的计划是再做回海盗，抢劫西班牙人，不过他们还得纠集到更多的人。他们决定先把船上的货物卖掉，然后去马达加斯加招募新手。他们航行了好几个星期，同印度人做了一些买卖，可是我不知道他们走的哪一条航线，因为我一直被关在船舱里。他们经常威胁说要我把弄死，我也就只能坐以待毙了。

1711年5月9日，一个名叫詹姆斯·威尔契的人来到了船舱里，声称他奉船长之命来放我上岸。我向他哀告，却是徒劳无功。他也不肯告诉我他们的新船长是谁。他们让我把最好的一身衣服穿上——那看起来差不多真像新的衣服一样，还让我带了一包内衣，可是除了腰刀之外不准我带任何武器。就这样，他们逼我上了一艘长舢板。不过他们还算比较文明，没有搜查我的口袋，我在里面放了我所有的钱和其他一些日常用品，我把它们带上了。他们划了大约有一里格，随后就把我丢到了一片浅滩上。我求他们告诉我这是什么国家，他们却一起发誓，说他们和我一样不知道这是什么地方，只说这是船长（他们这么称呼他）的主意，只要船上的货卖光，就在最近的陆地把我赶下船去。他们立刻就划船回去了，还劝我快点离开，以防潮水涌来把我吞没。他们就以这种方式和我告别了。

我在这荒凉的岛上朝前走着，没过多久就踏上了坚实的土地。我坐在一处堤上稍稍休息了一会儿，考虑接下来怎样才能摆脱困境。稍稍缓过劲来之后，我就步入了这个国家，决定一碰上什么野人就向他投降，用我随身携带的手镯、玻璃戒指以及其他玩具贿赂他们，以求保命。当海员的在这样的航海途中总要随身携带这些东西，而我也随身带了一些。这儿的土地被一长排一长排的树木相隔着；树并非人工种植，而是天然地长在那儿，毫无规则。到处是野草，还有几块燕麦田。我小心翼翼地走着，生怕受到突然袭击，或者有一支冷箭突然从身后或两边飞来，把我给射死。【写作借鉴：杂乱丛生的环境，烘托出格列佛此时此刻凌乱、恐惧的内心。】终于我发现了一条由人踩踏出来的路，看见上面有许多人的脚印，还有一些牛的蹄印，不过最多的是马蹄印。最后我在一块地里发现了几只动物，还有一两只同类在树上坐着。它们的形状非常奇特、丑陋。让我感觉到几分不安，所以我就在一处灌木丛后面躺下来仔细观察一下它们。其中有几只往前一直走，来到了我躺着的地方，这使我有机会把它们的样子看得清清楚楚。它们的头部和胸脯都覆盖着一层厚厚的毛发，有的卷曲，有的挺直。它们长着山羊一样的胡子，背上和腿脚的前面部分都长着长长的一道毛，不过身上其他地方就光溜溜的了，所以我倒能看到它们那浅褐色的皮肤。它们没有尾巴，臀部除了肛门周围以外也都没有毛，我想那是因为它们要坐在地上，大自然如此保护它们的吧。它们经常采用这种坐姿，有时也躺下，还经常性地用后腿站立。它们爬起树来像猴子一样敏捷，因为它们的前后肢都长着长长的爪子，前端尖锐无比，还是带钩的。它们时常蹦蹦跳跳，窜来窜去，行动灵巧至极。【写作借鉴：运用白描、类比等手法，为读者勾勒出格列佛所见到的这种古怪动物的详细轮廓，表现了其毛色、长相、行为等方面的特征，让人印象深刻。】

母的没有公的那么大，头上长着长而直的毛发，但是脸上没有，除了肛门和阴部的周围，身上其他地方就都只有一层绒毛。乳房吊在两条前腿的中间，走路时几乎常常要碰到地面。公的和母的毛发都有褐、红、黑、黄等几种不同的颜色，总之，这是我历次的旅行中见过的最恶心的动物。我想我已经看够了，心中充满了轻蔑和厌恶，就站起身沿原路返回，希望沿这条路走去最终能找到一间印第安人的小屋。我还没走多远，就碰上了一只动物死死地挡在路上，并且一直向我走来。

那丑家伙见到我，就做出种种鬼脸，两眼紧紧地盯着我，就像看一件它从未见过的东西。接着它向我靠得越来越近，我不知道它是出于好奇还是想伤害我，一下抬起了前爪。我拔出腰刀，用刀背猛击了它一下。我不敢用锋刃的一面击它，怕当地居民知道我砍死或砍伤了他们的牲口而被激怒。那畜生挨了这一击之后就往后退去，一面狂吼起来。这一下立刻就有至少四十头这样的怪兽从邻近的地里跑过来将我围在中心，它们又是狂叫又是扮鬼脸。我只得跑到一棵树干底下，背靠着树，一面挥舞着腰刀不让它们接近我的身体。有几只该死的畜生抓住了我身后的树枝蹿到了树上，试图往我的头上拉屎。我把身子紧贴在树干上，总算躲了过去，但差点儿被从四周落下来的粪便的臭气熏死。【名师点睛：作者用词准确，生动地描绘了格列佛和怪兽之间的战斗场面，紧张刺激的气氛，让人替格列佛深感揪心。】

正当这危急关头，我看到这些畜生忽然全都飞快地跑开了，于是我就壮胆离开那棵树，继续往前走，一面心里暗自纳闷儿，会是什么东西把它们吓成这个样子呢？【写作借鉴：在这危急的关头，情节突然发生了转折，引起了格列佛的疑惑，其实这也是读者心中存在的问题。采用这种方式巧妙过渡。】等我看清来人的真面目时，却大吃一惊——一匹马在慢悠悠地走着，原来欺负我的那些畜生是比我先看到了它，全都吓跑了。这马也看见了我，它先是小小地一惊，但马上就镇定了下来，它对着我的全身看，显然非常惊奇。它看看我的手，又看看我的脚，围着我转了几圈。我们站在那儿互相盯着看了好一会儿，最后我竟壮着胆子，摆出职业骑师驯野马时的架势，吹着口哨，伸手要去抚摸它的脖子。可是这只动物对我的这番好意似乎不屑一顾，它摇摇脑袋皱皱眉，轻轻地抬起右前蹄把我的手推开了。接着它又嘶叫了三四声，可每次音调全不一样，我不由得要觉得它那是用自己的什么语言在自言自语。

正当我和它这么僵持状态的时候，又有一匹马走了过来。它很有礼貌地走到第一匹马的跟前，互相轻轻地碰了碰右前蹄，然后用各不相同的声音互相嘶叫了几声，简直像是在说话。它们走过去几步，像是要一起商讨什么事，又肩并肩地来回走着，就像人在考虑什么重大事件一样，可是又不时地转过来朝我这边看，好像要监视我，怕我会逃跑似的。【写作借鉴：通过拟人的手法，详细描写了这两匹马的动作、表情和声音，说明它非常有灵性，给人留下深刻印象。】看到没有理性的畜生这种行为举止，我万分惊奇，不由得暗自推断，拥有这么有灵性的动物，这个国家的居民该是世界上最聪明的了。这一念头给了我不少安慰，我因此决定继续往前走，直到我找着房屋或村庄，或者遇到当地的居民。那两匹马愿意谈就随它们在那儿谈吧。可是第一匹马见我要悄悄地溜走，就在我身后长嘶起来。那声音极富表情，我都觉得我听明白了它是什么意思。我于是转过身走到它跟前，看看它还有什么吩咐，一边却尽量掩饰自己内心的惶恐，因为我已经开始感到有几分痛苦，不知道这场险事到底会怎样收场。

这两匹马走到我面前，仔细地端详我的脸和手。那匹灰色马用右前蹄把我的礼帽摸了一圈，把它弄得不成样子，我只得摘下来整理一下重新再戴上去。它和它的伙伴（一匹栗色马）见此更加惊讶了。栗色马摸了摸我的上衣襟，发现那是松松地在我身上挂着时，它俩就露出了更加惊奇的表情。它摸摸我的右手，手的颜色和那柔滑的样子似乎使它十分羡慕。可是它又将我的手使劲地在它的蹄子与蹄骹(tóu)[小腿接近脚的最细的地方]中间猛夹，弄得我疼得大叫起来。这么一来，它们倒又尽量温柔地抚弄我。它们对我的鞋子和袜子感到十分困惑，不时地去摸一摸，又相互嘶叫一阵，做出种种姿势，就像是一位想要解决什么新的难题的哲学家。

　　总之，这两只动物的举止很有条理、很有理性，观察敏锐而判断正确，所以我到最后都做出了这样的判断：它们一定是什么魔术师，用了某种法术把自己变成现在这个样子，在这一推断的指导下我壮着胆子对他们说了以下的话："先生们，如果你们是会变魔术的人，你们肯定能听懂任何语言，所以我要冒昧地告诉两位阁下，我是一名可怜的英国人，由于遭遇不幸漂到你们这海岸上来了，我请求你们中哪一位允许我骑到背上，就像是骑真的马一样，把我驮到某个人家或者村庄，那样我就有救了。为了报答你们的恩惠，我愿意把这把刀和手镯当礼物送给你们。"我说话时，这两只动物默默地站在那儿，似乎在极用心地听我说。我说完之后，它们相互嘶叫了好一阵子，仿佛是在进行什么严肃的谈话。我清楚地观察到它们的语言很能表达感情。不用多大劲就可以用字母拼写下来，比拼写中国话还容易得多。

　　我不时地可以分辨出有一个词是"yahoo[野胡]"，它们都把这词儿反复地说了好多遍，虽然我不明白那是什么意思，可当这两匹马忙着在那里交谈的时候，我就试着开始学习这个词。它们的交谈一停止，我就壮了胆子高声地叫了一声"yahoo"，同时还尽量地模仿那种马嘶叫的声音。它们听了之后都感到很惊讶。那匹灰色的马把那个词又重复了两遍，好像它有意识地要教我正确的发音似的，我就尽力跟着它们学了几遍，虽然还远谈不上尽善尽美，但发现每一次都有明显的进步。接着那栗色马又试着教我第二个词，这可是比第一个的发音难多了，按照英语的拼写法，它可以拼作"Houyhnhnm（慧骃）"。这个词我的发音不如前一个成功，可又试了两三次之后，也好多了；见我有这样的才能，它们都显得非常惊讶。

两匹马又谈了一些话之后（我当时猜想可能跟我有关），它们就分手了，同样又行了互相碰碰蹄子的礼节。灰色马做个姿势意思是让我在它前头走，我想我在找到更好的向导之前还是依了它好。我一放慢脚步，它就会发出"混、混"的声音。我猜到它是什么意思，于是就竭力设法让它知道，我太疲倦了，就快要走不动了。于是它就停下来站着，让我休息一会儿。【名师点睛：格列佛和马虽然语言不通，但他们通过揣摩对方的姿势和叫声，也能沟通心意。这里一方面表现了格列佛的聪明，另一方面也再次表明马是一种有灵性的动物。】

Z 知识考点

1. 格列佛刚到慧骃国时，遇到了令他生厌的丑陋的_____和有理性温顺的_____。

2. 慧骃国中"骃"的意思是　　　　　　　　　（　　）
   A. 驴　　　　B. 猪　　　　C. 马　　　　D. 狗

3. 格列佛是怎么来到慧骃国的？
   _____
   _____

Y 阅读与思考

1. 作者对野胡和慧骃的外貌做了大量刻画，这样写有何作用？

2. 航船是在哪里遇险的？格列佛在上陆地之前又有什么遭遇呢？

第二章

见到主人

> **M 名师导读**
>
> 格列佛被其中一匹"慧骃"马领回家,通过种种观察和分析,他惊讶地发现,这里的理性生物居然是马,而人形的"野胡"居然是畜生。在这里,吃食成了很大的问题,格列佛既不能吃"慧骃"的草料,也学不来"野胡"生吃肉食,只得自己想办法解决。

大约走了三英里路之后,我们来到了一座长长的房子的前面。房子是先用木材插在地上,再用枝条编织建成的,房顶很低,上面盖着草。这时我开始感到宽心了一些,就把几件玩具拿了出来(旅行家们通常带一些这样的玩意儿把它们当礼物送给美洲等地的印第安野人),希望这家人会因此友好地接待我。那马对我做了一个姿势要我先进去。这是一间很大的房间,光光的泥土地面,一边是整整一长排秣草架和食槽。房间里有三匹小马和两匹母马,都不在吃东西,有几匹倒是屁股着地坐在那儿,这叫我非常惊奇。可让我更加惊奇的是,剩下的那几匹在那儿做家务事。看上去它们只不过是普普通通的牲口,可是却证实了我起初的那个看法:一个能把野兽教化成这样的民族,他们的智力一定出类拔萃,远胜世界上其他的民族。灰色马随后就跟了进来,这样,其他的那些马就没有能够欺负我,否则,我也许要吃些苦头。它以一种威严的姿态对它们嘶叫几声,它们则报以回答。

除这间房间以外,在这一座长房子的尽头另外还有三间,通过相向的三扇门，把房间连在一起，构成一个长廊。我们穿过第二个房间向第三个房间走去。这时灰色马先走了进去，示意我在外面等候。我就在第二个房间里等着，一边将送给这家主人和主妇的礼物准备好。它们是两把小刀，三只仿珍珠手镯，一面小镜子和一串珠子项链。那马嘶叫了三四声，我等着，希望能听到人声的回答。可是除了同样是马的嘶叫之外，我什么声音也没有听到，只是有一两声叫得比灰色马更尖利一些。我心里开始想，这房子的主人必定不同凡响，在得到召见之前似乎要经过许多礼节。可是，这位高贵人物的生活都得由马来侍候却让我百思不得其解。我怕自己被这种种遭遇和不幸弄得精神错乱了，于是就打起精神，把我在的这个房间四面看了一下。房里的摆设还是同第一个房间一样，只是更雅致一些罢了。我擦了好几次眼睛，但看到的还是那些东西。我拧拧胳膊捏捏腰让自己清醒过来，想这不是在梦里吧？然后我坚决地得出了这样的结论：这所有出现的一切肯定只是妖术和魔法。不过我来不及再往下细想了，那灰色马已经来到门口，它做了一个姿势让我跟它走进第三个房间。一进去，我就看到一匹非常漂亮的母马，它正和一匹小公马和一匹小母马屁股着地坐在相当考究、整洁的草席上。

我进房间后不久，那母马就从草席上站了起来。它走近我跟前，仔仔细细地把我的手和脸打量一番之后，竟露出了十分不屑的表情。
【名师点睛：在这里，作者有意颠覆了我们日常的思维方式，让马成为这里的主人。而人类成为被马鄙视的对象，这种构想超出了人们的想象。】接着它就转过身去向着那匹灰色马了。我听到它们一再地说起"野胡"这个词儿，虽然那是我学会说的第一个词，可它的意思我那时还不明白。不过没过多久我就弄清楚了，这使我永远感到是一种耻辱。灰色马朝我点了点头，又像刚才在路上时那样"混，混"了几下，我明白那是叫我跟它走。它带我出了房间，来到一个像院子一样的地方，那儿还有一座房子，离马儿住的房子不远。我们一走进去，我就看见三只我上岸后最先看到的那种叫人厌恶的畜生。它们正在那里吃树根和兽肉，我后来才发现那是驴肉和狗肉，有时也吃病死或偶然致死的母牛肉。它们的脖子上都拴着结实的枝条，另一头拴在一根横木上。它们用两只前爪抱住食物，再用牙齿撕下来吃。

马主人吩咐它的一个仆人（一匹栗色小马）将最大的一头解下来牵到院子里。主仆二马把我和那野兽紧挨着排到一起后，开始仔细地比较起我们的面貌来，随后一遍又一遍地重复说"野胡""野胡"。当我看到这只可恶的畜生竟完完全全是个人的样子时，恐惧得简直无法形容。它的脸又扁又宽，塌鼻子，厚嘴唇，大嘴巴，但与人的这些差别在所有野蛮民族的人身上都是很常见的，因为野蛮人总让他们的小孩子趴在地上，或者把他们背在背上，孩子的脸贴着母亲的肩膀擦来擦去，面部轮廓也就变了形。"野胡"的前爪除了指甲长，手掌粗糙，颜色棕黄，手背长毛之外，和我的手没有什么区别。我们的脚也有同样的相似之处，差别也同手的一样。这我心里非常明白，然而马不知道，因为我的脚上穿着鞋和袜子。身上其他各处也都相同，只是它多毛，颜色也不一样，这一点我前面已经讲到。【写作借鉴：作者用朴素自然的语言，对野胡的外貌进行了描写，表达出作者的厌恶之情。因为野胡的形象很像人，因此作者其实是在讥讽人类自己。】

这两匹马感到疑惑不解的问题，大概是看到我身体的其他部分和"野胡"的大不相同，这都是我衣服的功劳，对于衣服它们是毫无概念的。那匹栗色小马用它的蹄子和蹄骹(qiāo)[手腕或脚腕]夹了一段树根给我（关于它们拿东西的方法，我会在合适的时机再来细说）。我用手接了过来，闻了闻，又十分礼貌地还给了它。它又从"野胡"住所里拿来一块驴肉，可是气味极其难闻，我完全没有兴趣，于是它就把这驴肉扔给了"野胡"，结果一下就给它们狼吞虎咽地吞吃了。随后它又给了我一小捆干草和一些燕麦，可我都是摇摇头，表示这两样都不是我吃的食物。说真的，我现在倒真明白了，要是我遇不上我的同类，我是一定会被饿死的。至于那些恶心的"野胡",虽然那时没有人比我更热爱人类了,我也无论如何不能承认它们就是我的同类,我还从未见到过这么令人讨厌的生物,我住在这个国家的那段时间里,也是越接近它们就越觉得它们可恶。【写作借鉴:作者描写了格列佛对具有人的特征的野胡的态度,为下文对其进行讽刺埋下伏笔。】

这一点,那马主人从我的举止上也已经看出来了,于是它吩咐把"野胡"带回窝里去。接着它就将前蹄放到嘴上,动作看上去非常自如,却令我感到大为惊讶。它又做了几个其他的动作,意思是问我要吃什么。可是我无法做出回答,而就算它明白了,我也看不出能有什么办法为自己弄到食物。正当我们处在这种境况下时,我看到旁边走过一头母牛,我因此就指了指它,表示想上前去挤母牛的奶。这一下倒是起了作用,它把我领回家来,吩咐一匹做仆人的母马打开一间房间,里面整整齐齐、干干净净存放着大量用陶盆和木盆装着的牛奶。母马给了我满满一大碗,我十分痛快地喝了下去,顿时就觉得精神大振。

大约中午时分,我看到四只"野胡"拉着像雪橇一样的一种车子朝房子这边走来。车上是一匹老马,看上去身份地位挺高的,它下车时后蹄先着地,因为它的左前蹄不小心受了伤。老马是来我的马主人家里赴宴的,马主人十分客气地接待了它。它们在最好的一间屋里用餐,第二道菜是牛奶熬燕麦,老马吃热的,其余马都吃冷的。它们围着房间中的食槽坐成一个圆圈,这个圈又被分成很多的小格子,这样每一匹公马和母马都能规规矩矩、秩序井然地吃自己那一份干草和牛奶燕麦糊。【名师点睛:详细描写了慧骃进食的场景,可见它们是有礼貌、讲礼仪的,食物也设计得较为科学,表现了慧骃超凡的智慧。】这顿饭似乎吃得非常愉快,只是我不时听见它们看着我说到"野胡"这个词。我那时恰好戴着一副手套,那匹灰色马主人见了非常不解。它看我把我的前蹄子弄成这样,不觉露出种种惊奇的神色。【名师点睛:形象地表现了慧

<u>驷对手套感到好奇的样子。</u>】它用蹄子在我的手套上碰了三四下,意思好像是要我把我的前蹄子恢复原样。我立即照办,将手套脱下来放进了口袋。这一举动引起了它们更多的谈论。我看出大家对我这么做都感到很满意,不久我也看出了这一举动产生了很好的影响。它们让我说出我明白的那几个词。它们在吃饭时,马主人又把燕麦、牛奶、火、水等东西的名称教给了我。由于我从小就有很好的学习语言的本领,所以跟着它很容易就念了出来。

　　饭吃完以后,马主人把我拉到一边,又做姿势又说话让我明白,它很担心我没有东西吃。燕麦在它们的话里叫"赫伦",我把这个词儿念了三四遍,虽然开始我不太愿意吃这东西,可是再一想,我觉得我可以设法把它做成一种面包,到时和牛奶一起吃下去,或者就可以让我活命了,以后再设法逃往别的国家,找到我的同类。马主人立即吩咐一匹白母马仆人用一种木盘子给我送来了大量燕麦。<u>我就尽量拿它们放在火上烤,接着把麦壳搓下来,再设法吹去麦皮。我把它们放在两块石头中间磨碎,接着加上水,做成了一种糊或者饼一样的东西,再拿到火上烤熟,和着牛奶趁热吃了下去。</u>【<u>名师点睛:再次表现了格列佛的生存智慧。</u>】其实这东西在欧洲许多地方也是一种相当普通的食品,可是我刚开始吃觉得非常无味,时间一长也就习惯了。我这一生常常要落到吃粗饭的地步,可人的天性是很容易满足的,这也不是我第一次从经验中得到证明。另外我还不得不提及的是,我待在这座岛上的这段时间,连一个小时的病都没有生过。真的是这样,我有时也设法用"野胡"的毛发编织罗网,来捉一只兔子或鸟儿什么的。也常常去采集一些卫生的野菜,煮熟了吃,或者就做成沙拉,和着面包一起吃。间或我也做一点儿奶油尝尝鲜,而且把做奶油剩下来的乳清也都喝了。<u>开头我吃不到盐简直不知该怎么办,可是习惯成自然,不久以后,没有它也无所谓了。</u>【<u>名师点睛:在条件艰苦的环境中,格列佛活得不亦乐乎,表现了他强大的生存能力和非凡的生存智慧,让人叹服不已。</u>】

我相信人类最开始用盐是用来刺激胃口的,所以除了在长途的航海中或者贮存肉食需要用盐以外,食盐其实是没有必要的。我发现,除了人,没有一种动物喜欢吃盐。至于我自己,离开这个国家之后,一直到过了好长一段时间,我才吃得下有咸味的食物。

关于我的饮食问题已经说得够多的了。其他的旅行家在他们的书中也都大谈这个题目,好像读者个个都很关心我们这些人是吃得好还是坏。不过这件事还是有必要提一下的,否则我在这样一个国家和这样一群居民一起生活了三年,世人哪会相信!

到了傍晚的时候,马主人吩咐给我预备一个住处。住处离马住的房子有六码远,跟"野胡"的窝是分开的。我弄了一些干草,身上盖着自己的衣服,睡得倒也很香。但很快我就住得更好了,我后面还要详细叙述我的生活方式,读者到时会知道的。

Z 知识考点

1.格列佛走进第三个房间,见到了_____,但它却露出了_____的表情。

2.判断题。

（1）野胡不吃生肉食。　　　　　　　　　　　　　（　　）

（2）格列佛用燕麦做面包。　　　　　　　　　　　（　　）

3.在明白这是一个马的王国后,格列佛是怎么解决食物上的问题的?

_____

_____

Y 阅读与思考

1.格列佛在慧骃国遭遇的最大障碍是什么?

2.野胡和慧骃都是动物,但是它们有着巨大的区别,你能找出它们的区别吗?

格列佛游记

第三章

学习语言

M 名师导读

格列佛在"慧骃"的帮助下学习了它们的语言，能够正常交流，"慧骃"也发现了格列佛与"野胡"不同的秘密，因为他穿着一层叫"衣服"的东西，对此，它十分好奇。格列佛向"慧骃"简单地介绍了他的航海经历。

我那时主要是想努力学习它们的语言。我的主人（我以后就一直这么叫它）和它的子女们以及家中的每一名仆人都愿意教我。在它们看来，我——一头畜生竟然会有种种理性的表现，这可真是一种奇迹。每样东西我都是用手指着问它们叫什么名称，我一个人的时候就把这些名称记到自己的日记本里，发音不好，我就请家里的马多发几遍帮我纠正过来。【名师点睛：格列佛开始刻苦学习慧骃国的语言，他的语言天赋再次发挥了作用。应该说，格列佛的生存能力强，和他的勤奋好学是密不可分的。】这方面，有位当仆人的栗色小马随时都愿意帮我的忙。

它们说话主要是用鼻音和喉音，就我所知道的欧洲语言来看，它们的语言和高地荷兰语或者德语最接近，不过要优雅得多，含义也远为丰富。查尔斯五世[神圣罗马帝国国王]就发表过类似的见解：他要是同他的马说话，就用高地荷兰语。

我的主人异常好奇，急不可待，空闲的时候就花上好几个小时来教我。它坚信（这是它后来告诉我的），我是一只"野胡"。可是我可教、有礼貌、干净，这样一些与"野胡"那样的动物完全相反的品质令它大为惊奇。【名师点睛：这位主人很有修养，虽然它坚信格列佛就是一只"野胡"，但是它仍然认为可以对其进行教化。这样的主人真是非常有涵养，具备极高品德。】最叫它困惑的就是我的衣服了。有时它自己在那儿想，这些东西会不会是我身体的一部分呢？【名师点睛：一件在人类看来最普通不过的衣服，却给"慧骃"造成了极大的困惑，这个细节表现了人与动物的不同。】因为我从来都是等它们全家都睡了才脱衣服，早晨它们还没有醒时我又穿上了。我的主人急于想知道我是从哪儿来的。我的一举一动看来都很有理性，这又是怎样获得的。它还极想要我亲口对它讲我的故事。我学它们的语言，单词和句子现在都能说得很熟练了，所以它希望我不久就能亲口把我的经历告诉它。为了帮助记忆，我把学过的所有单词全都用英文字母拼好，连同译文一起写了下来。这最后一件事，一段时间之后，我当着我主人的面也敢这么做了。不过我费了不少劲向它解释我那是在干什么，因为这些马根本就不知道书或者文学是怎么回事。

　　大约十个星期之后，它提的大部分问题我都能听懂了，而三个月一过，我已经能够勉强回答它的问题。它极想知道我来自这个国家的哪一个地区，怎样学到了模仿理性动物的本领。因为"野胡"（仅仅从可以看得到的头、手和脸来看，它认为我完全像一只"野胡"）虽看似有几分机灵，却最爱调皮捣蛋，据说是一切兽类中最不可调教的畜生。我回答说，我来自一个遥远的地方，和许多同类坐着用树干做成的中凹的一个巨大容器，漂洋过海到了这里。我的同伴强迫我在这里的海岸登陆，丢下我让我自己设法活命。我费了相当的口舌，又借助于不少手势，才使它明白了我的意思。它回答说，我肯定是弄错了，要不就是我说的事并非它本来的那个样子（它们的语言中没有任何表示说谎或者虚假的词）。它认为海那边不可能还有什么国家，一群畜生也不可能随心所欲地在水面上移动一个木头容器。它不相信在世上现存的"慧骃"中谁能做出这样的容器，更别提"野胡"了。【名师点睛：说明慧骃国与世

隔绝，它们不相信人类世界的存在。】

"慧骃"这个词在它们的语言中意思是"马"，就它的词源而言，是指"大自然之尽善尽美者"。我对我主人说，我不知道该怎样表达自己的意思，不过一定尽快努力争取进步，希望短时间内就能告诉它种种稀奇古怪的事。它非常高兴，就指示它家中的母马、小马以及仆人利用所有的机会来教我，而它自己每天也要花上两三个钟头来教我。住在附近的几位马贵族听说它们家来了一只神奇的"野胡"，能像"慧骃"那样说话，言谈举止似乎还显露出几分理性，就经常性地上它们家来访问。这些马贵族很高兴同我谈话。它们向我提了许多问题，我则尽我所能给予回答。所有这一切便利条件使我大获进步，从我到这地方后算起，五个月之后，它们无论说什么我都能听懂了，也能够相当不错地表达我自己的意思。

为了想看看我并且想同我交谈来拜访我主人的"慧骃"，都不大相信我真是一只"野胡"，因为我的身上盖着一层东西，和其他"野胡"不一样。看到我身上除了头、脸、手之外，没有它们通常的毛发和皮肤，让它们感到非常惊讶。然而，大约两个星期前发生的一桩意外事却使我向主人透露了我的秘密。【名师点睛：引出下文，使得文章再起波澜。】

我已经跟读者说过，每天晚上等全家都入睡之后，我是习惯要把衣服脱下来盖到身上的。一个大清早，我的主人派它的贴身仆人栗色小马来喊我过去。它进来时我睡得正酣，衣服掉到一边去了，衬衫都束在腰部以上。它发出的声音把我吵醒了，我见它把主人吩咐的话说得有点颠三倒四，接着它慌慌张张地回到主人那里，把它看到的情况胡乱报告一通。【名师点睛："颠三倒四"和"胡乱报告一通"形象地表现出小马发现格列佛的秘密后的惊讶。】这我立刻就知道了，因为当我穿好衣服去拜见主人时，主人就问，它的仆人所报告的情况到底是怎么回事？为什么我睡觉时的样子和别的时候不同？它的贴身仆人告诉它，我身上有的地方是白色的，有的地方是黄色的，至少不是那么白，还有的地方则是棕色的。

　　为了尽可能显示我与那该死的"野胡"不是一个族类，我一直严守着我穿着衣服这一秘密，可是现在却再也守不住了。【名师点睛：马主人将格列佛当成野胡，这是一种莫大的讽刺。】另外，考虑到我的衣服和鞋子已越来越糟，很快就要穿破，我得想什么法子用"野胡"或者别的兽类的皮另做一套替上，那样一来，整个秘密也就要被它们知道了。因此我就对主人说，在我来的那个国家，我的那些同类总是用加工过的某种动物的毛皮来遮蔽身体，那一方面是为了体面，另一方面也是为了防御炎热和寒冷的恶劣气候。要是它愿意看的话，我马上就可以证实这一点。不过要请它原谅，有些地方不能暴露，因为大自然教我们要把那些地方遮掩起来。它觉得我讲的话很奇怪，特别是最后那一句，因为它不明白，大自然既已赋予我们的东西，为什么又要教我们藏起来？它说，不论它自己还是它家人，对自己身上的任何部分都不觉得有什么羞耻。不过，我愿意怎样就怎样吧。它这么一说，我就先解开上衣把它脱了下来，接着我又把背心脱掉，再把鞋、袜和裤子都扯了下来。我把衬衣放下来盖到腰部，再拉起下摆拦腰打一个结，遮住自己赤裸的身体。

　　我的主人十分惊奇地观看了我的整个脱衣表演。它用蹄骸把我的衣服一件一件拿起来仔细观察，随后十分轻柔地抚摸我的身体，并且上上下下打量了我好几遍。看完之后，它说，显然我是一只地地道道的"野胡"。不过我和其他的"野胡"同类比还是有很大的不同，我的皮肤柔软、洁白、光滑，身上有些地方没有毛，我的前后爪都短，形状也不同，而且我还总爱用两只后脚走路。它表示不想再看了，就准许我把衣服重新穿上，因为我已经冻得发抖了。

　　它常常叫我"野胡"，我对此感到很不安，对这种讨厌的动物，我有的只是彻底的痛恨和鄙视。我求它不要再用这个词叫我了，也请它吩咐家人和得到它允许前来看我的朋友都不要这样叫。我还请求它为我保密，至少是只要现在的这身衣服还可以穿，除了它本人，就别再让他人知道我身上有这一层伪装了。至于说它的贴身仆人栗色小马看到了真相，它可以命令它瞒着不说。

我的主人答应了我所有的诚恳请求，这样这个秘密就一直没被其他人发现，直到我的衣服再不能对付的时候。我不得不想些办法来添置衣服，这件事我后面还要提到。与此同时，它还要我继续努力学习它们的语言，因为它最感到惊奇的还是我那说话和推理的能力，而对我的身体，则不论有没有穿着衣服，它都不像对前者那样感到惊奇。它又说，我曾答应过给它讲一些稀奇古怪的事，它都有点儿等不及了。

从那时候起，它就加倍努力来教我学习。它带我见每一位客人，并让它们以礼待我，因为它私下里对它们说，那样会使我高兴，我也就会变得更加有趣了。【名师点睛：马主人尊重格列佛的隐私，耐心教他，以礼待他，这些细节描写再次展现出马的理性、文明与优雅。】

每天我在侍候它的时候，它除了不厌其烦地教我学习之外，总还要问几个关于我的问题，我就尽我所能回答它。它用这样一些方法已经大致了解了我的一些情况，不过还很不全面。至于我怎么一步步提高到能同它做更加正规的交谈，说起来就未免冗长乏味了。不过我可以说一说我第一次比较详细而有次序地向它叙述我身世的谈话，内容大致是这样的：

我早已设法告诉过它，我来自一个十分遥远的国家，我和大约五十个我的同类乘坐一只比它的华贵的房子还要大的木制的中空的容器在海上航行。我用最好的措辞把我们的船描述给它听，又借助于手帕，向它解释风怎样把船吹向前去。一次我们发生争吵后，我就被抛到了这里的海岸上。我往前走着，不知道身在何处，后来为那些可恶的"野胡"所困，还是它把我救了出来。它问我船是谁造的？我们国里的"慧骃"怎么能把船交给一群畜生去管理？

我回答说，除非它保证听后不生气，我才敢继续往下说，把以前常常许诺要跟它说的奇事告诉它。它答应不生气,我这才继续往下说,告诉它船就是由像我这样的人造的。在我旅行过的所有国家里,包括我的祖国也都是一样,我这样的人类是唯一的统治者,也是唯一的有理性的动物。我到这里以后,看到"慧骃"的一举一动像是有理性的动物,就感到非常吃惊,这就仿佛它或者它的朋友,在一只它叫作"野胡"的动物身上,发现有几分理性时感到吃惊一样。我承认我身上各处都像"野胡",可我无法理解它们的本性竟这般堕落、凶残。

我又说,如果我命好还能回到祖国去,说起在这儿旅行的情况(我是决定要说的),大家都要认为我说的事属于"子虚乌有",是我自己脑子里凭空捏造出来的。我虽然对它本人、它家人、它朋友都非常尊敬,同时它也曾答应不生我的气,可我还是要说,<u>我们的同胞将很难相信,"慧骃"竟能做一个国家的主宰,而"野胡"却是畜生,我的同胞都很难相信。</u>【名师点睛:慧骃主宰一个国家,人类却成了野胡,人竟然连动物都不如了,这对人类是一种巨大的讽刺和鞭挞。】

Z 知识考点

1. 慧骃说话主要是用_____和_____,它们的语言和_____或者_____最接近。

2. 是谁最先发现格列佛衣服的秘密?　　　　　　　(　　)
   A.野胡　　　　B.主人　　　　C.栗色小马

3. 马主人知道了格列佛衣服的秘密后,是怎么做的?
   _____
   _____

Y 阅读与思考

1. 格列佛为什么尽量表现得与野胡不一样?

2. 为什么马主人想教格列佛学习慧骃国的语言?

第四章
人类世界的马

M 名师导读

格列佛对关于慧骃马的"真""假"观念进行了叙述，对于他的一席话主人有自己的看法。格列佛对自己的身世以及他在海上的遭遇进行了详细的叙述。

我的主人听了我的话后，脸上露出十分不安的神色。因为在这个国家，没有人知道"怀疑"或者"不信"是怎么回事，在这样的情况下，它们都不知道怎么办才好。我记得，在我和主人的交谈中，经常会谈到世界其他地方的人的天性，我有时也曾说"说谎"或者"说瞎话"，它很难听懂我的意思，尽管它在别的方面有极敏锐的判断力。对此，它争辩说："言语的作用是使我们能彼此了解，并获得有关事实的信息；好了，如果一个人指鹿为马[指着鹿，说是马。借以比喻故意颠倒黑白，混淆是非]，言语的那些作用就被破坏了，因为我完全不能说我了解了对方，而且永远无法知道事实的真相，它令我颠倒黑白，这简直比完全无知还要糟糕。"[名师点睛：这句话论证了谎言所带来的可怕后果。作者其实是借"慧骃"之口警醒世人，劝人们抛弃掉说谎的陋习。]这就是它对于"说谎"这种本领的全部看法，而我们人类对此早已有完美的了解和纯熟的运用了。

闲话少说。当我宣称在我们国家"野胡"这种动物是唯一的统治者时，我的主人说那是完全出乎它意料。它渴望知道，我们那儿有没有"慧骃"，而它们又做些什么工作。我告诉它："我们有很多。夏天它们在田野里吃草，冬天就养在家吃干草和燕麦；被雇来做仆人的'野胡'替它们擦身子、梳鬃毛、剔蹄垢、喂食料，还给它们铺床。""我非常明白你的话，"我主人说，"很显然，从你所说的一切来看，不论'野胡'怎么样假装拥有多少理性，'慧骃'还是你们的主人。我衷心希望我们的'野胡'也能像你们那样驯良。"【名师点睛：一问一答的叙述方式使小说的叙事节奏紧凑而富有张力，增强了可读性，让读者不觉得乏味。】我请求它原谅我不再说下去了，因为我非常肯定，它等着我说下去的话一定令它非常愉快。可是它坚持要我对它说，不论好坏它都想听听。

我就对它说：遵命。我承认，我们那儿的"慧骃"（我们管它叫"马"）是我们所有动物中最奔放、最英俊的一种，在力量与速度等方面超过其他一切动物，假如它们被贵族所养，就被用于旅行、赛马或者拉车，受到善待和细致的照料，直到病倒或者跌折了脚。但这以后它们会被卖掉，去从事各种各样的苦工，一直到死。死后，它们的皮被剥掉论价出售，尸体则丢给狗和猛禽吞食。可是普通的马就没有这样的好福气了，它们由农夫、搬运工和其他一些下等人豢养，被迫干更重的活儿，吃更差的食物。【名师点睛：作者用概述性的语言描述了马在人类社会中的一生。看似平铺直叙的文字，实则暗含着对人类的自私自利、冷酷无情的讽刺。】我尽可能地把我们骑马的方法、缰绳、马鞍、马刺、马鞭、马具和轮车的形状及用途描述了一番。并补充说："我们在它们的脚底安上一种叫'蹄铁'的坚硬的铁块，使它们的蹄子在我们常常要走的石子路上不至于磨破。"

我的主人听完我的叙述之后，十分恼怒，它感到奇怪：你们怎么敢骑到"慧骃"的背上？因为它十分肯定，它家中最孱弱[瘦小虚弱]的仆人也能把最强壮的"野胡"打翻在地，或者躺下来在地上打个滚也能把那畜生压死。我回答说，我们的马从三四岁起就接受训练，让它去做我们需要的事情。如果有的马顽劣不驯，就用它去拉车。马小的时候玩任何花招，都要狠狠地挨揍。一般用来骑坐或拉车的公马，通常在两岁左右就被阉割了，这样挫其锐气，使它们的性情变得温驯。【名师点睛：这句客观论述起到了推波助澜的作用，也是让"慧骃"愤慨的导火索。】它们还确实能分得清什么是赏，什么是罚。可是阁下应考虑到，它们具有的理性一点也不比这个国家的"野胡"多。

由于"慧骃"的需要和激情都比我们要少，因此它们语言中的词汇也不如我们丰富，这使我费尽口舌说了老半天才使我那主人听明白了我的话。可是我简直无法形容它有多么痛恨我们对待"慧骃"种族的野蛮方式，特别是在我说明阉马的方法和作用，使它们不能繁殖后代并且更加顺从以后，它更是深恶痛绝。它说，要是有这么一个国家，其中只有"野胡"才具有理性，毫无疑问它们应该成为统治者，因为理性最终总是战胜野蛮。但是就我们身体的体格，特别是我的体格而论，这认为同样大小的动物再没有比我们这种身体构造更不利于在日常生活中运用理性的了。它因此又想知道，和我们在一起的那些"野胡"是像我呢，还是像它们国家的"野胡"。

我向它证实："我和大多数我的同龄人长得一样，而年轻人和女人长得还要柔嫩，后者的皮肤通常都像牛奶一样白。"它说我看起来确实是跟别的"野胡"不太一样，身上干净得多，样子也不至于那么丑陋。可是，从是否真正有用这一点来看，我与别的"野胡"之间的这些差别，反而使我显得更糟：无论我的前脚和后脚，那上面的指甲就一点儿用都没有。至于我的前脚，那简直就不能管它们叫这个名字，因为它从来就没有见我用前脚走路，它们太柔弱了，经不起在地上走。而且我走路时前脚通常裸着，即使有时也戴着套子，也和后脚的套子形状不一样，也没那么结实，因此我走路一点儿都不稳当，因为我的两只后脚中无论哪只滑一下，我就不可避免地要跌倒。接着，它开始在我身上其他地方挑毛病：面部太扁，鼻子太高，两只眼睛直朝前，不转动一下头，两旁的东西就都看不到，我的后脚太柔嫩，不穿上用别的兽皮做成的套子就经不起在又硬又尖的石子上走路。我的整个身上也缺少一种抗热御寒的防护物，每天都得把那一身衣服穿上脱下，真是不胜其烦。【名师点睛：作者列举了人的种种劣势，虽然人类主宰着地球，但实际上在生存本能方面存在很多缺陷，有些地方连"野胡"都不如。作者通过这种方式，对人类进行了辛辣的讽刺。】最后它说，这个国家的每一只动物生性就讨厌"野胡"，比它们弱的躲着它们，比它们强的就把它们从身边赶开。因此，就算我们具有理性的天赋，它也看不出怎样才能去除所有动物对我们怀有的那种天然的厌恶，这样我们又怎能驯服它们，使它们为我们效劳呢？不过它说，这件事它不再和我辩论下去了，因为它更想知道我个人的故事，我出生的那个国家的情况，以及我来这里之前的一些生活经历。

我向它保证说，我是多么愿意满足它的每一个要求，但我又很怀疑有些事情是否可能解释清楚，因为在它们那里我还没见到和我说的类似的事情，它对此可能一点概念都没有。即使如此，我还是会尽力，通过种种近似的事物来表达我说话的意思，如果一时找不到恰当的字眼，还请求它予以帮助。它听了欣然答应。【名师点睛：格列佛在这种情况下仍然能够和对方心平气和地交谈，用最有效的方式说服对方，这说明格列佛和这位主人都是涵养极高、讲究理性的人。】

我对它说我出生在一个离这个岛很远的一个叫英格兰的岛上，我的父母培养我做一名外科医生，这种职业就是给人治疗身上的各种创伤，那有可能是由意外或暴力而造成的伤痛。我的国家由一个女人统治着，我们管她叫"女王"。我离乡背井是为了赚钱回去养活自己和家人。在我最近的一次航海中，我是船长，我领导大约五十名如"野胡"这样的水手，其中很多人在航海途中死了，因此我不得不从沿途各国招募水手补缺。我们的船有两次遭遇沉船的危险，第一次是遇上大风暴，第二次是触了礁。说到这里，我的主人插了一句，它问我，既然航海这么危险，我怎么还能说服不同国家的陌生人跟我一同出来冒险呢？我说他们都是一些亡命之徒，由于贫穷所迫或是犯了什么罪，才不得不离开故乡。【写作借鉴：侧面描写。讲述的是水手们背井离乡、迫于生计而成了亡命之徒，其实这些都跟当时的社会有很大的关系，因此作者意在揭露社会。】有的是因为吃官司弄得倾家荡产；有的则因为吃喝嫖赌把财产全部花光；有的是背叛祖国；还有不少人是因为犯了凶杀、偷窃、放毒、抢劫、假证、伪证、私铸假币、强奸、鸡奸、变节、投敌等罪行才被迫出走的。这帮人大多是越狱而跑的，没有一个敢回到祖国去，他们害怕回去受绞刑或者关在牢里饿死，因此要外出求生。

谈话中，我的主人好几次打断我的话，我不得不绕来绕去向它说明那几种罪行的性质。这桩费劲的事我们谈了好多天才谈完，后来它也终于明白了我的意思。它本来完全不理解干那些恶劣的事有什么用处，又有什么必要。为了让它搞清楚，我就尽力把争权夺利以及淫欲、放纵、怨恨、嫉妒等的可怕后果解释给它听。【名师点睛：这里从侧面表现了慧骃国的纯净、简单。】在解释和描述所有这一切时，我都只能凭借举例和假设的方法。听我说完之后，它不由得抬起头，表现出惊奇和愤慨，就像一个人看到或听到了从未见闻的事时受了震惊一样。权力、政府、战争、法律、刑罚以及无数其他的东西在它们的语言中根本就找不到可以表达的词汇。

在这种情况下，要使我的主人弄明白我说话的意思，那几乎是不可克服的困难。但是，它的理解力非常出色，它沉思细想，加上我们的交谈，终于使它对我们那部分世界里人类能做出些什么事来，有了充分的了解。它同时又希望我能把我们叫作欧洲的那块土地，特别是我自己国家的情形，详细地说明一下。

Z 知识考点

1. 格列佛虽然看起来与野胡不太一样,但在主人看来他没有野胡_____。

2. 格列佛讲述了慧骃在自己国家的情况后,他的主人十分( )
   A.高兴　　　　　　B.恼怒

3."谈话中,我的主人好几次打断我的话,我不得不绕来绕去向它说明那几种罪行的性质。"这说明了什么?

_____

_____

Y 阅读与思考

1.在学习语言的过程当中,格列佛遭遇到了什么样的难题?

2.本章到处都是讽刺的写作手法,你能否列举一两例,并说明其中的寓意?

格列佛游记

第五章

战争与法律

M 名师导读

> 格列佛继续向"慧骃"报告关于英国的情况,并就两国交战的原因进行了探讨。格列佛告诉它欧洲的情况,并且详细地介绍了欧洲君主之间的革命和战争,还谈起英国的法律和律师。

请读者注意,以下是我同我的主人多次谈话的摘录,它包括了两年多的时间里我们几次交谈的最实质性的内容。每当我学习"慧骃"语有了更进一步的提高,主人就常要我更详细地谈一谈,以使它听得更满意一些。我尽可能地向它介绍整个欧洲的情况,我谈到了贸易和制造业,艺术和科学,回答它提出的问题,但这些问题又引出其他的话题,成为新的谈话基础,永不枯竭。不过我这里只想把我们之间就我自己的国家所谈的要点记录下来,我将尽量记得有头绪一点,但不受时间先后或其他情况的限制,同时我还将严守事实。唯一令我担忧的是,我可能很难表达好我主人的论点和看法,因为我能力不够,而又不得不把它的话译成我们这粗俗的英语。

于是,我奉主人的命令,给它讲述了奥伦治亲王[1689—1702年任英国国王,资产阶级和地主贵族阶级的傀儡。于1688年发动政变,史称"光荣革命"]领导的革命和对法国所进行的长期战争。**那次战争是由奥伦治亲王发动的,之后由他的继承人——当今女王**[英国女王安妮,1665—1714年在位。1702—1714年,英国联合奥地利、荷兰、葡萄牙、丹麦对法国和西班牙作战，这场战争历史上称为西班牙王位继承战争]重新开战，基督教世界的列强都参战了，战争至今仍在进行之中。我告诉它，在整个战争的过程中大约有一百万只"野胡"被杀，一百多座城市被毁，三百多艘战舰被焚毁或击沉。【名师点睛："慧骃"族是一个讲求理性、爱好和平的种族，"慧骃"族统治的地方没有战争，没有杀戮，所以格列佛的主人对于人类的战争和战争中发生的杀戮等残忍的行为非常不解，想要从这里找到答案。】

它问我，通常一个国家和另一个国家交战，是有原因或者有动机的吗？我回答说，那可数不胜数，不过我只能把几个主要的提一提。有时是因为君王们野心勃勃，总认为受他们统治的土地太小了和受他们统治的人民太少了；有时是因为大臣们腐化堕落，唆使自己的主人进行战争，以此可以压制或者转移老百姓对他们腐败的行政管理的强烈不满。意见不合也曾导致千百万人丧生，比如说，到底圣餐中的面包是肉呢，还是肉就是面包？某种浆果(葡萄)汁是血还是酒？吹口哨(指关于教堂礼拜时是否奏乐的辩论)是恶习还是美德？那棍子(十字架)是吻它一下好呢，还是最好把它扔进火里？什么颜色的上衣最好？是黑的、白的，还是红的、灰的？是长一点呢还是短一点、瘦一点呢还是肥一点、脏一点好呢还是干净一点好呢(指关于十字架和教士衣着的辩论)？诸如此类，不胜枚举。再也没有什么战争能像因意见不合而引起的战争那样来得那么凶残、血腥而且持久了，引发的事情越无关紧要，战争就越显得残酷。

有时两位君王为谁该夺取另一位君王的领土而发生争吵，但事实上他俩谁都无权统治那片领地；有时一位君王跟另一位君王争吵，是怕那一位君王要来跟他争吵；有时发动战争是因为敌方太强大了，有时则是因为敌方太软弱；有时候是因为邻国没有的东西我们有，或者我们没有的东西他们有，结果双方打起来，直到两方中有任何一方被打败战争才结束。【名师点睛：这些议论揭示了在欧洲这些国家的战争很多都是没有正义的理由，在真理方面是站不住脚的。这些战争只能满足君主的私欲，却不能为其国民带来什么具体利益，所以这是没有任何意义的战争，只能带来苦难和痛苦。]如果一个国家的人民为饥荒、瘟疫所害，或者国内党派纷争，局势混乱，这时发动战争侵略这个国家就有了十分正当的理由；如果我们最紧密的盟国有一座我们唾手可得[手上吐唾沫，动手就可以取得。比喻很容易就得到了]的城市，或者有一块领域我们夺过来就可以使我们的疆土圆满完整，那我们就很有理由同他们开战。

如果一个国家的人民又贫穷又无知，那么君王的军队一进入这个国家，就可以合理合法地将一半的人都处死，剩下的为奴隶，这么做是为了让他们开化，放弃那野蛮的生活方式。一位君王请求另一位君王帮助他抵御别国的侵略，那位援助者把侵略者赶走之后，竟自己占下这领土，而把他前来援助的那位君王或杀，或监禁，或流放。这样的事经常发生，对德高望重的君王来说是多么无耻。血缘或者婚姻关系也常常是君王之间发生战争的原因，关系越亲，越容易引起争吵。穷国挨饿，富国骄横，骄横与饥饿则永不能相容。由于这种种原因，士兵这一职业在所有职业最受人尊敬，因为士兵也就是一只受人雇用的"野胡"，尽管它的同类从来都没有冒犯过它，它却可以将它们赶尽杀绝。【写作借鉴：侧面描写。作者仔细分析了发生战争的原因，从侧面表现人类无穷的"贪婪"和十足的"血腥"本质，有着强烈的讽刺意味。】

在欧洲还有一种穷得像乞丐一样的君王，自己无力发动战争，却把自己的军队出租给富有的国家，出租一个士兵每天收取多少租金，这项收入的四分之三归君王自己，而他们主要也就靠这部分收入来维持他们的开支，德国和北欧许多国家的君王就属于这一类。

"有关战争这个问题你告诉我的一切，"我的主人说，"倒真是极妙地揭示了你们自以为有的那个理性所产生的后果；不过所幸是，你们的羞耻心大于你们的危险性，这一天性使你们根本不可能更多地为非作歹。你们的嘴平平地长在脸上，除非彼此同意，否则很难咬得起来。

再说你们的前后脚上的爪子，又短又嫩，我们的一只'野胡'就可以将你们这样的赶跑。所以，我再重新计算一下在战争中伤亡的人数，我只能认为你所说的是夸大其词。"

我不禁摇头微笑，笑它没有见识。我对战争这一行并不陌生，我继续对它讲述我所知道的战争——什么加农炮、重炮、滑膛枪、卡宾枪、手枪、子弹、火药、剑、刺刀、战役、围攻、撤退、进攻、挖地道、反地道、轰炸、海战。我还提到战争中载有千名士兵的许多战舰被击沉，两军各有两万人丧生；还有那临死时的呻吟，飞在半空中的肢体、硝烟、嘈杂、混乱、马蹄下人被践踏至死；逃跑、追击、胜利；尸横遍野，等着狗、狼和其他猛兽来吞食；掠夺、抢劫、强奸、烧杀。还有，为了说明我亲爱的同胞的"勇敢"，我还告诉他我曾经亲眼看到在某次围城战役中他们一次就炸死一百多个敌人，还看过他们在一艘船上也炸死了一百多个敌人；看到被炸得粉碎的尸体从云端往下掉，在一旁观看的人大为快意。【名师点睛：这些描述表面上看是作者对于人类战争的歌颂，其实是作者对战争的侧面抨击。】

我正准备更加详细地往下讲，我的主人却突然命令我住嘴。它说，任何了解"野胡"本性的"慧骃"都会相信，如此卑鄙的畜生，要是其体力和狡诈与其凶残的性情相匹配，那么，我说到的每一件事它都是可能做出来的。但是，由于我的谈话更增添了它对整个"野胡"一族的厌恶，所以它觉得自己心神不宁起来，这是它以前从来都不曾碰到过的情况。它认为自己的耳朵听惯了这种令人憎恶的词，可能会逐渐地接受它们，而不像原先那样觉得厌恶了。虽说它憎恨这个国家的"野胡"，但它痛责它们可憎的本性也不会比它憎厌一只残暴的"格拿耶"（一种猛禽）或一块割伤了它蹄子的尖石头更甚。可是，既然一只自以为有理性的动物能做出如此罪大恶极的事来，这种理性的堕落到后来比残暴本身还要来得糟糕。因此它似乎很肯定地认为，我们所拥有的并不是理性，而只是某种适合于助长我们天生罪恶的品性而已，仿佛一条被搅动的溪水，丑陋的影像映照出来不仅比原物大，还更加丑陋。【写作借鉴：作者将堕落的任性比作被搅动的溪水映照的影像，比喻形象到位，揭示了人类所谓的"理性"其实很丑陋。】

它又说，关于战争这个题目，它在这次以及前几次谈话中已经听得太多了，现在倒还有一点它还弄不太明白。我曾告诉过它，我们的水手中有些人是因为被法律弄得倾家荡产才离开祖国的，而我也曾向它解释过"法律"一词的意思，但它就搞不懂本来旨在保护每个人的法律，怎么竟会将人家毁掉？因此它就希望知道得更详细一点，我所谓的法律到底是什么意思？一经他们的手，任何人的财产不是得到保护，却反而丢失，那到底是些什么人？它又说它看不出名叫"法律"的这个东西有什么必要，因为一切理想和目标都可以听从自然与理性的支配而得以实现；既然我们自称理性动物，那么自然与理性就足以指示我们该干什么，不该干什么。

我告诉主人，法律这门科学我了解得很少，仅有的一点儿法律知识还是因为有几次惹上官司后去聘请律师得来的，结果请了他们也还是徒劳。尽管如此，我还是要尽我的能力将我知道的全都告诉它。【写作借鉴：格列佛在这里强调自己的法律知识浅薄，为下文做大量的讽刺埋下伏笔。】

我说，当我们的权利受到侵犯时，有一种名叫"律师"的"野胡"来帮我们获得法律的保护。这一行的人，数量多得像毛毛虫一样，他们程度、等级、名目均不相同。因为他们的人数太多，所以干这一行如果想公正合理地营利赚钱，那好处就太少，根本不足以维持大批大批的后继者体面而阔绰的生活。结果呢，他们发现有必要靠刁滑和奸诈才能获取正当和诚实的手段所得不到的东西。为了更好地实现这一目标，我们那里就有那么一帮人，从年轻时起就接受培养，学习怎样通过搬弄文字将白说成黑、黑说成白这么一种本领，他们怎么说全看你给他们多少钱而定。在他们眼里，这个社会其他的人都是奴隶。

比方说，我的邻居看中了我的一头母牛，他就会聘请这么一位律师来证明，牛是他的，该由他把牛从我这儿牵走。同样我也必须聘请另一位律师来替自己的权利辩护。好，就这桩案子来说，我作为母牛真正的主人，却有两大不利之处。第一，我的律师几乎从摇篮时代起就一直是为虚假辩护的，现在要他来为正义辩护，他就很不适应。第二个不利之处是，我的律师还得谨慎从事，因为那么多人都得靠干执法这一行活着，速判速决，律师的生意就要减损，这样即使他不招来法官们的不开心，也肯定会引起同行弟兄的敌意和仇恨。因此，要保住我那头母牛，我只有两种办法。第一是出双倍的钱将我对手的律师买通，使他倒向我这一边。第二种办法是让我的律师不要硬坚持说公理在我这边，要说得好像那母牛就属于我的对手似的。这种办法要是做得巧妙，我最终就会赢得有利于我的裁决。【名师点睛：对于如何打赢一场官司，格列佛竟然如此老道，可见他早就吃尽了苦头，已经深谙其中的门道，实在可悲可叹。】现在您应该明白，那些派来裁决财产纠纷以及审判罪犯的人，都是从这一职业中挑选出来的最灵巧的律师，他们又老又懒，一生都对真相和公平持有强烈的偏见，主要依靠欺骗、伪证、暴虐断案。据我所知，他们中有人宁愿拒绝正义一方的大宗贿赂，而不愿做任何不符合他们的天性和职责的事，因为他们不能得罪同僚。

这些人还有这样一条准则：无论他们以前做过什么事，再做的话都可以算是合法的，因此，他们特别注意将以前所做的每一次裁决都记录在案，即便是那些由于他们无知或腐化而做出的与普通公理原则相悖的裁决也统统记录下来，他们管这些叫"先例"，拿出来当权威的典据，凭借这些东西企图使他们最偏私的意见公正合理化，可他们的运气偏巧又那么好，所做出的裁决都是称心如意的。【名师点睛：这里的人们将曾经的案件记录在案，可是在以后的判决中全部都能称心如意，可见这些记录根本没用，这里讽刺了国家的法律制度不合理，很多条款只是一纸空文。】在辩护时，他们避而不谈案件的本质，而是放开着嗓门，言辞激烈，啰啰嗦嗦地大谈特谈与案件毫不相干的其他所有情况。就以上面提到的案子为例，他们根本不想知道我的对手有什么理由或权利要占有我那头母牛，却只是问那母牛是红色还是黑色，牛角是长还是短，我放牧的那块地是圆还是方，是在家挤奶还是在户外挤奶，那牛容易得什么病，等等。问完之后，他们就去查以前的判例，这案子则一拖再拖，十年、二十年、三十年之后也未必有判决。【写作借鉴：采用夸张的描写方法，讽刺律师们毫无边际的辩护，实在很滑稽。】

　　还有一点值得注意，这帮人有自己的行话，外人是无法理解的，他们所有的法律条文就都用这样的术语撰写，还特别注意对法律进行增订。凭着这些东西，他们把真和假、对和错的实质差不多全都搞混了。所以裁决经六代祖传到我手上的一块地，到底是属于我呢，还是属于三百英里外的那个外乡人的，他们要花上三十年的时间。

　　他们审判叛国罪犯的方法却简单得多，这倒是很值得称道的。法官先要了解一下掌权人的意见，然后就很容易地判处罪犯是绞死还是赦免，同时却还可以说他是严格遵守了所有规定的法律形式。【名师点睛：作者在这里对当权者操纵审批、利用自己的职权决定别人的生死、影响神圣的司法公正等行为，进行辛辣的讽刺和批判。】

　　说到这里，我的主人接过去说："照你描述的情形来看，像这些律师这样具有如此巨大才能的人，你们却不鼓励他们去教导别人，传授智慧和知识，实在是可惜了。"听它这话，我回答说："律师们所有的心思和时间都用在处理和研究本职工作上了，其他任何事都关心不上，所以除了他们自己的本行，其他各方面他们大多是又无知又愚蠢，从一般的交谈中，还真很难找得出别的行业中有什么人比他们更卑鄙。大家也都认为他们是一切知识和学问的公开的敌人，无论跟他们谈哪一门学问，他们都会像在本行业务中的表现那样，违反人类的普遍理性。"

Z 知识考点

1.在文章当中,格列佛讲诉了_____场战争,分别是_____领导的革命和对_____进行的长期战争。战争死了很多人,很多_____被击沉或烧毁。除了战争,格列佛还讲述了_____,他举了一个关于_____归属判决的例子。

2.当格列佛想要将战争话题更翔实地讲述下去时,马主人做出了什么举动? （   ）

    A.站起来喝茶

    B.指示格列佛继续讲下去

    C.命令格列佛停住

3.当时英国的律师办理案件时是本着正义的原则吗?为什么?

_____

_____

Y 阅读与思考

1.在欧洲有一种穷得像乞丐一样的君王,他们的收入是怎样来的?

2.在本章中,律师们为了赢得官司,会采取哪些荒谬的做法?

第六章

大不列颠王国

M 名师导读

格列佛同"慧骃"以交谈的形式,介绍了君主专制统治下的英国:朝廷和上流社会存在各种弊病,拜金主义盛行,百姓贫富悬殊。

我的主人还是完全不能明白这一帮律师为什么仅仅为了迫害自己的同类而不厌其烦地组织这么一个不义的集体,使自己困惑不安,疲惫不堪;它也不明白我说他们干这事是受人之雇究竟又是怎么回事。于是我又只好不厌其烦地向它说明金钱的作用、铸钱的材料、材料的价值。我对它说,当一只"野胡"储有大量这样的贵重物质时,他想买什么就都能买到,如最好的衣服、最华丽的房屋以及大片的土地、最昂贵的肉食和酒类,还可以挑选到最漂亮的女人。【名师点睛:描写钱的作用,可以看出钱几乎能让人做任何想做的事,人们对钱的崇尚到了极致,拜金主义极其盛行。】所以,既然金钱一项就能建立这种种功劳,我们的"野胡"就认为,不论是用钱还是储蓄,钱总是越多越好,永远也不会有满足的时候,因为他们发现自己天性就是这样,不是挥霍浪费就是贪得无厌。富人享受着穷人的劳动成果,而穷人和富人在数量上的比例是一千比一。我们的大多数人民被迫过悲惨的日子,为了一点点报酬每天都得辛苦劳作,为的是能让少数人过富裕的生活。我在这些问题以及许多别的类似的细节上谈了很多,可主人阁下还要往下问,因为它是这样推想的:所有动物都有权享受地球上出产的任何东西,尤其是主宰其他动物的统治者更有享受的权利。因此它要我告诉它，那些昂贵的肉食到底是些什么肉？我们怎么偏偏就吃不到？于是我就列举了我能想得到的各种肉类和各种不同的烹调的方法。如果不是派船只到世界各地去采办酒类、调料以及数不清的其他食品，这一切是办不到的。

我对他讲，给我们的一只境况较好的雌"野胡"做一顿早餐或者弄一只盛早餐的杯子，至少得绕地球转三圈才能办到。它说，一个国家连自己居民的饭都供不起，肯定是个悲惨的国家。但更使它感到奇怪的是，为什么在像我描述的这么大片的土地上怎么竟然完全没有淡水，人们必须到海外去弄饮用水？我回答说，英国生产的粮食据估算是当地居民消费量的三倍还要多，从谷物和某种树木的果实中提取或榨取的液体可制成极好的饮料，它们和每一样别的日常用品一样，也都是居民消费需求的三倍。

但是，为了满足男人的奢侈放纵和女人的虚荣，我们都把绝大部分的必需品送到国外去，而由此换回疾病、愚蠢、罪恶的材料供自己消费。于是我们大多数人民就没有生存的依靠，只好靠讨饭、抢劫、偷窃、欺骗、拉皮条、做伪证、谄媚、教唆、伪造、赌博、说谎、奉承、威吓、搞选举、滥作文、星象占卜、放毒、卖淫、奢谈、诽谤、想入非非以及各种相似的事来糊口过日子。这其中的每一个名词我都费了不少劲来解释，最后它终于明白了。【名师点睛：格列佛几乎列举了所有能够反映英国不良现象的词语，马主人终于理解了英国是一个什么样的国度。马主人之所以很难理解这一切，是因为慧骃国讲究公平正义，这些不良现象根本不存在，与英国社会形成鲜明的对比。】

我解释说，我们从国外进口酒类倒并不是因为我们缺少淡水或其他饮料，而是因为酒是一种喝了可以使人麻木而让人高兴的液体，它可以驱散我们所有的忧愁，唤起我们头脑中放纵的想象，增加希望，驱除恐惧，暂时使每一点理智都失去作用，四肢不能运动，直到我们昏睡过去。可是我们必须承认，一觉醒来总是精神萎靡，而总喝这种液体只会给我们带来种种疾病,生命痛苦而短暂。

然而除了所有这一切之外,我们的大多数人民还得靠向富人提供日常必需品或者互相之间提供这些东西来维持自己的生活。比如,我在家的时候,穿符合我身份的衣服,那一身衣服就要一百名工匠来制作;我的房子和房子里的家具也同样需要这么多人来制造,而我妻子的装扮,就需要五百名工匠付出劳动。

接下来我又跟它谈到另一类人——医生,他们是靠侍候病人来维持生活的,我在前面也曾有几次跟主人说过,我船上有许多水手就是因生病才死的。可是我真是费了九牛二虎之力才使它明白了我的意思。一个慧骃在临死前几天会慢慢变得衰弱无力、行动迟缓,或者遇上什么意外会弄伤一条腿,这它都是很容易就能理解的。可是,将万事万物都创造得非常完美的大自然,为什么竟会让我们的身体遭受痛苦?它觉得不可思议,很想知道是什么导致了如此不可解释的灾难。

我就对它说,我们吃着上千种互不相容的食物。还有,我们肚子不饿的时候也吃,不渴的时候也喝,通宵达旦坐在那儿喝烈酒,却不吃一点儿东西。喝得人慵懒松散,身体发烧,不是消化太快就是无法消化。【名师点睛:这里作者将人类的疾痛归结为人类无休无止的欲望和不知节制。虽然这个观点有失偏颇,但是也有一定道理。】卖淫的女"野胡"身上有一种病,谁要是投进她们的怀抱连骨头都会烂掉,而这种病和许多别的病一样,都是遗传的,所以许多人生到这个世上来,身上就已经带有种种复杂的疾病了。要是把人身上的所有疾病全都讲给它听,一时真还说不完,因为这些病不下五六百种,人的四肢和每一个关节——总之,身体的每一部分都有产生毛病的可能。为了治疗这些疾病,我们中间就培养了一类专以治病为业的人,不过也有冒充的。因为我在这一行上有点本事,为了感谢主人对我的恩德,我愿意把那些人行医的秘密和方法全都说给它听。

他们的基本原理是:一切疾病皆由饮食不合理、无规律而来,因此他们就得出了这样的结论：有必要对身体内部来一次大清除，这既可以通过自然排泄的渠道，也可以从上面的嘴里吐出来。他们的下一步就是，用药草、矿物质、树脂、油、贝壳、盐、果汁、海藻、粪便、树皮、蛇、癞蛤蟆、青蛙、蜘蛛、死人的肉和骨头、鸟、兽、鱼等，合成一种气味和味道都最令人难受、恶心和反感的混合物，一吃进胃里就叫你恶心得要吐。这种混合物他们管它叫催吐剂。或者是用同样的药再加进别的几样有毒的东西制成同样叫人反胃的药，命我们从上面的孔（嘴）或者下面的孔（肛门）灌进去（从哪个孔灌要看医生当时的意向如何），把肚子里的东西全清理出来。他们管这种药叫泻药或者灌肠剂。据这些医生说，造物本来是安排我们用长在前面的上孔（嘴）吃喝，用长在后面的下孔（肛门）排泄，而一切疾病的发生，在这帮聪明的医生看来，都是因为造物的安排一时全给强行打乱了，所以为了恢复正常秩序，就必须用一种完全相反的方法来治疗身体的疾病，即把上下孔对调使用，将固体和液体硬从肛门灌进去，而从嘴里排泄出来。但是，除了这些真正的疾病之外我们还会生许多仅仅是空想的病，对此医生们则发明了空想的治疗的方法。这些病各有其不同的名称，并且也有对症的药品。我们的女"野胡"们就老是会染上这样的空想病。

这帮人有超人的本事，他们能预测病症的后果，这方面难得会弄错。真正的疾病症状恶化，通常死亡就在眼前了，没有办法治好，那他们的预言就总是有把握的。所以，要是他们已经宣判了病人的死刑，而病人却出乎意料地渐有好转的迹象，他们也不会就这样任人去骂他们是骗子；他们知道如何及时地给病人用上一剂药就可以向世人证明，他们还是有先见之明的。【名师点睛：虚伪、欺骗、无知已经充斥着人们的内心，这样的社会已经无可救药。】

对自己的配偶已感到厌倦的丈夫或妻子，对长子、大臣，而尤其是对君王，他们也都有特别的用处。

我前面已经跟我的主人谈过政府的一般性质，特别是我们那优越的宪法，那真是值得全世界赞叹和羡慕的。这里我又偶然提到了大臣这个词，它就要我下面跟它说说，我所称的"大臣"到底是一种什么样的"野胡"。

我告诉它，我要描述的这位首相大臣是这样一个人：他整个儿是无动于衷、爱恨不明、不同情不动怒，至少你可以说，他除了对财富、权力和爵位有强烈的欲望外，别的一概不动感情；他说的话当什么用都可以，就是不表明他的心；他每说一句实话，却总想你把它当成谎言，而每次说谎又都以为你会信以为真。【名师点睛：以大臣为代表，揭示了官场人士圆滑的丑恶嘴脸。】那些被他在背后说得一塌糊涂的人，实际上是他最喜欢的人，而每当他向别人或当着你的面夸奖你时，从那天起你就要倒霉。最糟糕的标志是你得到了他的一个许诺，如果他在向你许诺时还发了誓，那就更为糟糕。他这么做时，每一个聪明人，都会自行引退，放弃一切希望。

一个人可以通过三种办法爬上首相大臣的位置。第一，要知道怎么样以比较慎重的方式出卖自己的妻女和姐妹；第二，背叛或者暗杀前任首相大臣；第三，在公开集会上慷慨激昂地抨击朝廷的各种腐败。【名师点睛：这段话作者借用格列佛的口吻，巧妙地讽刺了当时英国社会和欧洲甚至全世界的当权者的虚伪嘴脸。这种人借用自己的伪善、残忍、虚假等一切卑劣的行为，成功地得到君王的信任，成为君王压制普通百姓的新工具，成为新的统治阶级的刽子手。】但是英明的君王一定愿意挑选惯于采用第三种办法的人，因为事实证明，那些慷慨激昂的人总是最能顺从其主子的旨意和爱好。这些大臣一旦控制了所有的要职，就会贿赂元老院或者大枢密院中的大多数人，以此来保全自己的势力。最后，他们还借一种"免罚法"以保证自己事后免遭不测，满载着从国民身上贪污来的赃物从公职上悄然引退下来。

首相官邸是他培养同伙的学校。他的随从、仆人和看门人通过效仿其主子，也都在各自的区域内做起大官来。他们向主人学习蛮横、说谎和贿赂这三种主要本领而能更胜一筹，于是他们也就有了自己的小朝廷，受到贵族的奉承。有时他们还靠投机和无耻，一步步往上爬，终于做上了他们老爷的继承人。

首相大臣往往受制于色衰的荡妇或者自己的亲信仆人，趋炎附势、企求恩宠的人都得通过这个渠道，所以说到底，讲他们是王国的统治者，倒是很恰当的。

有一天，在谈话中，我的主人听我谈到我国的贵族，倒是赞扬了我一句让我承受不起的话。它说，它敢肯定我是出身于贵族家庭，因为我模样好，肤色白，身上干净，这几方面都远远超过它们国内所有的"野胡"。虽然我似乎不及它们那样身强力壮、动作敏捷，可那是因为我的生活方式与那些畜生完全不一样。此外，我不但具有说话的能力，而且还有几分理性，基于此，它所有的熟客都认为我很有才能。

它叫我注意，"慧骃"中的白马、栗色马和铁青马样子长得跟火红马、深灰色斑纹马和黑马并不完全一样，这是天生的，也没有变好的可能，所以它们永远处在仆人的地位。它们如果妄想出人头地，那样的话，在这个国家中就要被认为是一件可怕而反常的事。

我所具有的一点儿可怜的知识使我的主人十分看重我，对此我向它表示万分的感激。不过我同时又告诉它，我其实出身低微，父母都是普普通通的老百姓，只能供我接受一些还说得过去的教育。我们那里的贵族生活却跟我完全不一样：<u>我们的年轻贵族从孩子时代起就过着游手好闲、奢侈豪华的生活；一到成年，他们就在淫荡的女人中鬼混，消耗精力，并染上一身恶病；等到自己的财产所剩无几时，就娶一个出身卑贱、脾气乖戾而身体还不好的女人做妻子，那只是因为她有几个钱，其实他对这女人是既恨又瞧不起。</u>【名师点睛：作者又借机对人类社会的贵族阶级进行讽刺。描写了贵族中多半都是纨绔子弟，只会败光家产、到处鬼混，充满了浮华的腐败气息。】这种婚姻的产物，生下来的孩子通常不是患瘰疬病、佝偻病，就是残疾。做妻子的如果不注意在邻居或用人中给她的孩子找一个身体强健的父亲以改良品种传宗接代的话，那这家人一般是传不到三代就要断子绝孙。身体虚弱多病，面貌瘦削苍白，是贵族常见的一个标志。健康强壮的外表在一位贵族看来反倒是一种极大的耻辱。【名师点睛：贵族原本是富裕、高雅的代表，但是这里描述的却截然不同，而且人们将健康强壮视作不正常状态，暴露出人们扭曲的意识形态。】因为世人会认为他真正的父亲一定是个马夫或者车夫。他的头脑也和他的身体一样大有缺陷，那是古怪、迟钝、无知、任性、荒淫和傲慢的合成品。

不得到这一帮贵族的同意，任何法令都不能颁布，既不能废除，也不能修改。这些贵族还对我们所有的财产拥有决定权，而不用征求我们的意见。

Z 知识考点

1. 格列佛认为医生的基本原理是：_____，得出的结论：_____。

2. 判断对错。

（1）格列佛出身于贵族家庭。　　　　　　　　（　　）

（2）身体健康强壮是贵族常见的一个标志。　　（　　）

3. "身体虚弱多病，面貌瘦削苍白，是贵族常见的一个标志。健康强壮的外表在一位贵族看来反倒是一种极大的耻辱。"这句话反映了当时贵族的一种什么状态？

_____

_____

Y 阅读与思考

1. 在英国，想要当官，必须学会三种本领，分别是什么本领？这反映了英国怎样的现状？

2. 贵族在英国享有什么样的特权？

第七章

刁怪的野胡

M 名师导读

同"慧骃"时间相处长了，格列佛学会了以"慧骃"的眼光来看待人性。尽管他已经认识到人类各种卑劣行径，他还是尽量有所保留地同"慧骃"探讨英国的宪法和行政。"慧骃"早已洞察到这一点，便以岛上"野胡"的行为来总结人性。

读者也许会感到奇怪，我怎么能在这些生物面前如此坦率地揭露自己的同类呢？它们可是认为我和它们的"野胡"完全一致，早就要对人类做出最坏的评价。但是我必须坦白承认，这些杰出的四足动物的许多美德与人类的腐化堕落形成了鲜明的对照。至此它们已打开了我的眼界，也扩大了我认识的范围，使我另眼看待人类的行为和感情，同时也让我觉得毫不值得设法来保持什么同类的尊严。再者说，在一位像我的主人那样判断敏锐的"慧骃"面前，我也没有办法保住我们的尊严。它天天都让我觉得我身上有许多种错误，这些错误我以前丝毫都没有觉察到，而在我们看来它们甚至根本就算不上是人类的缺点。我同时倒是从它这个榜样身上学会了彻底憎恨一切的虚假和伪装。真，在我看来是那么可爱，我决心为了真而牺牲一切。【名师点睛：真诚和虚伪对比，作者认为真诚是可爱的，虚伪是可恶的，敢于牺牲一切寻求"真"，作者的思想倾向显而易见。】

让我与读者坦诚相见吧，我这样大胆地说出那些事是出于一个更加强烈的动机。虽然还不到一年,却已经对它的居民非常热爱和尊敬了,拿定主意永远都不回到人类中去,而要在这些可敬的"慧骃"中间度过我的余生,对它们的每一种美德进行认真的考虑并付诸实践。但我被我永远的敌人——命运所羁绊,那样如此大的幸运就注定不会降临在我的身上了。然而,现在回想起来还是有点惬意的。因为在那样一位严厉的拷问者面前谈到我的同胞时,我竟还敢于尽力为他们的错误辩护,只要情况允许,每件事情上我都是尽可能地说好话。真的,活在世上的人对自己的家乡总是有几分偏心的。

在我侍奉主人的大部分时间里,我们进行了好几次交谈,谈话的主要内容前面已经说过了。可是,为了节省篇幅,我省掉的内容比记在这里的要多得多。

它提出的问题我都答完后,它的好奇心似乎已完全得到了满足,于是一天大清早它就把我叫了去,盼咐我坐在离它不远的地方。它说它一直在十分认真地考虑我说的关于我和我祖国的一切事情。它说,它认为我们是碰巧得到了一点儿理性的一种动物,至于我们怎么偶然得到了那点理性,它是无法想明白的。它认为,我们具有的那点理性我们并没有用在合适的地方,反而助长了我们的堕落天性,并靠了它学到了造物主没有赋予的坏习性。我们将造物主赋予我们的很少的几种本领弃之不用,原有的欲望倒一直在十分顺利地不断增多,而且似乎还在枉费毕生的精力通过自己的种种发明企图来满足这些欲望。很显然,我的力气和行动的敏捷上都不如一只普通的"野胡"。我靠两个后脚跟走起路来就很不稳当,却想出办法使自己的爪子既无用处又不能防卫,而下巴上原是用来防御太阳和恶劣气候的毛发也给拔掉了。总之,我既不能快速地奔跑,又不能像我的同胞们一样爬树,和我在这个国家的"野胡"弟兄们(它这么称呼它们)就是不一样。

我们有行政和司法机构,显然是因为我们的理性以及我们的<u>道德有严重缺点</u>。约束一只理性的动物仅仅靠理性就可以了,所以即使我为自己的同胞说了一番好话，我们还是没有资格自以为就有了理性。它已经看明白了，我偏袒自己的同胞，为此许多具体的事情我都对它瞒了下来，还常常说一些乌有之事。【名师点睛：在"慧骃"族看来，理性是约束人类自身行为的基础力量，而人类对理性的缺失最终形成了行政机构和司法机构，而这些存在是违背理性的。】

　　我的主人更加固守自己的想法了，它认为我身体上各个特质都与"野胡"的一样，真正赶不上它们的地方是我力气小、速度慢、动作笨、爪子短，还有一些缺点那是跟造物主毫无关系的。【名师点睛：通过对比野胡与格列佛的外在特征，说明人与野胡有许多相似之处，作者在此进一步表现了对人类的嘲讽。】从我向它叙述的有关我们的生活、风俗和行为来看，它觉得我们的性情也跟"野胡"的相似。它说，"野胡"相互仇视对方远胜于对其他种族的仇视，这是大家熟知的。一般认为这是因为它们的相貌太可怕，而这种可怕的样子，"野胡"们都只能在同类身上看到，却看不到自身其实也同样可怕。【名师点睛：看着同类丑陋，却看不到自己也同样丑陋，揭示了当时人们存在的一种劣根。】它因此倒开始认为我们发明衣服把身体遮盖起来是一种可行的聪明方法，造这一招，彼此之间的许多缺陷就看不到，要不然我们真还难以忍受。可是它现在发现，它以前完全错了，它们国家这些畜生之间的种种不和，原因和我们的都一样，正如我所描述的那样。如果把够五十只"野胡"吃的食物扔到五只"野胡"中间，它们就不会本本分分地吃，每只"野胡"都迫不及待地想要独占全部，这样它们就会扭打起来。所以，在室外进食的地方会派一个仆人监视。关在屋里的那些则必须用绳子拴住，彼此隔开。如果有一头母牛因年老或者意外事故死了，"慧骃"还没来得及把它弄给自己的"野胡"吃，附近的"野胡"便已经成群地来争夺了，这样就会像我描述的那样引来一场战争。它们往往是被爪子抓得伤痕累累，但又很少有被杀死的，因为它们没有我们发明的那些杀人武器。在其他时间里，类似的战争还会发生在"野胡"和那些邻近的族群之间，这些战争往往是没有明确原因的，而只是一帮伺机给没做好准备的另一帮一个惊吓。但如果它们发现自己的计划不能得逞了，它们就会回家，在家里进行一场我称之为内战的争斗。

在它的国家某些地方的田野里，有不同颜色、闪闪发光的石头，"野胡"们极其喜爱。有时这些石头的一部分就在土里埋着，它们就会整天整天地用爪子去把石头挖出来，然后运回去一堆堆地藏在自己的窝里，可是一面藏一面还要十分小心地四下里张望，生怕伙伴们会发现它们的宝贝。我的主人说，它始终都不明白它们怎么会有这么一种违反天性的欲望，这些石头对"野胡"又有什么用处。但是它现在相信，这也许是由于我所说的人类的那种贪婪的习性。它说它曾经做过一次试验，曾悄悄地将它的一只"野胡"埋藏在某处的一堆这样的石头搬走。那利欲熏心的畜生见它的宝贝丢了，就放声哀号起来，弄得所有的"野胡"都跑到这地方来。它在那里惨叫着，对别的"野胡"又是撕又是咬，这之后便日渐消瘦，不吃不睡也不干活。这时主人就命一个仆人私下里将这些石头运回原来的坑里并照原样埋好。这只"野胡"发现后，精神立刻就恢复，脾气也变好了。只是越发小心地将石头埋到了另一个更安全的地方。从此以后这畜生一直十分听话。

我的主人还告诉我，像这种闪闪发光的石头埋在很多很多的田地里，由于邻近的"野胡"不断来入侵，往往会发生最激烈、最频繁的战争。

它说，两只"野胡"在地里发现了这样的一块石头，正在为此相争不下的时候，第三者占了便宜将石头拿走了，这样的事也是常有的。【名师点睛：这句话揭示了"鹬蚌相争，渔翁得利"的深刻道理。】我的主人认为这跟我们在法庭上打官司有点相似，但我却认为它提到的那种裁决的方法比我们的法律要公平得多。在它们那里，原告和被告除丢了它们争夺的那块石头外，并没有别的损失，可在我们的公平法庭上，不把原告和被告整得一无所有，法庭是决不会结案的。【名师点睛：把野胡抢石头的行为和人类打官司做类比，形象地讽刺了人类的贪欲和凶残。】

我的主人继续往下讲，它说，"野胡"最叫人厌恶的是它们那好坏都不分的进食，无论碰到什么，草也好，根也好，浆果也好，腐烂的兽肉也好，或者乱七八糟全都混在一起的东西也好，它们统统吞吃下去。它们还有一种怪脾气，家里给它们准备的好好的食物放着不吃，却喜欢从老远的地方去偷或者抢。弄来的东西如果一时吃不完，它们还是吃，直吃到肚子要炸。这之后造物主会指引它们去吃一种草根，吃下去肚子就会拉得干干净净。【名师点睛：描写野胡的生活习性，表现出它们强烈的占有欲，甚至为了欲望而忽视健康。野胡是这样，人也如此。】

　　还有一种草根，汁很多，可是比较稀罕，不容易找到。"野胡"们找起这种草根来劲头很大，一找到就兴味盎然地吮吸一阵。这些草根在它们身上产生的作用与我们喝酒产生的作用非常相似。它们一会儿搂搂抱抱，一会儿又厮打起来；它们嚎叫、狞笑、喋喋不休、发晕、打滚，最后在烂泥地里酣然睡去。

　　我深入研究后发现"野胡"是这个国度里唯一遭受各种疾病的族群，不过它们生的病比我们的马生的病还是要少许多，而且得病也不是受了什么虐待，而是这种下贱畜生贪吃、不爱清洁引起的。所有这些病在它们的语言中也只有一个总的名称，那是从这畜生的名字上借来的，叫作"赫尼·野胡"，说简单些，就叫野胡病。治疗这种病的方法，就是将"野胡"自己的粪和尿混到一起，再强行从它的喉咙里灌下去。据我所知，这种疗法常常是非常有效的，为了公众的利益，在此我愿免费向同胞们推荐，治疗因饮食过度而引起的一切疾病，这确是一种值得推崇的物效疗法。

　　至于学问、政治、艺术、制造业等方面，我的主人向我坦言，它看不出它们国家的"野胡"和我们之间有不同之处，因为它只想看看我们在本性上有什么共同点。它也确曾听一些好奇的"慧骃"说过，在大多数"野胡"群落当中总有一头是首领。这种"野胡"总是长得比别的"野胡"更难看，性情也更刁钻。这领头的一般总要找一只尽可能像它自己一样的"野胡"赶到主人窝里去，由于这些主人常常会赏它一块驴肉吃。大家都恨这个宠儿，因此为了保护自己，它只好一步不离地跟着主人。在找到比它还要恶劣的"野胡"之前，它一般是不会被解职的。可它一被蹬开，继任的"野胡"就会率领这一地区的男女老幼"野胡"们一齐赶来，对它从头到脚撒尿拉屎。【写作借鉴：通过对占有统治地位的野胡和它的亲信们的行为描写，辛辣地讽刺了英国宫廷中宠臣与首相大臣们的无耻行径。】不过这种现象与我们这里的朝廷、宠臣和大臣到底有几分相像，我的主人说只有我最能说得准了。

对它这种恶毒的嘲讽我都不敢反驳。它把人类贬损得还不如一头普通的猎犬聪明。猎犬倒还有相当好的判断力，能够在一群狗当中分辨出哪一只最有本领并跟随它狂吠，从来都不出错的。【名师点睛：作者借用"慧骃"之口，将"人类贬损得还不如一头普通的猎犬聪明"，借猎犬的例子做反证，讽刺意味更加明显。】

我的主人告诉我：在"野胡"身上有某种很明显的品质，我给它介绍人类时从未提及过，就是偶尔提过，也是轻描淡写的。它说："这些动物和其他野兽一样，有公，有母。"但是在下面这一点上它们跟别的畜生不同，就是，母"野胡"怀孕了还照样让公"野胡"和它交欢；另外，公"野胡"和母"野胡"也会激烈地吵嘴、打架，就像公"野胡"之间一样。这两件事都到了极其无耻残暴的地步，任何别的有感情的动物都永远无法达到这种境界。

"野胡"身上还有一点令它不明白：它们怎么竟然偏爱肮脏污秽？而别的动物似乎都有爱好清洁的天性。对于前面那两项指责，我还是不做辩解敷衍过去，因为我没有一句话可以说出来为自己的同类辩护，否则，按我的愿望是肯定要为他们辩护一番的。但是最后那一条，它把异常的不爱干净这样的污名加到我们人类身上，如果这个国家有猪（可惜它们没有），我原本可以为我们人类辩解一下的；猪这种四足动物虽然可能比"野胡"要来得温顺，可是说句公道话，它却没有资格说自己比"野胡"更干净；要是主人亲眼看到猪那脏兮兮的吃相，看到猪在烂泥中打滚、睡觉的习惯，它一定会承认我说的话是对的。

我的主人还提到了另外一个特性，它说，"野胡"有时不知怎么会想到要躲进一个角落里去，在那里躺下来，又是嚎叫又是呻吟，谁走近它都把人家一脚踢开，虽然年轻体胖，却可以不吃不喝，仆人们也无法想象出它可能是哪里不舒服。后来它们发现，唯一可以治疗它的办法是让它去干重活，重活一干，肯定恢复正常。由于我偏向自己的同类，所以听了这话我只好默不作声。这倒也使我找到了忧郁症的病源，也只有懒惰、奢侈的人以及有钱人才得这样的病，如果强迫他们接受这同样方法的治疗，我可以保证他们的病马上就会好。【名师点睛：抑郁、不高兴，成了有钱人的疾病，但是只要干重活，立刻就会高兴起来，讽刺了人们懒惰、奢侈的不良状态。】

主人接着说，一只母"野胡"常常会站在一个土堆或者一丛灌木的后面，两眼紧盯着经过的年轻公"野胡"，一会儿出现，一会儿躲藏起来，做出种种丑态和鬼脸，据说这时候她的身上会发出一种最恶心的气味。要是有一只公"野胡"这时走上前来，她就会慢慢地往后退，一边却不住地回头看，装出一副很害怕的样子，接着就跑进一个可以方便行事的所在，她知道，那公"野胡"一定会尾随而至。【名师点睛："慧骃"对于母"野胡"的这种与众不同的调情方式感到惊讶，它不能明白这种行为包含的意义，所以感到鄙夷和难以认同。实际上，这种取乐方式，人类自以为风雅，实则庸俗不堪。】

有时不知从哪来了一只陌生的母"野胡"，三四只母"野胡"就会团团围着她又是打量又是议论，一会儿冷笑，一会儿将她浑身上下闻个遍，然后就会装腔作势地走开了，似乎表示她们对她不屑一顾。

这些都是我主人自己的观察所得，或者也可能是别人告诉它的。当然话也许可以再说得文雅一点，不过我想起来倒不免有几分惊讶，同时也很悲哀：在女性的本能中竟都可以找到淫荡、风骚、苛刻和造谣的萌芽。

我时刻都等待着我的主人来指责男女"野胡"身上这些违反自然的欲望,那在我们中间是十分普遍的。可是造物主似乎还不是一位手段非常高明的教师。这些较为文雅的享乐,在我们这一边的地球上,却完全是艺术和理性的产物。

Z 知识考点

1."野胡"仇视_____远胜于对其他种族的仇视。

2."野胡"竟然偏爱_____,而别的动物似乎都有爱好清洁的天性。

3.格列佛为什么在马主人面前直言不讳人类的毛病?

_____
_____

Y 阅读与思考

1.格列佛从"慧骃"身上学到了什么?

2.请用简要的文字介绍"野胡"的生理和生活特性。

第八章

慧骃国之"慧"

M 名师导读

与"野胡"截然不同，慧骃国的马是一种很优秀的物种，它们高雅、理性、友爱、勤劳……来自"文明世界"的格列佛，完全被慧骃国的马身上这些优秀品行所吸引，以至于都下定决心在这里终老此生了！

我想对人性的了解我总该比我的主人要清楚得多，所以我觉得它所说的关于"野胡"的性格用到我和我同胞的身上很是合适，同时我还相信，根据我自己的观察，我还可以有进一步的发现。因此我就常常请求它准许让我到附近的"野胡"群中去。对我的请求，它每次总是很宽宏大量地答应了。因为它绝对相信，我非常痛恨那些畜生，不会被它们引诱坏的。它还命令它的一名仆人给我做警卫，那是一匹强壮的栗色小马，非常诚实，脾气又好，没有它的保护，我还真不敢去冒这样的险。因为我已经告诉过读者，刚到这地方时我就吃过这帮可恶的畜生的不少苦头。后来又有三四回我也险些落入它们的魔掌，那是我到远处去溜达，身上不巧没有带短剑。【写作借鉴：侧面描写。格列佛相信自己到野胡群里可以有更多的发现，但是需要派一名警卫，侧面表现出野胡的野蛮。】我有理由相信，它们多少能想到我是它们的同类，因为我跟我的警卫在一起的时候，常常会当着它们的面卷起袖子，裸露出胳膊和胸脯以壮声势。这种时候它们就会壮着胆子走上前来，像猴子一样模仿我的动作，不过总是露出极其仇视的神色。我倒像一只被人

格列佛游记

驯服的寒鸦，戴着帽子穿着长筒袜跑到了野生的鸟群中去，因为不合群而受到迫害。【写作借鉴：将自己比作一只混到鸟群中的寒鸦，根本不合群，形象地表现出此刻的状态。】

"野胡"们从小动作就极其灵活。不过有一次我倒是捉住了一只三岁的小公"野胡"，我做出各种温和的动作表示想设法让它平静下来，可是那小东西又是哭又是抓，还拼命咬我，我只得将它放了。这时就有一大群老"野胡"闻声赶来将我们围住，不过它们见小家伙已经很安全（因为它已跑开），我那栗色小马又在我身边，所以就没敢近我们的身。我发现那小畜生的肉发出一股恶臭味，既有点像黄鼠狼的味儿，又有点像狐狸的味儿，而且还要难闻得多。我还忘了一件事（如果我把这件事完全略去，读者也许还是会原谅我的），我把那只可恶的畜生抓在手里的时候，它忽然拉起一种黄颜色的稀屎来，把我全身衣服都弄脏了，幸亏旁边就有一条小河，我跑到里面洗了个干净，一直到身上的臭气全消之后，才敢去见我的主人。

据我所知，"野胡"也许是所有动物中最不可教的，它们除了会拖拉和扛抬东西外，绝没有别的本领。可是我倒认为，这一缺陷主要还是因为它们性情乖张、倔强造成的。它们狡猾、恶毒、奸诈、报复心强。它们身强体壮，可是内心十分懦弱，结果变得蛮横无理、下贱卑鄙、残忍歹毒。【名师点睛：将形容人的词语用在野胡身上，影射出人类丑恶的心态。】据说红毛的"野胡"比别的"野胡"更要来得淫荡而恶毒，在体力和动作的灵活方面也远胜过它们的同类。

"慧骃"把随时要使唤的"野胡"养在离它们房子不远的茅屋里，其余的全赶到外面的田里。它们就在那里刨树根，吃野草，四处寻找动物的死尸，有时还去捉黄鼠狼和"鲁黑木斯[一种野鼠]"，一捉到就狼吞虎咽地吃个精光。造物主还教会了它们用爪子在土坡边挖一些深深的洞穴的本事，它们就在这样的洞穴里睡觉。母"野胡"的窝要大一些，还可以容得下两三只小崽。它们像青蛙一样从小就会游泳，还能在水底待很长的时间，在那里它们常常会捉到鱼，母"野胡"捉到鱼之后就拿回家去喂小崽。说到这里，希望读者能够原谅我再讲一个奇遇。

一天，我跟我的警卫栗色小马出游在外，天气异常炎热，我请求它让我在附近的一条河里洗个澡。它同意后，我立刻就赤条条脱得精光，然后慢慢走进了河里。这时正巧有一只母"野胡"站在一个土堆的后面，她看到这整个过程后，一下子欲火中烧（我和小马都是这样猜想的），就全速跑过来，在离我洗澡处不到五码的地方跳进了水里。我的一生中还从来没有这么害怕过。小马那时正在远处吃草，没想到会出什么事。她以一种极其令人作呕的动作将我搂进怀里，我就拼着命大声叫喊。小马闻声奔来，她才松手，可还是恋恋不舍。她跳到了对面的岸上，我穿衣服的时候，还一直站在那里死盯着我直叫。

我的主人及其家人都把这件事引为笑谈，我自己却感到非常耻辱。既然母"野胡"把我当成自己的同类，自然就对我产生了爱慕之情，我再也不能否认自己浑身上下无处不像一只真正的"野胡"了。那畜生的毛发也不是红的（这就不能说她的欲望有点不正常），而是像黑刺李一般黑，面貌也并不像其他"野胡"那样叫人厌恶。我想她的年龄不会超过十一岁。我在这个国家已经生活了三年。我想读者们一定希望我像别的旅行家那样能把当地居民的风俗习惯跟他们说一说。实际上这也是我努力想了解的东西。

因为这些高贵的"慧骃"生来就具有种种美德，它们是理性动物，根本不了解"罪恶"这种概念，所以它们的伟大准则就是培养理性，一切都受理性支配。理性在它们那儿也不是一个会引起争论的问题。不像我们，一个问题你花言巧语从正面谈可以，从反面谈也可以。它们的理性不受感情和利益的歪曲和蒙蔽，所以能立即让你信服。【写作借鉴：对比讽刺的写作手法。叙述慧骃不会因为感情和利益而歪曲事实，反讽人类常常感情用事，歪曲事实真相。】我记得好不容易才使我的主人明白"意见"这个词的意思，也好不容易使它搞懂为什么一个问题会引起争议。因为理性教导我们，只有确认的事情我们才能肯定或者否定，而对于自己不知道的事，不能武断地做出肯定或否定的结论。所以争议、吵闹、争执、肯定虚假、无把握的命题等都是在"慧骃"中闻所未闻的罪恶。同样，当我把我们自然哲学的几种体系解释给它听的时候，它总要笑起来，它笑一个冒充有理性的动物竟然也会重视别人的设想，那些东西就是了解得很确切，也没有什么用处。这方面它完全赞同柏拉图表述的苏格拉底[公元前469—公元前399年，古希腊哲学家、思想家、教育家，柏拉图是他有名的学生]的思想。我提到苏格拉底的思想，是因为我对这位哲学之王怀有最崇高的敬意。从那以后我也常常想，这么一种学说不知要摧毁欧洲图书馆里的多少图书，学术界不知又有多少成名之路会因此被堵死。

友谊和仁慈是"慧骃"的两种主要美德，这两种美德并不限于个别的"慧骃"，而是遍及全"慧骃"类。从最遥远的地方来的生客和最亲近的邻居受到的款待是一样的，无论它走到哪里，都像到了自己的家一样。它们非常讲礼貌，可是完全不拘泥于形式。它们不溺爱小马，教育子女全以理性为准绳。我就曾经看到，我的主人爱抚邻居家的孩子跟爱抚它自己的孩子没有两样。【名师点睛：详细描述并赞美了慧骃国的两种主要美德——友谊和仁慈，其中寄予着作者的理想：希望人类社会像慧骃国这样人人平等相处、友爱互助。】它们遵循大自然的教导，热爱自己所有的同类。有些人德行更高一点，可也只能凭理性把人分为不同的等级。

母"慧骃"生下一对子女后，就不再跟自己的配偶同居了，除非是出了什么意外，其中的一个孩子夭折——不过这样的事很少发生，只有在那样的情况下它们才再行同居。要么就是别的"慧骃"遭遇了这种不幸而它的妻子又过了生育的年龄，这种时候其他一对夫妇就会将自己的一个孩子送给它，然后它们再同居，一直到女的怀孕为止。采取这一措施是必要的，它可以防止国家人口过剩。但是培养做仆人的下等"慧骃"可不受这种严格的限制，它们每对夫妇可以生三对子女，这些子女日后也到贵族人家当仆人。

在婚姻方面，它们非常注意对毛色的选择，这样做是为了避免造成血统混乱。男方主要是看重他的力气，女方则看她是不是漂亮。这倒并不是为了爱情，而是为了防止种族退化。如果偶有女方力气过人，就找一个漂亮的伴侣配给她。它们对求婚、谈情说爱、送礼、寡妇得丈夫遗产、财产赠送等概念一无所知，它们的语言中也没有可用来表达这些概念的术语。年轻夫妇的结识和结合全由它们的父母和朋友来决定。它们每天都看到有这样的事，并认为那是理性动物必要的一种行为。婚姻受到破坏或者不忠不贞的事却从来都没有听说过，夫妇俩像对待它们碰到的所有同类一样，相互友爱、相互关心着度过一辈子，没有嫉妒，没有溺爱，不吵架，舒心满意。

它们教育男女青年的方法令人敬佩，非常值得我们效仿。孩子们在十八岁以前，除了某几天之外，一粒燕麦也不给吃，牛奶也很难得喝到。夏天，它们早晚各在户外吃两个钟头的青草，父母在一旁监督着。不过，仆人吃草的时间还不到它们的一半。仆人们将大部分青草带回家去，在不干活的空当就抽出身来吃。节制、勤劳、运动和清洁是青年男女都必须学习的功课。我的主人认为我们除家务管理方面的一些功课外，对女子的教育和对男子的教育不一样，实在太荒唐了。

【名师点睛：借"慧骃"之口，抨击了人类社会重男轻女的现象，表达了作者主张男女平等的观点。】它说得很对，这样做，我们的人就有一半什么事也不能做，只会把孩子一个个生到这个世上来。将我们的子女交给这么一些无用的动物去照看，就更足以证明我们的残忍。但是"慧骃"还要训练它们的孩子在陡峭的山坡上跑上跑下，或者在坚硬的石子地上奔来奔去，以此来锻炼孩子们的体力、速度和胆量。跑得浑身出汗时，就命令它们一头扎进池塘或者河中。【名师点睛：慧骃和人类对孩子的教育方式不同，表现出慧骃国教育思想的先进性。】一个地区的青年每年四次聚到一起，表演它们在跑、跳以及其他体力和技巧方面的本领，大家以一曲赞歌来歌颂男女优胜者。在这样的节日里，仆人们就会赶着一群"野胡"，驮着干草、燕麦和牛奶到表演场地去给"慧骃"们享用。东西送到，那些畜生立即就被赶回去，免得它们在会场上吵吵闹闹。

每隔四年，在春分时节，要举行全国代表大会，开会地点在离我的主人家大约二十英里的一片平原上，会议一连要开五六天。<u>会上它们要了解各地区的情况，它们的干草、燕麦、母牛、"野胡"是富足有余还是短缺不足？无论哪里缺少什么（这种情形很少），大家一致同意全体捐助，马上就供应那个地方所缺少的物资。会上孩子们的调整问题也可以得到解决。比方说，一个"慧骃"有两个男孩子，就可以同有两个女孩子的"慧骃"交换一个。如果有孩子出事故死亡了，而母亲又已过了生育的年龄，大家就来决定哪家再生一个来补偿这一缺损。</u>【名师点睛：这是一个互助互爱的社会，一方有难，八方支援。正因如此，这里才会充满其乐融融的氛围。】

Z 知识考点

1._____和_____是"慧骃"的两种主要美德。

2.在婚姻方面，"慧骃"非常注意对_____的选择，这样做是为了避免造成_____。

3.本章节中"慧骃"是怎样来教育自己的子女的？
_____
_____

Y 阅读与思考

1.慧骃国的全国代表大会有什么作用？

2."慧骃"有哪些优秀的品德和优秀的传统？你认为其中哪些值得我们借鉴？

第九章

召开代表大会

M 名师导读

"慧骃"们召开以是否把"野胡"彻底消灭为议题的大辩论。格列佛的主人则谈到一些驯化"野胡"的方法,以期保住格列佛。格列佛对"慧骃"的历史、天文、诗歌、工具和葬礼都很感兴趣,并希望留下来学习这个优秀民族的习俗和美德。

在我离开这个国家三个月之前,它们召开了一次全国代表大会,我的主人作为我们地区的代表前去参加了大会。在这次会议上,它们还是对一个老问题进行辩论,实际上那也是这个国家自古以来唯一辩论的一个问题。我的主人回来后把辩论的详情告诉了我。

辩论的问题是:要不要把"野胡"从地面上消灭干净?一位持肯定意见的代表提出了几个很有力并且很有分量的论点。它认为,"野胡"是造物主所生的最肮脏、最有害、最丑陋的动物,它们最倔强、最不可驯、最恶毒、最爱捣鬼。如果不时时加以看管,它们就会偷吃"慧骃"的母牛的奶,把它们的猫弄死吞吃掉,践踏它们的燕麦和青草,还会干出许许多多别的放肆无礼的事来。【名师点睛:在主张消灭野胡的代表们眼中,野胡是肮脏、丑陋的,简直一无是处,这说明在慧骃国,野胡只是一种很低级的畜生。】它注意到了这么一个流行的传说:"野胡"在这个国家并不是一向就有的,而是多少年前忽然就有这样的一对在一座山上出现了。至于它们是由太阳晒着烂泥生出来的,还是海里的淤泥和渣滓变的，则永远无从知道。后来这一对"野胡"开始繁殖，短时间内它们的后代越来越多，以致遍布全国，上下为害。"慧骃"为了除此一害，曾举行过一次大狩猎，终于将全伙"野胡"包围了起来。它们将大的"野胡"杀死，每个"慧骃"只留两只小的养在窝里，驯养它们拖拉或者肩背东西。本性这么野蛮的动物能驯服到这地步，也算是难得了。这一传说看来很有道理。那动物不可能是"依林赫尼阿姆锡"（意思是当地的土著），因为"慧骃"和所有别的动物都对它们十分痛恨。虽说它们生性恶毒，完全应当受到痛恨，但如果它们是土生土长的动物，大家也绝对不会到恨不得它们灭亡的地步。当地居民还突发奇想，想用"野胡"来为自己服务，结果十分轻率地忽略了对驴这一种族的培养。驴这种动物文雅、温顺、规矩，容易养，也没有任何难闻的气味，虽然身体不如"野胡"那么灵活，但干活的力气还是绰绰有余的。虽说它们的叫声不大好听，可比起"野胡"那可怕的嚎叫来，总还是要讨喜得多。

另外几个代表也发表了相同的意见。这时我的主人就向大会提出了一个权宜之计，实际上它是受了我这个暗示才想到这个办法的。它同意前面发言的那位高贵的代表所说的，说是有这么一个传说，并且肯定那两只据说是它们那儿最早看到的"野胡"是由海上漂到这儿来的。它们被同伴遗弃，来到这陆上，后来躲进山里，逐渐退化，年深日久就变得远比它们在祖国的同类要野蛮。它之所以提出这样的看法，是因为它现在就有那么一只神奇的"野胡"（它指的就是我），这是大多数代表都听说过的，不少代表也都亲眼见过。它接着向大家叙述最初它怎样发现了我，我的全身都用别的动物的毛皮制成的东西遮盖着。我还有自己的语言，也完全学会了它们的话。我也曾告诉过它我来到这里的种种奇遇。它看到我身上没有遮盖物的时候，每个地方都完完全全像一只"野胡"，只是皮肤较白，没有那么多毛，爪子也短些罢了。它又说，我曾经想努力说服它，使它相信在我的祖国和别的一些国家里,"野胡"是处在统治地位的理性动物,"慧骃"却受到奴役。它说它发现我身上有"野胡"的全部特性,不过稍有几分理性而略为文明罢了,然而从某种程度上说却远不如"慧骃",就像它们国家的"野胡"远不如我一样。它说我还曾提到过我们的一种习惯做法,为了使"慧骃"变得温顺,它们小的时候我们就把它们给阉割了,那手术是既简单又安全。它说,向畜生学习智慧也不是什么没有脸面的事。蚂蚁不是教我们勤劳,燕子不是教我们筑窝吗(我把"利航赫"这个词译作燕子,其实它比燕子大多了)?所以那发明不妨用到这里的小"野胡"身上,这样不但可以使它们变得较为驯良可用,而且用不着杀生,一代之后就可以将所有"野胡"全都灭绝。同时还应该鼓励"慧骃"养驴。从各方面来讲,驴比别的兽类更有价值,此外它们还有这么一个优点:驴子养到五岁就可以用了,别的兽类却一直要养到十二岁。

　　这就是我的主人当时认为可以告诉我的关于全国代表大会的一切情况。可是它却隐瞒了关系到我个人的一件事,这事的不幸后果我不久以后就感受到了,我生命中随之而来的所有不幸也由此而始。【写作借鉴:作者在这里设置悬念,引发阅读者的好奇心。】这事儿到下面适当的地方读者会知道的。"慧骃"没有自己的文字,所以它们的知识全都是口耳相传的。这个民族团结一致,天赋各种美德,完全受理性支配,跟别的国家又没有任何往来,所以几乎没有什么重大事件发生,关于历史的那部分,不用烦脑子去苦记就可以很容易地保留下来。我前面已经说到过,它们不会生病,所以也用不着医生。可它们倒是有用药草配制的良药,用来治疗蹄子上偶尔因尖利的石头造成的碰伤或者割伤,也可以用来治疗身体其他部位的损伤。

　　它们根据日月的周转运行来计算一年的时间,但不再细分为星期。它们对这两个发光体的运行情况十分熟悉,也明白日食和月食的道理。这些就是它们在天文学方面的最高发展。

　　在诗歌方面,必须承认它们超过了其他所有有生命的动物。它们的诗歌比喻贴切,描写细致而恰到好处,实在不是我们所能学得来的。它们的韵文就富于比喻和描写,内容一般不是写友谊和仁慈的崇高观念,就是歌颂赛跑和其他体力运动中的优胜者。它们的建筑虽然十分简陋,却也使用方便,设计巧妙,可以抵御寒暑的侵袭。它们有一种树,长到四十岁树根就松动了,风暴一刮就倒。这种树长得很直,"慧骃"就用尖利的石头把它们削成木桩(它们不知道用铁器),每隔十英寸左右就插一根到地上,然后在木桩与木桩之间编上燕麦秸,有时也用枝条。屋顶和门也用同样的方法做成。

"慧骃"利用前足蹄子中间那一部分凹的地方拿东西,就像我们用手拿东西一样,起初我真是想不到它们的蹄子会这样灵巧。我曾经见过家里的一匹白色母马用那个关节穿针(针线是我特意借给它用的)。【写作借鉴:夸张手法,强调了慧骃蹄子的灵巧程度。】它们挤牛奶,收割燕麦,所做的一切需要用手的劳动,都是用这种方法进行的。它们有一种坚硬的燧石,把它跟别的燧石摩擦,就能磨成可以代替楔子、斧子、锤子等的工具。它们同样也用这种燧石制成的工具切干草,收燕麦。燕麦是天然从地里长出来的,"野胡"把燕麦一捆捆运到家里,接着由仆人们在茅屋里把它们踩碎,踩出的麦粒收进仓里。它们也制造粗糙的陶器和木器,陶器是放在阳光下烘晒而成的。

如果它们能避免意外伤亡,就将终老而死,死后尽可能埋葬在最偏僻的地方。它们走了,亲友们既不表示高兴,也不表示悲伤。【名师点睛:对于死亡,慧骃们很淡定,这是一种很高的境界,值得我们深思。】临死的"慧骃"也丝毫不会因为自己要告别这个世界而感到遗憾,它只是像刚访问过一位邻居,现在要回家了。我记得我的主人有一次曾约了它的一位朋友及其家人到家里来商量什么重要事情。到了约定的日子,女客人带着她的两个孩子很晚才赶到。她再三表示歉意,首先是代丈夫致歉,说是碰巧他今天早上"西奴恩赫"了。这个词在它们的语言中表现力极丰富,可是译成英语很难。它的意思是:"回到他的第一个母亲那儿去了。"接着她又为自己没能早点来致歉,说是她丈夫早上死的时候已经很晚了,她和仆人们商量了好半天该怎样去找一个方便的地方来安葬她丈夫的遗体。我发现她后来在我们家和别的人一样愉快。大约三个月之后,她也死了。它们一般都活到七十或者七十五岁,很少有活到八十岁的。<u>临终前几个星期,它们感到自己渐渐地衰弱下去,可是并没有痛苦。这段时间里朋友们常常来看望,因为它们不能像平时那样安闲舒适地外出了。</u>【解析点评:简练的语言表现出慧骃死亡之前的状态,还有朋友们对即将死亡者的表现,简明扼要。】不过在它们死前十天左右(它们很少算错),它们会坐在方便舒适的橇里,由"野胡"拉着去回访那些住在附近的最亲近的朋友。这种橇它们不仅仅是这种时候才使用,上了年纪,出远门,或者出意外跌折了腿都要用它。临死的"慧骃"回访它的朋友的时候,都要向它们郑重告别,仿佛它要去这个国家某个遥远的地方,并打算在那儿度过自己的余年。

我不知道这是否值得一提:在"慧骃"的语言中,没有可以表达罪恶这个意思的词汇,仅有的几个还是从"野胡"的丑陋形象和恶劣品性那儿借来的。因此,当它们要表达仆人愚蠢、小孩子疏忽、石头割伤了脚、恶劣天气连绵不断等意思的时候,总要在每一个词后面加上"野胡"一词。例如,"赫恩姆·野胡""呼纳霍尔姆·野胡""银尔赫姆恩德威赫尔玛·野胡"。一座设计得不好的房子就叫作"银霍尔姆赫恩姆罗赫尔恩乌·野胡"。

我非常愿意继续叙述这个优秀民族的种种习俗和美德,可是我打算不久以后出版一本书专门来谈那个问题,我请读者到时去参考那一本书。这里我要继续往下来说我自己的悲惨灾难。

Z 知识考点

1. 慧骃国全国代表大会辩论的问题是：_____
2. "慧骃"一般都活到_____或者_____岁，很少有活到_____岁的，死后尽可能埋葬在_____的地方。
3. 面对死亡，"慧骃"们是一种什么样的心境？

_____

_____

Y 阅读与思考

1. 格列佛的主人提出的权宜之计是什么？
2. "慧骃"临终前会做些什么呢？

第十章

离开慧骃国

M 名师 导读

格列佛在慧骃国体会到了自由、真诚和友善,他在这里生活得称心如意,然而,他在慧骃国的马的眼里只是一只野蛮而略带理性的"野胡",于是他被逐出了理想之地。

我把我那一点点日常生活安排得称心如意。我的主人吩咐,在离它家大约六码的地方,按照它们的式样给我盖了一间房。我在四壁和地面涂了一层黏土,然后铺上我自己设计编制的蒲席。我把那儿的野生大麻打松做成一种像被套一样的东西,里边填进几种鸟的羽毛。那些鸟都是我用"野胡"毛制作的网捕得的,鸟肉也都是上好的食品。我用小刀做了两把椅子,比较粗重的活是栗色小马帮我干的。我的衣服都穿烂了,我就用兔子皮和跟兔子一样大小的一种美丽动物的皮另做了几件。【写作借鉴:细腻地描写了格列佛在慧骃国生活的良好环境,在这里他可以自给自足,自由地生活着,表现出他对这种天堂式生活的向往之情。】这种美丽的动物叫"奴诺赫",它的皮上长了一层细软的绒毛。我还用这两种皮做了几双合脚的长筒袜。我用从树上砍下来的木片做鞋底,并用皮革来做鞋邦;假如鞋帮破了,我就用晒干了的"野胡"皮替代。我常常从树洞里找到一些蜂蜜,掺上水喝,或者和着面包吃。有这么两句格言,说"人的需要是很容易满足的","需要是发明之母"。没有人比我更能够证明这两句话说得真是有道理。我身体非常健康,心境平和。[名师点睛:再次强调格列佛想定居于此的决心。]没有朋友会来算计我、背叛我,也没有公开或者暗藏的敌人来伤害我。我不必用贿赂、谄媚、诲淫[引诱别人产生淫欲]等手段,以此来取得他们的宠信甚至沦为他们的奴才。对于欺诈和压迫,我也不必提防,因为这儿没有医生来毁我的身体;没有律师来毁我的财产;没有告密者在旁监视我的一言一行;没有人会受人雇佣捏造罪名对我妄加指控。这儿没有人冷嘲热讽、苛责非难、背地里咬人;也没有扒手、拦路强盗、入室窃贼、律师、鸨母、小丑、赌徒、政客、才子、脾气乖戾的人、说话冗长乏味的人、辩驳家、强奸犯、杀人犯、强盗、古董收藏家;没有政党和小集团的领导以及他们的扈从;没有人用坏榜样来引诱、鼓励人犯罪;没有地牢、斧子、绞架、笞(chī)刑[用荆条或竹板敲打臀、腿或背]台或颈手枷;没有骗人的店家和工匠;没有骄傲、虚荣、装腔作势;没有花花公子、恶霸、醉汉、游荡的娼妓、梅毒病人;没有夸夸其谈、淫荡而奢侈的阔太太;没有愚蠢却又自傲的学究;没有蛮缠不休、盛气凌人、爱吵好闹、吵吵嚷嚷、大喊大叫、脑袋空空、自以为是、赌咒发誓的伙伴;没有为非作歹却平步青云的流氓,也没有因为其德行而反被削为庶民的贵族;没有大人老爷、琴师、法官和舞蹈能手。[写作借鉴:铺陈的写作手法,连用了一系列"没有",组成气势恢宏的排比句,讽刺了世俗社会存在的险恶与黑暗,表达了对自由、天真、淳朴生活的向往。]

　　我有幸能见到来拜访我主人或者同它一起进餐的一些"慧骃",这种时候它总是十分仁慈地准我在房里侍候,听它们谈话。它和它的客人常常会屈尊问我一些问题并且听我回答。我有时也很荣幸能陪主人出去拜访朋友。除了要回答问题,我从来都不敢擅自开口,而就是回答问题的时候,我内心也感到遗憾,因为这使我丧失了不少改进我自己的时间。我非常喜欢做这么一个谦卑的听众,听它们在那儿交谈。交谈没有废话,言简意赅(gāi)[言语简明而意思完备];最讲礼貌,却丝毫不拘于形式；没有人为取悦他人而说话；没有人会打断别人的话头，冗长乏味地说个不停，也不会争得面红耳赤，话不投机。【名师点睛：作者借助格列佛的描述，为我们讲述了慧骃国在多人会谈时的场景。它们的礼貌、优雅和理性是人类很难学来的。】它们有一个看法：大家碰在一起的时候，短暂地沉默一会儿确实对谈话大有好处。这一点我倒发现是真的，因为在那不说话的短时间的沉默里，新的见解会在它们的脑子里油然而生，谈话也就越发生动。【名师点睛：作者借助于慧骃国的谈话氛围，提出了自己的见解，文章内容更充实，让思想更深刻。】它们谈论的话题通常是友谊和仁慈、秩序和经济；有时也谈到自然界的各种可见的活动或者古代的传统；它们谈道德的范围、界限；谈理性的正确规律或者下届全国代表大会要做出的一些决定；还常常谈诗歌的各种妙处。我还可以补充一点，这倒不是我虚荣，我在场还往往给它们提供了充分的谈话资料，因为我的主人可以借此机会向它的朋友介绍我和我的祖国的历史。它们都很喜欢谈这个话题，可是对于人类不是很有利，我因此也就不想在此把它们的话复述了。只有一点我想请大家允许我说一下，我的主人似乎对"野胡"的本性了解得比我要深刻得多，这是非常令我钦佩的。它把我们的罪恶和蠢事全都抖了出来，其中有许多我却是从来都没有向它提起过，它只是从它们国家的"野胡"来推想：这种品性的"野胡"要是再有几分理性，可能会干出什么样的事来呢？它的结论颇为肯定：这样的动物该是多么卑鄙而可怜啊！

我坦率地承认，我所有的那一点点有价值的知识，全都是我受主人的教诲以及我听它跟它的朋友们谈话而得来的。我听它们谈话比听欧洲最伟大、最聪明的人在集会上发表演讲还要感到自豪。我钦佩这个国家的居民身强力壮、体态俊美、行动迅捷。这么可爱的马儿，有着灿若群星的种种美德，使我对它们产生了最崇高的敬意。【名师点睛：对慧骃国的马的品质的有力赞美，实质上表达了作者对人类丑陋嘴脸的鞭笞。】说实在的，起初我也不明白为什么"野胡"和所有别的动物会

格列佛游记

天然地就对它们那么敬畏，可是我后来也一点点对它们产生敬畏了，而且比我想象的还要快得多。除了敬畏，我还对它们充满了敬爱和感激，因为它们对我另眼相看，认为我不同于我的同类。

当我想起我的家人、朋友、同胞或者整个人类的时候，我认为不论从形体还是从性情上看，他们还确实是"野胡"，只是略微开化，具有说话的能力罢了。可是他们只利用理性来增长罪恶，而他们在这个国家的"野胡"兄弟们倒只有天生的一些罪恶。有时我碰巧在湖中或者喷泉旁看到自己的影子，恐惧、讨厌得只能把脸别过一边去，觉得自己的样子丑不忍睹，还不如一只普通的"野胡"来得好看。因为我时常跟"慧骃"交谈，望着它们也觉得高兴，渐渐地就开始模仿它们的步态和姿势，现在都已经成了习惯了。朋友们常常毫不客气地对我说，我走起路来像一匹马，我倒认为这是对我的极大的恭维。我也不能不承认，我说起话来往往会模仿"慧骃"的声音和腔调，就是听到别人因此而嘲笑我，也丝毫不觉得丢面子。

我正享受着这种种快乐，想就此安居度日，忽然一天早晨，比平时还更早一些，我的主人把我叫了过去。我看到它面有难色，不知道怎么开口对我说它要说的话。短短的一阵沉默过后，它说，听了它的话不知我会有什么感想。【名师点睛：描写主人的神态，预示着不祥遭遇即将来临。】上次全国代表大会上谈起"野胡"一事时，代表们都对它家里养着一只"野胡"（指我）很反感，而且养"野胡"不像养"野胡"，倒像对待"慧骃"一样。大家都知道它经常同我交谈，好像它与我在一起能得到什么好处或者乐趣似的。这样的做法是违反理性和自然的，也是它们那里听都没有听说过的。大会因此郑重规劝它，要么像对"野胡"一样役使我，要么命令我还是回到我原来的那个地方去。【名师点睛：可以看出，在慧骃国的马的眼里，野胡是一种没有理性、道德败坏的低级动物，根本不可能跟它们住在一起。】然而，前一种建议被那些见过我的"慧骃"完全地否决掉了，它们认为，我除了具有那些动物天生的邪恶品性外，还有几分理性，这就要担心，我可能会引诱"野胡"们跑到这个国家的森林或者山区，到了夜里再带着它们成群结队地来残害"慧骃"的家畜，因为我们不爱劳动，生性贪婪。【名师点睛：慧骃对野胡的本性知之甚深，他们知道野胡本性难改；所以不会对格列佛这只野胡有什么特殊照顾。】

我的主人又说，附近的"慧骃"每天都来催促它遵照执行代表大会的劝告，它也不能再往下拖了。它觉得，让我游到另一个国家去是不可能的，所以希望我能设法做一种像我曾经向它描述过的、能载我过海的东西，做的过程中，它自己的仆人和邻居家的仆人都可以帮我的忙。它最后说，就它自己来讲，是很愿意把我留下来一辈子给它做事的，因为虽然我本性低贱，却也在尽自己最大的能力努力效仿"慧骃"，并因此改掉了自己身上的一些坏习惯和坏脾气。

这里我得向读者说明一下，这个国家的全国代表大会的法令，用它们的词表达出来叫作"赫恩赫娄阿乌恩"，我所能想到的最近似的译法是"郑重劝告"，因为它们不知道怎样强迫理性动物去做什么事，它们只能劝解或者郑重劝告它，没有谁能违反理性，否则就放弃了做理性动物的权利。

听了我主人的话，我一下子悲伤绝望透顶，痛苦得无法自支，就昏倒在了它的脚下。我醒过来之后，它对我说，刚才它都断定我已经死了，因为这里的"慧骃"不可能天生那么没有用。我以微弱的声音回答说，真要是死了倒是莫大的幸福。我说虽然我不能怪代表大会做出那样的劝诫，也不能怪它的朋友们来催促它，然而假如我希望它们能对我稍许宽容一点，也还是符合理性的吧。我游泳连一里格都游不到，而离它们这儿最近的陆地可能也要在一百多里格以外的地方。做一只可以把我载走的小小的容器，所需要的许多材料这个国家根本就没有。我断定这事是做不成的，因而觉得自己已经只有死路一条了。尽管如此，为了顺从主人的意见，也为了感激它，我还是想来试一试。我还

格列佛游记

说，我肯定是不得善终了，可那还是我最小的不幸，因为万一碰上什么奇遇而逃得性命，我就又要跟"野胡"在一起生活，这将恢复我堕落的本性，而我却又多么希望有人能引导我走上美德之途。【写作借鉴：心理描写。描写了格列佛被驱赶时的心理状态，表现出人类残暴的本性。】

我也非常清楚，英明的"慧骃"做出的一切决定都是有实实在在的理由的，不会被我这么一只可怜的"野胡"提出的什么论据动摇。于是，我先是向它表示感谢，感谢它主动提出让它的仆人来帮忙造船，同时也请求它给我以充分的时间来做这么一件艰巨的工作。然后我就对它说，我一定尽力保住自己这条贱命，万一还能回到英国去，或者还有希望对自己的同类有所用处。我可以歌颂赞美著名的"慧骃"，建议全人类都来学习它们的美德。

主人接着通过几句话就给了我高尚的回答，它允许我用两个月的时间来制造我的船，同时吩咐那匹栗色小马也就是我的伙计（现在我们相隔这么远，我可以冒昧地这样称呼它了）听我的指挥，因为我对主人说过，有它帮忙也就够了，我知道它对我是很亲切的。

我要做的第一件事就是由它陪着到当初反叛我的那些水手逼我上岸的那一带海岸去。我爬上一处高地，向四面的海上望去。我仿佛看到东北方向有一座小岛，就拿出袖珍望远镜，结果清清楚楚辨认出大约五里格以外（我估算）还真有一座小岛。可是在栗色小马看来那只是一片蓝色的云，因为它不知道除了它自己的国家外还有别的国家存在，所以也就不能像我们这些人一样可以熟练地辨认出大海远处的东西，我们却是熟谙(ān)[清楚地了解]此道的。

我发现了这座岛之后，就先不再考虑别的了。我决定，如果可能的话，那就是我的第一个流放地，结果会怎样就听天由命吧。

回到家里，我和栗色小马商量了一下之后，就一起来到不远的一处灌木林里，我用小刀，它用一块尖利的燧(suì)石[按它们的方法很巧妙地绑在一根木柄上]，我们砍了几根大约有手杖粗细的橡树枝，有的还要更大一些。不过我不想烦读者来听我详细描述我是怎么来做那些事的，简而言之，六个星期之后，在栗色小马的帮忙下（最吃苦的那部分活都是它干的），我制造成了一只印第安式的小船，不过比那种船要大得多。我用自己搓的麻线将一张张"野胡"皮仔细缝到一处把船包起来。我的帆也是用"野胡"皮做成的，不过我找的是最小的"野胡"，老一点的"野胡"皮太粗太厚。我还为自己准备了四把桨。我在船上存放了一些煮熟的兔肉和禽肉，还带了两只容器，一只盛着牛奶，一只装着水。【名师点睛：凭借丰富的航海经验，格列佛为远航做了充分准备。】

我在我主人家附近的一个大池塘里试航了一下我的小船，把有毛病的地方改造了一番，再用"野胡"的油脂将每一处缝隙堵死。最后，我见小船已经结结实实，可以装载我和我的货物了，就让"野胡"把小船放到一辆车上，在栗色小马和另一名仆人的引导下，由"野胡"慢慢地拖到了海边。

一切准备就绪，行期已到，我向我的主人、主妇和它们全家告别。我的眼里涌出泪水，心情十分沉痛。可是主人出于好奇，或者部分也是出于对我的友好（我这么说也许不是自负吧），决定要去送我上船，还叫了它邻近的几位朋友随它一道前往。为了等潮水上来，我不得不等上一个多钟头，后来见风正巧吹向我打算航行过去的那座小岛，就再次向我的主人告别。可是正当我要伏下身去吻它的蹄子的时候，它却赏我脸将蹄子轻轻地举到了我的嘴边。我知道因为提到刚才这件事，我曾受到不少责难。诋毁我的人都认为，那么卓越的一个"慧骃"是不大可能赐如此大的荣耀给我这样的下等动物的。我也没有忘记，有些旅行家很喜欢吹嘘自己曾受到什么特殊的恩典。但是，如果这些责难我的人对"慧骃"那高贵、有礼的性格有更深的了解，他们马上就会改变自己的看法了。

我又向陪我的主人前来的其他"慧骃"致敬，然后上船，推船离开了岸边。

格列佛游记

知识考点

1. 格列佛是否愿意继续生活在慧骃国？　　　　　　（　　）
   A. 愿意　　　　　　B. 不愿意

2. 格列佛的主人是否愿意让他离开慧骃国？　　　　（　　）
   A. 愿意　　　　　　B. 不愿意

3. "听了我主人的话，我一下子悲伤绝望透顶，痛苦得无法自支，就昏倒在了它的脚下。"格列佛失望、痛苦的原因是什么？

   _____

   _____

阅读与思考

1. 虽然格列佛生活得很好，想要定居，但是最终不得不离开，对此你有什么看法？

2. 请用简明的语言回顾一下格列佛辞别的经过。

第十一章

回国独居

M 名师导读

格列佛被迫离开了慧骃国,遭遇了航海者,此时,他们在格列佛眼里成了丑陋、邪恶、野蛮的"野胡",他虽然衣服破烂,但是个性像"慧骃"。在他的眼里,世俗社会的人就是缺乏理性的畜生,因此他不愿跟他们生活,选择了独居。

1714(也许是1715)年2月15日上午九点,我开始了这一次险恶的航行。风很顺,可是开始我只是用桨在那里划,但考虑到这样划下去人很快会疲劳的,而风向也可能会改变,我就大胆地扯起了小帆。这样,在海潮的帮助下,我以每小时1.5里格的速度行驶着(这是我尽可能的估计)。我的主人和它的朋友一直站在岸上,差不多到看不见我了时才离开。我还不时听到那匹栗色小马在喊(它一直是爱我的):"赫奴伊·伊拉·奴哈·玛加赫·野胡。"(多保重,亲爱的野胡)【写作借鉴:作者利用了自己的想象力和创造力,创造了稀奇古怪的语言,引起人们的阅读兴趣。】

我的打算是,只要有可能,就找那么一座无人居住的小岛,依靠自己的劳动,也足可以为自己提供一切生活的必需品,我想那比在欧洲最文雅的宫廷里做首相大臣还要来得幸福。我一想到要回到那个社会中去受"野胡"们的统治,就非常恐惧。因为如果能像我希望的那样过上隐居的生活,我至少可以自由自在地思考,可以愉快地思考那些无与伦比的"慧骃"的种种美德，不可能再堕入到我同类的罪恶和腐化中去。

　　读者也许还记得，我前面曾叙述过我的那些水手如何背叛我，把我囚禁在船舱里，一连几个星期我都不知我们走的是什么航线，后来又把我押上长舢板将我丢到岸上。不知是真是假，水手们还赌咒发誓地说他们也不知道我们到了世界的哪个部分。尽管这样，我还是偷听到了他们的一些话，猜想他们是在往东南方向行驶，打算航行到马达加斯加去。所以我确信，我们当时是在好望角以东大约十度的地方，也就是在南纬四十五度左右一带。虽然这仅仅是一种推测，可我还是决定向东行驶，希望能到达新荷兰的西南岸，也许在新荷兰的西面可以找到我所期望的某个无人小岛。这时风向正西，到晚上六点钟，我估算我至少已向东行驶了十八里格。这时我看到约半里格外有一座小岛，不一会儿工夫我就到了那里。这岛只是一整块岩石，仅有一个由暴风雨侵袭、冲刷而成的小港湾。我把小船停在这里，爬上一处岩石，从那里我清清楚楚看到东面由南向北延伸着一片陆地。我在小船里躺了一整夜，第二天一早继续上路。【名师点睛：再一次体现出格列佛拥有渊博的航海知识，经历了多次海上意外之后，经验也丰富了许多。其实，他之所以能多次大难不死，就是因为他了解了很多航海知识。】七个小时之后，我到达了新荷兰的西南角。这就证实了我长期以来一贯的一个看法：地图和海图把这个国家的位置标错了，图上的方位至少比该国的实际位置东移了三度。我想许多年前就跟我的好友赫尔曼·莫尔赫尔[18世纪著名地图绘制者]先生谈过，并且还向他说了我的理由，可是他还是选择了别的作家的意见。

　　我在登陆的那个地方没有看到什么居民，可是由于没有武器，也不敢深入内地。我在海滩上找到了一些蚌蛤，因为怕被当地人发现，不敢生火，就生吃了下去。为了节省自己的食品，我一连三天就都吃些牡蚝(lì)[软体动物，有两个贝壳，一个小而平，另一个大而隆起，壳的表面凹凸不平。肉能提制蚝油。肉、油、壳都可入药。也叫蚝或海蚝子]和帽贝。非常幸运，我还找到了一条水很清的小溪，这使我大为宽慰。

到了第四天，我壮着胆子往境内走远了一点，就发现在离我不到五百码的一个高地上有二三十个当地的土人。他们都赤条条一丝不挂，男人、女人和小孩全都围着一堆火，因为我看到有烟。其中一人发现了我，就马上告诉了其余的人。五个人向我走了过来，留下女人和小孩还围在火堆边。我拼命向海边跑去，跳上船，划了开去。这些野人见我逃跑，就在我后面追。我还没有划出去多远，他们就放了一支箭，深深地射伤了我的左膝盖。我要带着这个伤疤进坟墓了。我怕那箭可能有毒，把船划出他们的射程后（那天风平浪静），就赶紧设法用嘴吮吸伤口，并尽量把它包扎好。

这时我不知道怎么办好了，我不敢回到我原先登陆的那地方去。没有办法，只得向北划。风虽然很小，可是从西北方朝我迎面吹来。我正在四下里寻找一个安全的登陆地点，忽然发现正北以东有一艘帆船，并且越来越清楚。我有点犹豫了，要不要等一等他们呢？可是我对"野胡"一族的憎厌终于还是占了上风，就掉转船头，又是张帆又是划桨向南驶去，重新回到了早上从那儿出发的那个港湾，因为我宁可把自己的命舍给那些野蛮人，也不愿意和欧洲的"野胡"们在一起生活。我把小船紧靠在海岸边，自己则躲到那条小溪旁的一块石头后面。我前面已经说过，那小溪的水是极好的。

那船驶到离小溪不到半里格时，一只"野胡"放下一条长舢板带着容器前来取淡水（看起来这个地方非常有名）。但这些都是在他们放下舢板后才发现的，因此我来不及躲到另一个地方。水手们一上岸就看到了我的小船，他们仔仔细细搜查过后，很容易就猜想到船主人不可能走远。四个全副武装的水手将每一处岩缝和可以藏身的洞穴都搜遍，最终找到平趴在石块后的我。他们盯着我那怪异而粗乱的衣服奇怪地看了一会儿。我穿着皮外衣、木底鞋、毛皮袜，可是他们断定我并不是当地的土人，因为当地人都是赤身露体不穿衣服的。其中的一个水手说着葡萄牙语叫我起来，并问我是什么人。葡萄牙语我是很精通的，所以我就站起来，说我是一只可怜的"野胡"，被"慧骃"放逐了，希望他们能让我开船起航。他们听到我用他们的母语回话非常惊奇，从我的面貌看，肯定是个欧洲人，可他们不明白我说的"野胡"和"慧骃"到底是什么意思。同时，我说起话来怪腔怪调，就像马嘶一样，他们听了不禁大笑起来。【名师点睛：格列佛在慧骃国生活了数年，在那里耳濡目染，道德修养提升了很多，展现出慧骃国的高尚的美德对人产生的巨大的影响。】我既害怕又厌恶，一直在那儿发抖。我再次请他们放我走，一面就慢慢地开始向我的小船走去。可他们抓住了我，问我是哪一国人，从哪儿来，还问了许多别的问题。我告诉他们我出生在英国，大约五年前就出来了，那时他们国家和我的祖国是和平相处的。我对他们没有敌意，所以希望他们也不要把我当敌人看待。我只是一只可怜的"野胡"，想寻找一处荒无人烟的地方度过自己不幸的残年。

当他们开始说话的时候，我觉得我从来都没有听过或者见到过这么不自然的事情，因为在我看来这就像英国的一条狗、一头母牛或者"慧骃"国的"野胡"会说话那样荒谬可笑。那些诚实的葡萄牙人对我的奇异装束和说话时的怪腔怪调同样也感到很吃惊，不过腔调虽怪，他们听得还是很明白的。他们以十分仁慈友好的态度同我说话，说他们船长肯定会愿意把我免费带到里斯本[葡萄牙首都]的，从那儿我就可以回自己的祖国去了。他们又说，两名水手将先回大船去，把他们发现的情况报告船长，再请他下命令。同时，他们还要把我强行绑起来，除非我郑重发誓决不逃跑。我想我最好还是依了他们的要求吧。他们都十分好奇，想听听我的故事，可我几乎没能满足他们的愿望，于是他们全都猜想，以为是我的不幸遭遇损害了我的理性。两小时之后，装载淡水回去的小船带着船长的命令又回来了，命令说要把我带到大船上去。我双膝跪地,求他们放我自由,可一切全是白搭。水手们用绳索将我绑好,扔进了舢板,我被带到了大船上,接着就被拥进了船长室。

船长的名字叫彼得罗·德·孟德斯,为人十分殷勤、大方。他请我介绍一下自己的情况,又问我想吃点什么、喝点什么。他说我将受到同他一样的待遇,还说了许许多多别的客气话,这叫我好生奇怪:一只"野胡"怎么会这样有礼貌的呢?尽管如此,我还是一言不发,闷闷不乐。闻到他和他的水手身上的那股气味,我都快要昏过去了。最后我要求从我自己的小船上拿些东西来吃,可他却吩咐人给我弄来了一只鸡和一些美酒,接着又下令把我带到一间十分干净的舱房去睡觉。我不肯脱衣服,就和衣躺在被褥上。过了半个小时,我想水手们正在吃晚饭,就偷偷地溜了出来,跑到船边准备跳进海里泅水逃生。我是再不能和"野胡"在一起过了。但是,我被一名水手拦住了,他报告了船长,我就被他们用链子锁进了舱里。

晚饭之后,彼得罗先生来到我跟前,问我为什么要那样舍命企图逃走。他向我保证,他只是想尽力帮我的忙。他说得非常感人,所以我最终还是把他当作一个略有几分理性的动物看待了。我向他简单地说了说我航行的经过,说了我手下的人怎么背叛了我,怎么把我弄到了一个国家的海岸上,以及我在那个国家生活了五年的情形。所有这一切他认为就像是一场梦或者是一种幻想,对此我非常反感,因为我已经差不多忘记怎么说谎了。说谎这种本领是在"野胡"统治的所有国家里"野胡"们所特有的,他们因此对自己同类说的实话也加以怀疑。我问他,他们国家是否有说乌有之事的习惯?我对他说,我差不多已经不明白他所谓的"虚假"是什么意思了,就是我在"慧骃"国住上一千年,也决不会听到最下等的仆人说一个谎,信不信由他,我全不在乎。不过为了报答他的恩情,我尽可以原谅他堕落的本性。他如果有什么反对的意见要提,我都可以回答,以后他自然会发现事实是怎么回事。

【名师点睛：这句话表现出作者对人类的虚伪、狡诈厌恶到了顶点。】

船长是位聪明人，他好几次都力图想在我说的故事中找出点差错来，可最终还是开始渐渐地认为我的话是真实可靠的了，更何况他自己都承认，他就碰到过一位荷兰船长，声称自己曾和五名水手在新荷兰以南的某个岛或是大陆登陆取淡水时，看到过一匹马赶着几只样子跟我描述的"野胡"完全一模一样的动物；还有其他一些详细的情况，船长说他都记不起来了，因为他当初以为那一切全都是撒谎。不过他又接着说，既然我宣称自己那样绝对地忠于真理，我必须说话算话，答应他绝不再起舍命逃跑的念头，跟他一起完成这次航行，否则在到里斯本以前，他将一直把我禁闭起来。我答应了他的要求，可同时还是向他申明，我宁可受最大的苦，也不愿意回去同"野胡"一起生活。

我们一路上没有遇到什么重大事件。为了报答船长的恩情，我有时也接受他的恳求陪他在一起坐坐。我竭力掩饰自己对人类的厌恶，可它不时地还会爆发出来。船长倒耐心不错，不去注意就放它过去了。但是一天中的大部分时间我还是躲在自己的舱里不见任何水手。船长几次三番请我把那身野蛮人的衣服脱下来，要把他自己那套最好的衣服借给我。这他可是怎么劝说我都不能接受，【写作借鉴：在船长的眼里，格列佛穿着野蛮人的衣服，是对没有文明的外表的掩饰，似乎格列佛成了蛮荒之人，然而，格列佛明白，世俗中的人才是最野蛮、最肮脏、最缺道德的。】因为我讨厌把"野胡"穿过的任何东西穿到自己的身上。我只希望他能借我两件干净的衬衫，我想他穿过之后总要洗的，所以不太会玷污了我的身子。这两件衬衫我就每隔一天换一次，并且换下之后都由自己亲自洗。

1715年11月5日，我们到达了里斯本。上岸时，船长硬要我把他的斗篷穿上，免得一帮乌合之众上来围观我。他把我领到他自己家里，在我的恳切要求下，他带我来到房子后部最高的一个房间。我求他不

283

要对任何人讲起我跟他说过的关于"慧骃"的事，因为只要走漏一点风声，不但会引来许多人看我，说不定我还会有被异教徒审判所监禁或者烧死的危险。船长劝说我接受一身新做的衣服，可是我容不得裁缝给我量尺寸。好在彼得罗先生身材跟我差不多，那衣服穿起来倒还相当合身。他还给我准备了其他一些必需品，全都是新的，我把它们晾晒了二十四个小时后才使用。

船长没有妻子，只有三个用人，我们吃饭时却不要他们在一旁侍候。他的一举一动都彬彬有礼，加上又非常能理解人，我倒真的开始愿意让他和我在一起了。他赢得了我极大的好感，我也因此敢于从后窗往外张望了。后来渐渐地过了一段时间，我搬到了另一间屋子，我从那儿探头朝大街上望了望，但吓得立即把头缩了回来。一个星期之后，船长诱使我来到门口，我发现恐惧已经逐渐减少了，可仇恨和鄙视似乎有了增长。最后我已敢由他陪着到街上去走走，但我总是用芸香[芸香科芸香属植物]，有时也用烟草把鼻子捂得好好的。

我已经跟彼得罗先生说起过我家里的一些事，所以十天以后他就劝我说，为了名誉和良心，我都应该回到祖国去跟老婆孩子一起生活。他告诉我，港里有艘英国船就要起航了，我所需要的一切都由他来提供。他说了不少理由，我则提出了反对的意见，可这些说起来太长，没有什么意思。他说，找那么一座我理想中的孤岛定居下来是根本不可能的，但我在自己家里可以自己做主，想怎么隐居就怎么隐居。

我发现也没有什么更好的办法，最后还是依了他。11月24日，我乘一艘英国商船离开了里斯本，可船长是谁我从来也没有打听过。彼得罗先生送我上了船，又借了我二十英镑。他与我亲切告别，分手时还拥抱了我，我只好尽量忍着。在最后一段航程中，我和船长、船员都根本不来往，我只推说自己身体有病，一步不离自己的船舱。1715年12月5日上午九点钟左右，我们在唐兹抛锚。下午三点，我平安回到瑞德里夫我自己的家中。

格列佛游记

我的妻子和家人迎接我是又惊又喜,因为他们都断定我早就死了。但是我必须承认,见到他们我心中只充满了仇恨、厌恶和鄙视,而一想到我同他们的密切关系,就更是如此了。因为虽然我不幸从"慧骃"国里被放逐了出来,强忍着同"野胡"们见面,同彼得罗·德·孟德斯先生说话,可我记忆里、想象中还都时时刻刻一直被那些崇高的"慧骃"们的美德和思想满满地占据着,而我想到自己曾和一只"野胡"交媾[gòu][即动物的一种生理行为,多为异性之间]过,从而成了几只"野胡"的父亲,这就叫我感到莫大的耻辱、惶惑和恐惧。

我一进家,妻子就拥抱我、吻我。多少年不习惯碰这种可厌的动物了,所以她这么一来,我立即就晕了过去,差不多一个小时后才醒过来。现在写这部书的时候,我回英国已经五年了。第一年当中,我都不准我妻子和孩子到我跟前来,他们身上的气味我受不了,更不要说让他们同我在一个房间里吃饭了。【名师点睛:可见慧骃国的经历对"格列佛"影响之大——他已经很难再融入人类社会了。】时至今日,他们还是不敢碰一碰我的面包,或者用我的杯子喝水,我也从来不让他们任何一个牵我的手。我回家后花的第一笔钱是用它买了两匹小马,我把它们养在一个很好的马厩里。小马之外,马夫就是我最宠爱的人了,他在马厩里沾染来的那种气味我闻到就来精神。我的马颇能理解我,我每天至少要同它们说上四个小时的话。它们从不带辔头和马鞍,它们和我相处得十分友好,并且它们彼此也建立了友谊。

知识考点

1.格列佛回到家后花的第一笔钱是买了_____,每天至少要同它们说上____个小时的话。

2.判断题。

(1)离开慧骃国后,格列佛想找一座无人岛居住。 (　　)

(2)遇到土人时,格列佛受到了热情的接待。 (　　)

3."同时,我说起话来怪腔怪调,就像马嘶一样,他们听了不禁大笑起来。"格列佛为什么会这样?

_____

_____

Y 阅读与思考

1.格列佛离开慧骃国后,不愿意跟人交流,不愿跟家人居住,穿着也像一个野人,为什么会这样呢?

2.回到家里后,格列佛的家人是如何对待格列佛的?而他又是如何对待家人的呢?

第十二章

尾 声

> **M 名师导读**
>
> 格列佛在此强调这段旅行历史的真实性，也对英国的殖民政策进行了批判，讽刺英国人的关心和正义只是被用来开拓殖民地，造成其他民族的苦难。最后格列佛对自己未来的生活做出了预想，他要尽量改变周围的人，让他们学会"慧骃"的高尚品德。

尊贵的读者，我这里已经把我十六年零七个多月来旅行的历史老老实实地对你们说了。我没有刻意讲究文采，注重的只是事实。我也许也可以像别的人那样说一些荒诞不经的故事来使你们大吃一惊，可是我还是愿意用最简朴的方式和文体叙述一些平凡的事实，因为我主要的目的是向你们报道而不是给你们取乐。

英国人或者欧洲其他国家的人是很难有机会到一些遥远的国家去旅行，像我们这种去过那些地方的人，要来写点什么海上陆上的奇异动物那是很容易的。但是，一个旅行家的主要目的应当是使人变得更聪明更好，应当引用异国他乡的正反两方面的事例，来改善人们的思想。

我衷心希望能制定一项法律。即每一位旅行家如果想要出版自己的游记，必须向大法官宣誓，保证他想要发表的东西都绝对是真实的，然后才准许他出版自己的游记，这样世人就不会像平常那样受到欺骗了。有些作家为了使自己的作品博得大众的欢心，硬是撒一些弥天大谎来蒙骗缺乏警惕性的读者。

我年轻的时候也曾以极大的兴趣仔细阅读过几本游记,但自从我走遍地球上的大部分地区,并且能够根据自己的观察反驳那许多不符合事实的叙述以后,我对这一部分读物就十分厌恶了,同时对人类那么轻易地就相信了这些东西也感到有些生气。所以,既然熟识我的人都认为我辛辛苦苦努力写出来的这本书还可以为国内所接受,我就坚决要求自己永远恪守一条准则:严格遵守事实。实际上我也永远不会受任何诱惑偏离事实,因为我心中一直牢记着我那高贵的主人和其他优秀的"慧骃"的教诲和榜样。我曾有幸在那么长的时间里聆听它们的教导。

"虽然厄运使西农蒙难,这却不能强使我诳语。"(这段话引自维吉尔《埃涅阿斯纪》第二卷第79、80行)我非常清楚,写这类作品既不需要天才,也不需要学问,只要记忆力强、记录精确,用不着别的能力,写出来也不会成名。我也知道,游记作家也像编字典的人一样,将来一定会被历史所湮没,因为后来者居上,以后的人不论在分量还是在篇幅上都会超过他们。那些读了我这部作品的旅行家如果日后去我描述过的那些国家游历,就会发现我的错误(如果有错误的话),也会增添不少他们自己的新发现。这样就会把我挤出流行作家的圈子,自己取而代之,使世人忘记我曾经也是个作家,这样的事是极有可能发生的。如果我写作是为了求名,这确实是莫大的屈辱。然而我著书的唯一目的是为了大众的利益,这样我就根本不可能感到失望。因为既然自认为是统治本国的理性动物,谁读到我提到的那些光荣的"慧骃"的种种美德,能不为自己的罪恶感到羞耻呢?关于由"野胡"统治的那些遥远的国家,我什么也不想说了。在那些国家当中,大人国腐败的程度最轻,所以他们在道德和统治方面的英明准则应该是我们所乐于遵从的。可是我不想再往下说了,怎么评价,都留给贤明的读者自己吧。

我非常高兴我的这部作品可能不会受到多大的责难。一个作家,他只叙述发生在那么遥远的国度里的一些平凡的事实,我们既没有半点兴趣同这些国家做生意,又不想同他们谈判,对于这样的一个作家,还有什么可反对的呢?我曾十分谨慎地避免了一般游记作家的每一个毛病,他们因为这些毛病常常受到指责也是罪有应得。另外,我对任何政党的事都不插手。我写作不动怒,不带偏见,对任何人或者任何团体的人都没有敌意。我写作的目的是最高尚的,只想给人类传递见闻,教育人类。我倒并不是不谦虚,我自以为比一般的人可能要略高一筹,因为我曾那么长时间同最有德行的"慧骃"在一起交谈,我自有优势。我写作既不为名也不为利。我从来都不肯用一个词让人感觉到像是在责难别人,即使对那些最爱认为自己是受了指责的人,我也尽可能不去得罪他们。因此,我希望我能够公正合理地表明自己是个绝对无可指责的作家,任何辩论家、思想家、观察家、沉思家、挑毛病专家、评论家对我都永远无计可施。

我承认,有人曾悄悄地跟我说,作为一个英国的臣民,我有义务一回来就向国务大臣递交一份报告,因为一个英国臣民发现的任何土地都是属于国王的。但是,我怀疑如果我们要去征服我说到的那些国家,是不是会像弗迪南多·柯太兹[1485—1547,西班牙冒险家、殖民者]征服赤身裸体的美洲人那么容易。小人国,我想征服他们所得的好处,几乎都抵不上派遣一支海陆军队的消耗。对大人国有所企图,我又怀疑是否慎重或安全。而英国军队的头顶上浮着那么一座飞岛他们会不会感到很不自在?"慧骃"看来倒真的对战争没有什么准备,它们对战争这门科学而且尤其是对大规模的武器完全是外行。尽管如此,假如我是国务大臣,是决不会主张去侵犯它们的。它们审慎、团结、无畏、爱国,足可弥补它们在军事方面所有的缺陷。想想看,两万"慧骃"冲进一支欧洲的军队,冲乱队伍,掀翻车辆,用后蹄将士兵的脸踢得稀烂,因为它们完全担当得起奥古斯都的性格:Recalcitrat undique tutus[拉丁文,意指:"他只朝后面踢,却四面都安全。"见贺拉斯《讽刺诗》第二卷第一首第20行]。但是我不会主张去征服那样一个高尚的民族,我倒希望它们能够或者愿意派遣足够数量的"慧骃"居民来欧洲开化我们，教我们学习关于荣誉、正义、真理、节制、公德、刚毅、贞洁、友谊、仁慈和忠诚等基本原则。在我们的大多数语言中还保留着这一切美德的名词。在古今作家的作品中也还能碰见这些名词。我自己虽然读书不多，这些名词倒还能说得出来。

但是我还有另外一个理由使我不那么赞同国王陛下要用我发现的地方来扩张其领土。说老实话，对分派君主去那些地方统治是否合法，我感到怀疑。比方说吧，一群海盗被风暴刮到了一个不知名的地方，最后一名水手爬上主桅发现了陆地，于是他们就登陆抢掠。他们看到的是一个于人无害的民族，还受到了他们的友好招待。可是他们却给这个国家起了一个新国名，为国王正式占领它，再竖上一块烂木板或者石头当纪念碑。他们杀害二三十个当地人，再掳走几个做样品，回到家里所犯的罪行就被赦免了。一片新的领土就这样开辟了，它的获得名义上还是神圣的。国王立刻派船前往那地方，把当地人赶尽杀绝。为了搜刮当地人的黄金，他们的君主受尽折磨。国王还对一切惨无人道、贪欲放荡的行为大开绿灯，整个大地于是遍染当地居民的鲜血。这一帮如此效命冒险远征的该死的屠夫，也就是被派去改造开化那些盲目崇拜偶像的野蛮民族的现代殖民者。

但是我得承认，这一段描述跟英国民族毫无关系。英国人在开辟殖民地方面所表现出的智慧、关心和正义可以成为全世界的楷模。他们在促进宗教和学术方面具有充分的才能；他们选派虔诚、能干的教士传播基督教；他们谨慎小心地从本王国挑选出生活正派、谈吐清楚的人移居各地；他们派出最能干、最廉洁的官员对所有殖民地实施文明管理；更令人高兴的是，他们派出去的总督都是些最警醒、品行最高尚的人，他们一心想的是治下人民的幸福和他们国王主子的荣誉。

但是，我描述过的那几个国家似乎都不想被殖民者征服、奴役或者赶尽杀绝，他们那里也不盛产黄金、白银、食糖和烟草，所以以我粗俗的见解，他们并不是我们表现热情、发挥勇武或者捞点好处的合适的对象。然而，如果那些对这事考虑更多的人觉得应该持与我不同的意见，那么我在依法被召见的时候就准备宣誓以便证明：在我之前还从未有什么欧洲人到过那几个国家。我的意思是说，如果我们相信当地居民的话，事情就不会有什么争议了。但至于以国王陛下至高无上的名义正式占领那几个地方，我却是从来都不曾想到过，即使有过那种想法，就我当时的情形来看，为了慎重和自我保护起见，我也许还是会暂时放下这一想法，等以后有更好的机会再说。

作为一个旅行家，我可能受到的责难也许只有这一个了，而我现在已经做了答辩。在此我谨向我的每一位敬爱的读者最后告别。我要回到瑞德里夫我的小花园中去享受自己静思默想的快乐，去实践我从"慧骃"那儿学来的那些优秀的道德课程，去教导我自己家里的那几只"野胡"直到把它们都培养成驯良的动物。我要常常照镜子看看自己的形象，如果可能的话，想这样慢慢养成习惯，到以后看到人类不至于忍受不了。我很惋惜我国的"慧骃"还有野蛮的表现，可是看在我那高贵的主人、它的家人、朋友以及全体"慧骃"的面上，我对它们一直还是很尊敬的。我们的"慧骃"每一处轮廓都有幸同"慧骃"国的"慧骃"一样，可是它们的智力却渐渐地退化了。

从上星期开始，我已经准许我妻子与我同桌用餐了，我让她坐在一张长桌子离我最远的一头，也让她回答我提的几个问题，不过回答要简单扼要。可是"野胡"的气味还是非常难闻，我总是用芸香、薰衣草或者烟草塞住鼻子。对一个上了年纪的人来说，虽然旧习难改，可我也不是全无指望，一段时间之后，总可以忍受让邻居的"野胡"来与我相聚，而不会像现在这样要担心会伤在他们的牙齿或爪子下。

如果一般的"野胡"仅仅具有那些天生的罪恶和愚蠢，我同它们和睦相处可能还不是很困难。我不会因为见到律师、扒手、上校、傻子、老爷、赌棍、政客、嫖客、医生、证人、教唆犯、律师、卖国贼等就动气，这都是很自然的事情。但是当我看到一个丑陋的笨蛋，身心都有病，却还骄傲不堪，我所有的耐心便会立刻丧失殆尽。我怎么也弄不明白这样一种动物怎么会和如此的罪恶搅和到一起。聪明而有德行的"慧骃"无与伦比，能够富于理性动物一切优点，而在它们的语言中却没有表达这种罪恶概念的名词。它们的语言中，除了那些用来描述"野胡"的可恶品性的名词外，没有任何可以表达罪恶的术语。因为它们对人性缺乏透彻的了解，所以在"野胡"身上无法认清骄傲这种罪恶，可在"野胡"这种动物统治的别的国家里，骄傲这种特征是显而易见的。因为我是一个相当有经验的人，所以能够清清楚楚在"野胡"的身上看到几份骄傲的本性的表现。

但是，生活在理性支配下的"慧骃"却不会因自己具有那些优点而感到骄傲，就像我并不会因为自己没有少一条腿或者一条胳膊而感到骄傲一样。虽说缺胳膊少腿的人肯定会痛苦，但一个神智健全的人也决不会因为自己四肢齐全就吹嘘起来。这个问题我多谈了些，为的是想尽一切办法使英国的"野胡"们不至于叫人那么无法忍受。所以我在这儿请求那些沾染上这种荒谬罪恶的人，千万不要随便在我面前出现。

知识考点

1.格列佛认为一个旅行家的主要目的应当是使人变得_____，改善人们的_____。

2.格列佛的哪些性格特点让他在遭遇危险时逢凶化吉,大难不死？

_____
_____

阅读与思考

1.对于游记的写作和出版,作者提出了哪几点看法？

2.结合全书,分析作者有怎样的写作目的。

《格列佛游记》读后感

我读了英国作家乔纳森·斯威夫特的《格列佛游记》,小说以辛辣的讽刺与幽默、离奇的想象与夸张,描述了酷爱航海冒险的格列佛四度周游世界,经历了大大小小惊险而有趣的奇遇。

游记中小人国、大人国里离奇的故事深深地吸引了我,然而给我印象最深的是,1710年格列佛泛舟北美,巧访了荒岛上的慧骃国,结识了具有仁慈、诚实和友谊美德的慧骃。在慧骃国的语言中没有"撒谎"和"欺骗"这样的字眼,它们更不理解这些词的含义。它们不懂什么叫"怀疑",什么是"不信任",在它们的国度里一切都是真实的、透明的。

格列佛在慧骃国里度过了一段美好的时光,他完全融入这个社会,以至于与暗喻人类的野胡交往时形成强烈的反差,因为他们总是以怀疑的眼光看待他的诚实,使他感到失落,对人类产生了极度的厌恶。

我很羡慕文中的主人公有幸能到慧骃国,慧骃国是我们所追求和向往的理想境地,在这里你不须顾虑别人说话的真假,而在现实的世界,常常有太多我们不愿看到的事情发生:有人用花言巧语骗取别人的血汗钱、有人拐卖儿童牟取暴利、有人甚至为了金钱抛弃自己的亲生父母。难怪我们的老师、长辈从小就教育我们要提高警惕,不要上当受骗。这与我们提倡的帮助他人、爱护他人是很难统一的。当我遇到有困难的人,要伸出援助之手时,我迟疑;当有人替我解围时,我不敢接受。这些都让我内心感到痛苦、矛盾,无所适从。既妨碍了我去"爱"别人，同时也错过了别人的"爱"，这难道不是一种悲哀吗？

他讽刺地道出了当时英国社会的特点："贪婪、党争、伪善、无信、残暴、愤怒、疯狂、怨恨、嫉妒、淫欲、阴险和野心。"他挖苦地描述了人兽颠倒的怪诞现象：马成了理性的载体，而人则化作脏臭、屎尿横飞、贪婪习难的下等动物野胡。他大谈人的天性，就是心甘情愿被金钱所奴役，不是奢侈浪费就是贪得无厌。看完《格列佛游记》之后，我们不能不审视自己，我们身上有没有这些顽疾劣根的影子。

有一句话，我认为评论得很经典：以夸张渲染时代的生气，借荒唐痛斥时代的弊端；在厌恨和悲观背后，应是一种苦涩的忧世情怀。

没有想到在那些朴实得如同流水账的大白话游记中竟蕴含着这么深邃的内涵。

我期盼着有一天我们的社会也能像慧骃国，孩子们的眼中不再有疑虑，教育与现实是统一的。我愿为此付出努力，也希望大家与我一道，从自己做起，从现在做起，让这个社会多一点真诚、少一点虚伪。

编　者

2018 年 1 月

参考答案

第一卷 小人国游记

第一章

知识考点

1. 格列佛 诺丁汉郡 贫困 十四 伊曼纽尔学院 詹姆斯·贝茨 四
2. B
3. 他没有残暴地挣扎反抗,对这些小人国的人进行报复屠杀,尽管他有能力这样做;他也没有绝望无奈,而是冷静地分析了自己的处境之后,做出了正确的判断——暂时不采取行动,养精蓄锐。

第二章

知识考点

1. 雄健威武 坚毅端庄 威严高贵
2. A
3. 格列佛的到来,引得无数富人、闲人和好奇的人前来观看。乡村里的人几乎走光了,要不是国王发布了几次公告,禁止这种骚乱,那么随之就要产生农耕荒芜、无人理家的严重后果。

第三章

知识考点

1. 发生意外 两三 危险 求胜心切
2. A
3. 小人用比赛绳技的方法来选拔官员,大臣们都必须冒险来表演绳技,以达到升官的目的;朝廷官员时常奉命在国王面前表演,按技术高低获得各种丝线。

第四章

知识考点

1. 鞋跟高低 高跟 低跟
2. (1)√ (2)× (2)√

3. 这座城是一个标准的正方形,每边城墙长五百英尺。两条笔直的主街各宽五英尺,十字交叉将全城分作四个部分。

第五章

知识考点

1. 打败敌军 寝宫灭火
2. B
3. 拿绳索、钩子拴在敌舰上,一下子拖走五十艘最大的敌舰。

第六章

知识考点

1. 左 右 右 左 上 下 纸的一角 另一角
2. (1)× (2)×
3. 小人国的法律相当的公平合理、严明。

第七章

知识考点

1. 放火 痛苦 脸 手 毒汁 抓烂
2. B
3. 格列佛得知这一消息后,既愤怒又无奈,但又因之前国王对他的帮助和信任,他宁肯选择逃走,也不想伤害小人国的居民。

第八章

知识考点

1. 一只小船
2. C
3. 因为利立浦特国国王派使者陈述了格列佛的罪行,命令将格列佛押送回国。而布莱夫斯库国的人们为了维持两国之间的和平友好,又不想得罪格列佛,所以望格列佛早日离开。

295

第二卷 大人国游记

第一章

知识考点

1. 田垄
2. 富农
3. 被一块面包屑绊了一跤,来了个嘴啃桌子;被富农最小的儿子抓住双腿,高高地提到了半空中,吓得浑身发抖。

第二章

知识考点

1. 抽出 舞弄 耍
2. C
3. 先是让格列佛在家里为同村的人表演,之后又在邻近的镇上给赶集的人表演,在去京城的旅途中表演,到京城之后仍然不停地表演。

第三章

知识考点

1. 星期三
2. (1)√ (2)√
3. 一方面因为侏儒原本是被取笑的对象,而当他面对比自己更微不足道的弱者时,也狂妄自大起来,就开始欺负格列佛;另一方面因为格列佛深得王后的喜爱,侏儒便开始怀恨在心、伺机报复。

第四章

知识考点

1. 半岛 一座山脉 火山
2. 一张行军床 一张桌子 螺丝
3. 因为从地面到最高的尖顶总共还不到三千英尺。如果考虑一下这个国家的人和我们欧洲人之间在身材高矮上的差别,这三千英尺真不值得仰慕。

第五章

知识考点

1. 水槽 一只青蛙
2. C
3. 侏儒摇苹果树,被苹果打趴在地;下冰雹时,被冰雹击倒;被一只小白狗叼在嘴里;掉进鼹鼠洞;被蜗牛绊倒,摔伤右小腿;被红雀抢食;被猴子抓住带到房顶上。

第六章

知识考点

1. 镰刀 剃须 两 音乐 古钢琴
2. (1)√ (2)×
3. 说明国王是一个见过世面、公正无私、藐视权力、主张和平的明君。

第七章

知识考点

1. 伦理 历史 诗歌 数学
2. × √
3. 格列佛提出指导他的工人制造出与其他东西比例对称的炮管,而这种炮管可以炸毁整个京城。

第八章

知识考点

1. 用国王胡子和王后手指甲做的梳子 四根黄蜂刺 王后梳下来的几根头发 金戒指
2. B
3. 被装进小木箱带到海边呼吸新鲜空气时,被老鹰当成乌龟叼起来,掉进海里,被经过的船打捞上岸,重返英国。

第三卷 勒皮他、巴尔尼巴比、拉格奈格、格勒大锥、日本游记

第一章

知识考点

1. 十 "好望号" 威廉·罗宾逊 外科医生
2. (1)√ (2)√
3. 格列佛遭遇海盗抢劫后被随波漂流,于是他辗转于几个荒岛之间,遇见了飞岛,然后被飞岛上的居民拉上了岛。

第二章

知识考点

1. 歪的 内翻 朝上直瞪天空
2. AC
3. 因为他们要害怕太阳不断靠近地球,若干年后会把地球吞灭,要害怕彗星撞到地球,将人类毁灭。

第三章

知识考点

1. 磁石　升降　移动
2. B
3. 将飞岛长时间地浮翔在该地人民的头顶剥夺他们享受阳光和雨水的权利，当地人民因此遭受饥荒和疾病的侵袭；将岛上的大块石头往下扔，把人们的房屋砸碎叫他们无处藏身；让飞岛直接落在他们的头上，因此将人和房屋一起统统毁灭。

第四章

知识考点

1. 数学　音乐
2. √　×
3. 这城大概有伦敦一半大小，可是房子建得很奇特，大多年久失修。街上的人步履匆匆，样子狂野，双眼凝滞，大多还衣衫褴褛。

第五章

知识考点

1. 从黄瓜里提取阳光　把人的粪便还原为食物　用猪耕地　科学研究脱离实际
2. AB
3. 命题和证明用头皮一样颜色的墨水清清楚楚地写在一块薄而脆的饼干上，学生空腹吞食下去，以后三天除面包和水外什么都不准吃。饼干消化后那颜色就会带着命题走进脑子。

第六章

知识考点

1. 从每个党派中各挑出一百名头面人物，把头颅大小差不多的配对成双，交换部分枕骨。
2. AB
3. 应该拧一下这位大臣的鼻子，或者在他的肚子上踢一下，在他的鸡眼上踩一脚，或者捏住他的两只耳朵扯三下，或者弄根大头针在他屁股上戳一下，要不就把他的手臂拧得青一块紫一块。

第七章

知识考点

1. 亚里山大大帝　正在翻越阿尔卑斯山的汉尼拔　恺撒、庞培　布鲁脱斯
2. 本部落的人　最长
3. 精通魔法，有本事召唤任何鬼魂。

第八章

知识考点

1. 安东尼　奥古斯都
2. (1)√　(2)×
3. 格列佛发现后世的学者大都歪曲了先贤们的思想，史书的记载也颠倒黑白。

第九章

知识考点

1. 异乡人　禁闭
2. 舔国王脚凳子跟前的尘土
3. 在拉格奈格王国有个奇怪的觐见规矩:舔国王脚凳子跟前的尘土。但国王对格列佛表现得很宽容，并未为难他。

第十章

知识考点

1. 八十　死亡　工作　土地
2. A
3. 因永远不死而添加暴躁、贪婪、忧郁等毛病；因年老且记忆昏聩而无法阅读，全身是疾病，牙齿和头发都脱落了，食欲全无；因一个国家的语言时刻都在变化，长生不死者无法与周围的人交谈。

第十一章

知识考点

1. 四百四十四　红色钻石
2. ×　√
3. 因为拉格奈格国王给日本天皇写了一封书信，因此格列佛得到了日本天皇的关照。

第四卷　慧骃国游记

第一章

知识考点

1. 野胡　慧骃
2. C
3. 格列佛以船长的身份外出航海，不想手下阴谋造反，将其扣押在了船舱里，之后又将他丢到了一片浅滩上，这里就是慧骃国。

第二章

知识考点

1. 一匹非常漂亮的母马　十分不屑
2. (1)×　(2)√
3. 通过比画使他的马主人明白，给格列佛燕麦和牛奶，后来格列佛自己用燕麦制成面包，有时也会采集野菜充饥。

第三章

知识考点

1. 鼻音　喉音　高地荷兰语　德语
2. C
3. 马主人知道后不仅帮格列佛保守秘密，也非常尊重格列佛的隐私，并耐心教他，以礼待他。

第四章

知识考点

1. 有用
2. B
3. 这里从侧面说明了慧骃国的纯净、简单。

第五章

知识考点

1. 两　奥伦治亲王　法国　战舰　法律　母牛
2. C
3. 不是。因为他们为了挣钱来满足自己无限膨胀的私欲，而不择手段，根本毫无正义可言。

第六章

知识考点

1. 一切疾病皆由饮食不合理，不规律而来　有必要对身体内部来一次大清除。
2. (1)×　(2)×
3. 贵族原本是富裕、高雅的代表，但是这里描述的却截然不同，而且人们将健康强壮视作不正常状态，暴露出人们扭曲的意识形态。

第七章

知识考点

1. 对方　2. 肮脏污秽

3. 因为他希望永远都不回到人类中去，而要在这些可敬的"慧骃"中间度过他的余生。

第八章

知识考点

1. 友谊　仁慈
2. 毛色　血统混乱
3. "慧骃"绝不溺爱子女，而是训练它们的孩子在陡峭的山坡上来回奔跑，或者在坚硬的石子地上奔来奔去，以此来锻炼孩子们的体力、速度和毅力。

第九章

知识考点

1. 要不要把"野胡"从地面上消灭干净？
2. 七十　七十五　八十　最偏僻
3. 对于死亡，它们很淡定，这是一种很高的境界，值得我们深思。

第十章

知识考点

1. A　2. B
3. 不得善终，跟"野胡"在一起生活，将恢复"我"堕落的本性，希望有人引导"我"走上美德之途。

第十一章

知识考点

1. 两匹小马　四
2. (1)√　(2)×
3. 因为格列佛在慧骃国生活了数年，在那里耳濡目染，也就有了这种习惯，同时说明慧骃国的高尚的美德对人产生的巨大影响。

第十二章

知识考点

1. 更聪明更好　思想
2. 格列佛是一个勇敢坚定、机智灵活、坦率真诚、善于学习和观察的人，他的这些优良的性格品质屡次帮助他化险为夷，消除了当地主人对他的疑虑，并渐渐认同了他的友好与坦诚，所以逢凶化吉，受到当地人的热情招待。